LABYRINTHES

Pionnier du roman policier français, Émile Gaboriau (1832-1873) est l'auteur d'une œuvre brève mais éclatante qui n'a rien à envier à celle de ses confrères anglo-saxons, notamment son contemporain anglais Wilkie Collins. D'abord secrétaire du romancier populaire Paul Féval, puis journaliste, il a fait surgir au sein d'une production feuilletonesque alors en plein essor quelques-unes des plus habiles structures de ce qu'on ne nommait pas encore roman policier. *L'Affaire Lerouge* est, avec *Monsieur Lecoq* et *Le Dossier 113*, l'un des chefs-d'œuvre de Gaboriau.

ÉMILE GABORIAU

L'AFFAIRE LEROUGE

LIBRAIRIE DES CHAMPS-ÉLYSÉES

Préface

Émile Gaboriau (1832-1873) fut l'un des trois pères du roman policier, avec Edgar Allan Poe et Arthur Conan Doyle. Né à Saujon, en Charente-Maritime, fils d'un notaire, il suivit des études de Droit avant de se tourner vers le roman-feuilleton.

Devenu le secrétaire de Paul Féval, auteur notamment des *Mystères de Londres* et des *Habits Noirs*, Gaboriau devient célèbre du jour au lendemain avec la publication – inspirée sans nul doute par les mémoires de Vidocq et ceux d'un ancien chef de la Sûreté parisienne, Canler – de *L'Affaire Lerouge*, « roman judiciaire » dans *Le Pays*, en 1866, puis repris quelques mois plus tard dans *Le Soleil* avec encore plus de succès…

Le roman avait été écrit deux ans auparavant et peut être légitimement considéré comme le premier véritable « roman » policier. Alexandre Dumas père le lut et, dit-on, se montra fort jaloux d'une œuvre aussi originale pour son temps. Une réaction qui n'est pas sans rappeler celle de Charles Dickens lors de la publication outre-Manche du roman de Wilkie Collins, *La Dame en blanc*, six ans plus tôt.

Ces deux livres sont en effet, chacun à sa manière, fondateurs des structures d'un genre alors livré aux circonvolutions du récit populaire. *L'Affaire Lerouge* présente un crime entouré de mystère, un innocent suspecté sur des indices qui lui sont défavorables, tandis qu'à la suite d'un raisonnement plus serré (proche de ceux du chevalier Auguste Dupin dans les nouvelles d'Edgar Poe), le détective rejette sa première théorie trop hâtive et aboutit à une solution imprévue, par un coup de théâtre qui anticipe sur ceux des romans d'Agatha Christie ou d'Ellery Queen.

En son temps, Gaboriau ne fut guère épargné par la critique, celle-ci lui reprochant de noyer des intrigues de qualité dans le flot d'une écriture relâchée. En vérité, ce romancier prolifique, à la carrière trop rapidement interrompue, innovait à sa façon, et la meilleure preuve en est que chacun de ses livres : *Le Dossier 113*, *Monsieur Lecoq*, ou *Le Crime d'Orcival*, devait connaître, autant en France qu'à l'étranger, un énorme succès. La publication en Angleterre des « Sensational Novels » de Gaboriau, à commencer par *The Lerouge case*, fit des émules. En 1923, l'auteur des aventures du Pied Bot, Valentine Williams, consacra un article très élogieux à « Gaboriau, père du Detective Novel » dans la National Review. En 1941, le critique et historien du genre Howard Haycraft, réservait un chapitre de son *Murder for pleasure* à celui dont les héros, Lecoq et Tabaret, n'allaient plus tarder à entrer la tête haute au Panthéon des grands héros de la fiction policière.

Enfin, comme l'a très bien noté François Fesca dans son essai *Raison d'aimer les romans policiers* : « Si Gaboriau a lu Poe et l'a utilisé, il a modifié la méthode de Dupin et a fait du policier un personnage sympathique en lui donnant le premier rôle. »

François Rivière

1

Le jeudi 6 mars 1862, surlendemain du Mardi gras, cinq femmes du village de La Jonchère se présentaient au bureau de police de Bougival.

Elles racontaient que depuis deux jours personne n'avait aperçu une de leurs voisines, la veuve Lerouge, qui habitait seule une maisonnette isolée. À plusieurs reprises, elles avaient frappé en vain. Les fenêtres comme la porte étant exactement fermées, il avait été impossible de jeter un coup d'œil à l'intérieur. Ce silence, cette disparition les inquiétaient. Redoutant un crime, ou tout au moins un accident, elles demandaient que la « Justice » voulût bien, pour les rassurer, forcer la porte et pénétrer dans la maison.

Bougival est un pays aimable, peuplé tous les dimanches de canotiers et de canotières ; on y relève beaucoup de délits, mais les crimes y sont rares. Le commissaire refusa donc d'abord de se rendre à la prière des solliciteuses. Cependant elles firent si bien, elles insistèrent tant et si longtemps, que le magistrat fatigué céda. Il envoya chercher le brigadier de gendarmerie et deux de ses hommes, requit un serrurier et, ainsi accompagné, suivit les voisines de la veuve Lerouge.

La Jonchère doit quelque célébrité à l'inventeur du

chemin de fer à glissement qui, depuis plusieurs années, y fait avec plus de persévérance que de succès des expériences publiques de son système. C'est un hameau sans importance, assis sur la pente du coteau qui domine la Seine, entre la Malmaison et Bougival. Il est à vingt minutes environ de la grande route qui va de Paris à Saint-Germain en passant par Rueil et Port-Marly. Un chemin escarpé, inconnu aux ponts et chaussées, y conduit.

La petite troupe, les gendarmes en tête, suivit donc la large chaussée qui endigue la Seine à cet endroit, et bientôt, tournant à droite, s'engagea dans le chemin de traverse, bordé de murs et profondément encaissé.

Après quelques centaines de pas, on arriva devant une habitation aussi modeste que possible, mais d'honnête apparence. Cette maison, cette chaumière plutôt, devait avoir été bâtie par quelque boutiquier parisien, amoureux de la belle nature, car tous les arbres avaient été soigneusement abattus. Plus profonde que large, elle se composait d'un rez-de-chaussée de deux pièces, avec un grenier au-dessus. Autour s'étendait un jardin à peine entretenu, mal protégé contre les maraudeurs par un mur en pierres sèches d'un mètre de haut environ, qui encore s'écroulait par places. Une légère grille de bois tournant dans des attaches de fil de fer donnait accès dans le jardin.

– C'est ici, dirent les femmes.

Le commissaire de police s'arrêta. Pendant le trajet, sa suite s'était rapidement grossie de tous les badauds et de tous les désœuvrés du pays. Il était maintenant entouré d'une quarantaine de curieux.

– Que personne ne pénètre dans le jardin, dit-il.

Et, pour être certain d'être obéi, il plaça les deux

gendarmes en faction devant l'entrée, et s'avança escorté du brigadier de gendarmerie et du serrurier.

Lui-même, à plusieurs reprises, il frappa très fort avec la pomme de sa canne plombée, à la porte d'abord, puis successivement à tous les volets. Après chaque coup il collait son oreille contre le bois et écoutait. N'entendant rien, il se retourna vers le serrurier.

– Ouvrez, lui dit-il.

L'ouvrier déboucla sa trousse et prépara ses outils. Déjà il avait introduit un de ses crochets dans la serrure, quand une grande rumeur éclata dans le groupe des badauds.

– La clé ! criait-on, voici la clé !

En effet, un enfant d'une douzaine d'années, jouant avec un de ses camarades, avait aperçu dans le fossé qui borde la route une clé énorme ; il l'avait ramassée et l'apportait en triomphe.

– Donne, gamin, lui dit le brigadier, nous allons voir.

La clé fut essayée ; c'était bien celle de la maison.

Le commissaire et le serrurier échangèrent un regard plein de sinistres inquiétudes.

– Ça va mal ! murmura le brigadier.

Et ils entrèrent dans la maison, tandis que la foule, contenue avec peine par les gendarmes, trépignait d'impatience, tendant le cou et s'allongeant sur le mur, pour tâcher de voir, de saisir quelque chose de ce qui allait se passer.

Ceux qui avaient parlé de crime ne s'étaient malheureusement pas trompés, le commissaire de police en fut convaincu dès le seuil. Tout, dans la première pièce, dénonçait avec une lugubre éloquence la présence des malfaiteurs. Les meubles, une commode et deux grands bahuts, étaient forcés et défoncés. Dans la seconde pièce, qui servait de chambre à coucher, le désordre était plus grand encore. C'était à croire qu'une main furieuse avait pris plaisir à tout bouleverser.

Enfin, près de la cheminée, la face dans les cendres, était étendu le cadavre de la veuve Lerouge. Tout un côté de la figure et les cheveux étaient brûlés, et c'était miracle que le feu ne se fût pas communiqué aux vêtements.

– Canailles, va ! murmura le brigadier de gendarmerie, n'auraient-ils pas pu la voler sans l'assassiner, cette pauvre femme !

– Mais où donc a-t-elle été frappée ? demanda le commissaire, je ne vois pas de sang.

– Tenez, là, entre les deux épaules, mon commissaire, reprit le gendarme. Deux fiers coups, ma foi ! Je parierais mes galons qu'elle n'a pas seulement eu le temps de faire ouf !

Il se pencha sur le corps et le toucha.

– Oh ! continua-t-il, elle est bien froide. Même il me semble qu'elle n'est déjà plus très roide ; il y a au moins trente-six heures que le coup est fait.

Le commissaire, tant bien que mal, écrivit sur un coin de table un procès-verbal sommaire.

– Il ne s'agit pas de pérorer, dit-il au brigadier, mais bien de trouver les coupables. Qu'on prévienne le juge de paix et le maire. De plus, il faut courir à Paris porter cette lettre au parquet. Dans deux heures un juge d'instruction peut être ici. Je vais en attendant procéder à une enquête provisoire.

– Est-ce moi qui dois porter la lettre ? demanda le brigadier.

– Non. Envoyez un de vos hommes, vous me serez

utile ici, vous, pour contenir ces curieux et aussi pour me trouver les témoins dont j'aurai besoin. Il faut tout laisser ici tel quel, je vais m'installer dans la première chambre.

Un gendarme s'élança au pas de course vers la station de Rueil, et aussitôt le commissaire commença l'information préalable prescrite par la loi.

Qui était cette veuve Lerouge, d'où était-elle, que faisait-elle, de quoi vivait-elle, et comment ? Quelles étaient ses habitudes, ses mœurs, ses fréquentations ? Lui connaissait-on des ennemis, était-elle avare, passait-elle pour avoir de l'argent ? Voilà ce qu'il importait au commissaire de savoir.

Mais pour être nombreux, les témoins n'en étaient pas mieux informés. Les dépositions des voisins, successivement interrogés, étaient vides, incohérentes, incomplètes. Personne ne savait rien de la victime, étrangère au pays. Beaucoup de gens se présentaient, d'ailleurs, qui venaient bien moins pour donner des renseignements que pour en demander. Une jardinière qui avait été l'amie de la veuve Lerouge et une laitière chez qui elle se fournissait purent seules donner quelques renseignements assez insignifiants mais précis.

Enfin, après trois heures d'interrogatoires insupportables, après avoir subi tous les on-dit du pays, recueilli les témoignages les plus contradictoires et les plus ridicules commérages, voici ce qui parut à peu près certain au commissaire de police :

Deux ans auparavant, au commencement de 1860, la femme Lerouge était arrivée à Bougival avec une grande voiture de déménagement pleine de meubles, de linge et d'effets. Elle était descendue dans une auberge, manifestant l'intention de se fixer dans les environs, et aussitôt s'était mise en quête d'une maison. Ayant trouvé celle-ci à son gré, elle l'avait louée sans marchander, moyennant trois cent vingt francs payables par semestre et d'avance, mais n'avait pas consenti à signer de bail.

La maison louée, elle s'y était installée le jour même et avait dépensé une centaine de francs en réparations. C'était une femme de cinquante-quatre ou cinquante-cinq ans, bien conservée, forte, et d'une santé excellente. Nul ne savait pourquoi elle avait choisi pour s'établir un pays où elle ne connaissait absolument personne. On la supposait Normande, parce que souvent, le matin, on l'avait aperçue coiffée d'un bonnet de coton. Cette coiffure de nuit ne l'empêchait pas d'être très coquette le jour. Elle portait d'ordinaire de très jolies robes, mettait force rubans à ses bonnets, et se couvrait de bijoux comme une chapelle. Sans doute, elle avait habité la côte, car la mer et les navires revenaient sans cesse dans ses conversations.

Elle n'aimait pas à parler de son mari, mort, disait-elle, dans un naufrage. Jamais à ce sujet elle n'avait donné le moindre détail. Une fois seulement elle avait dit à la laitière devant trois personnes : « Jamais une femme n'a été plus malheureuse que moi dans son ménage. » Une autre fois, elle avait dit : « Tout nouveau, tout beau : défunt mon homme ne m'a aimée qu'un an. »

La veuve Lerouge passait pour riche ou du moins pour très à l'aise. Elle n'était pas avare. Elle avait prêté à une femme de la Malmaison soixante francs pour son terme et n'avait pas voulu qu'elle les lui rendît. Une autre fois, elle avait avancé deux cents francs à un pêcheur de Port-Marly. Elle aimait à bien vivre, dépensait beaucoup pour sa nourriture et faisait venir du vin par demi-pièce. Son plaisir était de traiter ses connaissances, et ses dîners étaient excellents. Si on la complimentait d'être riche, elle ne s'en défendait pas beaucoup. On lui avait souvent entendu dire : « Je ne possède pas de rentes, mais j'ai tout ce dont j'ai besoin. Si je voulais davantage, je l'aurais. »

D'ailleurs, jamais la moindre allusion à son passé, à son pays ou à sa famille, n'avait été surprise. Elle était très bavarde, mais, quand elle avait bien causé, elle n'avait rien dit que du mal de son prochain. Elle devait pourtant avoir vu le monde et savait beaucoup de choses. Très défiante, elle se barricadait chez elle comme dans une forteresse. Jamais elle ne sortait le soir; on savait qu'elle s'enivrait régulièrement à son dîner et qu'elle se couchait après. Rarement on avait vu des étrangers chez elle : quatre ou cinq fois une dame et un jeune homme, et une autre fois deux messieurs : un vieux très décoré et un jeune. Ces derniers étaient venus dans une voiture magnifique.

En somme, on l'estimait peu. Ses propos étaient souvent choquants et singuliers dans la bouche d'une femme de son âge. On l'avait entendue donner à une jeune fille les plus détestables conseils. Un charcutier de Bougival, gêné dans son commerce, lui avait cependant fait la cour. Elle l'avait repoussé en disant que se marier une fois était suffisant. À diverses reprises on avait vu venir des hommes chez elle. D'abord un jeune, qui avait l'air d'un employé du chemin de fer, puis un grand brun assez vieux, vêtu d'une blouse et qui paraissait très méchant. On supposait que l'un et l'autre étaient ses amants.

Tout en interrogeant, le commissaire résumait par écrit les dépositions, et il en était là lorsque arriva le juge d'instruction. Il amenait avec lui le chef de la police de sûreté et un de ses agents.

M. Daburon, que ses amis ont vu avec une profonde surprise donner sa démission pour aller planter ses choux au moment où se dessinait sa fortune, était alors un homme de trente-huit ans, bien fait de sa personne, sympathique malgré sa froideur, d'une physionomie douce et un peu triste. Cette tristesse lui était restée d'une grande maladie qui deux ans auparavant avait failli l'emporter.

Juge d'instruction depuis 1859, il s'était vite acquis une brillante réputation. Laborieux, patient, doué d'un sens subtil, il savait avec une pénétration rare démêler l'écheveau de l'affaire la plus embrouillée, et, au milieu de mille fils, saisir le fil conducteur. Nul mieux que lui, armé d'une implacable logique, ne pouvait résoudre ces terribles problèmes où l'X est le coupable. Habile à déduire du connu à l'inconnu, il excellait à grouper les faits et à réunir en un faisceau de preuves accablantes les circonstances les plus futiles et en apparence les plus indifférentes.

Avec tant et de si précieuses qualités, il ne paraissait cependant pas né pour ses terribles fonctions. Il ne les exerçait qu'en frémissant, se défiant de l'entraînement de ses immenses pouvoirs. L'audace lui manquait pour les coups de théâtre risqués qui font éclater la vérité.

Il avait été long à s'accoutumer à certaines pratiques employées sans scrupules par les plus rigoristes de ses confrères. Ainsi il lui répugnait de tromper même un prévenu et de lui tendre des pièges. On disait de lui au parquet : « C'est un trembleur. » Le fait est qu'au seul souvenir des erreurs judiciaires connues, ses cheveux se dressaient sur sa tête. Ce qu'il lui fallait, c'était non la conviction, non les plus probables présomptions, mais la certitude absolue. Pas de repos pour lui jusqu'au jour où l'accusé était forcé de courber le front devant l'évidence. Si bien qu'un substitut lui reprochait en riant de chercher non plus des coupables, mais des innocents.

Le chef de la police de sûreté n'était autre que le célèbre Gévrol, lequel ne manquera pas de jouer un rôle important dans les drames de nos neveux. C'est assurément un habile homme, mais la persévérance lui manque et il est sujet à se laisser aveugler par une incroyable obstination. S'il perd une piste, il ne peut consentir à l'avouer, encore moins à revenir sur ses pas. D'ailleurs, plein d'audace et de sang-froid, il est impossible à déconcerter. D'une force herculéenne cachée sous des apparences grêles, il n'a jamais hésité à affronter les plus dangereux malfaiteurs.

Mais sa spécialité, sa gloire, son triomphe, c'est une mémoire des physionomies, si prodigieuse qu'elle passe les bornes du croyable. A-t-il vu une figure cinq minutes, c'est fini, elle est casée, elle lui appartient. Partout, en tout temps, il la reconnaîtra. Les impossibilités de lieux, les invraisemblances de circonstances, les plus incroyables déguisements ne le dérouteront pas. Cela tient, prétend-il, à ce que d'un homme il ne voit, il ne regarde que les yeux. Il reconnaît le regard sans se préoccuper des traits.

L'expérience fut tentée il n'y a pas bien des mois à Poissy. On drapa dans des couvertures trois détenus, afin de déguiser leur taille; on leur mit sur la face un voile épais où des trous étaient ménagés pour les yeux, et en cet état on les présenta à Gévrol.

Sans la moindre hésitation il reconnut trois de ses pratiques[1] et les nomma.

Le hasard seul l'avait-il servi ?

L'aide de camp de Gévrol était, ce jour-là, un ancien repris de justice réconcilié avec les lois, un gaillard habile dans son métier, fin comme l'ambre, et jaloux de son chef qu'il jugeait médiocrement fort. On le nommait Lecoq.

Le commissaire de police, que sa responsabilité commençait à gêner, accueillit le juge d'instruction et les deux agents comme des libérateurs. Il exposa rapidement les faits et lut son procès-verbal.

– Vous avez fort bien procédé, monsieur, lui dit le juge, tout ceci est très net ; seulement, il est un fait que vous oubliez.

– Lequel, monsieur ? demanda le commissaire.

– Quel jour a-t-on vu pour la dernière fois la veuve Lerouge, et à quelle heure ?

– J'allais y arriver, monsieur. On l'a rencontrée le soir du Mardi gras, à cinq heures vingt minutes. Elle revenait de Bougival avec un panier de provisions.

– Monsieur le commissaire est sûr de l'heure ? interrogea Gévrol.

– Parfaitement, et voici pourquoi : les deux témoins dont la déposition me fixe, la femme Tellier et un tonnelier, qui demeurent ici près, descendaient de l'omnibus américain qui part de Marly toutes les heures, lorsqu'ils ont aperçu la veuve Lerouge dans le chemin de traverse. Ils ont pressé le pas pour la rejoindre, ont causé avec elle et ne l'ont quittée qu'à sa porte.

– Et qu'avait-elle dans son panier ? demanda le juge d'instruction.

1. Client. *(N.d.E.)*

– Les témoins l'ignorent. Ils savent seulement qu'elle rapportait deux bouteilles de vin cacheté et un litre d'eau-de-vie. Elle se plaignait du mal de tête et leur dit que, bien qu'il fût d'usage de s'amuser le jour du Mardi gras, elle allait se coucher.

– Eh bien ! s'exclama le chef de la sûreté, je sais où il faut chercher.

– Vous croyez ? fit M. Daburon.

– Parbleu ! c'est assez clair. Il s'agit de trouver le grand brun, le gaillard à la blouse. L'eau-de-vie et le vin lui étaient destinés. La veuve l'attendait pour souper. Il est venu, l'aimable galant.

– Oh ! insinua le brigadier évidemment révolté, elle était bien laide et terriblement vieille.

Gévrol regarda d'un air goguenard l'honnête gendarme.

– Sachez, brigadier, dit-il, qu'une femme qui a de l'argent est toujours jeune et jolie, si cela lui convient.

– Peut-être y a-t-il là quelque chose, reprit le juge d'instruction ; pourtant ce n'est pas là ce qui me frappe. Ce seraient plutôt ces mots de la veuve Lerouge : « Si je voulais davantage, je l'aurais. »

– C'est aussi ce qui éveilla mon attention, appuya le commissaire.

Mais Gévrol ne se donnait plus la peine d'écouter. Il tenait sa piste, il inspectait minutieusement les coins et les recoins de la pièce. Tout à coup il revint vers le commissaire.

– J'y pense ! s'écria-t-il, n'est-ce pas le mardi que le temps a changé ?... Il gelait depuis une quinzaine et nous avons eu de l'eau. À quelle heure la pluie a-t-elle commencé ?

– À neuf heures et demie, répondit le brigadier. Je

sortais de souper et j'allais faire ma tournée dans les bals, quand j'ai été pris par une averse vis-à-vis de la rue des Pêcheurs. En moins de dix minutes il y avait un demi-pouce d'eau sur la chaussée.

– Très bien ! dit Gévrol. Donc, si l'homme est venu après neuf heures et demie, il devait avoir ses souliers pleins de boue… sinon, c'est qu'il est arrivé avant. On aurait dû voir cela ici, puisque le carreau est frotté. Y avait-il des empreintes de pas, monsieur le commissaire ?

– Je dois avouer que nous ne nous en sommes pas occupés.

– Ah ! fit le chef de la sûreté d'un ton dépité, c'est bien fâcheux.

– Attendez, reprit le commissaire, il est encore temps d'y voir, non dans cette pièce mais dans l'autre. Nous n'y avons rien dérangé absolument. Mes pas et ceux du brigadier seraient aisés à distinguer. Voyons…

Comme le commissaire ouvrait la porte de la seconde chambre, Gévrol l'arrêta.

– Je demanderai à monsieur le juge, dit-il, de me permettre de tout bien examiner avant que personne entre, c'est important pour moi.

– Certainement, approuva M. Daburon.

Gévrol passa le premier, et tous, derrière lui, s'arrêtèrent sur le seuil. Ainsi ils embrassaient d'un coup d'œil le théâtre du crime.

Tout, ainsi que l'avait constaté le commissaire, semblait avoir été mis sens dessus dessous par quelque furieux.

Au milieu de la chambre était une table dressée. Une nappe fine, blanche comme la neige, la recouvrait. Dessus se trouvaient un magnifique verre de cristal taillé, un très beau couteau et une assiette de porcelaine. Il y avait encore une bouteille de vin à peine entamée et une bouteille d'eau-de-vie dont on avait bu la valeur de cinq à six petits verres.

À droite, le long du mur, étaient appuyées deux belles armoires de noyer à serrures ouvragées, une de chaque côté de la fenêtre. L'une et l'autre étaient vides, et de tous côtés, sur le carreau, le contenu était éparpillé. C'étaient des hardes, du linge, des effets dépliés, secoués, froissés.

Au fond, près de la cheminée, un grand placard renfermant de la vaisselle était resté ouvert. De l'autre côté de la cheminée, un vieux secrétaire à dessus de marbre avait été défoncé, brisé, mis en morceaux et fouillé sans doute jusque dans ses moindres rainures. La tablette arrachée pendait, retenue par une seule charnière ; les tiroirs avaient été retirés et jetés à terre.

Enfin, à gauche, le lit avait été complètement défait et bouleversé. La paille même de la paillasse avait été retirée.

– Pas la plus légère empreinte, murmura Gévrol contrarié ; il est arrivé avant neuf heures et demie. Nous pouvons entrer sans inconvénient maintenant.

Il entra et marcha droit au cadavre de la veuve Lerouge, près duquel il s'agenouilla.

– Il n'y a pas à dire, grogna-t-il, c'est proprement fait. L'assassin n'est pas un apprenti.

Puis, regardant de droite et de gauche :

– Oh ! oh ! continua-t-il, la pauvre diablesse était en train de faire la cuisine quand on l'a frappée. Voilà sa poêle par terre, du jambon et des œufs. Le brutal n'a pas eu la patience d'attendre le dîner. Monsieur était pressé, il a fait le coup le ventre vide. De la sorte il ne pourra pas invoquer pour sa défense la gaieté du dessert.

– Il est évident, disait le commissaire de police au juge d'instruction, que le vol a été le mobile du crime.

– C'est probable, répondit Gévrol d'un ton narquois, c'est même pour cela que vous n'apercevez pas sur la table le plus léger couvert d'argent.

– Tiens ! des pièces d'or dans ce tiroir ! s'exclama Lecoq, qui furetait de son côté ; il y en a pour trois cent vingt francs.

– Par exemple ! fit Gévrol un peu déconcerté.

Mais il revint vite de son étonnement et continua :

– Il les aura oubliées. On cite plus fort que cela. J'ai vu, moi, un assassin qui, le meurtre accompli, perdit si bien la tête qu'il ne se souvint plus de ce qu'il était venu faire et s'enfuit sans rien prendre. Notre gaillard aura été ému. Qui sait s'il n'a pas été dérangé ? On peut avoir frappé à la porte. Ce qui me le ferait croire volontiers, c'est que le gredin n'a pas laissé brûler la bougie, il s'est donné la peine de la souffler.

– Bast ! fit Lecoq, cela ne prouve rien. C'était peut-être un homme économe et soigneux.

Les investigations des deux agents continuèrent par toute la maison, mais les plus minutieuses recherches ne leur firent rien découvrir absolument, pas une pièce à conviction, pas le plus faible indice pouvant servir de point de repère ou de départ. Même, tous les papiers de la veuve Lerouge, si elle en possédait, avaient disparu. On ne rençontra ni une lettre, ni un chiffon de papier, rien.

De temps à autre, Gévrol s'interrompait pour jurer ou pour grommeler :

– Oh ! c'est crânement fait ! voilà de la besogne numéro un. Le gredin a de la main !

– Eh bien ! messieurs ? demanda enfin le juge d'instruction.

– Refaits, monsieur le juge, répondit Gévrol, nous sommes refaits ! Le scélérat avait bien pris toutes ses précautions. Mais je le pincerai… Avant ce soir j'aurai une douzaine d'hommes en campagne. D'ailleurs, il nous reviendra toujours. Il a emporté de l'argenterie et des bijoux, il est perdu.

– Avec tout cela, fit M. Daburon, nous ne sommes pas plus avancés que ce matin !

– Dame ! on fait ce qu'on peut, gronda Gévrol.

– Saperlotte ! dit Lecoq entre haut et bas, pourquoi le père Tirauclair n'est-il pas ici ?

– Que ferait-il de plus que nous ? riposta Gévrol en lançant un regard furieux à son subordonné.

Lecoq baissa la tête et ne souffla mot, enchanté intérieurement d'avoir blessé son chef.

– Qu'est-ce que ce père Tirauclair ? demanda le juge d'instruction ; il me semble avoir entendu ce nom-là je ne sais où.

– C'est un rude homme ! s'exclama Lecoq.

– C'est un ancien employé du Mont-de-Piété, ajouta Gévrol ; un vieux richard dont le vrai nom est Tabaret. Il fait de la police, comme Ancelin était devenu garde du commerce, pour son plaisir.

– Et augmenter ses revenus, remarqua le commissaire.

– Lui ! répondit Lecoq, il n'y a pas de danger. C'est si bien pour la gloire qu'il travaille que souvent il en est de sa poche. C'est un amusement, quoi ! Nous l'avons, là-bas, surnommé Tirauclair, à cause d'une phrase qu'il répète toujours. Ah ! il est fort, le vieux mâtin ! C'est lui qui, dans l'affaire de la femme de ce banquier, vous savez ? a deviné que la dame s'est volée elle-même, et qui l'a prouvé.

– C'est vrai, riposta Gévrol. C'est aussi lui qui a failli faire couper le cou à ce pauvre Derème, ce petit tailleur qu'on accusait d'avoir tué sa femme, une rien du tout, et qui était innocent…

– Nous perdons notre temps, messieurs, interrompit le juge d'instruction.

Et s'adressant à Lecoq :

– Allez, dit-il, me chercher le père Tabaret. J'ai beaucoup entendu parler de lui, je ne serai pas fâché de le voir à l'œuvre.

Lecoq sortit en courant. Gévrol était sérieusement humilié.

– Monsieur le juge d'instruction, commença-t-il, a bien le droit de demander les services de qui bon lui semble ; cependant…

– Ne nous fâchons pas, monsieur Gévrol, interrompit M. Daburon. Ce n'est point d'hier que je vous connais, je sais ce que vous valez ; seulement aujourd'hui, nous différons complètement d'opinion. Vous tenez absolument à votre homme brun, et moi je suis convaincu que vous n'êtes pas sur la voie.

– Je crois que j'ai raison, répondit le chef de la sûreté, et j'espère bien le prouver. Je trouverai le gredin, quel qu'il soit.

– Je ne demande pas mieux.

– Seulement, que monsieur le juge me permette de donner un… comment dirais-je, sans manquer de respect ? un… conseil.

– Parlez.

– Eh bien ! j'engagerai monsieur le juge à se méfier du père Tabaret.

– Vraiment ! et pourquoi cela ?

– C'est que le bonhomme est trop passionné. Il fait

de la police pour le succès, ni plus ni moins qu'un auteur. Et comme il est orgueilleux plus qu'un paon, il est sujet à s'emporter, à se monter le coup. Dès qu'il est en présence d'un crime, comme celui d'aujourd'hui, par exemple, il a la prétention de tout expliquer sur-le-champ. Et en effet, il invente une histoire qui se rapporte exactement à la situation. Il prétend avec un seul fait reconstruire toutes les scènes d'un assassinat, comme ce savant qui sur un os rebâtissait les animaux perdus. Quelquefois, il devine juste, souvent aussi il se trompe. Ainsi, dans l'affaire du tailleur, de ce malheureux Derème, sans moi…

– Je vous remercie de l'avis, interrompit M. Daburon, j'en profiterai. Maintenant, monsieur le commissaire, continua-t-il, à tout prix il faut tâcher de découvrir de quel pays était la veuve Lerouge.

La procession des témoins amenés par le brigadier de gendarmerie recommença à défiler devant le juge d'instruction.

Mais aucun fait nouveau ne se révélait. Il fallait que la veuve Lerouge eût été de son vivant une personne singulièrement discrète pour que de toutes ses paroles – et elle en prononçait beaucoup en un jour – rien de significatif ne fût resté dans l'oreille des commères d'alentour.

Seulement, tous les gens interrogés s'obstinaient à faire part au juge de leurs convictions et de leurs conjectures personnelles. L'opinion publique se déclarait pour Gévrol. Il n'y avait qu'une voix pour accuser l'homme à la blouse grise, le grand brun. Celui-là sûrement était le coupable. On se souvenait de son air féroce, qui avait effrayé tout le pays. Beaucoup, frappés de sa mise suspecte, l'avaient sagement évité. Il avait un soir menacé une femme, et un autre jour battu un enfant. On ne pouvait désigner ni l'enfant ni la femme, mais n'importe, ces actes de brutalité étaient de notoriété publique.

M. Daburon désespérait de faire jaillir la moindre lumière, lorsqu'on lui amena une épicière de Bougival, chez qui se fournissait la victime, et un enfant de treize ans qui savaient, assurait-on, des choses positives.

L'épicière comparut la première. Elle avait entendu la veuve Lerouge parler d'un fils à elle, encore vivant.

– En êtes-vous bien sûre ? insista le juge.

– Comme de mon existence, répondit l'épicière, même que, ce soir-là, c'était un soir, elle était, sauf votre respect, un peu ivre. Elle est restée dans ma boutique plus d'une heure.

– Et elle disait ?

– Il me semble la voir encore, continua la marchande ; elle était accotée sur le comptoir près des balances ; elle plaisantait avec un pêcheur de Marly, le père Husson, qui peut vous le répéter, et elle l'appelait marin d'eau douce. « Mon mari à moi, disait-elle, était marin, lui, mais pour de bon, et la preuve, c'est qu'il restait des années en voyage, et toujours il me rapportait des noix de coco. J'ai un garçon qui est marin, comme défunt son père, sur un vaisseau de l'État. »

– Avait-elle prononcé le nom de son fils ?

– Pas cette fois-là, mais une autre, qu'elle était, si j'ose dire, très saoule. Elle nous a conté que son garçon s'appelait Jacques et qu'elle ne l'avait pas vu depuis très longtemps.

– Disait-elle du mal de son mari ?

– Jamais. Seulement elle disait que le défunt était jaloux et brutal, bon homme au fond, et qu'il lui faisait une vie pitoyable. Il avait la tête faible et se forgeait des idées pour un rien. Enfin il était bête par trop d'honnêteté.

– Son fils était-il venu la voir depuis qu'elle habitait La Jonchère ?

– Elle ne m'en a pas parlé.

– Dépensait-elle beaucoup chez vous ?

– C'est selon. Elle nous prenait pour une soixantaine de francs par mois, quelquefois plus, parce qu'elle voulait du cognac vieux. Elle payait comptant.

L'épicière, ne sachant plus rien, fut congédiée.

L'enfant qui lui succéda appartenait à des gens aisés de la commune. Il était grand et fort pour son âge. Il avait l'œil intelligent, la physionomie éveillée et narquoise. Le juge ne sembla nullement l'intimider.

– Voyons, mon garçon, lui demanda le juge, que sais-tu ?

– Monsieur, l'autre avant-hier, le jour du dimanche gras, j'ai vu un homme sur la porte du jardin de madame Lerouge.

– À quel moment de la journée ?

– De grand matin, j'allais à l'église pour servir la seconde messe.

– Bien ! fit le juge, et cet homme était un grand brun, vêtu d'une blouse…

– Non, monsieur, au contraire, celui-là était petit, court, très gros et pas mal vieux.

– Tu ne te trompes pas ?

– Plus souvent ! répondit le gamin. Je l'ai envisagé de près, puisque je lui ai parlé.

– Alors, voyons, raconte-moi cela.

– Donc, monsieur, je passais, quand je vois ce gros-là sur la porte. Il avait l'air vexé, oh ! mais vexé comme il n'est pas possible. Sa figure était rouge, c'est-à-dire violette jusqu'au milieu de la tête, ce qui se voyait très bien, car il était tête nue et n'avait plus guère de cheveux.

– Et il t'a parlé le premier?

– Oui, monsieur. En m'apercevant, il m'a appelé : « Eh! petit! » Je me suis approché. « Voyons, me dit-il, tu as de bonnes jambes? » Moi je réponds : « Oui. » Alors il me prend l'oreille, mais sans me faire de mal, en me disant : « Puisque c'est comme ça, tu vas me faire une commission et je te donnerai dix sous. Tu vas courir jusqu'à la Seine. Avant d'arriver au quai, tu verras un grand bateau amarré; tu y entreras et tu demanderas le patron Gervais. Sois tranquille, il y sera; tu lui diras qu'il peut parer à filer, que je suis prêt. » Là-dessus, il m'a mis dix sous dans la main, et je suis parti.

– Si tous les témoins étaient comme ce petit garçon, murmura le commissaire, ce serait un plaisir.

– Maintenant, demanda le juge, dis-nous comment tu as fait ta commission?

– Je suis allé au bateau, monsieur, j'ai trouvé l'homme, je lui ai dit la chose, et c'est tout.

Gévrol, qui écoutait avec la plus vive attention, se pencha vers l'oreille de M. Daburon.

– Monsieur le juge, fit-il à voix basse, serait-il assez bon pour me permettre de poser quelques questions à ce mioche?

– Certainement, monsieur Gévrol.

– Voyons, mon petit ami, interrogea l'agent, si tu voyais cet homme dont tu nous parles, le reconnaîtrais-tu?

– Oh! pour ça, oui.

– Il avait donc quelque chose de particulier?

– Dame!... sa figure de brique.

– Et c'est tout?

– Mais oui ! monsieur.

– Cependant, tu sais comme il était vêtu; avait-il une blouse?

– Non. C'était une veste. Sous les bras, elle avait de grandes poches, et de l'une d'elles sortait à moitié un mouchoir à carreaux bleus.

– Comment était son pantalon?

– Je ne me le rappelle pas.

– Et son gilet?

– Attendez donc ! répondit l'enfant. Avait-il un gilet?... Il me semble que non. Si, pourtant... Mais non, je me souviens, il n'en portait pas, il avait une longue cravate attachée près du cou avec un gros anneau.

– Ah ! fit Gévrol d'un air satisfait, tu n'es pas un sot, mon garçon, et je parie qu'en cherchant bien tu vas trouver d'autres renseignements encore à nous donner.

L'enfant baissa la tête et garda le silence. Aux plis de son jeune front, on devinait qu'il faisait un violent effort de mémoire.

– Oui ! s'écria-t-il, j'ai encore remarqué une chose.

– Quoi ?

– L'homme avait des boucles d'oreilles très grandes.

– Bravo ! fit Gévrol, voilà un signalement complet. Je le retrouverai, celui-là; monsieur le juge peut préparer son mandat de comparution.

– Je crois, en effet, le témoignage de cet enfant de la plus haute importance, répondit M. Daburon.

Et se retournant vers l'enfant :

– Saurais-tu, mon petit ami, demanda-t-il, nous dire de quoi était chargé le bateau?

– C'est que je n'en sais rien, monsieur, il était ponté.

– Montait-il ou descendait-il la Seine ?

– Mais, monsieur, il était arrêté.

– Nous le pensons bien, dit Gévrol ; monsieur le juge te demande de quel côté était tourné l'avant du bateau. Était-ce vers Paris ou vers Marly ?

– Les deux bouts du bateau m'ont semblé pareils.

Le chef de la sûreté fit un geste de désappointement.

– Ah ! reprit-il en s'adressant à l'enfant, tu aurais bien dû regarder le nom du bateau ; tu sais lire, je suppose. Il faut toujours regarder le nom des bateaux sur lesquels on monte.

– Je n'ai pas vu de nom, dit le petit garçon.

– Si ce bateau s'est arrêté à quelques pas du quai, objecta M. Daburon, il aura probablement été remarqué par des habitants de Bougival.

– Monsieur le juge a raison, approuva le commissaire.

– C'est juste, fit Gévrol. Du reste les mariniers ont dû descendre et aller au cabaret. Je m'informerai. Mais comment était ce patron Gervais, mon petit ami ?

– Comme tous les mariniers d'ici, monsieur.

Le petit garçon se préparait à sortir ; le juge le rappela.

– Avant de partir, mon enfant, dis-moi si tu as parlé à quelqu'un de ta rencontre avant aujourd'hui ?

– Monsieur, j'ai tout dit à maman, le dimanche en revenant de l'église ; je lui ai même remis les dix sous de l'homme.

– Et tu nous as bien avoué toute la vérité ? continua le juge. Tu sais que c'est une chose très grave que d'en imposer à la justice. Elle le découvre toujours, et je dois te prévenir qu'elle réserve des punitions terribles pour les menteurs.

Le petit témoin devint rouge comme une cerise et baissa les yeux.

– Tu vois, insista M. Daburon, tu nous as dissimulé quelque chose. Tu ignores donc que la police connaît tout ?

– Pardon ! monsieur ! s'écria l'enfant en fondant en larmes, pardon, ne me faites pas de mal, je ne recommencerai plus !

– Alors, dis en quoi tu nous as trompés.

– Eh bien ! monsieur, ce n'est pas dix sous que l'homme m'a donnés, c'est vingt sous. J'en ai avoué la moitié à maman et j'ai gardé le reste pour m'acheter des billes…

– Mon petit ami, interrompit le juge, pour cette fois je te pardonne. Mais que ceci te serve de leçon pour toute ta vie. Retire-toi et souviens-toi que vainement on cèle la vérité, elle se découvre toujours.

2

Les deux dernières dépositions recueillies par le juge d'instruction pouvaient enfin donner quelque espérance. Au milieu des ténèbres, la plus humble veilleuse brille comme un phare.

– Je vais descendre à Bougival, si monsieur le juge le trouve bon, proposa Gévrol.

– Peut-être ferez-vous bien d'attendre un peu, répondit M. Daburon. Cet homme a été vu le dimanche matin. Informons-nous de la conduite de la veuve Lerouge pendant cette journée.

Trois voisines furent appelées. Elles s'accordèrent à dire que la veuve Lerouge avait gardé le lit tout le jour le dimanche gras. À une de ces femmes qui s'était informée de son mal, elle avait répondu : « Ah ! j'ai eu cette nuit un accident terrible. » On n'avait pas alors attaché d'importance à ce propos.

– L'homme aux boucles d'oreilles devient de plus en plus important, dit le juge quand les femmes se furent retirées. Le retrouver est indispensable. Cela vous regarde, monsieur Gévrol.

– Avant huit jours je l'aurai, répondit le chef de la sûreté, quand je devrais moi-même fouiller tous les bateaux de la Seine, de sa source à son embouchure.

» Je sais le nom du patron : Gervais ; le bureau de

la navigation me donnera bien quelque renseignement…

Il fut interrompu par Lecoq, qui arrivait tout essoufflé.

– Voici le père Tabaret, dit-il ; je l'ai rencontré comme il sortait. Quel homme ! Il n'a pas voulu attendre le départ du train. Il a donné je ne sais combien à un cocher, et nous sommes venus ici en cinquante minutes. Enfoncé le chemin de fer !

Presque aussitôt parut sur le seuil un homme dont l'aspect, il faut bien l'avouer, ne répondait en rien à l'idée qu'on se pouvait faire d'un agent de police pour la gloire.

Il avait bien une soixantaine d'années et ne semblait pas les porter très lestement. Petit, maigre et un peu voûté, il s'appuyait sur un gros jonc à pomme d'ivoire sculptée.

Sa figure ronde avait cette expression d'étonnement perpétuel mêlé d'inquiétude qui a fait la fortune de deux comiques du Palais-Royal. Scrupuleusement rasé, il avait le menton très court, de grosses lèvres bonasses, et son nez désagréablement retroussé comme le pavillon de certains instruments de M. Sax. Ses yeux, d'un gris terne, petits, bordés d'écarlate, ne disaient absolument rien, mais ils fatiguaient par une insupportable mobilité. De rares cheveux plats ombrageaient son front, fuyant comme celui d'un lévrier, et dissimulaient mal de longues oreilles, larges, béantes, très éloignées du crâne.

Il était très confortablement vêtu, propre comme un sou neuf, étalant du linge d'une blancheur éblouissante et portant des gants de soie et des guêtres. Une longue chaîne d'or très massive, d'un goût déplorable, faisait trois fois le tour de son cou et retombait en cascades dans la poche de son gilet.

Le père Tabaret dit Tirauclair salua, dès la porte, jusqu'à terre, arrondissant en arc sa vieille échine. C'est de la voix la plus humble qu'il demanda :

– Monsieur le juge d'instruction a daigné me faire demander ?

– Oui ! répondit M. Daburon.

Et tout bas il se disait : si celui-là est un habile homme, en tout cas il n'y paraît guère à sa mine…

– Me voici, continua le bonhomme, tout à la disposition de la justice.

– Il s'agit de voir, reprit le juge, si, plus heureux que nous, vous parviendrez à saisir quelque indice qui puisse nous mettre sur la trace de l'assassin. On va vous expliquer l'affaire…

– Oh ! j'en sais assez, interrompit le père Tabaret. Lecoq m'a dit la chose en gros, le long de la route, juste ce qui m'est nécessaire.

– Cependant…, commença le commissaire de police.

– Que monsieur le juge se fie à moi. J'aime à procéder sans renseignements, afin d'être plus maître de mes impressions. Quand on connaît l'opinion d'autrui, malgré soi on se laisse influencer, de sorte que… je vais toujours commencer mes recherches avec Lecoq.

À mesure que le bonhomme parlait, son petit œil gris s'allumait et brillait comme une escarboucle. Sa physionomie reflétait une jubilation intérieure, et ses rides semblaient rire. Sa taille s'était redressée, et c'est d'un pas presque leste qu'il s'élança dans la seconde chambre.

Il y resta une demi-heure environ, puis il sortit en

courant. Il y revint, ressortit encore, reparut de nouveau et s'éloigna presque aussitôt. Le juge ne pouvait s'empêcher de remarquer en lui cette sollicitude inquiète et remuante du chien qui quête… Son nez en trompette lui-même remuait, comme pour aspirer quelque émanation subtile de l'assassin. Tout en allant et venant, il parlait haut et gesticulait, il s'apostrophait, se disait des injures, poussait de petits cris de triomphe ou s'encourageait. Il ne laissait pas une seconde de paix à Lecoq. Il lui fallait ceci ou cela, ou telle autre chose. Il demandait du papier et un crayon, puis il voulait une bêche. Il criait pour avoir tout de suite du plâtre, de l'eau et une bouteille d'huile.

Après plus d'une heure, le juge d'instruction, qui commençait à s'impatienter, s'informa de ce que devenait son volontaire.

– Il est sur la route, répondit le brigadier, couché à plat ventre dans la boue, et il gâche du plâtre dans une assiette. Il dit qu'il a presque fini et qu'il va revenir.

Il revint en effet presque aussitôt, joyeux, triomphant, rajeuni de vingt ans. Lecoq le suivait, portant avec mille précautions un grand panier.

– Je tiens la chose, dit-il au juge d'instruction, complètement. C'est tiré au clair maintenant et simple comme bonjour. Lecoq, mets le panier sur la table, mon garçon.

Gévrol, lui aussi, revenait d'expédition non moins satisfait.

– Je suis sur la trace de l'homme aux boucles d'oreilles, dit-il. Le bateau descendait. J'ai le signalement exact du patron Gervais.

– Parlez, monsieur Tabaret, dit le juge d'instruction.

Le bonhomme avait vidé sur une table le contenu du

panier, une grosse motte de terre glaise, plusieurs grandes feuilles de papier et trois ou quatre petits morceaux de plâtre encore humide. Debout, devant cette table, il était presque grotesque, ressemblant fort à ces messieurs qui, sur les places publiques, escamotent des muscades[1] et les sous du public. Sa toilette avait singulièrement souffert. Il était crotté jusqu'à l'échine.

– Je commence, dit-il enfin d'un ton vaniteusement modeste. Le vol n'est pour rien dans le crime qui nous occupe.

– Non, au contraire ! murmura Gévrol.

– Je le prouverai, poursuivit le père Tabaret, par l'évidence. Je dirai aussi mon humble avis sur le mobile de l'assassinat, mais plus tard. Donc, l'assassin est arrivé ici avant neuf heures et demie, c'est-à-dire avant la pluie. Pas plus que monsieur Gévrol je n'ai trouvé d'empreintes boueuses, mais sous la table, à l'endroit où se sont posés les pieds de l'assassin, j'ai relevé des traces de poussière. Nous voilà donc fixés quant à l'heure. La veuve Lerouge n'attendait nullement celui qui est venu. Elle avait commencé à se déshabiller et était en train de remonter son coucou lorsque cette personne a frappé.

– Voilà des détails ! fit le commissaire.

– Ils sont faciles à constater, reprit l'agent volontaire : examinez ce coucou, au-dessus du secrétaire. Il est de ceux qui marchent quatorze à quinze heures, pas davantage, je m'en suis assuré. Or, il est plus que probable, il est certain que la veuve le remontait le soir avant de se mettre au lit.

» Comment donc se fait-il que ce coucou soit arrêté

1. Petits objets utilisés dans les tours de passe-passe. *(N.d.E.)*

sur cinq heures? C'est qu'elle y a touché. C'est qu'elle commençait à tirer la chaîne quand on a frappé. À l'appui de ce que j'avance, je montre cette chaise au-dessous du coucou, et sur l'étoffe de cette chaise la marque fort visible d'un pied. Puis, regardez le costume de la victime : le corsage de la robe est retiré. Pour ouvrir plus vite elle ne l'a pas remis, elle a bien vite croisé ce vieux châle sur ses épaules.

– Cristi ! s'exclama le brigadier, évidemment empoigné.

– La veuve, continua le bonhomme, connaissait celui qui frappait. Son empressement à ouvrir le fait soupçonner, la suite le prouve. L'assassin a donc été admis sans difficultés. C'est un homme encore jeune, d'une taille un peu au-dessus de la moyenne, élégamment vêtu. Il portait, ce soir-là, un chapeau à haute forme, il avait un parapluie et fumait un trabucos avec un porte-cigare…

– Par exemple ! s'écria Gévrol, c'est trop fort !

– Trop fort, peut-être, riposta le père Tabaret, en tout cas c'est la vérité. Si vous n'êtes pas minutieux, vous, je n'y puis rien, mais je le suis, moi. Je cherche et je trouve. Ah ! c'est trop fort ! dites-vous. Eh bien ! daignez jeter un regard sur ces morceaux de plâtre humide. Ils vous représentent les talons des bottes de l'assassin dont j'ai trouvé le moule d'une netteté magnifique près du fossé où on a aperçu la clé. Sur ces feuilles de papier j'ai calqué l'empreinte entière du pied que je ne pouvais relever ; car elle se trouve sur du sable.

» Regardez : talon haut, cambrure prononcée, semelle petite et étroite, chaussure d'élégant à pied soigné, bien évidemment. Cherchez-la, cette empreinte, tout le long du chemin, vous la rencontrerez deux fois encore. Puis vous la trouverez répétée cinq fois dans le jardin où personne n'a pénétré. Ce qui prouve, entre parenthèses, que l'assassin a frappé, non à la porte, mais au volet sous lequel passait un filet de lumière. À l'entrée du jardin, mon homme a sauté pour éviter un carré planté, la pointe du pied plus enfoncée l'annonce. Il a franchi sans peine près de deux mètres : donc il est leste, c'est-à-dire jeune.

Le père Tabaret parlait d'une petite voix claire et tranchante, et son œil allait de l'un à l'autre de ses auditeurs, guettant leurs impressions.

– Est-ce le chapeau qui vous étonne, monsieur Gévrol ? poursuivait le père Tabaret ; considérez le cercle parfait tracé sur le marbre du secrétaire, qui était un peu poussiéreux. Est-ce parce que j'ai fixé la taille que vous êtes surpris ? Prenez la peine d'examiner le dessus des armoires, et vous reconnaîtrez que l'assassin y a promené ses mains. Donc, il est bien plus grand que moi. Et ne dites pas qu'il est monté sur une chaise, car, en ce cas, il aurait vu et n'aurait point été obligé de toucher. Seriez-vous stupéfait du parapluie ? Cette motte de terre garde une empreinte admirable non seulement du bout, mais encore de la rondelle de bois qui retient l'étoffe. Est-ce le cigare qui vous confond ? Voici le bout du trabucos que j'ai recueilli dans les cendres. L'extrémité est-elle mordillée, a-t-elle été mouillée par la salive ? Non. Donc celui qui fumait se servait d'un porte-cigare.

Lecoq dissimulait mal une admiration enthousiaste ; sans bruit il choquait ses mains l'une contre l'autre. Le commissaire semblait stupéfait, le juge avait l'air ravi. Par contre, la mine de Gévrol s'allongeait sensiblement. Quant au brigadier, il se cristallisait.

– Maintenant, reprit le bonhomme, écoutez-moi bien. Voici donc le jeune homme introduit. Comment a-t-il expliqué sa présence à cette heure, je ne le sais. Ce qui est sûr, c'est qu'il a dit à la veuve Lerouge qu'il n'avait pas dîné. La brave femme a été ravie, et tout aussitôt s'est occupée de préparer un repas. Ce repas n'était point pour elle.

» Dans l'armoire, j'ai retrouvé les débris de son dîner, elle avait mangé du poisson, l'autopsie le prouvera. Du reste, vous le voyez, il n'y a qu'un verre sur la table et un seul couteau. Mais quel est ce jeune homme ? Il est certain que la veuve le considérait comme bien au-dessus d'elle. Dans le placard est une nappe encore propre. S'en est-elle servie ? Non. Pour son hôte elle a sorti du linge blanc, et son plus beau. Elle lui destinait ce verre magnifique, un présent sans doute. Enfin il est clair qu'elle ne se servait pas ordinairement de ce couteau à manche d'ivoire.

– Tout cela est précis, murmurait le juge, très précis.

– Voilà donc le jeune homme assis. Il a commencé par boire un verre de vin, tandis que la veuve mettait sa poêle sur le feu. Puis, le cœur lui manquant, il a demandé de l'eau-de-vie et en a bu la valeur de cinq petits verres. Après une lutte intérieure de dix minutes, il a fallu ce temps pour cuire le jambon et les œufs au point où ils le sont, le jeune homme s'est levé, s'est approché de la veuve alors accroupie et penchée en avant, et lui a donné deux coups dans le dos. Elle n'est pas morte instantanément. Elle s'est redressée à demi, se cramponnant aux mains de l'assassin. Lui, alors, s'étant reculé, l'a soulevée brusquement et l'a rejetée dans la position où vous la voyez.

» Cette courte lutte est indiquée par la posture du

cadavre. Accroupie et frappée dans le dos, c'est sur le dos qu'elle devait tomber. Le meurtrier s'est servi d'une arme aiguë et fine qui doit être, si je ne m'abuse, un bout de fleuret démoucheté et aiguisé. En essuyant son arme au jupon de la victime il nous a laissé cette indication. Il n'a pas d'ailleurs été marqué dans la lutte. La victime s'est bien cramponnée à ses mains, mais comme il n'avait pas quitté ses gants gris…

– Mais c'est du roman ! s'exclama Gévrol.

– Avez-vous visité les ongles de la veuve Lerouge, monsieur le chef de la sûreté ? Non. Eh bien ! allez les inspecter, vous me direz si je me trompe. Donc, voici la femme morte. Que veut l'assassin ? De l'argent, des valeurs ? Non, non, cent fois non ! Ce qu'il veut, ce qu'il cherche, ce qu'il lui faut, ce sont des papiers qu'il sait en la possession de la victime. Pour les avoir il bouleverse tout, il renverse les armoires, déplie le linge, défonce le secrétaire dont il n'a pas la clé, et vide la paillasse.

» Enfin il les trouve. Et savez-vous ce qu'il en fait, de ces papiers ? il les brûle, non dans la cheminée, mais dans le petit poêle de la première pièce. Son but est rempli désormais. Que va-t-il faire ? Fuir en emportant tout ce qu'il trouve de précieux pour dérouter les recherches et indiquer un vol. Ayant fait main basse sur tout, il l'enveloppe dans la serviette dont il devait se servir pour dîner, et, soufflant la bougie, il s'enfuit, ferme la porte en dehors et jette la clé dans un fossé… Et voilà.

– Monsieur Tabaret, fit le juge, votre enquête est admirable, et je suis persuadé que vous êtes dans le vrai.

– Hein ! s'écria Lecoq, est-il assez colossal, mon papa Tirauclair !

– Pyramidal ! renchérit ironiquement Gévrol ; je pense seulement que ce jeune homme très bien devait être un peu gêné par un paquet enveloppé dans une serviette blanche et qui devait se voir de fort loin.

– Aussi ne l'a-t-il pas emporté à cent lieues, répondit le père Tabaret ; vous comprenez que pour gagner la station du chemin de fer il n'a pas eu la bêtise de prendre l'omnibus américain. Il s'y est rendu à pied, par la route plus courte du bord de l'eau. Or, en arrivant à la Seine, à moins qu'il ne soit plus fort encore que je ne le suppose, son premier soin a été d'y jeter ce paquet indiscret.

– Croyez-vous, papa Tirauclair ? demanda Gévrol.

– Je le parierais, et la preuve, c'est que j'ai envoyé trois hommes, sous la surveillance d'un gendarme, pour fouiller la Seine à l'endroit le plus rapproché d'ici. S'ils retrouvent le paquet, je leur ai promis une récompense.

– De votre poche, vieux passionné ?

– Oui, monsieur Gévrol, de ma poche.

– Si on trouvait ce paquet, pourtant ! murmura le juge.

Un gendarme entra sur ces mots.

– Voici, dit-il en présentant une serviette mouillée renfermant de l'argenterie, de l'argent et des bijoux, ce que les hommes ont trouvé. Ils réclament cent francs qu'on leur a promis.

Le père Tabaret sortit de son portefeuille un billet de banque, qu'il remit au gendarme.

– Maintenant, demanda-t-il en écrasant Gévrol d'un regard superbe, que pense monsieur le juge d'instruction ?

– Je crois que, grâce à votre pénétration remarquable, nous aboutirons et…

Il n'acheva pas. Le médecin, mandé pour l'autopsie de la victime, se présentait.

Le docteur, sa répugnante besogne achevée, ne put que confirmer les assertions et les conjectures du père Tabaret. Ainsi il expliquait comme le bonhomme la position du cadavre. À son avis aussi, il devait y avoir eu lutte. Même, autour du cou de la victime, il fit remarquer un cercle bleuâtre à peine perceptible, produit vraisemblablement par une étreinte suprême du meurtrier. Enfin, il déclara que la veuve Lerouge avait mangé trois heures environ avant d'être frappée.

Il ne restait plus qu'à rassembler quelques pièces à conviction recueillies, qui plus tard pouvaient servir à confondre le coupable.

Le père Tabaret visita avec un soin extrême les ongles de la morte, et, avec des précautions infinies, il put en extraire les quelques éraillures de peau qui s'y étaient logées. Le plus grand de ces débris de gant n'avait pas deux millimètres; cependant on distinguait très aisément la couleur. Il mit aussi de côté le morceau de jupon où l'assassin avait essuyé son arme. C'était, avec le paquet retrouvé dans la Seine et les diverses empreintes relevées par le bonhomme, tout ce que le meurtrier avait laissé derrière lui.

Ce n'était rien, mais ce rien était énorme aux yeux de M. Daburon, et il avait bon espoir. Le plus grand écueil dans les instructions de crimes mystérieux est une erreur sur le mobile. Si les recherches prennent une fausse direction, elles vont s'écartant de plus en plus de la vérité, à mesure qu'on les poursuit. Grâce au père Tabaret, le juge était à peu près certain de ne point se tromper.

La nuit était venue; pendant ce temps, le magistrat n'avait désormais rien à faire à La Jonchère. Gévrol, que poignait le désir de rejoindre l'homme aux boucles d'oreilles, déclara qu'il restait à Bougival. Il promit de bien employer sa soirée, de courir tous les cabarets et de dénicher, s'il se pouvait, de nouveaux témoins.

Au moment de partir, lorsque le commissaire et tout le monde eurent pris congé de lui, M. Daburon proposa au père Tabaret de l'accompagner.

– J'allais solliciter cet honneur, répondit le bonhomme.

Ils sortirent ensemble, et naturellement le crime qui venait d'être découvert et qui les préoccupait également devint le sujet de la conversation.

– Saurons-nous ou ne saurons-nous pas les antécédents de cette vieille femme ? répétait le père Tabaret, tout est là désormais.

– Nous les connaîtrons, répondait le juge, si l'épicière a dit vrai. Si le mari de la veuve Lerouge a navigué, si son fils Jacques est embarqué, le ministère de la Marine nous aura vite donné les éléments qui nous manquent. J'écrirai ce soir même.

Ils arrivèrent à la station de Rueil et prirent le chemin de fer. Le hasard les servit bien. Ils se trouvèrent seuls dans un compartiment de première.

Mais le père Tabaret ne causait plus. Il réfléchissait, il cherchait, il combinait, et sur sa physionomie on pouvait suivre le travail de sa pensée. Le juge le considérait curieusement, intrigué par le caractère de ce singulier bonhomme, qu'une passion, pour le moins originale, mettait au service de la rue de Jérusalem.

– Monsieur Tabaret, lui demanda-t-il brusquement, y a-t-il longtemps, dites-moi, que vous faites de la police ?

– Neuf ans, monsieur le juge, neuf ans passés, et je

suis assez surpris, permettez-moi de vous l'avouer, que vous n'ayez pas déjà entendu parler de moi.

– Je vous connaissais de réputation sans m'en douter, répondit M. Daburon, et c'est en entendant célébrer votre talent que j'ai eu l'excellente idée de vous faire appeler. Je me demande seulement ce qui a pu vous pousser dans cette voie ?

– Le chagrin, monsieur le juge, l'isolement, l'ennui. Ah ! je n'ai pas toujours été heureux, allez !...

– On m'a dit que vous étiez riche.

Le bonhomme poussa un gros soupir qui révélait à lui seul les plus cruelles déceptions.

– Je suis à mon aise, en effet, répondit-il, mais il n'en a pas toujours été ainsi. Jusqu'à quarante-cinq ans j'ai vécu de sacrifices et de privations absurdes et inutiles. J'ai eu un père qui a flétri ma jeunesse, gâté ma vie et fait de moi le plus à plaindre des hommes.

Il est de ces professions dont le caractère est tel qu'on ne parvient jamais à le dépouiller entièrement. M. Daburon était toujours et partout un peu juge d'instruction.

– Comment ! monsieur Tabaret, interrogea-t-il, votre père est l'auteur de toutes vos infortunes ?

– Hélas ! oui, monsieur. Je lui ai pardonné à la longue, autrefois je l'ai bien maudit. J'ai jadis accablé sa mémoire de toutes les injures que peut inspirer la haine la plus violente, lorsque j'ai su... Mais je puis bien vous confier cela. J'avais vingt-cinq ans, et je gagnais deux mille francs par an au Mont-de-Piété, quand un matin mon père entra chez moi et m'annonce brusquement qu'il est ruiné, qu'il ne lui reste plus de quoi manger. Il paraissait au désespoir et parlait d'en finir avec la vie. Moi, je l'aimais. Naturellement je le rassure, je lui embellis ma situation, je lui explique longuement que, tant que je gagnerai de quoi vivre, il ne manquera de rien, et, pour commencer, je lui déclare que nous allons demeurer ensemble. Ce qui fut dit fut fait, et pendant vingt ans je l'ai eu à ma charge, le vieux…

– Quoi ! vous vous repentez de votre honorable conduite, monsieur Tabaret ?

– Si je m'en repens ! C'est-à-dire qu'il aurait mérité d'être empoisonné par le pain que je lui donnais !

M. Daburon laissa échapper un geste de surprise qui fut remarqué du bonhomme.

– Attendez avant de me condamner, continua-t-il. Donc, me voilà, à vingt-cinq ans, m'imposant pour le père les plus rudes privations. Plus d'amis, plus d'amourettes, rien. Le soir, pour augmenter nos revenus, j'allais copier les rôles chez un notaire. Je me refusais jusqu'à du tabac. J'avais beau faire, le vieux se plaignait sans cesse, il regrettait son aisance passée, il lui fallait de l'argent de poche, pour ceci, pour cela ; mes plus grands efforts ne parvenaient pas à le contenter. Dieu sait ce que j'ai souffert !

» Je n'étais pas né pour vivre et vieillir seul comme un chien. J'ai la bosse de la famille. Mon rêve aurait été de me marier, d'adorer une bonne femme, d'en être un peu aimé et de voir grouiller autour de moi des enfants bien venants. Mais bast… quand ces idées me serraient le cœur à m'étouffer et me tiraient une larme ou deux, je me révoltais contre moi. Je me disais : mon garçon, quand on ne gagne que trois mille francs par an, et qu'on possède un vieux père chéri, on étouffe ses sentiments et on reste célibataire. Et cependant j'avais rencontré une jeune fille ! Tenez, il y a trente ans de cela : eh bien ! regardez-moi, je dois ressembler à une tomate… Elle s'appelait Hortense. Qui sait ce qu'elle est devenue ! Elle était belle et pauvre. Enfin j'étais un vieillard lorsque mon père est mort, le misérable, le…

– Monsieur Tabaret ! interrompit le juge ; oh ! monsieur Tabaret !

– Mais puisque je vous affirme que je lui ai donné son absolution, monsieur le juge ! Seulement, vous allez comprendre ma colère. Le jour de sa mort, j'ai trouvé dans son secrétaire une inscription de vingt mille francs de rentes !…

– Comment ! il était riche ?

– Oui, très riche, car ce n'était pas là tout. Il possédait près d'Orléans une propriété affermée six mille francs par an. Il avait en outre une maison, celle que j'habite. Nous y demeurions ensemble, et moi, sot, niais, imbécile, bête brute, tous les trois mois je payais notre terme au concierge.

– C'était fort ! ne put s'empêcher de dire M. Daburon.

– N'est-ce pas, monsieur ? C'était me voler mon argent dans ma poche. Pour comble de dérision, il laissait un testament où il déclarait au nom du Père et du Fils n'avoir en vue, en agissant de la sorte, que mon intérêt. Il voulait, écrivait-il, m'habituer à l'ordre, à l'économie, et m'empêcher de faire des folies. Et j'avais quarante-cinq ans, et depuis vingt ans je me reprochais une dépense inutile d'un sou ! C'est-à-dire qu'il avait spéculé sur mon cœur, qu'il avait… Ah ! c'est à dégoûter de la piété filiale, parole d'honneur !

La très légitime colère du père Tabaret était si bouffonne, qu'à grand-peine le juge se retenait de rire, en dépit du fond réellement douloureux de ce récit.

– Au moins, dit-il, cette fortune dut vous faire plaisir ?

– Pas du tout, monsieur, elle arrivait trop tard. Avoir du pain quand on n'a plus de dents, la belle avance ! L'âge du mariage était passé. Cependant je donnai ma démission pour faire place à plus pauvre que moi. Au bout d'un mois, je m'ennuyais à périr ; c'est alors que, pour remplacer les affections qui me manquent, je résolus de me donner une passion, un vice, une manie. Je me mis à collectionner des livres. Vous pensez peut-être, monsieur, qu'il faut pour cela certaines connaissances, des études…

– Je sais, cher monsieur Tabaret, qu'il faut surtout de l'argent. Je connais un bibliophile illustre qui doit savoir lire, mais qui à coup sûr est incapable de signer son nom.

– C'est bien possible. Moi aussi, je sais lire, et je lisais tous les livres que j'achetais. Je vous dirai que je collectionnais uniquement ce qui de près ou de loin avait trait à la police. Mémoires, rapports, pamphlets, discours, lettres, romans, tout m'était bon, et je le dévorais. Si bien que peu à peu je me suis senti attiré vers cette puissance mystérieuse qui, du fond de la rue de Jérusalem, surveille et garde la société, pénètre partout, soulève les voiles les plus épais, étudie l'envers de toutes les trames, devine ce qu'on ne lui avoue pas, sait au juste la valeur des hommes, le prix des consciences, et entasse dans ses cartons verts les plus redoutables comme les plus honteux secrets.

» En lisant les mémoires des policiers célèbres, attachants à l'égal des fables les mieux ourdies, je m'enthousiasmais pour ces hommes au flair subtil, plus déliés que la soie, souples comme l'acier, pénétrants et rusés, fertiles en ressources inattendues, qui suivent le crime à la piste, le code à la main, à travers les broussailles de la légalité, comme les sauvages de Cooper poursuivent leur ennemi au milieu des forêts de l'Amérique. L'envie me prit d'être un rouage de l'admirable machine, de devenir aussi, moi, une providence au petit pied, aidant à la punition du crime et au triomphe de l'innocence. Je m'essayai, et il se trouve que je ne suis pas trop impropre au métier.

– Et il vous plaît ?

– Je lui dois, monsieur, mes plus vives jouissances. Adieu l'ennui ! depuis que j'ai abandonné la poursuite du bouquin pour celle de mon semblable… Ah ! c'est une belle chose ! Je hausse les épaules quand je vois un jobard payer vingt-cinq francs le droit de tirer un lièvre. La belle prise ! Parlez-moi de la chasse à l'homme ! Celle-là, au moins, met toutes les facultés en jeu, et la victoire n'est pas sans gloire. Là, le gibier vaut le chasseur ; il a comme lui l'intelligence, la force et la ruse ; les armes sont presque égales. Ah ! si on connaissait les émotions de ces parties de cache-cache qui se jouent entre le criminel et l'agent de la sûreté, tout le monde irait demander du service rue de Jérusalem. Le malheur est que l'art se perd et se rapetisse. Les beaux crimes deviennent rares. La race forte des scélérats sans peur a fait place à la tourbe de nos filous vulgaires. Les quelques coquins qui font parler d'eux de loin en loin sont aussi bêtes que lâches. Ils signent leur crime et ont soin de laisser traîner leur carte de visite. Il n'y a nul mérite à les pincer. Le coup constaté, on n'a qu'à aller les arrêter tout droit…

– Il me semble pourtant, interrompit M. Daburon en souriant, que notre assassin à nous n'était pas si maladroit.

– Celui-là, monsieur, est une exception : aussi

serais-je ravi de le découvrir. Je ferai tout pour cela ; je me compromettrais, s'il le fallait. Car je dois confesser à monsieur le juge, ajouta-t-il avec une nuance d'embarras, que je ne me vante pas à mes amis de mes exploits. Je les cache même aussi soigneusement que possible. Peut-être me serreraient-ils la main avec moins d'amitié, s'ils savaient que Tirauclair et Tabaret ne font qu'un.

Insensiblement le crime revenait sur le tapis. Il fut convenu que, dès le lendemain, le père Tabaret s'installerait à Bougival. Il se faisait fort de questionner tout le pays en huit jours. De son côté, le juge le tiendrait au courant des moindres renseignements qu'il recueillerait et le rappellerait dès qu'on se serait procuré le dossier de la femme Lerouge, si toutefois on parvenait à mettre la main dessus.

– Pour vous, monsieur Tabaret, dit le juge en finissant, je serai toujours visible. Si vous avez à me parler, n'hésitez pas à venir de nuit aussi bien que le jour. Je sors rarement. Vous me trouverez infailliblement, soit chez moi, rue Jacob, soit au Palais, à mon cabinet. Des ordres seront donnés pour que vous soyez introduit dès que vous vous présenterez.

On entrait en gare en ce moment. M. Daburon ayant fait avancer une voiture offrit une place au père Tabaret. Le bonhomme refusa.

– Ce n'est pas la peine, répondit-il ; je demeure, comme j'ai eu l'honneur de vous le dire, rue Saint-Lazare, à deux pas.

– À demain donc ! dit M. Daburon.

– À demain ! reprit le père Tabaret ; et il ajouta : Nous trouverons.

3

La maison du père Tabaret n'est pas, en effet, à plus de quatre minutes de la gare Saint-Lazare. Il possède là un bel immeuble, soigneusement tenu, et qui doit donner de magnifiques revenus, bien que les loyers n'y soient pas trop exagérés.

Le bonhomme s'y est mis au large. Il occupe, au premier, sur la rue, un vaste appartement bien distribué, confortablement meublé et dont le principal ornement est sa collection de livres. Il vit là simplement, par goût autant que par habitude, servi par une vieille domestique à laquelle, dans les grandes occasions, le portier donne un coup de main.

Nul dans la maison n'avait le plus léger soupçon des occupations policières de monsieur le propriétaire. Il faut au plus infime agent une intelligence dont on le supposait, sur la mine, absolument dépourvu. On prenait pour un commencement d'idiotisme ses continuelles distractions.

Mais tout le monde avait remarqué la singularité de ses habitudes. Ses constantes expéditions au-dehors donnaient à ses allures des apparences mystérieuses et excentriques. Jamais on ne vit jeune débauché plus désordonné, plus irrégulier que ce vieillard. Il rentrait ou ne rentrait pas pour ses repas, mangeait n'importe quoi à n'importe quel moment. Il sortait à toute heure de jour et de nuit, découchait souvent et disparaissait des semaines entières. Puis il recevait d'étranges visites : on voyait sonner à sa porte des drôles à tournure suspecte et des hommes de mauvaise mine.

Cette vie décousue l'avait quelque peu déconsidéré. On croyait voir en lui un affreux libertin dépensant ses revenus à courir le guilledou. On disait : « N'est-ce pas une honte, un homme de cet âge ! » Il savait ces cancans et en riait. Cela n'empêchait pas plusieurs locataires de rechercher sa société et de lui faire la cour. On l'invitait à dîner ; il refusait presque toujours.

Il ne voyait guère qu'une personne de la maison, mais alors dans la plus grande intimité, si bien qu'il était chez elle plus souvent que chez lui. C'était une femme veuve qui, depuis plus de quinze ans, occupait un appartement au troisième étage : Mme Gerdy. Elle demeurait avec son fils Noël qu'elle adorait.

Noël était un homme de trente-trois ans, plus vieux en apparence que son âge. Grand, bien fait, il avait une physionomie noble et intelligente, de grands yeux noirs et des cheveux noirs qui bouclaient naturellement. Avocat, il passait pour avoir un grand talent, et s'était déjà acquis une certaine notoriété. C'était un travailleur obstiné, froid et méditatif, passionné cependant pour sa profession, affichant avec un peu d'ostentation peut-être une grande rigidité de principes et des mœurs austères.

Chez Mme Gerdy, le père Tabaret se croyait en famille. Il la regardait comme une parente et considérait Noël comme son fils. Souvent il avait eu la pensée de demander la main de cette veuve, charmante malgré ses cinquante ans ; il avait toujours été retenu moins par la peur d'un refus cependant probable, que par la crainte des conséquences. Faisant sa demande et repoussé, il voyait rompues des relations délicieuses pour lui. En attendant, il avait, par un bel et bon testament, déposé chez son notaire, institué pour son légataire universel le jeune avocat, à la seule condition de fonder un prix annuel de deux mille francs destiné à l'agent de police ayant « tiré au clair » l'affaire la plus embrouillée.

Si rapprochée que fût sa maison, le père Tabaret mit plus d'un gros quart d'heure à y arriver. En quittant le juge, il avait repris le cours de ses méditations, de sorte qu'il allait dans la rue poussé de droite et de gauche par les passants affairés, avançant d'un pas, reculant de deux.

Il se répétait pour la cinquième fois les paroles de la veuve Lerouge rapportées par la laitière : « Si je voulais davantage, je l'aurais. »

– Tout est là, murmura-t-il. La veuve Lerouge possédait quelque secret important que des gens riches et haut placés avaient le plus puissant intérêt à cacher. Elle les tenait, c'était là sa fortune. Elle les faisait chanter ; elle aura abusé ; ils l'ont supprimée. Mais de quelle nature était ce secret, et comment le possédait-elle ? Elle a dû, dans sa jeunesse, servir dans quelque grande maison. Là, elle aura vu, entendu, surpris quelque chose. Quoi ? Évidemment il y a une femme là-dessous. Aurait-elle servi les amours de sa maîtresse ? Pourquoi non ? En ce cas, l'affaire se complique. Ce n'est plus seulement la femme qu'il s'agit de retrouver, il faut encore découvrir l'amant ; car c'est l'amant qui a fait le coup. Ce doit être, si je ne m'abuse, quelque noble personnage. Un bourgeois aurait payé des assassins. Celui-ci n'a pas reculé, il a frappé lui-même, évitant ainsi les indiscrétions ou la bêtise d'un complice. Et c'est un fier mâtin, plein d'audace et de sang-froid, car le crime a été admirablement accompli.

» Le gaillard n'avait rien laissé traîner de nature à le compromettre sérieusement. Sans moi, Gévrol, croyant à un vol, n'y voyait que du feu. Par bonheur j'étais là !… Mais non ! continua le bonhomme, ce ne peut être encore cela. Il faut qu'il y ait pis qu'une histoire d'amour. Un adultère ! le temps l'efface…

Le père Tabaret entrait sous le porche de sa maison. Le portier, assis près de la fenêtre de sa loge, l'aperçut à la lumière du bec de gaz.

– Tiens, dit-il, voilà le propriétaire qui rentre…

– Il paraît, remarqua la portière, que sa princesse n'aura pas voulu de lui ce soir ; il a l'air encore plus chose qu'à l'ordinaire.

– Si ce n'est pas indécent ! opina le portier ; aussi est-il assez décati ! Ses belles le mettent dans un joli état ! Un de ces matins, il faudra le conduire dans une maison de santé avec la camisole de force !…

– Regarde-le donc, interrompit la portière ; regarde-le donc au milieu de la cour !

Le bonhomme s'était arrêté à l'extrémité du porche ; il avait ôté son chapeau, et tout en se parlant il gesticulait.

Non, se disait-il, je ne tiens pas encore l'affaire ; je brûle… mais je n'y suis pas.

Il monta l'escalier et sonna à sa porte, oubliant qu'il avait son passe-partout dans sa poche. Sa gouvernante vint ouvrir.

– Comment ! c'est vous, monsieur, à cette heure !…

– Hein ! quoi ? demanda le bonhomme.

– Je dis, répliqua la domestique, qu'il est huit heures

et demie passées. Je croyais que vous ne rentreriez pas ce soir. Avez-vous seulement dîné ?

– Non, pas encore.

– Allons ! heureusement que j'ai tenu le dîner au chaud ; vous pouvez vous mettre à table.

Le père Tabaret s'assit, se servit de la soupe ; mais, enfourchant de nouveau son dada, il ne songea plus à manger et resta comme en arrêt devant une idée, sa cuillère en l'air.

Il devient toqué, pensa Manette ; regardez-moi cet air abruti ! Si ça a du bon sens de mener une vie pareille !

Elle lui frappa sur l'épaule en criant à son oreille comme s'il eût été sourd :

– Vous ne mangez donc pas ? Vous n'avez donc pas faim ?

– Si, si, balbutia-t-il, cherchant machinalement à se débarrasser de cette voix qui bourdonnait à son oreille, j'ai appétit, car depuis ce matin j'ai été obligé…

Il s'interrompit, restant béant, l'œil perdu dans le vague.

– Vous étiez obligé ?… répéta Manette.

– Tonnerre ! s'écria-t-il en levant vers le plafond ses poings fermés, sacré tonnerre ! j'y suis !…

Son mouvement fut si brusque et si violent que la gouvernante eut un peu peur et se recula jusqu'au fond de la salle à manger, près de la porte.

– Oui ! continua-t-il, c'est certain, il y a un enfant !

Manette se rapprocha vivement.

– Un enfant ? interrogea-t-elle.

Mais le bonhomme s'aperçut que sa servante l'épiait.

– Ah çà ! lui dit-il d'un ton furieux, que faites-vous là ! Qui vous rend hardie à ce point de venir ramasser les paroles qui m'échappent ! Faites-moi donc le plaisir de vous retirer dans votre cuisine et de ne pas reparaître avant que j'appelle !

Il devient enragé, pensa Manette en disparaissant au plus vite.

Le père Tabaret s'était rassis. Il avalait à larges cuillerées un potage complètement froid.

Comment, se disait-il, n'avais-je pas songé à cela ? Pauvre humanité ! Mon esprit vieillit et se fatigue. C'est pourtant clair comme le jour… Les circonstances tombent sous le sens…

Il frappa sur le timbre placé devant lui ; la servante reparut.

– Le rôti ! demanda-t-il, et laissez-moi seul. Oui ! continuait-il en découpant furieusement un gigot de pré-salé, oui, il y a un enfant, et voici l'histoire : la veuve Lerouge est au service d'une grande dame très riche. Le mari, un marin probablement, part pour un voyage lointain. La femme, qui a un amant, se trouve enceinte. Elle se confie à la veuve Lerouge et, grâce à elle, parvient à accoucher clandestinement.

Il sonna de nouveau.

– Manette ! le dessert et sortez !

Certes, un tel maître n'était pas digne d'un tel cordon bleu. Il eût été bien embarrassé de dire ce qu'on lui avait servi à son dîner et même ce qu'il mangeait en ce moment ; c'était de la compote de poires.

– Mais l'enfant ! murmurait-il ; l'enfant, qu'est-il devenu ? L'aurait-on tué ? Non, car la veuve Lerouge, complice d'un infanticide, n'était presque plus redoutable. L'amant a voulu qu'il vécût ; et on l'a confié à notre veuve, qui l'a élevé. On a pu lui retirer l'enfant, mais non les preuves de sa naissance et de son existence. Voilà le joint. Le père, c'est l'homme à la belle voiture; la mère n'est autre que la femme qui venait avec un beau jeune homme. Je crois bien que la chère dame ne manquait de rien! Il y a des secrets qui valent une ferme en Brie. Deux personnes à faire chanter. Il est vrai que, ne se refusant pas un amant, sa dépense devait augmenter tous les ans. Pauvre humanité! le cœur a ses besoins. Elle a trop appuyé sur la chanterelle[1], et l'a cassée. Elle a menacé, on a eu peur, et on s'est dit : finissons-en! Mais qui s'est chargé de la commission? Le papa? Non. Il est trop vieux. Parbleu! c'est le fils. Il a voulu sauver sa mère, le joli garçon. Il a refroidi la veuve et brûlé les preuves.

Manette, pendant ce temps, l'oreille à la serrure, écoutait de toute son âme. De temps à autre, elle récoltait un mot, un juron, le bruit d'un coup frappé sur la table, mais c'était tout.

Bien sûr, pensa-t-elle, ce sont ses femmes qui lui trottent par la tête. Elles auront voulu lui faire accroire qu'il est papa.

Elle était si bien sur le gril que, n'y tenant plus, elle se hasarda à entrebâiller la porte.

– Monsieur a demandé son café? fit-elle timidement.

– Non, mais donnez-le-moi, répondit le père Tabaret.

Il voulut l'avaler d'un trait et s'échauda si bien que la douleur le ramena subitement au sentiment le plus exact de la réalité.

– Tonnerre, grogna-t-il, c'est chaud! Diable d'affaire! Elle me met aux champs. On a raison là-bas, je me passionne trop. Mais qui donc d'entre eux aurait, par la seule force de la logique, rétabli l'histoire en son

1. Insister sur un point délicat. *(N.d.E.)*

entier ? Ce n'est pas Gévrol, le pauvre homme ! Sera-t-il assez humilié, assez vexé, assez roulé ! Si j'allais trouver monsieur Daburon ? Non, pas encore… La nuit m'est nécessaire pour creuser certaines particularités, pour coordonner mes idées. C'est que, d'un autre côté, si je reste ici, seul, toute cette histoire va me mettre le sang en mouvement, et comme cela, après avoir beaucoup mangé, je suis capable d'attraper une indigestion. Ma foi ! je vais aller m'informer de madame Gerdy ; elle était souffrante ces jours passés, je causerai avec Noël, et cela me dissipera un peu.

Il se leva, passa son pardessus et prit son chapeau et sa canne.

– Monsieur sort ? demanda Manette.

– Oui.

– Monsieur rentrera-t-il tard ?

– C'est possible.

– Mais monsieur rentrera ?

– Je n'en sais rien.

Une minute plus tard le père Tabaret sonnait à la porte de ses amis.

L'intérieur de Mme Gerdy était des plus honorables. Elle possédait l'aisance, et le cabinet de Noël, déjà très occupé, changeait cette aisance en fortune.

Mme Gerdy vivait très retirée, et à l'exception des amis que Noël invitait parfois à dîner, recevait très peu de monde. Depuis plus de quinze ans que le père Tabaret venait familièrement dans la maison, il n'y avait rencontré que le curé de la paroisse, un vieux professeur de Noël et le frère de Mme Gerdy, colonel en retraite.

Quand ces trois visiteurs se trouvaient réunis, ce qui arrivait rarement, on jouait au boston. Les autres soirs, on faisait une partie de piquet ou d'impériale. Noël ne restait guère au salon. Il s'enfermait après le dîner dans son cabinet, indépendant ainsi que sa chambre de l'appartement de sa mère, et se plongeait dans les dossiers. On savait qu'il travaillait très avant dans la nuit. Souvent l'hiver sa lampe ne s'éteignait qu'au petit jour.

La mère et le fils ne vivaient absolument que l'un pour l'autre. Tous ceux qui les connaissaient se plaisaient à le répéter.

On aimait, on honorait Noël pour les soins qu'il donnait à sa mère, pour son absolu dévouement filial, pour les sacrifices que, supposait-on, il s'imposait en vivant, à son âge, comme un vieillard. On se plaisait dans la maison à opposer la conduite de ce jeune homme si grave à celle du père Tabaret, cet incorrigible roquentin[1], ce galantin à perruque.

Quant à Mme Gerdy, elle ne voyait que son fils en ce monde. Son amour à la longue était devenu comme un culte. En Noël, elle pensait reconnaître toutes les perfections, toutes les beautés physiques et morales. Il lui paraissait d'une essence pour ainsi dire supérieure à celle des autres créatures de Dieu. Parlait-il… elle se taisait et écoutait. Un mot de lui était un ordre. Ses avis, elle les recevait comme des décrets de la Providence même. Soigner son fils, étudier ses goûts, deviner ses désirs, l'entretenir dans une tiède atmosphère de tendresse, telle était son existence. Elle était mère.

– Madame Gerdy est-elle visible ? demanda le père Tabaret à la bonne qui lui ouvrit.

Et, sans attendre la réponse, il entra comme chez lui en homme sûr que sa présence ne saurait être importune et doit être agréable.

1. Vieillard qui joue au jeune homme. (*N.d.E.)*

Une seule bougie éclairait le salon et il n'était pas dans son ordre accoutumé. Le guéridon à dessus de marbre, toujours placé au milieu de la pièce, avait été roulé dans un coin. Le grand fauteuil de Mme Gerdy se trouvait près de la fenêtre. Un journal déplié était tombé sur le tapis.

Le volontaire de la police vit tout cela d'un coup d'œil.

– Serait-il arrivé quelque accident? demanda-t-il à la bonne.

– Ne m'en parlez pas, monsieur, nous venons d'avoir une peur… oh! mais une peur…

– Qu'est-ce? dites vite?…

– Vous savez que madame est très souffrante depuis un mois… Elle ne mange pour ainsi dire plus. Ce matin même, elle m'avait dit…

– Bien! bien! mais ce soir?

– Après son dîner, madame est venue au salon comme à l'ordinaire. Elle s'est assise et a pris un des journaux de monsieur Noël. À peine a-t-elle eu commencé à lire, qu'elle a poussé un grand cri, un cri horrible. Nous sommes accourus; madame était tombée sur le tapis, comme morte. Monsieur Noël l'a prise dans ses bras et l'a portée dans sa chambre. Je voulais aller chercher le médecin; monsieur m'a dit que ce n'était pas la peine, qu'il savait ce que c'était.

– Et comment va-t-elle, maintenant?

– Elle est revenue. C'est-à-dire je le suppose, car monsieur Noël m'a fait sortir. Ce que je sais, c'est que tout à l'heure elle parlait, et très fort même, car je l'ai entendue. Ah! monsieur, c'est tout de même bien extraordinaire!…

– Quoi?

– Ce que madame disait à monsieur.

– Ah ! ah ! la belle, ricana le père Tabaret, on écoute donc aux portes ?

– Non, monsieur, je vous jure, mais c'est que madame criait comme une perdue, elle disait…

– Ma fille ! dit sévèrement le père Tabaret, on entend toujours mal à travers une porte, demandez plutôt à Manette.

La servante, toute confuse, voulut se disculper.

– Assez ! assez ! fit le bonhomme. Retournez à votre ouvrage. Il est inutile de déranger monsieur Noël, je l'attendrai très bien ici.

Et, satisfait de la petite leçon qu'il venait de donner, il ramassa le journal et s'installa au coin du feu, déplaçant la bougie pour lire plus à son aise.

Une minute ne s'était pas écoulée qu'à son tour il bondit sur le fauteuil et étouffa un cri de surprise et d'effroi instinctif.

Voici le fait divers qui lui a sauté aux yeux :

Un crime horrible vient de plonger dans la consternation le petit village de La Jonchère. Une pauvre veuve, nommée Lerouge, qui jouissait de l'estime générale et que tout le pays aimait, a été assassinée dans sa maison. La justice, aussitôt avertie, s'est transportée sur les lieux, et tout nous porte à croire que la police est déjà sur les traces de l'auteur de ce lâche forfait.

Tonnerre ! se dit le père Tabaret, est-ce que madame Gerdy !…

Ce ne fut qu'un éclair. Il reprit place dans son fauteuil, tout honteux, haussant les épaules et murmurant :

– Ah çà ! décidément cette affaire me rend stupide.

Je ne vais plus rêver que de la veuve Lerouge maintenant, je vais la voir partout.

Cependant une curiosité irraisonnée lui fit parcourir le journal. Il n'y trouva rien, à l'exception de ces quelques lignes, qui pût justifier et expliquer un évanouissement, un cri, même la plus légère émotion.

C'est cependant singulier, cette coïncidence, pensa l'incorrigible policier.

Alors seulement il remarqua que le journal était légèrement déchiré vers le bas et froissé par une main convulsive. Il répéta :

– C'est bizarre !…

En ce moment la porte du salon donnant dans la chambre à coucher de Mme Gerdy s'ouvrit, et Noël parut sur le seuil.

Sans doute l'accident survenu à sa mère l'avait beaucoup ému ; il était très pâle et sa physionomie si calme d'ordinaire accusait un grand trouble. Il parut surpris de voir le père Tabaret.

– Ah ! cher Noël ! s'écria le bonhomme, calmez mon inquiétude, comment va votre mère ?

– Madame Gerdy va aussi bien que possible.

– Madame Gerdy ! répéta le bonhomme d'un air étonné.

Mais il continua :

– On voit bien que vous avez eu une frayeur horrible…

– En effet, répondit l'avocat en s'asseyant, je viens d'essuyer une rude secousse.

Noël faisait visiblement les plus grands efforts pour paraître calme, pour écouter le bonhomme et lui répondre. Le père Tabaret, tout à son inquiétude, ne s'en apercevait aucunement.

– Au moins, mon cher enfant, demanda-t-il, dites-moi comment cela est arrivé ?

Le jeune homme hésita un moment, comme s'il se fût consulté. N'étant sans doute pas préparé à cette question à brûle-pourpoint, il ne savait quelle réponse faire et délibérait intérieurement. Enfin, il répondit :

– Madame Gerdy a été comme foudroyée en apprenant là, tout à coup, par le récit d'un journal, qu'une femme qu'elle aimait vient d'être assassinée.

– Bah !… s'écria le père Tabaret.

Le bonhomme était à ce point stupéfait qu'il faillit se trahir, révéler ses accointances avec la police. Encore un peu, il s'écriait : « Quoi ! votre mère connaissait la veuve Lerouge ! » Par bonheur il se contint. Il eut plus de peine à dissimuler sa satisfaction, car il était ravi de se trouver ainsi sans efforts sur la trace du passé de la victime de La Jonchère.

– C'était, continua Noël, l'esclave de madame Gerdy. Elle lui était dévouée corps et âme, elle se serait jetée au feu sur un signe de sa main.

– Alors, vous, mon cher ami, vous connaissiez cette brave femme ?

– Je ne l'avais pas vue depuis bien longtemps, répondit Noël dont la voix semblait voilée par une profonde tristesse, mais je la connais et beaucoup. Je dois même avouer que je l'aimais tendrement ; elle avait été ma nourrice.

– Elle !… cette femme !… balbutia le père Tabaret.

Cette fois il était comme pris d'un étourdissement. La veuve Lerouge, nourrice de Noël ! Il jouait de bonheur. La Providence évidemment le choisissait pour son instrument et le guidait par la main. Il allait donc obtenir tous les renseignements qu'une demi-heure avant il désespérait presque de se procurer. Il restait, devant Noël, muet et interdit. Cependant il comprit qu'à moins de se compromettre il devait parler, dire quelque chose.

– C'est un grand malheur, murmura-t-il.

– Pour madame Gerdy, je n'en sais rien, répondit Noël d'un air sombre, mais pour moi c'est un malheur immense. Je suis atteint en plein cœur par le coup qui a frappé cette pauvre femme. Cette mort, monsieur Tabaret, anéantit tous mes rêves d'avenir et renverse peut-être mes plus légitimes espérances. J'avais à me venger de cruels outrages, cette mort brise mes armes entre mes mains et me réduit au désespoir de l'impuissance. Ah !... je suis bien malheureux !

– Vous, malheureux ! s'écria le père Tabaret, singulièrement touché de cette douleur de son cher Noël ; au nom du Ciel ! que vous arrive-t-il ?

– Je souffre, murmura l'avocat, et bien cruellement. Non seulement l'injustice ne sera jamais réparée, je le crains, mais encore me voici livré sans défense aux coups de la calomnie. On pourra dire de moi que j'ai été un artisan de fourberies, un intrigant ambitieux, sans pudeur et sans foi.

Le père Tabaret ne savait que penser. Entre l'honneur de Noël et le crime de La Jonchère, il ne voyait nul trait d'union possible. Mille idées troubles et confuses se heurtaient dans son cerveau.

– Voyons, mon enfant, dit-il, remettez-vous. Est-ce que la calomnie prendrait jamais sur vous ! Du courage, tonnerre ! n'avez-vous pas des amis ? Ne suis-je pas là ? Ayez confiance, confiez-moi le sujet de votre chagrin, et c'est bien le diable si, à nous deux...

L'avocat se leva brusquement, enflammé d'une résolution soudaine.

– Eh bien ! oui, interrompit-il, oui, vous saurez tout. Au fait, je suis las de porter seul un secret qui m'étouffe. Le rôle que je me suis imposé m'excède et m'indigne. J'ai besoin d'un ami qui me console. Il me faut un conseiller dont la voix m'encourage, car on est mauvais juge dans sa propre cause, et ce crime me plonge dans un abîme d'hésitations.

– Vous savez, répondit simplement le père Tabaret, que je suis tout à vous comme si vous étiez mon propre fils. Disposez de moi sans scrupule.

– Sachez donc, commença l'avocat… Mais non ! pas ici. Je ne veux pas qu'on puisse écouter ; passons dans mon cabinet.

4

Lorsque Noël et le père Tabaret furent assis en face l'un de l'autre dans la pièce où travaillait l'avocat, une fois la porte soigneusement fermée, le bonhomme eut une inquiétude.

– Et si votre mère avait besoin de quelque chose ? remarqua-t-il.

– Si madame Gerdy sonne, répondit le jeune homme d'un ton sec, la domestique ira voir.

Cette indifférence, ce froid dédain confondaient le père Tabaret, habitué aux rapports toujours si affectueux de la mère et du fils.

– De grâce, Noël, dit-il, calmez-vous, ne vous laissez pas dominer par un mouvement d'irritation. Vous avez eu, je le vois, quelque petite pique avec votre mère, vous l'aurez oubliée demain. Quittez donc ce ton glacial que vous prenez en parlant d'elle. Pourquoi cette affectation à l'appeler madame Gerdy ?

– Pourquoi ? répondit l'avocat d'une voix sourde, pourquoi ?...

Il quitta son fauteuil, fit au hasard quelques pas dans son cabinet, et revenant se placer près du bonhomme, il dit :

– Parce que, monsieur Tabaret, madame Gerdy n'est pas ma mère.

Cette phrase tomba comme un coup de bâton sur la tête du vieux policier. Il fut étourdi.

– Oh ! fit-il de ce ton qu'on prend pour repousser une proposition impossible… Oh ! songez-vous à ce que vous dites, mon enfant. Est-ce croyable, est-ce vraisemblable ?

– Oui ! c'est invraisemblable, répondit Noël avec une certaine emphase qui lui était habituelle, c'est incroyable, et cependant c'est vrai. C'est-à-dire que depuis trente-trois ans, depuis ma naissance, cette femme joue la plus merveilleuse et la plus indigne des comédies au profit de son fils, car elle a un fils, et à mon détriment à moi.

– Mon ami…, voulut commencer le père Tabaret, qui dans le lointain de cette révélation entrevoyait le fantôme de la veuve Lerouge.

Mais Noël ne l'écoutait pas et semblait à peine en état de l'entendre. Ce garçon si froid et si réservé, si « en dedans », ne contenait plus sa colère. Au bruit de ses propres paroles, il s'animait comme un bon cheval au son des grelots de ses harnais.

– Fut-il jamais, continua-t-il, un homme aussi cruellement trompé que moi et plus misérablement pris pour dupe ! Et moi qui aimais cette femme, qui ne savais quels témoignages d'affection lui prodiguer, qui lui sacrifiais ma jeunesse ! Comme elle a dû rire de moi ! Son infamie date du moment où, pour la première fois, elle m'a pris sur ses genoux. Et jusqu'à ces jours passés, elle a soutenu, sans une heure de défaillance, son exécrable rôle. Son amour pour moi, hypocrisie ! son dévouement, fausseté ! ses caresses, mensonge ! Et je l'adorais ! Ah ! que ne puis-je lui reprendre tous les baisers que je lui donnais en échange de ses baisers de

Judas. Et pourquoi cet héroïsme de fourberies, tant de soin, tant de duplicité ? Pour me trahir plus sûrement, pour me dépouiller, me voler, pour donner à son bâtard tout ce qui m'appartient, à moi : mon nom, un grand nom ; ma fortune, une fortune immense…

Nous brûlons, pensait Tabaret, en qui se révélait le collaborateur de Gévrol.

Tout haut il dit :

– C'est bien grave, tout ce que vous dites là, cher Noël, c'est terriblement grave. Il faut supposer à madame Gerdy une audace et une habileté qu'on trouve rarement réunies chez une femme. Elle a dû être aidée, conseillée, poussée, peut-être. Quels ont été ses complices ? elle ne pouvait agir seule. Son mari lui-même…

– Son mari ! interrompit l'avocat avec un rire amer. Ah ! vous avez donné dans le veuvage, vous aussi ! Non, il n'y avait pas de mari : feu Gerdy n'a jamais existé. J'étais bâtard, cher monsieur Tabaret, très bâtard : Noël, fils de la fille Gerdy et de père inconnu.

– Seigneur ! s'écria le bonhomme, c'est pour cela que votre mariage avec mademoiselle Levernois n'a pu se faire il y a quatre ans ?

– Oui, c'est pour cela, mon vieil ami. Et que de malheurs il évitait ce mariage avec une jeune fille que j'aimais ! Pourtant, je n'en ai pas voulu, alors, à celle que j'appelais ma mère. Elle pleurait, elle s'accusait, elle se désolait, et moi, naïf, je la consolais de mon mieux, je séchais ses larmes, je l'excusais à ses propres yeux. Non, il n'y avait pas de mari… Est-ce que les femmes comme elle ont des maris ! Elle était la maîtresse de mon père, et le jour où il a été rassasié d'elle, il l'a quittée en lui jetant trois cent mille francs, le prix des plaisirs qu'elle lui donnait.

Noël aurait continué longtemps sans doute ses déclarations furibondes. Le père Tabaret l'arrêta. Le bonhomme sentait venir une histoire de tout point semblable à celle qu'il avait imaginée, et l'impatience vaniteuse de savoir s'il avait deviné lui faisait presque oublier de s'apitoyer sur les infortunes de Noël.

– Cher enfant, dit-il, ne nous égarons pas. Vous me demandez un conseil ? Je suis peut-être le seul à pouvoir vous le donner bon. Allons donc au but. Comment avez-vous appris cela ? Avez-vous des preuves ? où sont-elles ?

Le ton décidé du bonhomme aurait dû éveiller l'attention de Noël. Mais il n'y prit pas garde. Il n'avait pas le loisir de s'arrêter à réfléchir. Il répondit donc :

– Je sais cela depuis trois semaines. Je dois cette découverte au hasard. J'ai des preuves morales importantes, mais ce ne sont que des preuves morales. Un mot de la veuve Lerouge, un seul mot les rendait décisives. Ce mot, elle ne peut plus le prononcer puisqu'on l'a tuée, mais elle me l'avait dit à moi. Maintenant, madame Gerdy niera tout, je la connais ; la tête sur le billot elle nierait. Mon père sans doute se tournera contre moi… Je suis sûr, j'ai des preuves, ce crime rend vaine ma certitude et frappe mes preuves de nullité.

– Expliquez-moi bien tout, reprit après un moment de réflexion le père Tabaret, tout, vous m'entendez bien. Les vieux sont quelquefois de bon conseil. Nous aviserons après.

– Il y a trois semaines, commença Noël, ayant besoin de quelques titres anciens, j'ouvris pour les chercher le secrétaire de madame Gerdy. Involontairement je dérangeai une tablette : des papiers tombèrent de droite et de gauche et un paquet de lettres me sauta en plein visage. Un instinct machinal que je ne saurais expliquer me poussa à dénouer cette correspondance, et, poussé par une invincible curiosité, je lus la première lettre qui me tomba sous la main.

– Vous avez eu tort, opina le père Tabaret.

– Soit; enfin, je lus. Au bout de dix lignes, j'étais sûr que cette correspondance était de mon père, dont madame Gerdy, malgré mes prières, m'avait toujours caché le nom. Vous devez comprendre quelle fut mon émotion. Je m'emparai du paquet, je vins me renfermer ici, et je dévorai d'un bout à l'autre cette correspondance.

– Et vous en êtes cruellement puni, mon pauvre enfant!

– C'est vrai, mais à ma place qui donc eût résisté? Cette lecture m'a navré, et c'est elle qui m'a donné la preuve de ce que je viens de vous dire.

– Au moins avez-vous conservé ces lettres?

– Je les ai là, monsieur Tabaret, répondit Noël, et comme pour me donner un avis en connaissance de cause vous devez savoir, je vais vous les lire.

L'avocat ouvrit un des tiroirs de son bureau, fit jouer dans le fond un ressort imperceptible, et d'une cachette pratiquée dans l'épaisseur de la tablette supérieure, il retira une liasse de lettres.

– Vous comprenez, mon ami, reprit-il, que je vous ferai grâce de tous les détails insignifiants, détails qui, cependant, ajoutent leur poids au reste. Je vais prendre seulement les faits importants et qui ont trait directement à l'affaire.

Le père Tabaret se tassa dans un fauteuil, brûlant de la fièvre de l'attente. Son visage et ses yeux exprimaient la plus ardente attention.

Après un triage qui dura assez longtemps, l'avocat

choisit une lettre et commença sa lecture, d'une voix qu'il s'efforça de rendre calme, mais qui tremblait par moments :

Ma Valérie bien-aimée,

– Valérie, fit-il, c'est madame Gerdy.

– Je sais, je sais, ne vous interrompez pas.

Noël reprit donc :

Ma Valérie bien-aimée,

Aujourd'hui est un beau jour. Ce matin j'ai reçu ta lettre chérie, je l'ai couverte de baisers, je l'ai relue cent fois, et maintenant elle est allée rejoindre les autres, là, sur mon cœur. Cette lettre, ô mon amie, a failli me faire mourir de joie. Tu ne t'étais donc pas trompée, c'était donc vrai ! Le Ciel enfin propice couronne notre flamme. Nous aurons un fils.

J'aurai un fils de ma Valérie adorée, sa vivante image. Oh ! pourquoi sommes-nous séparés par une distance immense ? Que n'ai-je des ailes pour voler à tes pieds et tomber entre tes bras, ivre de la plus douce volupté ! Non ! jamais comme en ce moment je n'ai maudit l'union fatale qui m'a été imposée par une famille inexorable et que mes larmes n'ont pu attendrir. Je ne puis m'empêcher de haïr cette femme qui, malgré moi, porte mon nom, innocente victime cependant de la barbarie de nos parents. Et pour comble de douleurs, elle va aussi me rendre père. Qui dira ma douleur lorsque j'envisage l'avenir de ces deux enfants ?

L'un, le fils de l'objet de ma tendresse, n'aura ni père ni famille, ni même un nom, puisqu'une loi faite pour désespérer les âmes sensibles m'empêche de le reconnaître. Tandis que l'autre, celui de l'épouse détestée, par le seul fait de sa naissance, se trouvera riche, noble, entouré d'affections et d'hommages, avec un grand état dans le monde. Je ne puis soutenir la pensée de cette terrible injustice. Qu'imaginer pour la réparer? Je n'en sais rien, mais sois sûre que je la réparerai. C'est au tant désiré, au plus chéri, au plus aimé que doit revenir la meilleure part, et elle lui reviendra, je le veux.

– D'où est datée cette lettre? demanda le père Tabaret, que le style devait fixer au moins sur un point.

– Voyez, répondit Noël.

Il tendit la lettre au bonhomme, qui lut : *Venise, décembre 1828.*

– Vous sentez, reprit l'avocat, toute l'importance de cette première lettre. Elle est comme l'exposition rapide qui établit les faits. Mon père, marié malgré lui, adore sa maîtresse et déteste sa femme. Toutes deux se trouvent enceintes en même temps, et ses sentiments au sujet des deux enfants qui vont naître ne sont pas fardés. Sur la fin, on voit presque poindre l'idée que plus tard il ne craindrait pas de mettre à exécution, au mépris de toutes les lois divines et humaines…

Il commençait presque une sorte de plaidoyer; le père Tabaret l'interrompit.

– Ce n'est pas la peine de développer, dit-il. Dieu merci! ce que vous lisez est assez explicite. Je ne suis pas un Grec en pareille matière, je suis simple comme le serait un juré; pourtant, je comprends admirablement.

– Je passe plusieurs lettres, reprit Noël, et j'arrive à celle-ci, du 23 janvier 1829. Elle est fort longue et pleine de choses complètement étrangères à ce qui nous occupe. Pourtant j'y trouve deux passages qui attestent le travail lent et continu de la pensée de mon père :

Les destins, plus puissants que ma volonté, m'enchaînent en ce pays, mais mon âme est près de toi, ô ma Valérie. Sans cesse ma pensée se repose sur le gage adoré de notre amour qui tressaille dans ton sein. Veille, mon amie, veille sur tes jours doublement précieux. C'est l'amant, c'est le père qui te parle. La dernière page de ta réponse me perce le cœur. N'est-ce pas me faire injure que de t'inquiéter du sort de notre enfant ? Ô Dieu puissant ! elle m'aime, elle me connaît, et elle s'inquiète !

– Je saute, dit Noël, deux pages de passion pour m'arrêter à ces quelques lignes de la fin :

La grossesse de la comtesse est de plus en plus pénible. Épouse infortunée ! Je la hais, et cependant je la plains. Elle semble deviner les motifs de ma tristesse et de ma froideur. À sa soumission timide, à son inaltérable douceur, on croirait qu'elle cherche à se faire pardonner notre union. Créature sacrifiée ! Elle aussi, peut-être, avant d'être traînée à l'autel, avait donné son cœur. Nos destinées seraient pareilles. Ton bon cœur me pardonnera ma pitié.

– Celle-là était ma mère, fit l'avocat d'une voix frémissante. Une sainte ! Et on demande pardon de la pitié qu'elle inspire… Pauvre femme !

Il passa sa main sur ses yeux comme pour repousser ses larmes et ajouta :

– Elle est morte !

En dépit de son impatience le père Tabaret n'osa souffler mot. Il ressentait d'ailleurs vivement la profonde douleur de son jeune ami et la respectait. Après un assez long silence, Noël releva la tête et reprit la correspondance.

– Toutes les lettres qui suivent, dit-il, portent la trace des préoccupations de mon père pour son bâtard. Je les laisse pourtant de côté. Mais voici ce qui me frappe dans celle-ci, écrite de Rome, le 5 mars 1829 :

Mon fils, notre fils ! Voilà mon plus cruel et mon unique souci. Comment lui assurer l'avenir que je rêve pour lui ? Les grands seigneurs d'autrefois n'avaient pas ces malheureuses préoccupations. Jadis, je serais allé trouver le roi, qui d'un mot aurait fait à l'enfant un état dans le monde. Aujourd'hui le roi, qui gouverne avec peine des sujets révoltés, ne peut plus rien. La noblesse a perdu ses droits, et les plus gens de bien sont traités comme les derniers des manants.

– Plus bas, maintenant, je vois :

Mon cœur aime à se figurer ce que sera notre fils. De sa mère, il aura l'âme, l'esprit, la beauté, les grâces, toutes les séductions. Il tiendra de son père la fierté, la vaillance, les sentiments des grandes races. Que sera l'autre ? Je tremble en y songeant. La haine ne peut engendrer que des monstres. Dieu réserve la force et la beauté pour les enfants conçus au milieu des transports de l'amour.

– Le monstre, c'est moi ! fit l'avocat avec une sorte de rage concentrée. Tandis que l'autre… Mais laissons là, n'est-ce pas, ces préliminaires d'une action atroce. Je n'ai voulu jusqu'ici que vous montrer l'aberration de la passion de mon père ; nous arrivons au but.

Le père Tabaret s'étonnait des ardeurs de cet amour dont Noël remuait les cendres. Peut-être le sentait-il plus vivement sous ces expressions qui lui rappelaient sa jeunesse. Il comprenait combien doit être irrésistible l'entraînement d'une telle passion. Il tremblait de deviner.

– Voici, reprit Noël en agitant un papier, non plus une de ces épîtres interminables dont je vous ai détaché de courts fragments, mais un simple billet. Il est du commencement de mai et porte le timbre de Venise. Il est laconique et néanmoins décisif.

Chère Valérie,

Fixe-moi, je te prie, aussi exactement que possible, sur l'époque probable de ta délivrance. J'attends ta réponse avec une anxiété que tu comprendrais, si tu pouvais deviner mes projets au sujet de notre enfant !

– Je ne sais, reprit Noël, si madame Gerdy comprit ; toujours est-il qu'elle dut répondre immédiatement, car voici ce qu'écrit mon père à la date du 14 :

Ta réponse, ô ma chérie, est telle, qu'à peine je l'osais espérer. Le projet que j'ai conçu est maintenant réalisable. Je commence à goûter un peu de calme et de sécurité. Notre fils portera mon nom, je ne serai pas obligé de me séparer de lui. Il sera élevé près de moi, dans mon hôtel, sous mes yeux, sur mes genoux, dans mes bras. Aurai-je assez de force pour ne pas succomber à cet excès de félicité ?

J'ai une âme pour la douleur, en aurai-je une pour la joie ? Ô femme adorée, ô enfant précieux, ne craignez rien, mon cœur est assez vaste pour vous deux ! Je pars demain pour Naples, d'où je t'écrirai longuement. Quoi qu'il arrive, dussé-je sacrifier les intérêts puissants qui me sont confiés, je serai à Paris pour l'heure solennelle. Ma présence doublera ton courage, la puissance de mon amour diminuera tes douleurs...

– Je vous demande pardon de vous interrompre, Noël, dit le père Tabaret ; savez-vous quels graves motifs retenaient votre père à l'étranger ?

– Mon père, mon vieil ami, répondit l'avocat, était en dépit de son âge un des amis, un des confidents de Charles X, et il avait été chargé par lui d'une mission secrète en Italie. Mon père est le comte Rhéteau de Commarin.

– Peste ! fit le bonhomme... et entre ses dents, comme pour mieux graver ce nom dans sa mémoire, il répéta plusieurs fois : Rhéteau de Commarin.

Noël se taisait. Après avoir paru tout faire pour dominer son ressentiment, il semblait accablé comme s'il eût pris la détermination de ne rien tenter pour réparer le coup qui l'atteignait.

– Au milieu du mois de mai, continua-t-il, mon père était donc à Naples. C'est là que lui, un homme prudent, sensé, un digne diplomate, un gentilhomme, il ose, dans l'égarement d'une passion insensée, confier au papier le plus monstrueux des projets. Écoutez bien :

Mon adorée,

C'est Germain, mon vieux valet de chambre, qui te remettra cette lettre. Je le dépêche en Normandie, chargé de la plus délicate des commissions. C'est un de ces serviteurs auxquels on peut se fier absolument.

Le moment est venu de te dévoiler mes projets touchant mon fils. Dans trois semaines au plus tard je serai à Paris. Si mes prévisions ne sont pas déçues, la comtesse et toi devez accoucher en même temps. Trois ou quatre jours d'intervalle ne peuvent rien changer à mon dessein. Voici ce que j'ai résolu :

Mes deux enfants sont confiés à deux nourrices de N..., où sont situées presque toutes mes propriétés. Une de ces femmes, dont Germain répond, et vers laquelle je l'envoie, sera dans nos intérêts. C'est à cette confidente que sera remis notre fils, Valérie. Ces deux femmes quitteront Paris le même jour, Germain accompagnant celle qui sera chargée du fils de la comtesse.

Un accident, arrangé à l'avance, forcera ces deux femmes à passer une nuit en route. Un hasard combiné par Germain les contraindra de coucher dans la même auberge, dans la même chambre.

Pendant la nuit, notre nourrice, à nous, changera les enfants de berceau.

J'ai tout prévu, ainsi que je te l'expliquerai, et toutes les précautions sont prises pour que ce secret ne puisse nous échapper. Germain est chargé, à son passage à Paris, de commander deux layettes exactement, absolument semblables. Aide-le de tes conseils.

Ton cœur maternel, ma douce Valérie, va peut-être saigner à l'idée d'être privée des innocentes caresses de ton enfant. Tu te consoleras en songeant au sort que lui assurera ton sacrifice. Quels prodiges de tendresse lui pourraient servir autant que cette réparation ! Quant à l'autre, je connais ton âme tendre, tu le chériras. Ne sera-ce pas m'aimer encore et me le prouver ?

D'ailleurs, il ne saurait être à plaindre. Ne sachant rien, il n'aura rien à regretter, et tout ce que la fortune peut procurer ici-bas, il l'aura.

Ne me dis pas que ce que je veux tenter est coupable. Non, ma bien-aimée, non. Pour que notre plan réussisse, il faut un tel concours de circonstances si difficiles à accéder, tant de coïncidences indépendantes de notre volonté, que, sans la protection évidente de la Providence, nous devons échouer. Si donc le succès couronne nos vœux, c'est que le Ciel sera pour nous. J'espère.

– Voilà ce que j'attendais, murmura le père Tabaret.

– Et le malheureux! s'écria Noël, ose invoquer la Providence! Il lui faut Dieu pour complice!

– Mais, demanda le bonhomme, comment votre mère… pardon, je veux dire : comment madame Gerdy prit-elle cette proposition?

– Elle paraît l'avoir repoussée d'abord, car voici une vingtaine de pages employées par le comte à la persuader, à la décider. Oh! cette femme!…

– Voyons, mon enfant, dit doucement le père Tabaret, essayons de n'être pas trop injuste. Vous semblez ne vous en prendre, n'en vouloir qu'à madame Gerdy. De bonne foi! le comte bien plus qu'elle me paraît mériter votre colère…

– Oui, interrompit Noël, avec une certaine violence; oui, le comte est coupable, très coupable! Il est l'auteur de la machination infâme, et pourtant je ne me sens pas de haine contre lui. Il a commis un crime, mais il a une excuse : la passion. Mon père, d'ailleurs, ne m'a pas trompé, comme cette misérable femme, à toutes les minutes, pendant trente ans. Enfin, monsieur de Commarin a été si cruellement puni, qu'à cette heure je ne puis que lui pardonner et le plaindre.

– Ah ! il a été puni ? interrogea le bonhomme.

– Oui, affreusement, vous le reconnaîtrez : mais laissez-moi poursuivre. Vers la fin du mois de mai, vers les premiers jours de juin plutôt, le comte dut arriver à Paris, car la correspondance cesse. Il revit madame Gerdy et les dernières dispositions du complot furent arrêtées. Voici un billet qui enlève à cet égard toute incertitude. Le comte, ce jour-là, était de service aux Tuileries et ne pouvait quitter son poste. Il a écrit dans le cabinet même du roi, sur du papier du roi. Voyez les armes. Le marché est conclu et la femme qui consent à être l'instrument des projets de mon père est à Paris. Il prévient sa maîtresse :

Chère Valérie,

Germain m'annonce l'arrivée de la nourrice de ton fils, de notre fils. Elle se présentera chez toi dans la journée. On peut compter sur elle ; une magnifique récompense nous répond de sa discrétion. Cependant, ne lui parle de rien. On lui a donné à entendre que tu ignores tout. Je veux rester seul chargé de la responsabilité des faits, c'est plus prudent. Cette femme est de N... Elle est née sur nos terres et en quelque sorte dans notre maison. Son mari est un brave et honnête marin ; elle s'appelle Claudine Lerouge.

Du courage, ô ma bien-aimée ! Je te demande le plus grand sacrifice qu'un amant puisse attendre d'une mère. Le Ciel, tu n'en doutes plus, nous protège. Tout dépend désormais de notre habileté et de notre prudence, c'est-à-dire que nous réussirons.

Sur un point, au moins, le père Tabaret se trouvait suffisamment éclairé ; les recherches sur le passé de la veuve Lerouge devenaient un jeu. Il ne put retenir un « enfin ! » de satisfaction qui échappa à Noël.

– Ce billet, reprit l'avocat, clôt la correspondance du comte…

– Quoi ! répondit le bonhomme, vous ne possédez plus rien ?

– J'ai encore dix lignes écrites bien des années plus tard, et qui certes ont leur poids, mais qui enfin ne sont toujours qu'une preuve morale.

– Quel malheur ! murmura le père Tabaret.

Noël replaça sur son bureau les lettres qu'il tenait à la main, et se retournant vers son vieil ami il le regarda fixement.

– Supposez, prononça-t-il lentement et en appuyant sur chaque syllabe, supposez que tous mes renseignements s'arrêtent ici. Admettez pour un moment que je ne sais rien de plus que ce que vous savez… Quel est votre avis ?

Le père Tabaret fut quelques minutes sans répondre. Il évaluait les probabilités résultant des lettres de M. de Commarin.

– Pour moi, dit-il enfin, en mon âme et conscience, vous n'êtes pas le fils de madame Gerdy.

– Et vous avez raison, reprit l'avocat avec force. Vous pensez bien, n'est-ce pas, que je suis allé trouver Claudine. Elle m'aimait, cette pauvre femme qui m'avait donné son lait ; elle souffrait de l'injustice horrible dont elle me savait victime. Faut-il le dire, l'idée de sa complicité la tourmentait ; c'était un remords trop lourd pour sa vieillesse. Je l'ai vue, je l'ai interrogée, elle a tout avoué. Le plan du comte, simplement et merveilleusement conçu, réussit sans effort. Trois jours après ma naissance, tout était consommé : j'étais, moi, pauvre et chétif enfant, trahi, dépossédé, dépouillé par mon protecteur naturel, par mon père ! Pauvre Claudine ! Elle m'avait promis son témoignage pour le jour où je voudrais rentrer dans mes droits !

– Et elle est morte emportant son secret ! murmura le bonhomme d'un ton de regret.

– Peut-être ! répondit Noël ; j'ai encore un espoir. Claudine possédait plusieurs lettres qui lui avaient été écrites autrefois, soit par le comte, soit par madame Gerdy, lettres imprudentes et explicites. On les retrouvera, sans doute, et leur production serait décisive. Je les ai tenues entre mes mains, ces lettres, je les ai lues ; Claudine voulait absolument me les confier ; que ne les ai-je prises !

Non ! il n'y avait plus d'espoir de ce côté, et le père Tabaret le savait mieux que personne.

C'est à ces lettres, sans doute, qu'en voulait l'assassin de La Jonchère. Il les avait trouvées et les avait brûlées avec les autres papiers, dans le petit poêle. Le vieil agent volontaire commençait à comprendre.

– Avec tout cela, dit-il, d'après ce que je sais de vos affaires, que je connais comme les miennes, il me semble que le comte n'a guère tenu les éblouissantes promesses de fortune qu'il faisait pour vous à madame Gerdy.

– Il ne les a même pas tenues du tout, mon vieil ami.

– Ça, par exemple ! s'écria le bonhomme indigné, c'est plus infâme encore que tout le reste.

– N'accusez pas mon père, répondit gravement Noël. Sa liaison avec madame Gerdy dura longtemps encore. Je me souviens d'un homme aux manières hautaines qui parfois venait me voir au collège, et qui ne pouvait être que le comte. Mais la rupture vint.

– Naturellement, ricana le père Tabaret, un grand seigneur…

– Attendez pour juger, interrompit l'avocat, monsieur de Commarin eut ses raisons. Sa maîtresse le trompait, il le sut, et rompit justement indigné. Les dix lignes dont je vous parlais sont celles qu'il écrivit alors.

Noël chercha assez longtemps parmi les papiers épars sur la table et enfin choisit une lettre plus fanée et plus froissée que les autres. À l'usure des plis on devinait qu'elle avait été lue et relue bien des fois. Les caractères mêmes étaient en partie effacés.

– Voici, dit-il d'un ton amer ; madame Gerdy n'est plus la Valérie adorée.

Un ami cruel comme les vrais amis m'a ouvert les yeux. J'ai douté. Vous avez été surveillée, et aujourd'hui malheureusement je n'ai plus de doutes. Vous, Valérie, vous à qui j'ai donné plus que ma vie, vous me trompez, et vous me trompez depuis bien longtemps ! Malheureuse ! je ne suis plus certain d'être le père de votre enfant !

– Mais ce billet est une preuve ! s'écria le père Tabaret, une preuve irrécusable. Qu'importerait au comte le doute ou la certitude de sa paternité, s'il n'avait sacrifié son fils légitime à son bâtard. Oui, vous me l'aviez dit, il a subi un rude châtiment.

– Madame Gerdy, reprit Noël, essaya de se justifier. Elle écrivit au comte ; il lui renvoya ses lettres sans les ouvrir. Elle voulut le voir, elle ne put parvenir jusqu'à lui. Puis elle se lassa de ses tentatives inutiles. Elle comprit que tout était bien fini le jour où l'intendant du comte lui apporta pour moi un titre de rente de quinze mille francs. Le fils avait pris ma place, la mère me ruinait…

Trois ou quatre coups légers frappés à la porte du cabinet interrompirent Noël.

– Qui est là ? demanda-t-il sans se déranger.

– Monsieur, dit à travers la porte la voix de la domestique, madame voudrait vous parler.

L'avocat parut hésiter.

– Allez, mon enfant, conseilla le père Tabaret, ne soyez pas impitoyable, il n'y a que les dévots qui aient ce droit-là.

Noël se leva avec une visible répugnance et passa chez Mme Gerdy.

Pauvre garçon, pensait le père Tabaret resté seul, quelle découverte fatale, et comme il doit souffrir ! Un si noble jeune homme, un si brave cœur ! Dans son honnêteté candide, il ne soupçonne même pas d'où part le coup. Par bonheur, j'ai de la clairvoyance pour deux, et c'est au moment où il désespère que je suis sûr, moi, de lui faire rendre justice. Grâce à lui, me voici sur la voie. Un enfant devinerait la main qui a frappé. Seulement, comment cela est-il arrivé ? Il va me l'apprendre sans s'en douter. Ah ! si j'avais une de ces lettres pour vingt-quatre heures ! C'est qu'il doit savoir son compte… D'un autre côté, en demander une, avouer mes relations avec la préfecture… Mieux vaut en prendre une, n'importe laquelle, uniquement pour comparer l'écriture.

Le père Tabaret achevait à peine de faire disparaître une de ces lettres dans les profondeurs de sa poche lorsque l'avocat reparut.

C'était un de ces hommes au caractère fortement

trempé, dont les ressorts plient sans rompre jamais. Il était fort, s'étant depuis longtemps exercé à la dissimulation, cette indispensable armure des ambitieux.

Rien, lorsqu'il revint, ne pouvait trahir ce qui s'était passé entre Mme Gerdy et lui. Il était froid et calme absolument comme pendant ses consultations, lorsqu'il écoutait les interminables histoires de ses clients.

– Eh bien ! demanda le père Tabaret, comment va-t-elle ?

– Plus mal, répondit Noël. Maintenant elle a le délire et ne sait ce qu'elle dit. Elle vient de m'accabler des injures les plus atroces et de me traiter comme le dernier des hommes ! Je crois positivement qu'elle devient folle.

– On le deviendrait à moins, murmura le bonhomme, et je pense que vous devriez faire appeler le médecin.

– Je viens de l'envoyer chercher.

L'avocat s'était assis devant son bureau et remettait en ordre, suivant leurs dates, les lettres éparpillées. Il ne semblait plus se souvenir de l'avis demandé à son vieil ami ; il ne paraissait nullement disposé à renouer l'entretien interrompu. Ce n'était pas l'affaire du père Tabaret.

– Plus je songe à votre histoire, mon cher Noël, commença-t-il, plus elle me surprend. Je ne sais en vérité quel parti je prendrais, ni à quoi je me résoudrais à votre place.

– Oui, mon ami, murmura tristement l'avocat, il y a là de quoi confondre des expériences plus profondes encore que la vôtre.

Le vieux policier réprima difficilement le fin sourire qui lui montait aux lèvres.

– Je le confesse humblement, dit-il, prenant plaisir à

charger son air de niaiserie, mais vous, qu'avez-vous fait ? Votre premier mouvement a dû être de demander une explication à madame Gerdy ?

Noël eut un tressaillement que ne remarqua pas le père Tabaret, tout préoccupé du tour qu'il voulait donner à la conversation.

– C'est par là, répondit-il, que j'ai commencé.

– Et que vous a-t-elle dit ?

– Que pouvait-elle dire ? N'était-elle pas accablée d'avance ?

– Quoi ! elle n'a pas essayé de se disculper ?

– Si ! elle a tenté l'impossible. Elle a prétendu m'expliquer cette correspondance, elle m'a dit… Eh ! sais-je ce qu'elle m'a dit ? des mensonges, des absurdités, des infamies…

L'avocat avait achevé de ramasser les lettres, sans s'apercevoir du vol. Il les lia soigneusement et les replaça dans le tiroir secret de son bureau.

– Oui, continua-t-il en se levant et en arpentant son bureau comme si le mouvement eût pu calmer sa colère, oui, elle a entrepris de me donner le change. Comme c'était aisé, avec les preuves que je tiens ! C'est qu'elle adore son fils, et à l'idée qu'il pouvait être forcé de me restituer ce qu'il m'a volé, son cœur se brisait. Et moi, imbécile, sot, lâche, qui dans le premier moment avais presque envie de ne lui parler de rien, je me disais : il faut pardonner, elle m'a aimé, après tout… Aimé ! non. Elle me verrait souffrir les plus horribles tortures sans verser une larme, pour empêcher un seul cheveu de tomber de la tête de son fils.

– Elle a probablement averti le comte, objecta le père Tabaret, poursuivant son idée.

– C'est possible. Sa démarche, en ce cas, aura été

inutile ; le comte est absent de Paris depuis plus d'un mois et on ne l'attend guère qu'à la fin de la semaine.

– Comment savez-vous cela ?

– J'ai voulu voir le comte mon père, lui parler…

– Vous ?

– Moi. Pensez-vous donc que je ne réclamerai pas ? Vous imaginez-vous que, volé, dépouillé, trahi, je n'élèverai pas la voix ? Quelle considération m'engagerait donc à me taire ? qui ai-je à ménager ? J'ai des droits, je les ferai valoir. Que trouvez-vous à cela de surprenant ?

– Rien certainement, mon ami. Ainsi donc vous êtes allé chez monsieur de Commarin ?

– Oh ! je ne m'y suis pas résolu immédiatement, continua Noël. Ma découverte m'avait fait presque perdre la tête. J'avais besoin de réfléchir. Mille sentiments divers et opposés m'agitaient. Je voulais et je ne voulais pas, la fureur m'aveuglait et je manquais de courage ; j'étais indécis, flottant, égaré. Le bruit que peut causer cette affaire m'épouvantait. Je désirais, je désire mon nom, cela est certain. Mais, à la veille de le reprendre, je ne voudrais pas le salir. Je cherchais un moyen de tout concilier à bas bruit, sans scandale.

– Enfin, vous vous êtes décidé ?

– Oui, après quinze jours d'angoisse. Ah ! que j'ai souffert tout ce temps ! J'avais abandonné toutes mes affaires, rompu avec le travail. Le jour, par des courses insensées, je cherchais à briser mon corps, espérant arriver au sommeil par la fatigue. Efforts inutiles ! Depuis que j'ai trouvé ces lettres, je n'ai pas dormi une heure.

De temps à autre, le père Tabaret tirait sournoisement sa montre.

Monsieur le juge d'instruction sera couché, pensait-il.

– Enfin, un matin, continua Noël, après une nuit de

rage, je me dis qu'il fallait en finir. J'étais dans l'état désespéré de ces joueurs qui, après des pertes successives, jettent sur le tapis ce qui leur reste pour le risquer d'un coup. Je pris mon cœur à deux mains, j'envoyai chercher une voiture et je me fis conduire à l'hôtel Commarin.

Le vieux policier laissa échapper un soupir de satisfaction.

– C'est un des plus magnifiques hôtels du faubourg Saint-Germain, mon vieil ami ; une demeure princière, digne d'un grand seigneur vingt fois millionnaire, presque un palais. On entre d'abord dans une cour vaste. À droite et à gauche sont les écuries où piaffent vingt chevaux de prix, les remises et les communs. Au fond, s'élève la façade de l'hôtel, majestueux et sévère avec ses fenêtres immenses et son double perron de marbre. Derrière, s'étend un grand jardin, je devrais dire un parc, ombragé par les plus vieux arbres peut-être qui soient à Paris.

Cette description enthousiaste contrariait vivement le père Tabaret. Mais qu'y faire, comment presser Noël ? Un mot indiscret pouvait éveiller ses soupçons, lui révéler qu'il parlait non à un ami, mais au collaborateur de Gévrol.

– On vous a donc fait visiter l'hôtel ? demanda-t-il.

– Non, je l'ai visité moi-même. Depuis que je me sais le seul héritier des Rhéteau de Commarin, je me suis enquis de ma nouvelle famille. J'ai étudié son histoire à la bibliothèque ; c'est une noble histoire. Le soir, la tête en feu, j'allais rôder autour de la demeure de mes pères. Ah ! vous ne pouvez comprendre mes émotions ! C'est là, me disais-je, que je suis né ; là, j'aurais dû être élevé, grandir ; là, je devrais régner aujourd'hui ! Je dévorais ces amertumes inouïes dont meurent les bannis.

» Je comparais, à ma vie triste et besogneuse, les grandes destinées du bâtard, et il me montait à la tête des bouffées de colère. Il me prenait des envies folles de forcer les portes, de me précipiter dans le grand salon pour en chasser l'intrus, le fils de la fille Gerdy : "Hors d'ici, bâtard ! hors d'ici, je suis le maître !" La certitude de rentrer dans mes droits dès que je le voudrais me retenait seule. Oui, je la connais, cette habitation de mes ancêtres ! J'aime ses vieilles sculptures, ses grands arbres, les pavés mêmes de la cour foulés par les pas de ma mère ! J'aime tout, jusqu'aux armes étalées au-dessus de la grande porte, fier défi jeté aux idées stupides de notre époque de niveleurs.

Cette dernière phrase sortait si formellement des idées habituelles de l'avocat que le père Tabaret détourna un peu la tête pour cacher son sourire narquois.

Pauvre humanité ! pensait-il ; le voici déjà grand seigneur !

– Quand j'arrivai, reprit Noël, le suisse en grande livrée était sur la porte. Je demandai monsieur le comte de Commarin. Le suisse me répondit que monsieur le comte voyageait, mais que monsieur le vicomte était chez lui. Cela contrariait mes desseins ; cependant j'étais lancé, j'insistai pour parler au fils à défaut du père. Le suisse me toisa un bon moment. Il venait de me voir descendre d'une voiture de remise, il prenait ma mesure. Il se consultait avant de décider si je n'étais pas un trop mince personnage pour aspirer à l'honneur de comparaître devant monsieur le vicomte.

– Cependant vous avez pu lui parler !

– Comment cela, sur-le-champ ! répondit l'avocat

d'un ton de raillerie amère ; y pensez-vous, cher monsieur Tabaret ! L'examen pourtant me fut favorable ; ma cravate blanche et mon costume noir produisirent leur effet. Le suisse me confia à un chasseur emplumé qui me fit traverser la cour et m'introduisit dans un superbe vestibule où bâillaient sur des banquettes trois ou quatre valets de pied. Un de ces messieurs me pria de le suivre.

» Il me fit gravir un splendide escalier qu'on pourrait monter en voiture, me précéda dans une longue galerie de tableaux, me guida à travers de vastes appartements silencieux dont les meubles se fanaient sous des housses, et finalement me remit aux mains du valet de chambre de monsieur Albert. C'est le nom que porte le fils de madame Gerdy, c'est-à-dire mon nom à moi.

– J'entends, j'entends…

– J'avais passé un examen, il me fallut subir un interrogatoire. Le valet de chambre désirait savoir qui j'étais, d'où je venais, ce que je faisais, ce que je voulais, et le reste. Je répondis simplement que, absolument inconnu du vicomte, j'avais besoin de l'entretenir cinq minutes pour une affaire urgente. Il sortit, m'invitant à m'asseoir et attendre. J'attendais depuis plus d'un quart d'heure quand il reparut. Son maître daignait consentir à me recevoir.

Il était aisé de comprendre que cette réception était restée sur le cœur de l'avocat et qu'il la considérait comme un affront. Il ne pardonnait pas à Albert ses laquais et son valet de chambre. Il oubliait la mort du duc illustre qui disait : « Je paye mes valets pour être insolents afin de m'épargner le ridicule et l'ennui de l'être. » Le père Tabaret fut surpris de l'amertume de son jeune ami à propos de détails si vulgaires.

Quelle petitesse, pensait-il, et chez un homme d'un

génie supérieur ! Est-il donc vrai que c'est dans l'arrogance de la valetaille qu'il faut chercher le secret de la haine du peuple pour des aristocraties aimables et polies !

– On me fit entrer, continua Noël, dans un petit salon simplement meublé, et qui n'avait pour ornement que des armes. Il y en a, le long des murs, de tous les temps et de tous les pays. Jamais je n'ai vu dans un si petit espace tant de fusils, de pistolets, d'épées, de sabres et de fleurets. On se serait cru dans l'arsenal d'un maître d'escrime.

L'arme de l'assassin de la veuve Lerouge revenait ainsi naturellement à la mémoire du vieux policier.

– Le vicomte, dit Noël ralentissant son débit, était à demi couché sur un divan lorsque j'entrai. Il était vêtu d'une jaquette de velours et d'un pantalon de chambre pareil, et avait autour du cou un immense foulard de soie blanche. Je ne lui en veux aucunement, à ce jeune homme, il ne m'a jamais fait sciemment le moindre mal, il ignorait le crime de notre père, je puis donc lui rendre justice. Il est bien, il a grand air et porte noblement le nom qui ne lui appartient pas. Il est de ma taille, brun comme moi et me ressemblerait peut-être s'il ne portait toute sa barbe. Seulement, il a l'air plus jeune que moi de cinq ou six ans. Cette apparence de jeunesse s'explique. Il n'a ni travaillé, ni lutté, ni souffert. Il est de ces heureux arrivés avant de partir, qui traversent la vie sur les coussins moelleux de leur équipage sans ressentir le plus léger cahot. En me voyant, il se leva et me salua gracieusement.

– Vous deviez être fameusement ému ? demanda le bonhomme.

– Un peu moins que je le suis en ce moment. Quinze

jours d'angoisses préparatoires usent bien des émotions. J'allai tout d'abord au-devant de la question que je lus sur ses lèvres : « Monsieur, lui dis-je, vous ne me connaissez aucunement, mais ma personnalité est la moindre des choses. Je viens à vous chargé d'une mission bien triste et bien grave, et qui intéresse l'honneur du nom que vous portez. » Sans doute, il ne me crut pas, car c'est d'un ton qui frisait l'impertinence qu'il me répondit : « Sera-ce long? » Je dis simplement : « Oui. »

– Je vous en prie, insista le père Tabaret devenu très attentif, n'omettez pas un détail. C'est très important vous comprenez…

– Le vicomte, continua Noël, parut vivement contrarié. « C'est que, m'objecta-t-il, j'avais disposé de mon temps. C'est à cette heure que je suis admis près de la jeune fille que je dois épouser, mademoiselle d'Arlange; ne pourrions-nous remettre cet entretien? »

Bon! autre femme! se dit le bonhomme.

– Je répondis au vicomte que notre explication ne souffrait aucun retard, et comme je le voyais en disposition de m'envoyer promener, je sortis de ma poche la correspondance du comte et je lui présentai une des lettres. En reconnaissant l'écriture de son père il s'humanisa. Il me déclara qu'il allait être à moi, me demandant la permission de faire prévenir là où il était attendu. Il écrivit un mot à la hâte et le remit à son valet de chambre en lui ordonnant de le faire porter tout de suite chez madame la marquise d'Arlange. Il me fit alors passer dans une pièce voisine, sa bibliothèque…

– Un mot seulement, interrompit le bonhomme; s'était-il troublé en voyant les lettres?

– Pas le moins du monde. Après avoir fermé soigneusement la porte, il me montra un fauteuil, s'assit lui-même et me dit : « Maintenant, monsieur, expliquez-vous. » J'avais eu le temps de me préparer à cette entrevue dans l'antichambre. J'étais décidé à frapper immédiatement un grand coup. « Monsieur, lui dis-je, ma mission est pénible. Je vais vous révéler des faits incroyables. De grâce, ne me répondez rien avant d'avoir pris connaissance des lettres que voici. Je vous conjure aussi de ne vous point laisser aller à des violences qui seraient inutiles. » Il me regarda d'un air extrêmement surpris et répondit : « Parlez, je puis tout entendre. » Je me levai. « Monsieur, lui dis-je, apprenez que vous n'êtes pas le fils légitime de monsieur de Commarin. Cette correspondance vous le prouvera. L'enfant légitime existe, et c'est lui qui m'envoie. » J'avais les yeux sur les siens en parlant, et j'y vis passer un éclair de fureur. Je crus un instant qu'il allait me sauter à la gorge. Il se remit vite. « Ces lettres ? » fit-il d'une voix brève. Je les lui remis.

– Comment ! s'écria le père Tabaret, ces lettres-là, les vraies ?... Imprudent !

– Pourquoi ?

– Et s'il les avait... que sais-je, moi !...

L'avocat appuya sa main sur l'épaule de son vieil ami.

– J'étais là, répondit-il d'une voix sourde, et il n'y avait, je vous le promets, aucun danger.

La physionomie de Noël prit une telle expression de férocité que le bonhomme eut presque peur et se recula instinctivement.

Il l'aurait tué ! pensa-t-il.

L'avocat reprit son récit :

– Ce que j'ai fait pour vous ce soir, mon ami, je le

fis pour le vicomte Albert. Je lui évitai la lecture, au moins immédiate, de ces cent cinquante-six lettres. Je lui dis de ne s'arrêter qu'à celles qui étaient marquées d'une croix, et de s'attacher spécialement aux passages soulignés au crayon rouge.

– C'était abréger le supplice.

– Il était assis, continua Noël, devant un petit guéridon trop fragile pour qu'on pût s'appuyer dessus, et j'étais, moi, resté debout, adossé à la cheminée, où il y avait du feu. Je suivais ses moindres mouvements et j'épiais son visage. Non, de ma vie je n'ai vu un spectacle pareil et je ne l'oublierais pas quand je vivrais mille ans. En moins de cinq minutes, sa physionomie changea à ce point que son valet de chambre ne l'eût pas reconnu. Il avait saisi son mouchoir de poche, et de temps à autre, machinalement, il le portait à sa bouche. Il pâlissait à vue d'œil et ses lèvres blêmissaient jusqu'à paraître aussi blanches que son mouchoir.

» De grosses gouttes de sueur perlaient sur son front et ses yeux devenaient troubles comme si une taie les eût recouverts. D'ailleurs, pas une exclamation, pas une parole, pas un soupir, pas un geste, rien. À un moment il me fit tellement pitié que je faillis lui arracher les lettres des mains, les lancer dans le feu et le prendre dans mes bras en lui criant : “Va, tu es mon frère, oublions tout, restons chacun à notre place, aimons-nous !”

Le père Tabaret prit la main de Noël et la serra.

– Va ! dit-il, je reconnais là mon généreux enfant !

– Si je ne l'ai pas fait, mon ami, c'est que je me suis dit : les lettres brûlées, me reconnaîtra-t-il encore pour son frère ?

– C'est juste.

– Au bout d'une demi-heure environ, la lecture fut

terminée. Le vicomte se leva et se plaça debout, bien en face de moi. « Vous avez raison, monsieur, me dit-il, si ces lettres sont bien de mon père, comme je le crois, tout tend à prouver que je ne suis pas le fils de la comtesse de Commarin. » Je ne répondis pas. « Cependant, reprit-il, ce ne sont là que des présomptions. Possédez-vous d'autres preuves ? » Je m'attendais, certes, à bien d'autres objections. « Germain, dis-je, pourrait parler. » Il m'apprit que Germain était mort depuis plusieurs années. Alors, je lui parlai de la nourrice, de la veuve Lerouge. Je lui expliquai combien elle serait facile à trouver et à interroger. J'ajoutai qu'elle demeurait à La Jonchère.

– Et que dit-il, Noël, à cette ouverture ? demanda avec empressement le père Tabaret.

– Il garda le silence d'abord et parut réfléchir. Puis, tout à coup, il se frappa le front en disant : « J'y suis, je la connais ! J'ai accompagné mon père chez elle trois fois, et devant moi il lui a remis une somme assez forte. » Je lui fis remarquer que c'était encore une preuve. Il ne répliqua pas et se mit à arpenter la bibliothèque. Enfin, il revint à moi : « Monsieur, me dit-il, vous connaissez le fils légitime de monsieur de Commarin ? » Je répondis : « C'est moi. » Il baissa la tête et murmura : « Je m'en doutais. » Il me prit la main et ajouta : « Mon frère, je ne vous en veux pas. »

– Il me semble, fit le père Tabaret, qu'il pouvait vous laisser le soin de dire cela, et avec un peu plus de justice et de raison.

– Non, mon ami, car le malheureux aujourd'hui, c'est lui. Je ne suis pas descendu, moi, je ne savais pas, tandis que lui !…

Le vieux policier hocha la tête ; il ne devait rien laisser deviner de ses pensées et elles l'étouffaient quelque peu.

– Enfin, poursuivit Noël, après un assez long silence, je lui demandai à quoi il s'arrêtait. « Écoutez, prononça-t-il, j'attends mon père d'ici à huit ou dix jours. Vous m'accorderez bien ce délai. Aussitôt son retour, je m'expliquerai avec lui, et justice vous sera rendue, je vous en donne ma parole d'honneur. Reprenez vos lettres et permettez-moi de rester seul. Je suis comme un homme foudroyé, monsieur. En un moment je perds tout : un grand nom que j'ai toujours porté le plus dignement que j'ai pu, une position unique, une fortune immense, et plus que tout cela peut-être… une femme qui m'est plus chère que ma vie. En échange, il est vrai, je retrouverai une mère. Nous nous consolerons ensemble. Et je tâcherai, monsieur, de vous faire oublier, car elle doit vous aimer et elle vous pleurera. »

– Il a véritablement dit cela?

– Presque mot pour mot.

– Canaille! gronda le bonhomme entre ses dents.

– Vous dites? interrogea Noël.

– Je dis que c'est un brave jeune homme, répondit le père Tabaret, et je serais enchanté de faire sa connaissance.

– Je ne lui ai pas montré la lettre de rupture, ajouta Noël; il vaut autant qu'il ignore la conduite de madame Gerdy. Je me suis privé volontairement de cette preuve plutôt que de lui causer un très violent chagrin.

– Et maintenant?…

– Que faire? J'attends le retour du comte. Selon ce qu'il dira, j'agirai. Je passerai demain au parquet pour demander l'examen des papiers de Claudine. Si les lettres se retrouvent, je suis sauvé, sinon… Mais, je vous l'ai dit, je n'ai pas de parti pris depuis que je sais cet assassinat. Qui me conseillera ?

– Le moindre conseil demande de longues réflexions, répondit le bonhomme, qui songeait à la retraite. Hélas ! mon pauvre enfant, quelle vie vous avez dû mener !…

– Affreuse… Et joignez à cela des inquiétudes d'argent.

– Comment ! vous qui ne dépensez rien…

– J'ai pris des engagements. Puis-je toucher à la fortune commune que j'administrais jusqu'ici ? Je ne le pense pas.

– Vous ne le devez pas. Et tenez, je suis ravi que vous m'ayez parlé de cela, vous allez me rendre un service.

– Bien volontiers. Lequel ?

– Imaginez-vous que j'ai dans mon secrétaire douze ou quinze mille francs qui me gênent abominablement. Vous comprenez, je suis vieux, je ne suis pas brave, si on venait à se douter…

– Je craindrais…, voulut objecter l'avocat.

– Quoi ! fit le bonhomme. Dès demain je vous les apporte.

Mais, songeant qu'il allait se mettre à la disposition de M. Daburon et que peut-être il ne serait pas libre quand il voudrait :

– Non ! pas demain, reprit-il, ce soir même. Ce diable d'argent ne passera pas une nuit de plus chez moi.

Il s'élança dehors et bientôt reparut tenant à la main quinze billets de mille francs.

– S'ils ne suffisent pas, dit-il en les tendant à Noël, j'en ai d'autres.

– Je vais toujours, proposa l'avocat, vous donner un reçu.

– À moi ! pour quoi faire ? il sera temps demain.

– Et si je meurs cette nuit ?

– Eh bien ! fit le bonhomme, en songeant à son testament, j'hériterai encore de vous. Bonsoir ! Vous m'avez demandé un conseil… il me faut la nuit pour réfléchir, j'ai présentement la cervelle à l'envers. Je vais même sortir un peu. Si je me couchais maintenant, j'aurais quelque horrible cauchemar. Allons, mon enfant, patience et courage. Qui sait si, à l'heure qu'il est, la Providence ne travaille pas pour vous !

Il sortit et Noël laissa sa porte entrouverte, écoutant le bruit des pas qui se perdait dans l'escalier. Bientôt le cri de : « Cordon, s'il vous plaît ! » et le claquement de la porte lui apprirent que le père Tabaret était dehors.

Il attendit quelques instants encore et remonta sa lampe. Puis il prit un petit paquet dans un des tiroirs, glissa dans sa poche les billets de banque de son vieil ami et quitta son cabinet, dont il ferma la porte à double tour. Sur le palier, il s'arrêta. Il prêtait l'oreille comme si quelque gémissement de Mme Gerdy eût pu parvenir jusqu'à lui. N'entendant rien, il descendit sur la pointe du pied. Une minute plus tard, il était dans la rue.

5

Dans le bail de Mme Gerdy se trouvait compris, au rez-de-chaussée, un local qui autrefois servait de remise. Elle en avait fait comme un capharnaüm où elle entassait toutes les vieilleries du ménage, meubles inutiles, ustensiles hors de service, objets de rebut ou encombrants. On y serrait aussi la provision de bois et de charbon de l'hiver.

Cette ancienne remise avait, sur la rue, une petite porte longtemps condamnée. Depuis plusieurs années Noël l'avait fait réparer en secret, y avait adapté une serrure. Il pouvait, par là, entrer et sortir à toute heure, échappant ainsi au contrôle du concierge, c'est-à-dire de toute la maison.

C'est par cette porte que sortait l'avocat, non sans employer les plus grandes précautions pour l'ouvrir et pour la refermer.

Une fois dehors, il resta un moment immobile sur le trottoir, comme s'il eût hésité sur la route à prendre. Il se dirigeait lentement vers la gare Saint-Lazare, quand un fiacre vint à passer. Il fit signe au cocher, qui retint son cheval et amena la voiture sur le bord de la chaussée.

– Rue du Faubourg-Montmartre, au coin de la rue de Provence, dit Noël en montant, et bon train !

À l'endroit indiqué, l'avocat descendit du fiacre et

paya le cocher. Quand il le vit assez loin, il s'engagea dans la rue de Provence, et après une centaine de pas, sonna à la porte d'une des plus belles maisons de la rue.

Le cordon fut immédiatement tiré.

Lorsque Noël passa devant la loge, le portier lui adressa un salut respectueusement protecteur, amical en même temps : un de ces saluts que les portiers de Paris tiennent en réserve pour les locataires selon leur cœur, mortels généreux à la main toujours ouverte.

Arrivé au second étage, l'avocat s'arrêta, tira une clé de sa poche, et entra comme chez lui dans l'appartement du milieu.

Mais au grincement, bien léger pourtant, de la clé dans la serrure, une femme de chambre, assez jeune, assez jolie, à l'œil effronté, était accourue.

– Ah ! monsieur ! s'écria-t-elle.

Cette exclamation lui échappa juste assez haut pour pouvoir être entendue à l'extrémité de l'appartement et servir de signal au besoin. C'était comme si elle eût crié « Gare ! » Noël ne sembla pas le remarquer.

– Madame est là ? fit-il.

– Oui, monsieur ! et bien en colère après monsieur. Dès ce matin, elle voulait envoyer chez monsieur. Ce tantôt elle parlait d'y aller elle-même. J'ai eu bien du mal à l'empêcher de désobéir aux ordres de monsieur.

– C'est bien, dit l'avocat.

– Madame est dans le fumoir, continua la femme de chambre, je lui prépare une tasse de thé ; monsieur en prendra-t-il une ?

– Oui, répondit Noël. Éclairez-moi, Charlotte.

Il traversa successivement une magnifique salle à manger, un splendide salon doré, style Louis XIV, et pénétra dans le fumoir.

C'était une pièce assez vaste dont le plafond était remarquablement élevé. On devait s'y croire à trois mille lieues de Paris, chez quelque opulent sujet du Fils du Ciel. Meubles, tapis, tentures, tableaux, tout venait bien évidemment en droite ligne de Hong-Kong ou de Shang-Haï.

Une riche étoffe de soie à personnages vivement enluminés habillait les murs et se drapait devant les portes. Tout l'empire du Milieu y défilait dans des paysages vermillon, mandarins pansus, entourés de leurs porte-lanternes; lettrés abrutis par l'opium, endormis sous des parasols; jeunes filles aux yeux retroussés, trébuchant sur leurs pieds serrés de bandelettes.

Le tapis, d'un tissu dont la fabrication est un secret pour l'Europe, était semé de fruits et de fleurs d'une perfection à tromper une abeille. Sur la soie, qui cachait le plafond, quelque grand artiste de Péking avait peint de fantastiques oiseaux ouvrant sur un fond d'azur leurs ailes de pourpre et d'or.

Des baguettes de laque, précieusement incrustées de nacre, retenaient les draperies et dessinaient les angles de l'appartement.

Deux bahuts bizarres occupaient entièrement un des côtés de la pièce. Des meubles aux formes capricieuses et incohérentes, des tables à dessus de porcelaine, des chiffonnières de bois précieux encombraient les moindres recoins.

Puis c'étaient des étagères achetées chez Lien-Tsi, le Tahan de Sou-Tchéou, la ville artistique; mille curiosités impossibles et coûteuses, depuis les bâtons d'ivoire qui remplacent nos fourchettes jusqu'aux tasses de porcelaine plus mince qu'une bulle de savon, miracles du règne de Kien-Loung.

Un divan très large et très bas, avec des piles de coussins recouverts en étoffe pareille à la tenture, régnait au fond du fumoir. Il n'y avait pas de fenêtre, mais bien une grande verrière comme celle des magasins, double et à panneaux mobiles. L'espace vide, d'un mètre environ, ménagé entre les glaces de l'intérieur et celles de l'extérieur, était rempli de fleurs les plus rares. La cheminée absente était remplacée par des bouches de chaleur adroitement dissimulées qui entretenaient dans le fumoir une température à faire éclore des vers à soie, véritablement en harmonie avec l'ameublement.

Quand Noël entra, une femme jeune encore était pelotonnée sur le divan et fumait une cigarette. En dépit de la chaleur tropicale, elle était enveloppée de grands châles de cachemire.

Elle était petite, mais seules les femmes petites peuvent réunir toutes les perfections. Les femmes dont la taille dépasse la moyenne doivent être des essais ou des erreurs de la nature. Si belles qu'elles pussent être, toujours elles pèchent par quelque endroit, comme l'œuvre d'un statuaire qui, même ayant du génie, aborderait pour la première fois la grande sculpture.

Elle était petite mais son cou, ses épaules et ses bras avaient des rondeurs exquises. Ses mains aux doigts retroussés, aux ongles roses, semblaient des bijoux précieusement caressés. Ses pieds, chaussés de bas de soie presque aussi épais qu'une toile d'araignée, étaient une merveille. Ils rappelaient non le pied par trop fabuleux que Cendrillon fourrait dans une pantoufle de verre, mais le pied très réel, très célèbre et plus palpable dont une belle banquière aime à donner le modèle en marbre, en plâtre ou en bronze à ses nombreux admirateurs.

Elle n'était pas belle, ni même jolie ; cependant sa physionomie était de celles qu'on n'oublie guère, et qui frappent du coup de foudre de Beyle. Son front était un peu haut et sa bouche trop grande, malgré la provocante fraîcheur des lèvres. Ses sourcils étaient comme dessinés à l'encre de Chine ; seulement le pinceau avait trop appuyé et ils lui donnaient l'air dur lorsqu'elle oubliait de les surveiller. En revanche son teint uni avait une riche pâleur dorée, ses yeux noirs veloutés possédaient une énorme puissance magnétique, ses dents brillaient de la blancheur nacrée de la perle et ses cheveux, d'une prodigieuse opulence, étaient fins et noirs, ondés, avec des reflets bleuâtres.

En apercevant Noël, qui écartait la portière de soie, elle se souleva à demi, s'appuyant sur son coude.

– Enfin, vous voici, fit-elle d'une voix aigrelette, c'est fort heureux !

L'avocat avait été suffoqué par la température sénégalienne du fumoir.

– Quelle chaleur ! dit-il ; on étouffe ici !

– Vous trouvez ? reprit la jeune femme ; eh bien ! moi je grelotte. Il est vrai que je suis très souffrante. Poser m'est insupportable, me prend sur les nerfs, et je vous attends depuis hier.

– Il m'a été impossible de venir, objecta Noël, impossible !

– Vous saviez cependant, continua la dame, qu'aujourd'hui est mon jour d'échéance et que j'avais beaucoup à payer. Les fournisseurs sont venus, pas un sou à leur donner. On a présenté le billet du carrossier, pas d'argent. Ce vieux filou de Clergeot, auquel j'ai souscrit un effet de trois mille francs, m'a fait un tapage affreux. Comme c'est agréable !

Noël baissa la tête comme un écolier que son professeur gronde le lundi parce qu'il n'a pas fait les devoirs du dimanche.

– Ce n'est qu'un jour de retard, murmura-t-il.

– Et ce n'est rien, n'est-ce pas ? riposta la jeune femme. Un homme qui se respecte, mon cher, laisse protester sa signature s'il le faut, mais jamais celle de sa maîtresse. Pour qui donc voulez-vous que je passe ? Ignorez-vous que je n'ai à attendre de considérations que de mon argent ? Du jour où je ne paye plus, bonsoir…

– Ma chère Juliette, prononça doucement l'avocat…

Elle l'interrompit brusquement.

– Oui, c'est fort joli, poursuivit-elle, ma Juliette adorée, tant que vous êtes ici, c'est charmant, mais vous n'avez pas plus tôt tourné les talons qu'autant en emporte le vent. Savez-vous seulement, une fois dehors, s'il existe une Juliette !

– Comme vous êtes injuste ! répondit Noël. N'êtes-vous pas sûre que je pense toujours à vous ? ne vous l'ai-je pas prouvé des milliers de fois ? Tenez, je vais vous le prouver encore à l'instant.

Il tira de sa poche le petit paquet qu'il avait pris dans son bureau, et, le développant, il montra un charmant écrin de velours.

– Voici, dit-il, le bracelet qui vous faisait tant d'envie il y a huit jours à l'étalage de Beaugran.

Mme Juliette, sans se lever, tendit la main pour prendre l'écrin, l'entrouvrit avec la plus nonchalante indifférence, y jeta un coup d'œil et dit seulement :

– Ah !

– Est-ce bien celui-ci ? demanda Noël.

– Oui; mais il me semblait beaucoup plus joli chez le marchand.

Elle referma l'écrin et le jeta sur une petite table placée près d'elle.

– Je n'ai pas de chance ce soir, fit l'avocat avec dépit.

– Pourquoi cela?

– Je vois bien que ce bracelet ne vous plaît pas.

– Mais si, je le trouve charmant... d'ailleurs il me complète les deux douzaines.

Ce fut au tour de Noël de dire :

– Ah!...

Et comme Juliette se taisait, il ajouta :

– S'il vous fait plaisir, il n'y paraît guère.

– Vous y voilà donc! s'écria la dame. Je ne vous semble pas assez enflammée de reconnaissance. Vous m'apportez un présent, et je dois immédiatement le payer comptant, remplir la maison de cris de joie et me jeter à vos genoux en vous appelant grand et magnifique seigneur.

Noël ne put retenir un geste d'impatience que Juliette remarqua fort bien et qui la ravit.

– Cela suffirait-il? continua-t-elle. Faut-il que j'appelle Charlotte pour lui faire admirer ce bracelet superbe, monument de votre générosité? Voulez-vous que je fasse monter le portier et descendre ma cuisinière pour leur dire combien je suis heureuse de posséder un amant si magnifique?

L'avocat haussait les épaules en philosophe que ne sauraient toucher les railleries d'un enfant.

– À quoi bon ces plaisanteries blessantes? dit-il. Si vous avez contre moi quelque grief sérieux, mieux vaut le dire simplement et sérieusement.

– Soit, soyons sérieux, répondit Juliette. Je vous

dirai, cela étant, que mieux valait oublier ce bracelet et m'apporter hier soir ou ce matin les huit mille francs dont j'avais besoin.

– Je ne pouvais venir.

– Il fallait les envoyer ; il y a encore des commissionnaires au coin des rues.

– Si je ne les ai ni apportés, ni envoyés, ma chère amie, c'est que je ne les avais pas. J'ai été obligé de beaucoup chercher avant de les trouver, et on me les avait promis pour demain seulement. Si je les ai ce soir, je le dois à un hasard sur lequel je ne comptais pas il y a une heure, et que j'ai saisi aux cheveux, au risque de me compromettre.

– Pauvre homme ! fit Juliette d'un ton de pitié ironique. Vous osez me dire que vous êtes embarrassé pour trouver dix mille francs, vous !

– Oui, moi.

La jeune femme regarda son amant et partit d'un éclat de rire.

– Vous êtes superbe dans ce rôle de jeune homme pauvre, dit-elle.

– Ce n'est pas un rôle…

– Que vous dites, mon cher. Mais je vous vois venir. Cet aimable aveu est une préface. Demain, vous allez vous déclarer très gêné, et après-demain… C'est l'avarice qui vous travaille. Cette vertu vous manquait. Ne sentez-vous pas des remords de l'argent que vous m'avez donné ?

– Malheureuse ! murmura Noël révolté.

– Vrai, continua la dame, je vous plains, oh ! mais considérablement. Amant infortuné ! Si j'ouvrais une souscription pour vous ? À votre place je me ferais inscrire au bureau de bienfaisance !

La patience échappa à Noël, en dépit de sa résolution de rester calme.

– Vous croyez rire? s'écria-t-il; eh bien! apprenez-le, Juliette, je suis ruiné et j'ai épuisé mes dernières ressources. J'en suis aux expédients!...

L'œil de la jeune femme brilla; elle regarda tendrement son amant.

– Oh! si c'était vrai, mon gros chat! dit-elle; si je pouvais te croire!

L'avocat reçut ce regard en plein dans le cœur. Il fut navré.

Elle me croit, pensa-t-il, et elle est ravie. Elle me déteste.

Il se trompait. L'idée qu'un homme l'avait assez aimée pour se ruiner froidement avec elle, sans jamais laisser échapper un reproche, transportait cette fille. Elle se sentait près d'aimer, déchu et sans le sou, celui qu'elle détestait riche et fier. Mais l'expression de ses yeux changea bien vite.

– Bête que je suis! s'écria-t-elle, j'allais pourtant donner là-dedans et m'attendrir! Avec cela que vous êtes bien un monsieur à lâcher votre monnaie à doigts écartés! À d'autres, mon cher! Tous les hommes aujourd'hui comptent comme des prêteurs sur gages. Il n'y a plus à se ruiner que de rares imbéciles, quelques moutards vaniteux, et de temps à autre un vieillard passionné. Or, vous êtes un gaillard très froid, très grave, très sérieux et surtout très fort.

– Pas avec vous, toujours, murmura Noël.

– Bast! laissez-moi donc tranquille, vous savez bien ce que vous faites. En guise de cœur vous avez un gros double zéro comme à Hombourg. Quand vous m'avez prise, vous vous êtes dit : je vais me payer de la passion pour tant. Et vous vous êtes tenu parole. C'est un placement comme un autre, dont on reçoit les intérêts en agrément. Vous êtes capable de toutes les folies du monde à raison de quatre mille francs par mois, prix fixe. S'il fallait vingt sous de plus, vous reprendriez bien vite votre cœur et votre chapeau pour les porter ailleurs, à côté, à la concurrence.

– C'est vrai, répondit froidement l'avocat, je sais compter, et cela m'est prodigieusement utile ! Cela me sert à savoir au juste où et comment a passé ma fortune.

– Vous le savez, vraiment ? ricana Juliette.

– Et je puis vous le dire, ma chère. D'abord vous avez été peu exigeante… mais l'appétit vient en mangeant. Vous avez voulu du luxe, vous l'avez eu ; un mobilier splendide, vous l'avez ; une maison montée, des toilettes extravagantes, je n'ai rien su refuser. Il vous a fallu une voiture, un cheval, j'ai répondu : soit. Et je ne parle pas de mille fantaisies. Je ne compte ni ce cabinet chinois ni les deux douzaines de bracelets. Ce total est de quatre cent mille francs.

– Vous en êtes sûr ?

– Comme quelqu'un qui les a eus et qui ne les a plus.

– Quatre cent mille francs, juste ! il n'y a pas de centimes ?

– Non.

– Alors, mon cher, si je vous présentais ma facture, vous seriez en reste.

La femme de chambre, qui entrait apportant le thé sur un plateau, interrompit ce duo d'amour dont Noël avait fait plus d'une répétition. L'avocat se tut à cause de la soubrette. Juliette garda le silence à cause de son amant, car elle n'avait pas de secret pour Charlotte, qui la servait depuis trois ans et à laquelle, en bon cœur, elle passait tout, même un amoureux, joli homme, qui coûtait assez cher.

Mme Juliette Chaffour était parisienne. Elle devait être née, vers 1839, quelque part, sur les hauteurs du faubourg Montmartre, d'un père complètement inconnu. Son enfance fut une longue alternative de roulées et de caresses également furieuses. Elle vécut mal, de dragées ou de fruits avariés ; aussi possédait-elle un estomac à toute épreuve. À douze ans, elle était maigre comme un clou, verte comme une pomme en juin et plus dépravée que Saint-Lazare. Prudhomme aurait dit que cette précoce coquine était totalement destituée de moralité.

Elle n'avait pas la plus vague notion de l'idée abstraite que représente ce substantif. Elle devait supposer l'univers peuplé d'honnêtes gens vivant comme madame sa mère, les amis et les amies de madame sa mère. Elle ne craignait ni Dieu ni diable, mais elle avait peur des sergents de ville. Elle redoutait aussi certains personnages mystérieux et cruels, dont elle entendait parler de temps à autre, qui habitent près du Palais de Justice et éprouvent un malin plaisir à faire du chagrin aux jolies filles.

Comme sa beauté ne donnait aucune espérance, on allait la mettre dans un magasin, quand un vieux et respectable monsieur, qui avait connu sa maman autrefois, lui accorda sa protection. Ce vieillard, prudent et prévoyant comme tous les vieillards, était un connaisseur et savait que pour récolter il est indispensable de semer. Il voulut d'abord badigeonner sa protégée d'un vernis d'éducation. Il lui donna des maîtres, un professeur de musique, un professeur de danse qui, en moins de trois ans, lui apprirent à écrire, un peu de piano et les premières notions d'un art qui a fait tourner la tête à plus d'un ambassadeur : la danse.

Ce qu'il ne lui donna pas, c'est un amant. Elle en choisit un elle-même : un artiste, qui ne lui apprit rien de bien neuf, mais qui l'enleva au vieillard avisé pour lui offrir la moitié de ce qu'il possédait, c'est-à-dire rien. Au bout de trois mois, en ayant assez, elle quitta le nid de ses premières amours avec toute sa garde-robe nouée dans un mouchoir de coton.

Pendant les quatre années qui suivirent, elle vécut peu de la réalité, beaucoup de cette espérance qui n'abandonne jamais une femme qui se sait de jolis yeux. Tour à tour elle disparut dans les bas-fonds ou remonta à fleur d'eau. Deux fois la fortune gantée de frais vint frapper à sa porte, sans qu'elle eût la présence d'esprit de la retenir par un pan de son paletot.

Elle venait de débuter à un petit théâtre avec l'aide d'un cabotin, et débitait même assez adroitement ses rôles quand Noël, par le plus grand des hasards, la rencontra, l'aima, et en fit sa maîtresse.

Son avocat, comme elle disait, ne lui déplaisait pas trop dans les commencements. Après quelques mois il l'assommait. Elle lui en voulait de ses manières douces et polies, de ses façons d'homme du monde, de sa distinction, du mépris qu'il dissimulait à peine pour ce qui est bas et vil, et surtout de son inaltérable patience, que rien ne démontait. Son grand grief contre lui, c'est qu'il n'était pas drôle, et encore qu'il se refusait absolument à la conduire dans les bons endroits où règne une gaieté sans préjugés. Pour se distraire, elle commença à gaspiller de l'argent. Et à mesure que grandissait son ambition et que croissaient les sacrifices de son amant, son aversion pour lui augmentait.

Elle le rendait le plus malheureux des hommes et le traitait comme un chien. Et ce n'était pas par mauvais naturel, mais de parti pris, par principe. Elle avait cette persuasion qu'une femme est aimée en raison directe des soucis qu'elle cause et du mal qu'elle fait.

Juliette n'était pas méchante, et elle se jugeait très à plaindre. Son rêve aurait été d'être aimée d'une certaine façon, qu'elle sentait bien, mais qu'elle expliquait mal. Pour ses amants, elle n'avait été qu'un jouet ou un objet de luxe, elle le comprenait, et, comme elle était impatiente du mépris, cette idée la rendait enragée. Elle souhaitait un homme qui lui fût dévoué et qui risquât beaucoup pour elle, un amant descendant jusqu'à elle et ne cherchant pas à l'élever jusqu'à lui. Elle désespérait de ne le rencontrer jamais.

Les folies de Noël la laissaient froide comme glace ; elle le supposait fort riche, et, chose singulière, en dépit de sa très réelle avidité, elle se souciait fort peu de l'argent. Noël l'aurait peut-être gagnée par une franchise brutale, en lui faisant toucher du doigt sa situation ; il la perdit par la délicatesse même de sa dissimulation, en lui laissant ignorer l'étendue des sacrifices qu'il faisait pour elle.

Lui l'adorait. Jusqu'au jour fatal où il la connut, il avait vécu comme un sage. Cette première passion l'incendia, et du désastre il ne sauva que les apparences. Les quatre murs restaient debout, mais la maison était brûlée. Les héros ont leur endroit faible : Achille périt par le talon ; les plus adroits lutteurs ont des défauts à leur cuirasse ; par Juliette, Noël était vulnérable et donnait prise à tout et à tous. Pour elle, en quatre ans, ce jeune homme modèle, cet avocat à réputation immaculée, ce moraliste austère avait dévoré non seulement sa fortune personnelle, mais celle de Mme Gerdy.

Il aimait sa Juliette follement, sans réflexion, sans mesure, les yeux fermés. Près d'elle il oubliait toute prudence et pensait tout haut. Dans son boudoir il dénouait le masque de sa dissimulation habituelle et ses vices s'étiraient à l'aise comme les membres dans une étuve. Il se sentait si bien sans courage et sans forces contre elle que jamais il n'essaya de lutter. Elle le possédait. Parfois il avait tenté de se roidir contre des caprices insensés, elle le faisait plier comme l'osier. Sous les regards noirs de cette fille, il sentait ses résolutions fondre plus vite que la neige au soleil d'avril. Elle le torturait, mais elle avait assez de puissance pour tout effacer d'un sourire, d'une larme et d'un baiser.

Loin de l'enchanteresse, la raison lui revenait par intervalles, et dans ses moments lucides, il se disait : elle ne m'aime pas, elle se joue de moi ! Mais la foi avait poussé dans son cœur de si profondes racines qu'il ne pouvait l'en arracher. Il faisait montre d'une jalousie terrible et s'en tenait à de vaines démonstrations. Il eut à différentes reprises de fortes raisons de suspecter la fidélité de sa maîtresse, jamais il n'eut le courage d'éclaircir ses soupçons. Il faudrait la quitter, pensait-il, si je ne me trompais pas, ou alors tout accepter dans l'avenir. À l'idée d'abandonner Juliette, il frémissait et sentait sa passion assez lâche pour passer sous toutes les fourches caudines. Il préférait des doutes désolants à une certitude plus affreuse encore.

La présence de la femme de chambre, qui mit assez longtemps à disposer tout ce qui était nécessaire pour prendre le thé, permit à Noël de se remettre. Il regardait

Juliette, et sa colère s'envolait. Déjà, il en était à se demander s'il n'avait pas été un peu dur pour elle.

Quand Charlotte se fut retirée, il vint s'asseoir sur le divan, près de sa maîtresse, et, arrondissant son bras, il voulut la prendre par le cou.

– Voyons, disait-il d'une voix caressante, tu as été assez méchante comme cela ce soir. Si j'ai eu tort, tu m'as suffisamment puni. Faisons la paix, et embrasse-moi.

Elle le repoussa durement, en disant d'un ton sec :

– Laissez-moi… Combien de fois dois-je vous répéter que je suis très souffrante ce soir ?

– Tu souffres, mon amie, reprit l'avocat ; où ? Veux-tu qu'on prévienne le docteur ?

– Ce n'est pas la peine. Je connais mon mal, il s'appelle l'ennui. Vous n'êtes pas du tout le médecin qu'il me faut.

Noël se leva d'un air découragé et alla prendre place de l'autre côté de la table à thé, en face de sa maîtresse. Sa résignation disait quelle habitude il avait des rebuffades. Juliette le maltraitait, il revenait toujours, comme le pauvre chien qui guette pendant des journées l'instant où ses caresses ne sont pas importunes. Et il avait la réputation d'être dur, emporté, capricieux ! Et il l'était !

– Vous me dites bien souvent depuis quelques mois, reprit-il, que je vous ennuie. Que vous ai-je fait ?

– Rien.

– Eh bien ! alors ?

– Ma vie n'est plus qu'un long bâillement, répondit la jeune femme ; est-ce ma faute ? Croyez-vous que ce soit un métier récréatif d'être votre maîtresse ? Examinez-vous donc un peu. Est-il un être aussi triste, aussi maussade que vous, plus inquiet, plus soupçonneux, dévoré d'une pire jalousie ?

– Votre accueil, mon amie, hasarda Noël, est fait pour éteindre la gaieté et glacer l'expansion. Puis on craint toujours quand on aime.

– Joli ! Alors on cherche une femme exprès pour soi, on se la commande sur mesure ; on l'enferme dans sa cave et on se la fait monter une fois par jour, après le dîner, au dessert, en même temps que le vin de Champagne, histoire de s'égayer.

– J'aurais aussi bien fait de ne pas venir, murmura l'avocat.

– C'est cela. Je serais restée seule sans autre distraction que ma cigarette et quelque bouquin bien endormant ! Vous trouvez que c'est une existence, vous, de ne bouger de chez soi ?

– C'est la vie de toutes les femmes honnêtes que je connais, répondit sèchement l'avocat.

– Merci ! je ne leur en fais pas mon compliment. Heureusement, moi, je ne suis pas une femme honnête et je puis dire que je suis lasse de vivre plus claquemurée que l'épouse d'un Turc avec votre visage pour unique distraction.

– Vous vivez claquemurée, vous !

– Certainement, continua Juliette avec une aigreur croissante. Voyons, avez-vous jamais amené un de vos amis ici ? Non, monsieur me cache. Quand m'avez-vous offert votre bras pour une promenade ? jamais, la dignité de monsieur serait atteinte si on le voyait en ma compagnie. J'ai une voiture, y êtes-vous monté six fois ? peut-être, mais alors vous baissiez les stores. Je sors seule ; je me promène seule…

– Toujours le même refrain, interrompit Noël, que la

colère commençait à gagner ; sans cesse des méchancetés gratuites. Comme si vous en étiez à apprendre pourquoi il en est ainsi !

– Je n'ignore pas, poursuivit la jeune femme, que vous rougissez de moi. J'en connais cependant, et de plus huppés que vous, qui montrent volontiers leur maîtresse. Monsieur tremble pour ce beau nom de Gerdy que je ternirais, tandis que les fils des plus grandes familles ne craignent pas de s'afficher dans des avant-scènes avec des grues.

Pour le coup, Noël fut jeté hors de ses gonds, à la grande jubilation de Mme Chaffour.

– Assez de récriminations ! s'écria-t-il en se levant ; si je cache nos relations, c'est que j'y suis contraint. De quoi vous plaignez-vous ? Je vous laisse votre liberté et vous en usez si largement que toutes vos actions m'échappent. Vous maudissez le vide que je fais autour de vous ? À qui la faute ? Est-ce moi qui me suis lassé d'une douce et modeste existence ? Mes amis seraient venus dans un appartement respirant une honnête aisance, puis-je les amener ici ? En voyant votre luxe, cet étalage insolent de ma folie, ils se demanderaient où j'ai pris tout l'argent que je vous ai donné.

» Je puis avoir une maîtresse, je n'ai pas le droit de jeter par les fenêtres une fortune qui ne m'appartient pas. Qu'on vienne à savoir demain que c'est moi qui vous entretiens, mon avenir est perdu. Quel client voudrait confier ses intérêts à l'imbécile qui s'est ruiné pour une femme dont tout Paris a parlé. Je ne suis pas un grand seigneur, moi, je n'ai à risquer ni un nom historique, ni une immense fortune. Je suis Noël Gerdy, avocat ; ma réputation est tout ce que je possède. Elle est menteuse, soit. Telle qu'elle est il faut que je la garde, et je la garderai.

Juliette, qui savait son Noël par cœur, pensa qu'elle était allée assez loin. Elle entreprit de ramener son amant.

– Voyons, mon ami, dit-elle tendrement, je n'ai pas voulu vous faire de peine. Il faut être indulgent… je suis horriblement nerveuse ce soir.

Ce simple changement ravit l'avocat et suffit pour le calmer presque.

– C'est que vous me rendriez fou, reprit-il, avec vos injustices. Moi qui m'épuise à chercher ce qui peut vous être agréable ! Vous attaquez perpétuellement ma gravité, et il n'y a pas quarante-huit heures nous avons enterré le carnaval comme deux fous. J'ai fêté le Mardi gras comme un étudiant. Nous sommes allés au théâtre, j'ai endossé un domino pour vous accompagner au bal de l'Opéra, j'ai invité deux de mes amis à venir souper avec nous.

– C'était même bien gai ! répondit la jeune femme en faisant la moue.

– Il me semble que oui.

– Vous trouvez ! c'est que vous n'êtes pas difficile. Nous sommes allés au Vaudeville, c'est vrai, mais séparément, comme toujours, moi seule en haut, vous en bas. Au bal, vous aviez l'air de mener le diable en terre. Au souper, vos amis étaient folâtres comme des bonnets de nuit. J'ai dû, sur vos ordres, affecter de vous connaître à peine. Vous avez bu comme une éponge, sans que j'aie pu savoir si vous étiez gris ou non…

– Cela prouve, interrompit Noël, qu'il ne faut pas forcer ses goûts. Parlons d'autre chose.

Il fit quelques pas dans le fumoir, et tirant sa montre :

– Une heure bientôt, dit-il ; mon amie, je vais vous laisser.

– Comment, vous ne me restez pas ?

– Non, à mon grand regret ; ma mère est dangereusement malade.

Il dépliait et comptait sur la table les billets de banque du père Tabaret.

– Ma petite Juliette, reprit-il, voici non pas huit mille francs mais dix mille. Vous ne me verrez pas d'ici quelques jours.

– Quittez-vous donc Paris ?

– Non, mais je vais être absorbé par une affaire d'une importance immense pour moi. Oui, immense ! Si elle réussit, mignonne, notre bonheur est assuré, et tu verras bien si je t'aime.

– Oh ! mon petit Noël, dis-moi ce que c'est ?

– Je ne puis.

– Je t'en prie, fit la jeune femme en se pendant au cou de son amant, se soulevant sur la pointe des pieds comme pour approcher ses lèvres des siennes.

L'avocat l'embrassa ; sa résolution sembla chanceler.

– Non ! dit-il enfin, je ne puis, là, sérieusement. À quoi bon te donner une fausse joie… Maintenant, ma chérie, écoute-moi bien. Quoi qu'il arrive, entends-tu, sous quelque prétexte que ce soit, ne viens pas chez moi, comme tu as eu l'imprudence de le faire ; ne m'écris même pas. En me désobéissant, tu me causerais peut-être un tort irréparable. S'il t'arrivait un accident, dépêche-moi ce vieux drôle de Clergeot. Je dois le voir après-demain, car il a des billets à moi.

Juliette recula, menaçant Noël d'un geste mutin.

– Tu ne veux rien me dire ? insista-t-elle.

– Pas ce soir, mais bientôt, répondit l'avocat qu'embarrassait le regard de sa maîtresse.

– Toujours des mystères ! fit Juliette dépitée de l'inutilité de ses chatteries.

– Ce sera le dernier, je te le jure.

– Noël, mon bonhomme, reprit la jeune femme d'un ton sérieux, tu me caches quelque chose. Je te connais, tu le sais ; depuis plusieurs jours, tu as je ne sais quoi, tu es tout changé.

– Je t'affirme…

– N'affirme rien, je ne te croirais pas. Seulement, pas de mauvaise plaisanterie, je te préviens, je suis femme à me venger.

L'avocat, bien évidemment, était fort mal à l'aise.

– L'affaire en question, balbutia-t-il, peut aussi bien échouer que réussir…

– Assez ! interrompit Juliette. Ta volonté sera faite, je te le promets. Allons, monsieur, embrassez-moi, je vais me mettre au lit.

La porte n'était pas refermée sur Noël que Charlotte était installée sur le divan près de sa maîtresse. Si l'avocat eût été à la porte, il eût pu entendre Mme Juliette qui disait :

– Non, décidément, je ne puis plus le souffrir. Quelle scie ! mon enfant, que cet homme-là ! Ah ! s'il ne me faisait pas si peur, comme je le lâcherais. C'est qu'il serait capable de me tuer !

La femme de chambre essaya de défendre Noël, mais en vain ; la jeune femme n'écoutait pas ; elle murmurait :

– Pourquoi s'absente-t-il et que complote-t-il ? Une éclipse de huit jours, c'est louche. Voudrait-il se marier, par hasard ? Ah ! si je le savais !… Tu m'ennuies, mon bonhomme, et je compte bien te laisser en plan un de ces matins, mais je ne te permets pas de me quitter le premier. C'est que je ne souffrirai pas cela ! On ira aux informations…

Mais Noël n'écoutait pas aux portes. Il descendit la rue de Provence aussi vite que possible, gagna la rue Saint-Lazare et rentra comme il était sorti, par la porte de la remise.

Il était à peine installé dans son cabinet depuis cinq minutes lorsqu'on frappa.

– Monsieur, disait la bonne, au nom du Ciel ! monsieur, parlez-moi !

Il ouvrit la porte en disant avec impatience :

– Qu'est-ce encore ?

– Monsieur, balbutia la domestique tout en pleurs, voici trois fois que je cogne et que vous ne répondez pas. Venez, je vous en supplie, j'ai peur, madame va mourir.

L'avocat suivit la bonne jusqu'à la chambre de Mme Gerdy. Il dut la trouver horriblement changée, car il ne put retenir un mouvement d'effroi.

La malade, sous ses couvertures, se débattait furieusement. Sa face était d'une pâleur livide, comme si elle n'eût plus eu une goutte de sang dans les veines, et ses yeux, qui brillaient d'un feu sombre, semblaient remplis d'une poussière fine. Ses cheveux dénoués tombaient le long de ses joues et sur ses épaules, contribuant à lui donner un aspect terrifiant. Elle poussait de temps à autre un gémissement inarticulé ou murmurait des paroles inintelligibles. Parfois une douleur plus terrible que les autres lui arrachait un grand cri : « Ah ! que je souffre ! » Elle ne reconnut pas Noël.

– Vous voyez, monsieur, fit la bonne.

– Oui, qui pouvait se douter que son mal marcherait avec cette rapidité ?... Vite, courez chez le docteur Hervé ; qu'il se lève et qu'il vienne tout de suite, dites bien que c'est pour moi.

Et il s'assit dans un fauteuil, en face de la malade.

Le docteur Hervé était un des amis de Noël, son ancien condisciple, son compagnon du quartier latin. L'histoire du docteur Hervé est celle de tous les jeunes gens qui, sans fortune, sans relations, sans protections, osent se lancer dans la plus difficile, la plus chanceuse des professions qui soient à Paris, où l'on voit, hélas ! de jeunes médecins de talent réduits, pour vivre, à se mettre à la solde d'infâmes marchands de drogues.

Homme vraiment remarquable, ayant conscience de sa valeur, Hervé, ses études terminées, s'était dit : non, je n'irai pas végéter au fond d'une campagne, je resterai à Paris, j'y deviendrai célèbre, je serai médecin en chef d'un hôpital et grand-croix de la Légion d'honneur.

Pour débuter dans cette voie terminée à l'horizon par le plus magnifique des arcs de triomphe, le futur académicien s'endetta d'une vingtaine de mille francs. Il fallait se meubler, s'improviser un intérieur, les loyers sont chers.

Depuis, armé d'une patience que rien ne peut rebuter, armé d'une volonté indomptable et sans intermittence, il lutte et il attend. Or, qui peut imaginer ce que c'est qu'attendre dans certaines conditions ? Il faut avoir passé par là pour s'en douter. Mourir de faim en habit noir, rasé de frais et le sourire aux lèvres ! Les civilisations raffinées ont inauguré ce supplice qui fait pâlir les cruautés du poteau des sauvages. Le docteur qui commence soigne les pauvres qui ne peuvent pas payer. Puis le malade est ingrat. Convalescent, il presse sur sa poitrine son médecin en l'appelant : mon sauveur. Guéri, il raille la faculté, et oublie facilement les honoraires dus.

Après sept ans d'héroïsme, Hervé voit enfin se grouper une clientèle. Pendant ce temps il a vécu et payé les intérêts exorbitants de sa dette, mais il avance. Trois ou quatre brochures, un prix remporté sans trop d'intrigues ont attiré sur lui l'attention.

Seulement ce n'est plus le vaillant jeune homme plein d'espérance et de foi de sa première visite. Il veut encore, et plus fortement que jamais, arriver, réussir, mais il n'espère plus nulle jouissance de son succès. Il les a escomptées et usées les soirs où il n'avait pas eu de quoi dîner. Si grande que soit sa fortune dans l'avenir, il l'a payée déjà, et trop cher. Pour lui, parvenir n'est plus que prendre une revanche. À moins de trente-cinq ans, il est blasé sur les dégoûts et sur les déceptions et ne croit à rien. Sous les apparences d'une universelle bienveillance, il cache un universel mépris. Sa finesse, aiguisée aux meules de la nécessité, lui a nui ; on redoute les gens pénétrants : il la dissimule soigneusement sous un masque de bonhomie et de légèreté joviale.

Et il est bon, et il est dévoué, et il aime ses amis.

Son premier mot en entrant, à peine vêtu, tant il s'était hâté, fut :

– Qu'y a-t-il ?

Noël lui serra silencieusement la main et pour toute réponse lui montra le lit.

Le docteur, en moins d'une minute, prit la lampe, examina la malade et revint à son ami.

– Que s'est-il passé ? demanda-t-il brusquement. J'ai besoin de tout savoir.

L'avocat tressaillit à cette question.

– Savoir quoi ? balbutia-t-il.

– Tout ! répondit Hervé. Nous avons affaire à une encéphalite. Il n'y a pas à s'y tromper. Ce n'est point une maladie commune, en dépit de l'importance et de la continuité des fonctions du cerveau. Quelles causes l'ont déterminée ? Ce ne sont pas des lésions du cerveau ni de la boîte osseuse, ce seront donc de violentes affections de l'âme, un immense chagrin, une catastrophe imprévue…

Noël interrompit son ami du geste et l'attira dans l'embrasure de la croisée.

– Oui, mon ami, dit-il à voix basse, madame Gerdy vient d'être éprouvée par de mortels chagrins ; elle est dévorée d'angoisses affreuses. Écoute, Hervé, je vais confier à ton honneur, à ton amitié, notre secret : madame Gerdy n'est pas ma mère ; elle m'a dépouillé, pour faire profiter son fils de ma fortune et de mon nom. Il y a trois semaines que j'ai découvert cette fraude indigne ; elle le sait, les suites l'épouvantent, et depuis elle meurt minute par minute.

L'avocat s'attendait à des exclamations, à des questions de son ami. Mais le docteur reçut sans broncher cette confidence ; il la prenait comme un renseignement indispensable pour éclairer ses soins.

– Trois semaines, murmura-t-il, tout s'explique. A-t-elle paru souffrir pendant ce temps ?

– Elle se plaignait de violents maux de tête, d'éblouissements, d'intolérables douleurs d'oreille ; elle attribuait tout cela à des migraines. Mais ne me cache rien, Hervé, je t'en prie ; cette maladie est-elle bien grave ?

– Si grave, mon ami, si habituellement funeste que

la médecine en est à compter les cas bien constatés de guérison.

– Ah ! mon Dieu !

– Tu m'as demandé la vérité, n'est-ce pas, je te la dis. Et si j'ai eu ce triste courage, c'est que je sais que cette pauvre femme n'est pas ta mère. Oui, à moins d'un miracle, elle est perdue. Mais ce miracle, on peut l'espérer, le préparer. Et maintenant, à l'œuvre !

6

Onze heures sonnaient à la gare Saint-Lazare quand le père Tabaret, après avoir serré la main de Noël, quitta sa maison sous le coup de ce qu'il venait d'entendre. Obligé de se contenir, il jouissait délicieusement de sa liberté d'impression. C'est en chancelant qu'il fit les premiers pas dans la rue, semblable au buveur que surprend le grand air, au sortir d'une salle à manger bien chaude. Il était radieux, mais étourdi en même temps de cette rapide succession d'événements imprévus qui l'avaient brusquement amené, croyait-il, à la découverte de la vérité.

En dépit de sa hâte d'arriver près du juge d'instruction, il ne prit pas de voiture. Il sentait le besoin de marcher. Il était de ceux à qui l'exercice donne la lucidité. Quand il se donnait du mouvement, les idées, dans sa cervelle, se classaient et s'emboîtaient comme les grains de blé dans un boisseau qu'on agite.

Sans presser sa marche, il gagna la rue de la Chaussée-d'Antin, traversa le boulevard, dont les cafés resplendissaient, et s'engagea dans la rue de Richelieu.

Il allait, sans conscience du monde extérieur, trébuchant aux aspérités du trottoir ou glissant sur le pavé gras. S'il suivait le bon chemin, c'était par un instinct purement machinal ; la bête le guidait. Son esprit courait les champs des probabilités et suivait dans les ténèbres le fil mystérieux dont il avait, à La Jonchère, saisi l'imperceptible bout.

Comme tous ceux que de fortes émotions remuent, sans s'en douter il parlait haut, se souciant peu des oreilles indiscrètes où pouvaient tomber ses exclamations et ses lambeaux de phrases. À chaque pas on rencontre ainsi, dans Paris, de ces gens qu'isole, au milieu de la foule, leur passion du moment, et qui confient aux quatre vents du ciel leurs plus chers secrets pareils à des vases fêlés qui laissent se répandre leur contenu. Souvent les passants prennent pour des fous ces monologueurs bizarres. Parfois aussi des curieux les suivent, qui s'amusent à recueillir d'étranges confidences. C'est une indiscrétion de ce genre qui apprit la ruine de Riscara, ce banquier si riche. Lambreth, l'assassin de la rue de Venise, se perdit ainsi.

– Quelle veine ! disait le père Tabaret, quelle chance incroyable ! Gévrol a beau dire, le hasard est encore le plus grand des agents de police. Qui aurait imaginé une pareille histoire ! J'avais flairé un enfant là-dessous. Mais comment soupçonner une substitution ? un moyen si usé que les dramaturges n'osent plus s'en servir au boulevard. Voilà qui prouve bien le danger des idées préconçues en police. On s'effraye de l'invraisemblance, et c'est l'invraisemblance qui est vraie. On recule devant l'absurde, et c'est à l'absurde qu'il faut pousser. Tout est possible.

» Je ne donnerais pas ma soirée pour mille écus. Je fais d'une pierre deux coups : je livre le coupable et je donne à Noël un fier coup d'épaule pour reconquérir son état civil. En voilà un qui certes est digne de sa bonne fortune ! Pour une fois, je ne serais pas fâché de voir arriver un garçon élevé à l'école du malheur. Bast ! il sera comme les autres. La prospérité lui tournera la tête. Ne parlait-il pas déjà de ses ancêtres… Pauvre humanité ! Il était à pouffer de rire… C'est cette Gerdy qui me surprend le plus. Une femme à qui j'aurais donné le bon Dieu sans confession ! Quand je pense que j'ai failli la demander en mariage, l'épouser ! Brrr…

À cette idée le bonhomme frissonna. Il se vit marié, découvrant tout à coup le passé de Mme Tabaret, mêlé à un procès scandaleux, compromis, ridiculisé.

– Quand je pense, poursuivit-il, que mon Gévrol court après l'homme aux boucles d'oreilles ! Trime, mon garçon, trime, les voyages forment la jeunesse. Sera-t-il assez vexé ! Il va m'en vouloir à la mort. Je m'en moque un peu ! Si on voulait me faire des misères, monsieur Daburon me protégerait. En voilà un à qui je vais tirer une épine du pied. Je le vois d'ici, ouvrant des yeux comme des soucoupes, quand je lui dirai : « Je le tiens ! » Il pourra se vanter de me devoir une fière chandelle. Ce procès va lui faire honneur ou la justice n'est pas la justice. On va le nommer au moins officier de la Légion d'honneur. Tant mieux ! Il me revient, ce juge-là. S'il dort, je vais lui servir un agréable réveil. Va-t-il m'accabler de questions ! Il voudra connaître des fins, trouver la petite bête…

Le père Tabaret, qui traversait le pont des Saints-Pères, s'arrêta brusquement.

– Des détails ! dit-il, c'est que je n'en ai pas ; je ne sais la chose qu'en gros.

Il se remit à marcher en continuant :

– Ils ont raison, là-bas, je suis trop passionné ; je m'emballe, comme dit Gévrol. Tandis que je tenais

Noël, je devais lui tirer les vers du nez, lui extraire une infinité de renseignements utiles; je n'y ai pas seulement songé… Je buvais ses paroles; j'aurais voulu qu'il me les racontât toutes en deux mots. C'est cependant naturel, cela; quand on poursuit un cerf, on ne s'arrête pas à tirer un merle. C'est égal, je n'ai pas su mener cet interrogatoire. D'un autre côté, en insistant, je pouvais éveiller la défiance de Noël, le mettre à même de deviner que je travaille pour la rue de Jérusalem. Certes, je n'en rougis pas, j'en tire même vanité, cependant j'aime autant qu'on ne s'en doute pas. Les gens sont si bêtes qu'ils ne peuvent pas sentir la police qui les protège et qui les garde. Maintenant, du calme et de la tenue, nous voici arrivé.

M. Daburon venait de se mettre au lit, mais il avait laissé des ordres à son domestique. Le père Tabaret n'eut qu'à se nommer pour être aussitôt introduit dans la chambre à coucher du magistrat.

À la vue de son agent volontaire, le juge se dressa vivement.

– Il y a quelque chose d'extraordinaire, dit-il; qu'avez-vous découvert? tenez-vous un indice?

– Mieux que cela, répondit le bonhomme souriant d'aise.

– Dites vite…

– Je tiens le coupable!

Le père Tabaret dut être content; il produisait son effet, un grand effet; le juge avait bondi dans son lit.

– Déjà! fit-il; est-ce possible?

– J'ai l'honneur de répéter à monsieur le juge d'instruction, reprit le bonhomme, que je connais l'auteur du crime de La Jonchère.

– Et moi, fit le juge, je vous proclame le plus habile

de tous les agents passés et futurs. Je ne ferai certes plus une instruction sans votre concours.

– Monsieur le juge est trop bon ; je ne suis que pour bien peu de chose dans cette trouvaille, le hasard seul…

– Vous êtes modeste, monsieur Tabaret : le hasard, voyez-vous, ne sert que les hommes forts, et c'est ce qui indigne les sots. Mais je vous en prie, asseyez-vous et parlez.

Alors, avec une lucidité et une précision dont on l'aurait cru incapable, le vieux policier rapporta au juge d'instruction tout ce que lui avait appris Noël. Il cita de mémoire les lettres sans presque y changer une expression.

– Et ces lettres, ajouta-t-il, je les ai vues, et j'en ai même escamoté une pour faire vérifier l'écriture. La voici.

– Oui ! murmura le magistrat, oui, monsieur Tabaret, vous connaissez le coupable. L'évidence est là qui brille à aveugler. Dieu l'a voulu ainsi : le crime engendre le crime. La faute énorme du père a fait du fils un assassin.

– Je vous ai tu les noms, monsieur, reprit le père Tabaret, je voulais avant connaître votre pensée…

– Oh ! vous pouvez les dire, interrompit le juge avec une certaine animation ; si haut qu'il faille frapper, un magistrat français n'a jamais hésité.

– Je le sais, monsieur, mais c'est haut, allez, cette fois. Le père qui a sacrifié son fils légitime à son bâtard est le comte Rhéteau de Commarin, et l'assassin de la veuve Lerouge est le bâtard, le vicomte Albert de Commarin.

Le père Tabaret, en artiste habile, avait lancé ces noms avec une lenteur calculée, comptant bien qu'ils produiraient une énorme impression. Son attente fut dépassée.

M. Daburon fut frappé de stupeur. Il demeura immobile, les yeux agrandis par l'étonnement. Machinalement il répétait comme un mot vide de sens et qu'on s'apprend :

– Albert de Commarin, Albert de Commarin !

– Oui, insista le père Tabaret, le noble vicomte. C'est à n'y pas croire, je le sais bien.

Mais il s'aperçut de l'altération des traits du juge d'instruction, et, un peu effrayé, il s'approcha du lit.

– Est-ce que monsieur le juge se trouverait indisposé ? demanda-t-il.

– Non, répondit M. Daburon, sans trop savoir ce qu'il disait, je me porte très bien ; seulement la surprise, l'émotion…

– Je comprends cela, fit le bonhomme.

– N'est-ce pas, vous comprenez ; j'ai besoin d'être seul un moment. Mais ne vous éloignez pas ; il nous faut causer de cette affaire longuement. Veuillez donc passer dans mon cabinet, il doit encore y avoir du feu ; je vous rejoins à l'instant.

Alors M. Daburon se leva lentement, endossa une robe de chambre ou plutôt se laissa tomber dans un fauteuil. Son visage auquel, dans l'exercice de ses austères fonctions, il avait su donner l'immobilité du marbre, reflétait de cruelles agitations et ses yeux trahissaient de rudes angoisses.

C'est que ce nom de Commarin, prononcé à l'improviste, réveillait en lui les plus douloureux souvenirs et ravivait une blessure mal cicatrisée. Il lui rappelait, ce nom, un événement qui brusquement avait éteint sa jeunesse et brisé sa vie. Involontairement, il se reportait à cette époque comme pour en savourer encore toutes les amertumes. Une heure avant, elle lui semblait bien éloignée et déjà perdue dans les brumes du passé ; un mot avait suffi pour qu'elle surgît nette et distincte. Il lui paraissait, maintenant, que cet événement auquel se mêlait Albert de Commarin datait d'hier. Il y avait deux ans bientôt de cela !

Pierre-Marie Daburon appartient à l'une des vieilles familles du Poitou. Trois ou quatre de ses ancêtres ont rempli successivement les charges les plus considérables de la province. Comment ne léguèrent-ils pas un titre et des armes à leurs descendants ?

Le père du magistrat réunit, assure-t-on, autour du vilain castel moderne qu'il habite, pour plus de huit cent mille francs de bonnes terres. Par sa mère, une Cottevise-Luxé, il tient à toute la haute noblesse poitevine, une des plus exclusives qui soit en France, comme chacun sait.

Lorsqu'il fut nommé à Paris, sa parenté lui ouvrit tout d'abord cinq ou six salons aristocratiques et il ne tarda pas à étendre le cercle de ses relations.

Il n'avait pourtant aucune des précieuses qualités qui fondent et assurent les réputations de salon. Il était froid, d'une gravité touchant à la tristesse, réservé et, de plus, timide à l'excès. Son esprit manquait de brillant et de légèreté ; il n'avait pas la repartie vive, et souvent l'à-propos le trahissait. Il ignorait absolument l'art aimable de causer sans rien dire ; il ne savait ni mentir ni lancer avec grâces un fade compliment. Comme tous les hommes qui sentent vivement et profondément, il était inhabile à traduire sur-le-champ ses impressions. Il lui fallait la réflexion et le retour sur soi-même.

Cependant, on le rechercha pour des qualités plus

solides : pour la noblesse de ses sentiments, pour son caractère, pour la sûreté de ses relations. Ceux qui le virent dans l'intimité apprécièrent vite la rectitude de son jugement, son bon sens sain et vif arrivant sans effort au piquant. On découvrit sous une écorce un peu froide un cœur chaud pour ses amis, une sensibilité excessive, une délicatesse presque féminine. Enfin, si dans un salon peuplé d'indifférents et de niais il était éclipsé, il triomphait dans un petit cercle où il se sentait réchauffé par une atmosphère sympathique.

Insensiblement, il s'habitua à sortir beaucoup. Il ne croyait pas que ce fût du temps perdu. Il estimait, sagement peut-être, qu'un magistrat a mieux à faire qu'à rester enfermé dans son cabinet, en compagnie des livres de la loi. Il pensait qu'un homme appelé à juger les autres doit les connaître, et, pour cela, les étudier. Observateur attentif et discret, il examinait autour de lui le jeu des intérêts et des passions, s'exerçant à démêler et à manœuvrer au besoin les ficelles des pantins qu'il voyait se mouvoir autour de lui. Pièce à pièce, pour ainsi dire, il tâchait de démonter cette machine compliquée et si complexe qui s'appelle la société et dont il était chargé de surveiller les mouvements, de régler les ressorts et d'entretenir les rouages.

Tout à coup, vers le commencement de l'hiver de 1860 à 1861, M. Daburon disparut. Ses amis le cherchaient, on ne le rencontrait nulle part. Que devenait-il ? On s'enquit, on s'informa, et on apprit qu'il passait presque toutes ses soirées chez madame la marquise d'Arlange.

La surprise fut grande ; elle était naturelle.

Cette chère marquise était, ou plutôt est, car elle est encore de ce monde, une personne qu'on trouvait arriérée et rococo dans le cercle des douairières de la princesse de Southenay. Elle est à coup sûr le legs le plus singulier fait par le dix-huitième siècle au nôtre. Comment, par quel procédé merveilleux a-t-elle été conservée telle que nous la voyons? On s'interroge en vain. On jurerait à l'entendre qu'elle était hier à l'une de ces soirées de la reine où on jouait si gros jeu, au grand désespoir de Louis XVI, et où les grandes dames trichaient ouvertement à qui mieux mieux. Mœurs, langage, habitudes, costume presque, elle a tout gardé de ce temps sur lequel on n'a guère écrit que pour les défigurer. Sa seule vue en dit plus qu'un long article de revue, une heure de sa conversation plus qu'un volume.

Elle est née dans une petite principauté allemande où s'étaient réfugiés ses parents en attendant le châtiment et le repentir d'un peuple égaré et rebelle. Elle a été élevée, elle a grandi sur les genoux de vieux émigrés, dans quelque salon très antique et très doré, comme dans un cabinet de curiosités. Son esprit s'était éveillé au bruit de conversations antédiluviennes, son imagination avait été frappée de raisonnements à peu près aussi concluants que ceux d'une assemblée de sourds convoqués pour juger une œuvre de Félicien David. Là elle avait puisé un fond d'idées qui, appliquées à la société actuelle, sont grotesques, comme le seraient celles d'un enfant enfermé jusqu'à vingt ans dans un musée assyrien.

L'Empire, la Restauration, la monarchie de Juillet, la Seconde République, le Second Empire ont défilé sous ses fenêtres sans qu'elle ait pris la peine de les ouvrir. Tout ce qui s'est passé depuis 89, elle le considère comme non avenu. C'est un cauchemar, et elle attend le réveil. Elle a tout regardé, elle regarde tout avec ses jolies bésicles qui font voir ce qu'on veut et non ce qui est, et qu'on vend chez les marchands d'illusions.

À soixante-huit ans bien sonnés, elle se porte comme un arbre, et n'a jamais été malade. Elle est d'une vivacité, d'une activité fatigante, et ne peut tenir en place que lorsqu'elle dort ou qu'elle joue au piquet, son jeu favori. Elle fait ses quatre repas par jour, mange comme un vendangeur et boit sec. Elle professe un mépris non déguisé pour les femmelettes de notre siècle, qui vivent une semaine sur un perdreau et arrosent d'eau claire de grands sentiments qu'elles entortillent de longues phrases. En tout elle a toujours été et est encore très positive. Sa parole est prompte et imagée. Sa phrase hardie ne recule pas devant le mot propre. S'il sonne mal à quelque oreille délicate, tant pis ! Ce qu'elle déteste le plus, c'est l'hypocrisie. Elle croit à Dieu, mais elle croit aussi à M. de Voltaire, de sorte que sa dévotion est des plus problématiques. Pourtant elle est au mieux avec son curé, et ordonne de soigner son dîner les jours où elle lui fait l'honneur de l'admettre à sa table. Elle doit le considérer comme un subalterne utile à son salut et fort capable de lui ouvrir les portes du paradis.

Telle qu'elle est, on la fuit comme la peste. On redoute son verbe haut, son indiscrétion terrible, et le franc-parler qu'elle affecte pour avoir le droit de dire en face toutes les méchancetés qui lui passent par la tête.

De toute sa famille, il ne lui reste plus que la fille de son fils mort fort jeune.

D'une fortune très considérable jadis, relevée en partie par l'indemnité, mais administrée à la diable, elle n'a su conserver qu'une inscription de vingt mille francs de rente sur le grand livre, et qui vont diminuant de jour en jour. Elle est aussi propriétaire du joli petit hôtel qu'elle habite près des Invalides, situé entre une cour assez étroite et un vaste jardin.

Avec cela, elle se trouve la plus infortunée des créatures de Dieu et passe la moitié de sa vie à crier misère. De temps à autre, après quelque folie un peu forte, elle confesse qu'elle redoute surtout de mourir à l'hôpital.

Un ami de M. Daburon le présenta chez la marquise d'Arlange. Cet ami l'avait entraîné en un moment de bonne humeur, en lui disant :

– Venez, je prétends vous montrer un phénomène, une revenante en chair et en os.

La marquise intrigua fort le magistrat, la première fois qu'il fut admis à cette fête de lui présenter ses hommages. La seconde fois elle l'amusa beaucoup, et pour cette raison il revint. Mais elle ne l'amusait plus depuis longtemps lorsqu'il restait l'hôte assidu et fidèle du boudoir rose tendre où elle passait sa vie.

Mme d'Arlange l'avait pris en amitié et se répandait en éloges sur son compte.

– Un homme délicieux, ce jeune robin, disait-elle, délicat et sensible. Il est assommant qu'il ne soit pas né. On peut le voir nonobstant, ses pères étaient fort gens de bien et sa mère était une Cottevise qui a mal tourné. Je lui veux du bien et je l'avancerai dans le monde de tout mon crédit.

La plus grande preuve d'amitié qu'elle lui donnât était d'articuler son nom comme tout le monde. Elle avait conservé cette affectation si comique de ne pouvoir retenir le nom des gens qui ne sont pas nés et qui par conséquent n'existent pas. Elle tenait si fort à les défigurer que si, par inadvertance, elle prononçait bien, elle se reprenait aussitôt. Dans les premiers temps, à la grande réjouissance du juge d'instruction, elle avait estropié son nom de mille manières. Successivement elle avait dit : Taburon, Dabiron, Maliron, Laliron, Laridon. Au bout de trois mois elle disait net et franc Daburon, absolument comme s'il eût été duc de quelque chose et seigneur d'un lieu quelconque.

À certains jours, elle s'efforçait de démontrer au magistrat qu'il était noble ou devait l'être. Elle eût été ravie de le voir s'affubler d'un titre et camper un casque sur ses cartes de visite.

– Comment, disait-elle, vos pères, qui furent gens de robes éminents, n'eurent-ils pas l'idée de se faire décrasser, d'acheter une savonnette à vilain? Vous auriez aujourd'hui des parchemins présentables.

– Mes ancêtres ont eu de l'esprit, répondait M. Daburon, ils ont mieux aimé être les premiers des bourgeois que les derniers des nobles.

Sur quoi la marquise expliquait, démontrait et prouvait qu'entre le plus gros bourgeois et le plus mince hobereau, il y a un abîme que tout l'argent du globe ne saurait combler.

Mais ceux que surprenait tant l'assiduité de M. Daburon près de « la revenante » ne connaissaient pas la petite-fille de la marquise, ou du moins ne se la rappelaient pas. Elle sortait si rarement ! La vieille dame n'aimait pas à s'embarrasser, disait-elle, d'une jeune espionne qui la gênait pour causer et conter ses anecdotes.

Claire d'Arlange venait d'avoir dix-sept ans. C'était une jeune fille bien gracieuse et bien douce, ravissante de naïve ignorance. Elle avait des cheveux blond cendré, fins et épais, qu'elle relevait d'habitude négligemment, et qui retombaient en grosses grappes sur son cou du dessin le plus pur. Elle était un peu svelte encore, mais sa physionomie rappelait les plus célestes figures du Guide. Ses yeux bleus, ombragés de longs cils plus foncés que ses cheveux, avaient surtout une adorable expression.

Un certain parfum d'étrangeté ajoutait encore au charme déjà si puissant de sa personne. Cette étrangeté, elle la devait à la marquise. On admirait avec surprise ses façons d'un autre âge. Elle avait de plus que sa grand-mère de l'esprit, une instruction suffisante et des notions assez exactes sur le monde au milieu duquel elle vivait.

Son éducation, sa petite science de la vie réelle, Claire les devait à une sorte de gouvernante sur qui Mme d'Arlange se déchargeait des soucis que donnait cette « morveuse ».

Cette gouvernante, Mlle Schmidt, prise les yeux fermés, se trouva, par le plus grand des hasards, savoir quelque chose et être honnête par-dessus. Elle était ce qui se voit souvent de l'autre côté du Rhin : tout à la fois romanesque et positive, d'une sensibilité larmoyante, et cependant d'une vertu exactement sévère. Cette brave personne sortit Claire du domaine de la fantaisie et des chimères où l'entretenait la marquise, et dans son enseignement, fit preuve d'un bon sens. Elle dévoila à son élève les ridicules de sa grand-mère, et lui apprit à les éviter sans cesser de les respecter.

Chaque soir, en arrivant chez Mme d'Arlange, M. Daburon était sûr de trouver Mlle Claire assise près de sa grand-mère, et c'est pour cela qu'il venait.

Tout en écoutant d'une oreille distraite les radotages de la vieille dame et ses interminables anecdotes de l'émigration, il regardait Claire comme un fanatique regarde son idole. Il admirait ses longs cheveux, sa bouche charmante, ses yeux qu'il trouvait les plus beaux du monde.

Bien souvent, dans son extase, il lui arrivait de ne plus savoir au juste où il se trouvait. Il oubliait absolument la marquise et n'entendait plus sa voix de tête qui entrait dans le tympan comme une aiguille à tricoter. Il répondait alors tout de travers, commettait les plus singuliers quiproquos, qu'il tâchait après d'expliquer. Ce n'était pas la peine. Mme d'Arlange ne s'apercevait pas des absences de son courtisan. Ses demandes étaient si longues que les réponses lui importaient peu. Ayant un auditoire, elle se tenait satisfaite, pourvu que, de temps en temps, il donnât signe de vie.

Lorsqu'il fallait s'asseoir à la table de piquet, il l'appelait tout bas le banc des travaux forcés ; le magistrat maudissait le jeu et son détestable inventeur. Il n'en était pas plus attentif à ses cartes. Il se trompait à tout moment, écartait sans voir et oubliait de couper. La vieille dame se plaignait de ces distractions continuelles, mais elle en profitait sans vergogne. Elle regardait l'écart, changeait les cartes qui lui déplaisaient, comptait audacieusement des points fantastiques, et, à la fin, empochait sans pudeur ni remords l'argent ainsi gagné.

La timidité de M. Daburon était extrême. Claire était farouche à l'excès ; ils ne se parlaient jamais. Pendant tout l'hiver, le juge n'adressa pas dix fois la parole directement à la jeune fille. Encore, à chaque fois, avait-il appris par cœur, mécaniquement, la phrase qu'il se proposait de lui dire, sachant bien que sans cette précaution il s'exposait à rester court.

Mais au moins il la voyait, il respirait le même air qu'elle, il entendait sa voix harmonieuse et pure comme les vibrations du cristal, il s'enivrait d'une odeur très douce qu'elle portait, et qu'il comparait aux plus célestes parfums.

Jamais il n'avait pu prendre sur lui de lui demander le nom de cette odeur, mais après mille recherches qui le firent passer pour un fou chez trois ou quatre parfumeurs, il l'avait enfin trouvée. Il en avait tout imprégné chez lui, jusqu'aux dossiers qui s'amoncelaient sur son bureau.

À force de regarder les yeux qu'il trouvait sublimes, il avait fini par en connaître toutes les expressions. Il croyait y lire toutes les pensées de celle qu'il adorait, et par là regarder dans son âme comme par une fenêtre ouverte. Elle est contente, aujourd'hui, se disait-il; alors il était gai. D'autres fois il pensait : elle a eu quelque chagrin dans la journée. Aussitôt il devenait triste.

L'idée de demander la main de Claire s'était, à bien des reprises, présentée à l'esprit de M. Daburon; jamais il n'avait osé s'y arrêter. Connaissant les principes de la marquise, la sachant affolée de sa noblesse, intraitable sur l'article mésalliance, il était convaincu qu'elle l'arrêterait au premier mot par un : non! fort sec, sur lequel jamais elle ne reviendrait. Tenter une ouverture, c'est donc risquer, sans chances de réussite, son bonheur présent qu'il trouvait immense, car l'amour vit de misères.

Une fois repoussé, pensait-il, la maison me sera fermée. Alors, adieu toute félicité en cette vie, c'en est fait de moi.

D'un autre côté, il se disait fort sensément qu'un autre pouvait très bien voir Mlle d'Arlange, l'aimer par conséquent, la demander et l'obtenir.

Dans tous les cas, hasardant une demande ou hésitant encore, il devait sûrement la perdre dans un temps donné. Au commencement du printemps il se décida.

Par un bel après-midi du mois d'avril, il se dirigea vers l'hôtel d'Arlange, ayant certes besoin de plus de bravoure qu'il n'en faut au soldat qui affronte une batterie. Lui aussi, il se disait : vaincre ou mourir.

La marquise, sortie aussitôt après son premier déjeuner, venait de rentrer. Elle était dans une colère épouvantable et poussait des cris d'aigle.

Voici ce qui était arrivé : la marquise avait fait exécuter quelques travaux par un peintre, son voisin; il y avait de cela huit ou dix mois. Cent fois l'ouvrier s'était présenté pour toucher le montant de son mémoire, cent fois on l'avait congédié en lui disant de repasser. Las d'attendre et de courir, il avait fait citer en conciliation devant le juge de paix la haute et puissante dame d'Arlange.

La citation avait exaspéré la marquise; pourtant elle n'en avait soufflé mot à personne, ayant décidé dans sa sagesse qu'elle se transporterait au tribunal, à seule fin de demander justice et de prier le juge de paix de réprimander vertement le peintre impudent qui avait osé la tracasser pour une misérable somme d'argent, une vétille.

Le résultat de ce beau projet se devine. Le juge de paix fut obligé de faire expulser de force de son cabinet l'entêtée marquise. De là sa fureur.

M. Daburon la trouva dans le boudoir rose tendre, à demi déshabillée, toute décoiffée, plus rouge qu'une pivoine, entourée des débris des porcelaines et des cristaux tombés sous sa main dans le premier moment. Pour comble de malheur, Claire et sa gouvernante étaient sorties. Une femme de chambre était occupée à inonder l'infortunée marquise de toutes sortes d'eaux propres à calmer les nerfs.

Elle accueillit le magistrat comme un envoyé de la sainte Trinité même. En un peu plus d'une demi-heure avec force interjections et plus d'imprécations encore, elle narra son odyssée.

– Comprenez-vous ce juge ! s'écria-t-elle. Ce doit être quelque frénétique jacobin, quelque fils des forcenés qui ont trempé leurs mains dans le sang du roi ! Oui, mon ami, je lis la stupeur et l'indignation sur votre visage... il a donné raison à cet impudent drôle à qui je faisais gagner sa vie en lui donnant du travail ! Et comme je lui adressais de sévères remontrances, ainsi qu'il était de mon devoir, il m'a fait chasser. Chasser ! moi !...

À ce souvenir si pénible, elle fit du bras un geste terrible de menace. Dans son brusque mouvement, elle atteignit un flacon que tenait la femme de chambre, un flacon superbe qui alla se briser à l'extrémité du boudoir.

– Bête ! maladroite ! sotte ! cria la marquise.

M. Daburon, tout étourdi d'abord, entreprit de calmer un peu l'exaspération de Mme d'Arlange. Elle ne lui laissa pas prononcer trois paroles.

– Heureusement, vous voilà, continua-t-elle. Vous m'êtes tout acquis, je le sais. Je compte que vous allez vous mettre en mouvement, et que, grâce à votre crédit et à vos amis, ce croquant de peintre et ce noir scélérat de juge seront jetés dans quelque basse fosse pour leur apprendre le respect que l'on doit à une femme de ma sorte.

Le magistrat ne se permit pas même de sourire à cette demande imprévue. Il avait entendu bien d'autres énormités sortir de la bouche de Mme d'Arlange, sans se moquer jamais ; n'était-elle pas la grand-mère de Claire ? Pour cela, il la chérissait et la vénérait. Il la bénissait de sa petite-fille, comme parfois un promeneur bénit Dieu pour la petite fleur au parfum sauvage qu'il cueille près d'un buisson.

Les fureurs de la vieille dame étaient terribles ; elles étaient longues aussi. Elles pouvaient, comme la colère d'Achille, durer cent chapitres. Au bout d'une heure pourtant, elle était ou semblait complètement apaisée. On avait relevé ses cheveux, réparé le désordre de sa toilette et ramassé les tessons.

Vaincue par sa violence même, la réaction s'en mêlant, elle gisait épuisée et geignante dans son fauteuil.

Ce résultat magnifique, et qui surprenait bien la femme de chambre, était dû au magistrat. Pour l'obtenir, il avait eu recours à toute son habileté, déployé une angélique patience et usé de ménagements infinis.

Son triomphe était d'autant plus méritoire qu'il arrivait fort mal préparé à cette bataille. Cet incident baroque renversait ses projets. Pour une fois qu'il s'était senti la résolution de parler, l'événement se déclarait contre lui. Il fit contre mauvaise fortune bon cœur.

S'armant de sa grande éloquence de Palais, il versa des douches glacées sur le cerveau de l'irritable marquise. Il lui administra à hautes doses ces périodes interminables qui sont les pelotes de ficelles du style et la gloire de nos avocats généraux. Il n'était pas si fou de la contredire ; il caressa au contraire sa marotte.

Il fut tour à tour pathétique et railleur. Il parla comme il faut de la Révolution, maudit ses erreurs, déplora ses crimes et s'attendrit sur ses suites si désastreuses pour les honnêtes gens. De l'infâme Marat, grâce à d'habiles transitions, il arriva au coquin de juge de paix. Il flétrit en termes énergiques la scandaleuse conduite de ce magistrat et blâma hautement ce croquant de peintre. Cependant il était d'avis de leur faire grâce de la prison. Ses conclusions furent qu'il serait peut-être prudent, sage, noble même de payer.

Ces deux malencontreuses syllabes, payer, n'étaient pas prononcées que Mme d'Arlange se trouvait debout dans la plus fière attitude.

– Payer ! dit-elle, pour que ces scélérats persistent dans leur endurcissement ! Les encourager par une faiblesse coupable ! Jamais ! D'ailleurs pour payer, il faut de l'argent et je n'en ai pas.

– Oh ! fit le juge, il s'agit de quatre-vingt-sept francs.

– Ce n'est donc rien, cela ! répondit la marquise. Vous en parlez bien à votre aise, monsieur le magistrat. On voit bien que vous avez de l'argent. Vos pères étaient des gens de rien et la Révolution a passé à cent pieds audessus de leur tête. Qui sait même si elle ne leur a pas profité ! Elle a tout pris aux d'Arlange. Que me fera-t-on, si je ne paye pas ?

– Mais, madame la marquise, bien des choses. On vous ruinera en frais ; vous recevrez du papier timbré, les huissiers viendront, on vous saisira.

– Hélas ! s'écria la vieille dame, la Révolution n'est pas finie. Nous y passerons tous, mon pauvre Daburon ! Ah ! vous êtes bien heureux d'être peuple, vous ! Je vois bien qu'il mc faudra payer sans délai, et c'est affreusement triste pour moi qui n'ai rien, et qui suis forcée de m'imposer de si grands sacrifices pour ma petite-fille…

Le magistrat savait sa marquise sur le bout des doigts. Ce mot sacrifices, prononcé par elle, le surprit si fort, qu'involontairement, à demi-voix, il répéta :

– Des sacrifices ?

– Certainement, reprit Mme d'Arlange. Sans elle, vivrais-je comme je le fais, me refusant tout pour nouer les deux bouts ? Nenni ! Feu le marquis m'a souvent parlé des tontines instituées par monsieur de Calonne, où l'argent rend beaucoup. Il doit en exister encore de pareilles. N'était ma petite-fille, j'y mettrais tout ce que j'ai à fonds perdus. De cette manière, j'aurais de quoi manger. Mais je ne m'y déciderai jamais. Je sais, Dieu merci ! les devoirs d'une mère, et je garde tout mon bien pour ma petite Claire.

Ce dévouement parut si admirable à M. Daburon qu'il ne trouva pas un mot à répliquer.

– Ah ! cette chère enfant me tourmente terriblement, continua la marquise. Tenez, Daburon, je puis bien vous l'avouer, il me prend des vertiges quand je pense à son établissement.

Le juge d'instruction rougit de plaisir. L'occasion lui arrivait au galop, elle allait passer à sa portée, à lui de l'entrefourcher.

– Il me semble, balbutia-t-il, qu'établir mademoiselle Claire doit être facile.

– Non, malheureusement. Elle est assez ragoûtante, je l'avoue, quoiqu'un peu gringalette, mais cela ne sert de rien ! Les hommes sont devenus d'une vilenie qui me fait mal au cœur. Ils ne s'attachent plus qu'à l'argent. Je n'en vois pas un qui ait assez d'honnêteté pour prendre une d'Arlange avec ses beaux yeux en manière de dot.

– Je crois que vous exagérez, madame, fit timidement le juge.

– Point. Fiez-vous à mon expérience, plus vieille que la vôtre. D'ailleurs, si je marie Claire, mon gendre me suscitera mille tracas, à ce qu'assure mon procureur. On me contraindra, paraît-il, à rendre des comptes, comme si j'en tenais ! C'est une horreur ! Ah ! Si cette petite Claire avait bon cœur, elle prendrait bien gentiment le voile dans quelque couvent. Je me saignerais aux quatre veines pour faire la dot nécessaire. Mais elle n'a aucune affection pour moi.

M. Daburon comprit que le moment de parler était venu. Il rassembla tout son courage, comme un cavalier rassemble son cheval au moment de lui faire franchir un fossé, et d'une voix assez ferme, il commença :

– Eh bien ! madame la marquise, je connais, je crois, un parti pour mademoiselle Claire. Je sais un honnête homme qui l'aime et qui ferait tout au monde pour la rendre heureuse.

– Ça, dit Mme d'Arlange, c'est toujours sous-entendu.

– L'homme dont je vous parle, continua le juge, est encore jeune et riche. Il serait trop heureux de recevoir mademoiselle Claire sans dot. Non seulement il ne vous demanderait pas de comptes, mais il vous supplierait de disposer de votre bien à votre guise.

– Peste ! Daburon, mon ami, vous n'êtes point une bête, vous ! s'exclama la vieille dame.

– S'il vous en coûtait de placer votre fortune en viager, ajouta le magistrat, votre gendre vous servirait une rente suffisante pour combler la différence…

– Ah ! j'étouffe, interrompit la marquise. Comment, vous connaissez un homme comme ça et vous ne m'en avez jamais parlé ! vous devriez déjà me l'avoir présenté !

– Je n'osais, madame, je craignais…

– Vite ! quel est ce gendre admirable, ce merle blanc ? où niche-t-il ?

Le juge eut le cœur serré d'une angoisse terrible. Il allait jouer son bonheur sur un mot.

Enfin, comme s'il eût senti qu'il disait une énormité, il balbutia :

– C'est moi, madame…

Sa voix, son regard, son geste suppliaient. Il était épouvanté de son audace, étourdi d'avoir su vaincre sa timidité. Il était sur le point de tomber aux pieds de la marquise.

Elle riait, elle, la vieille dame, elle riait aux larmes, et tout en haussant les épaules, elle répétait :

– Ce cher Daburon, il est trop bouffon, en vérité, il me fera mourir de rire ! Est-il plaisant, ce pauvre Daburon !

Mais tout à coup, au plus fort de son accès d'hilarité, elle s'arrêta et prit son grand air de dignité.

– Est-ce sérieux, ce que vous venez de me dire ? demanda-t-elle.

– J'ai dit la vérité, murmura le magistrat.

– Vous êtes donc bien riche ? interrogea la marquise.

– J'ai, madame, du chef de ma mère, vingt mille livres de rentes environ. Un de mes oncles, mort l'an passé, m'a laissé un peu plus de cent mille écus. Mon père n'a pas loin d'un million. Si je lui en demandais la moitié demain, il me la donnerait ; il me donnerait toute sa fortune s'il le fallait pour mon bonheur, et serait trop content si je lui en laissais l'administration.

Mme d'Arlange fit signe au magistrat de se taire, et pendant cinq bonnes minutes au moins, elle resta plongée dans ses réflexions, le front caché entre ses mains. Enfin, relevant la tête :

– Écoutez-moi, dit-elle. Si vous aviez jamais été assez hardi pour faire une proposition pareille au père de Claire, il vous aurait fait reconduire par ses gens. Je devrais pour notre nom agir de même ; je ne saurais m'y résoudre. Je suis vieille et délaissée, je suis pauvre, ma petite-fille m'inquiète, voilà mon excuse. Pour rien au monde, je ne consentirais à parler à Claire de cette horrible mésalliance. Ce que je puis vous promettre, et c'est trop, c'est de n'être pas contre vous. Prenez vos mesures, faites votre cour à mademoiselle d'Arlange, décidez-la. Si elle dit oui de bon cœur, je ne dirai pas non.

M. Daburon, transporté de bonheur, voulait embrasser les mains de la marquise. Il la trouvait la meilleure, la plus excellente des femmes, ne songeant pas à la facilité avec laquelle venait de céder cette âme si fière. Il délirait, il était fou.

– Oh ! attendez, fit la vieille dame, votre procès n'est pas encore gagné. Votre mère, il faut bien que je l'excuse de s'être si piètrement mariée, était une Cottevise, mais votre père est le sieur Daburon. Ce nom, mon cher enfant, est horriblement ridicule. Croyez-vous qu'il soit facile de décider à s'affubler de Daburon une jeune fille qui, jusqu'à dix-huit ans, s'est appelée d'Arlange ?

Ces objections ne semblaient nullement préoccuper le juge.

– Enfin, continua la vieille dame, votre père a eu une Cottevise, vous auriez une d'Arlange. À force de faire se mésallier les filles de bonne maison de père en fils, les Daburon finiront peut-être par s'anoblir. Un dernier avis : vous voyez Claire timide, douce, obéissante ? Détrompez-vous. Avec son air de sainte-nitouche, elle est hardie, fière et entêtée comme feu le marquis son père, qui rendait des points aux mules d'Auvergne. Vous voilà prévenu, et un bon averti en vaut deux. Nos conditions sont faites, n'est-ce pas? Ne parlons plus de rien. Je souhaite presque votre succès.

Cette scène était si présente à l'esprit du juge d'instruction, que là, chez lui, dans son fauteuil, après tant de mois écoulés, il lui semblait encore entendre la voix de la marquise d'Arlange, et ce mot de succès sonnait à son oreille.

Il sortit comme un triomphateur de cet hôtel d'Arlange où il était entré le cœur gonflé d'anxiété.

Il s'en allait, le front haut, la poitrine dilatée, respirant l'air à pleins poumons.

Il était si heureux! Le ciel lui semblait plus bleu, le soleil plus brillant.

Il avait, ce grave magistrat, des envies folles d'arrêter les passants, de les serrer dans ses bras, de leur crier :

– Vous ne savez pas? La marquise consent!

Il marchait, et il lui semblait que la terre bondissait sous ses pas, qu'elle était trop petite pour porter tant de bonheur ou qu'il devenait si léger qu'il allait s'envoler vers les étoiles.

Que de châteaux en Espagne sur cette parole de la marquise! Il donnait sa démission, il bâtissait sur les bords de la Loire, non loin de Tours, une villa enchantée. Il la voyait riante, avec sa façade au soleil levant, assise au milieu des fleurs, ombragée de grands arbres. Il la meublait, cette maison, d'étoffes fantastiques ouvragées par des fées. Il voulait un merveilleux écrin pour cette perle dont il allait devenir le possesseur.

Car il n'eut pas un doute, pas un nuage n'obscurcit

l'horizon radieux de ses espérances, pas une voix, du fond de son cœur, ne s'éleva en disant : « Prends garde ! »

De ce jour, M. Daburon devint plus assidu encore chez la marquise. À bien dire, il y passa sa vie.

Tout en restant respectueux et réservé près de Claire, il chercha, avec un empressement habile, à être quelque chose dans sa vie. L'amour vrai est ingénieux. Il sut vaincre sa timidité pour parler à cette bien-aimée de son âme, pour la faire causer, pour l'intéresser.

Il allait pour elle aux nouvelles, il lisait tous les livres nouveaux afin de trier ceux qu'elle pouvait lire.

Peu à peu, grâce à la plus délicate insistance, il parvint à apprivoiser, c'est le mot, cette jeune fille si farouche. Il s'aperçut qu'il réussissait, et sa gaucherie disparut presque. Il remarqua qu'elle ne l'accueillait plus avec cet air hautain et glacial qu'elle gardait jadis, peut-être pour le tenir à distance.

Il sentait qu'insensiblement il s'avançait dans sa convenance. Elle rougissait toujours en lui parlant, mais elle osait lui adresser la parole la première.

Souvent elle l'interrogeait. Elle avait entendu dire du bien d'une pièce et voulait en connaître le sujet. Vite, M. Daburon courait la voir et rédigeait un compte rendu qu'il lui adressait par la poste. C'était lui écrire ! À diverses reprises elle lui confia quelques petites commissions. Il n'aurait pas échangé pour l'ambassade de Russie le plaisir de trotter pour elle.

Une fois, il se hasarda à lui envoyer un magnifique bouquet. Elle l'accepta avec une certaine surprise inquiète, mais elle le pria de ne pas recommencer.

Les larmes lui vinrent aux yeux. Il la quitta navré et le plus désolé des hommes.

Elle ne m'aime pas, pensait-il ; elle ne m'aimera jamais.

Mais trois jours après, comme il était affreusement triste, elle le pria de lui chercher certaines fleurs très à la mode dont elle voulait garnir une petite jardinière. Il envoya de quoi remplir l'hôtel de la cave au grenier.

Elle m'aimera ! se disait-il dans son ravissement.

Ces petits événements si grands n'avaient pas interrompu les parties de piquet. Seulement la jeune fille paraissait attentive maintenant au jeu. Elle prenait presque toujours parti pour le juge contre la marquise. Elle ne connaissait pas les règles, mais quand la vieille joueuse trichait trop effrontément, elle s'en apercevait et disait en riant :

– On vous vole, monsieur Daburon, on vous vole !

Il se serait laissé voler sa fortune pour entendre cette belle voix s'intéresser à lui.

On était en été.

Souvent, le soir, elle acceptait son bras, et pendant que la marquise restait sur le perron, assise dans son grand fauteuil, ils tournaient autour de la pelouse, marchant doucement sur l'allée sablée de sable tamisé si fin que de sa robe traînante elle effaçait les traces de leurs pas. Elle babillait gaiement avec lui comme avec un frère aimé, et il lui fallait se faire violence pour ne pas déposer un baiser dans cette chevelure si blonde qui moussait, pour ainsi dire, à la brise et qui s'éparpillait comme des flocons nuageux.

Alors, au bout d'un sentier délicieux, jonché de fleurs comme les routes où passent les processions, il aperçoit le but : le bonheur.

Il essaya de parler de ses espérances à la marquise.

– Vous savez ce qui a été convenu, lui répondit-elle.

Pas un mot. C'est bien assez déjà de la voix de ma conscience qui me reproche l'abomination à laquelle je prête la main. Dire que j'aurai peut-être une petite-fille qui s'appellera madame Daburon ! Il faudra écrire au roi, mon cher, pour changer ce nom-là.

Moins enivré de ses rêves, M. Daburon, cet homme si fin, cet observateur si délié, aurait étudié le caractère de Claire. Cette étude l'eût peut-être mis sur ses gardes. Mais eût-il songé à l'observer, il ne l'eût pu.

Cependant, il remarqua les singulières alternatives de son humeur. Elle semblait insoucieuse et gaie comme un enfant, à certains jours, puis, pendant des semaines, elle restait sombre et abattue. En la voyant triste, le lendemain d'un bal où sa grand-mère avait tenu à la conduire, il osa lui demander la raison de sa tristesse.

– Oh ! cela, répondit-elle en poussant un profond soupir, c'est mon secret. Un secret que ma grand-mère elle-même ne connaît pas.

M. Daburon la regardait. Il crut voir une larme entre ses longs cils.

– Un jour peut-être, reprit-elle, je me confierai à vous… Il le faudra peut-être.

Le juge était aveugle et sourd.

– Moi aussi, répondit-il, j'ai un secret ; moi aussi je veux m'en remettre à votre cœur.

En se retirant après minuit, il se disait : demain je lui avouerai tout. Il y avait un peu plus de cinquante-cinq jours qu'il se répétait intrépidement : demain.

C'était un soir du mois d'août ; la chaleur, toute la journée, avait été accablante ; vers la nuit, la brise s'était levée, les feuilles bruissaient ; il y avait dans l'air des frémissements d'orage.

Ils étaient assis tous deux au fond du jardin, sous le berceau garni de plantes exotiques, et à travers les branches, ils apercevaient le peignoir flottant de la marquise qui se promenait après son souper.

Ils étaient restés longtemps sans se parler, émus de l'émotion de la nature, oppressés par les parfums pénétrants des fleurs de la pelouse. M. Daburon osa prendre la main de la jeune fille.

C'était la première fois, et cette peau si fine et si douce lui donna une commotion terrible qui lui fit affluer tout son sang au cerveau.

– Mademoiselle, balbutia-t-il, Claire…

Elle arrêta sur lui ses beaux yeux surpris.

– Pardonnez-moi, continua-t-il, pardonnez-moi. Je me suis adressé à votre grand-mère avant d'élever mes regards jusqu'à vous. Ne me comprenez-vous donc pas ? Un mot de votre bouche va décider de mon malheur ou de ma félicité. Claire, mademoiselle, ne me repoussez pas : je vous aime !

Pendant que parlait le magistrat, Mlle d'Arlange le regardait comme si elle eût douté du témoignage de ses sens. Mais à ces mots : « Je vous aime », prononcés avec le frissonnement contenu de la passion la plus vive, elle dégagea brusquement sa main en étouffant un cri.

– Vous ! murmura-t-elle, est-ce bien vous…

M. Daburon, quand il se serait agi de sa vie, n'aurait pu trouver une parole. Le pressentiment d'un immense malheur serrait son cœur comme dans un étau. Que devint-il quand il vit Claire fondre en larmes…

Elle avait caché son visage entre ses mains et répétait :

– Je suis bien malheureuse ! bien malheureuse !…

– Malheureuse ! vous ! s'écria le magistrat, et par moi ! Claire, vous êtes cruelle ! Au nom du Ciel ! qu'ai-je fait ? qu'y a-t-il ? parlez ! Tout, plutôt que cette anxiété qui me tue.

Il se mit à genoux devant elle, sur le sable du berceau, et de nouveau essaya de prendre sa main si blanche. Elle le repoussa d'un geste attendrissant de douceur.

– Laissez-moi pleurer, disait-elle, je souffre. Vous allez me haïr, je le sens. Qui sait ! vous me mépriserez peut-être, et pourtant, je le jure devant Dieu, ce que vous venez de me dire, je l'ignorais, je ne le soupçonnais même pas.

M. Daburon restait à genoux, affaissé sur lui-même, attendant le coup de grâce.

– Oui, continuait Claire, vous croirez à une coquetterie détestable. J'y vois maintenant et je comprends tout. Est-ce que, sans un amour profond, un homme peut être ce que vous avez été pour moi ? Hélas ! je n'étais qu'une enfant, je me suis abandonnée au bonheur si grand d'avoir un ami. Ne suis-je pas seule en ce monde et comme perdue dans un désert ? Folle et imprudente, je me livrais à vous sans réflexion comme au meilleur, au plus indulgent des pères.

Ce mot révélait à l'infortuné juge toute l'étendue de son erreur. Comme un marteau d'acier, il faisait voler en mille pièces le fragile édifice de ses espérances. Il se releva lentement et d'un ton d'involontaire reproche il répéta :

– Votre père !...

Mlle d'Arlange comprit combien elle affligeait, combien elle blessait même cet homme dont elle n'osait mesurer l'immense amour.

– Oui, reprit-elle, je vous aimais comme un père, comme un frère, comme toute la famille que je n'ai plus. En vous voyant, vous si grave, si austère, devenir pour moi si bon, si faible, je remerciais Dieu de m'avoir envoyé un protecteur pour remplacer ceux qui sont morts.

M. Daburon ne put retenir un sanglot; son cœur se brisait.

– Un mot, continua Claire, un seul mot m'eût éclairée. Que ne l'avez-vous prononcé! C'est avec tant de douceur que je m'appuyais sur vous comme l'enfant sur sa mère! Avec quelle joie intime, je me disais : je suis sûre d'un dévouement, j'ai un cœur où verser le trop-plein du mien! Ah! pourquoi ma confiance n'a-t-elle pas été plus grande encore? Pourquoi ai-je eu un secret pour vous? Je pouvais éviter cette soirée affreuse. Je devais vous l'avouer : je ne m'appartiens plus; librement, et avec bonheur, j'ai donné ma vie à un autre.

Planer dans l'azur et tout à coup retomber rudement à terre! La souffrance du juge d'instruction ne peut se décrire.

– Mieux eût valu parler, répondit-il, et encore… non. Je dois à votre silence, Claire, six mois d'illusions délicieuses, six mois de rêves enchanteurs. Ce sera ma part de bonheur en ce monde.

Un reste de jour permettait encore au magistrat de distinguer Mlle d'Arlange. Son beau visage avait la blancheur et l'immobilité du marbre. De grosses larmes glissaient, pressées et silencieuses, le long de ses joues. Il semblait à M. Daburon qu'il lui était donné de contempler ce spectacle effrayant d'une statue qui pleure.

– Vous en aimez un autre, reprit-il enfin, un autre! Et votre grand-mère l'ignore… Claire, vous ne pouvez avoir choisi qu'un homme digne de vous; comment la marquise ne le reçoit-elle pas?

– Il y a des obstacles, murmura Claire, des obstacles qui peut-être ne seront jamais levés. Mais une fille comme moi n'aime qu'une fois dans sa vie. Elle est l'épouse de celui qu'elle aime, sinon… il reste Dieu.

– Des obstacles! fit M. Daburon d'une voix sourde. Vous aimez un homme, vous, il le sait, et il rencontre des obstacles?

– Je suis pauvre, répondit Mlle d'Arlange, et sa famille est immensément riche. Son père est dur, inexorable.

– Son père! s'écria le magistrat avec une amertume qu'il ne songeait pas à cacher, son père, sa famille! Et cela le retient! Vous êtes pauvre, il est riche, et cela l'arrête! Et il se sait aimé de vous!… Ah! que ne suis-je à sa place, et que n'ai-je contre moi l'univers entier! Quel sacrifice peut coûter à l'amour tel que je le comprends! Ou plutôt, est-il des sacrifices! Celui qui paraît le plus immense, est-il autre chose qu'une immense joie! Souffrir! lutter, attendre quand même, espérer toujours, se dévouer avec ivresse… C'est là aimer.

– C'est ainsi que j'aime, dit simplement Mlle d'Arlange.

Cette réponse foudroya le magistrat. Il était digne de la comprendre. Tout était bien fini pour lui sans espoir. Mais il éprouvait une sorte de volupté affreuse à se torturer encore, à se prouver son malheur par l'intensité de la souffrance.

– Mais, insista-t-il, comment avez-vous pu le connaître, lui parler? Où? Quand? madame la marquise ne reçoit personne…

– Je dois maintenant tout vous dire, monsieur,

répondit Claire d'un ton digne. Il y a longtemps que je le connais. C'est chez une amie de ma grand-mère, sa cousine à lui, la vieille demoiselle de Goëllo, que je l'ai aperçu pour la première fois. Là nous nous sommes parlé, là je le vois encore…

– Ah ! s'écria M. Daburon, illuminé d'une lueur soudaine, je me rappelle, à présent. Lorsque vous deviez aller chez mademoiselle de Goëllo, trois ou quatre jours à l'avance vous étiez plus gaie que de coutume… et vous en reveniez bien souvent triste.

– C'est que je voyais combien il souffre des résistances qu'il ne peut vaincre.

– Sa famille est donc bien illustre, fit le magistrat d'un ton dur, qu'elle repousse une alliance avec votre maison !

– Vous eussiez tout su sans questions, monsieur, répondit Mlle d'Arlange, jusqu'à son nom. Il s'appelle Albert de Commarin.

La marquise, en ce moment, jugeant sa promenade assez longue, se disposait à regagner son boudoir rose tendre. Elle s'approcha du berceau.

– Magistrat intègre ! s'écria-t-elle de sa grosse voix, le piquet est dressé.

Sans se rendre compte de son mouvement, le magistrat se leva, balbutiant :

– J'y vais.

Claire le retint par le bras.

– Je ne vous ai pas demandé le secret, monsieur, dit-elle.

– Oh ! mademoiselle !… fit le juge, blessé de cette apparence de doute.

– Je sais, reprit Claire, que je puis compter sur vous. Mais, quoi qu'il arrive, ma tranquillité est perdue.

M. Daburon la regarda d'un air surpris ; son œil interrogeait.

– Il est certain, ajouta-t-elle, que ce que moi, jeune fille sans expérience, je n'ai pas su voir, ma grand-mère l'a vu ; si elle a continué à vous recevoir, si elle ne m'a rien dit, c'est qu'elle vous est favorable, c'est que tacitement elle encourage votre recherche, que je considère, permettez-moi de vous le dire, comme très honorable pour moi.

– Je vous l'avais dit en commençant, mademoiselle, répondit le magistrat. Madame la marquise a daigné autoriser mes espérances.

Et brièvement il dit son entretien avec Mme d'Arlange, ayant la délicatesse d'écarter absolument la question d'argent qui avait si fort influencé la vieille dame.

– Je disais bien que c'en était fait de mon repos, reprit tristement Claire. Quand ma grand-mère apprendra que je n'ai pas accueilli votre hommage, quelle ne sera pas sa colère !…

– Vous me connaissez mal, mademoiselle, interrompit le juge. Je n'ai rien à dire à madame la marquise ; je me retirerai et tout sera dit. Sans doute elle pensera que j'ai réfléchi…

– Oh ! vous êtes bon et généreux, je le sais…

– Je m'éloignerai, poursuivit M. Daburon, et bientôt vous aurez oublié jusqu'au nom du malheureux dont la vie vient d'être brisée.

– Vous ne pensez pas ce que vous dites là ? fit vivement la jeune fille.

– Eh bien ! c'est vrai. Je me berce de cette illusion dernière que mon souvenir, plus tard, ne sera pas sans douceur pour vous. Quelquefois vous direz : « Il m'aimait, celui-là. » C'est que je veux quand même rester votre ami ; oui, votre ami le plus dévoué.

Claire, à son tour, prit avec effusion les mains de M. Daburon.

– Vous avez raison, dit-elle, il faut être mon ami. Oublions ce qui vient d'arriver, oubliez ce que vous m'avez dit, soyez comme par le passé le meilleur et le plus indulgent des frères.

L'obscurité était venue ; elle ne pouvait le voir mais elle comprit qu'il pleurait, car il tarda à répondre.

– Est-ce possible, murmura-t-il enfin, ce que vous me demandez là ! Quoi ! c'est vous qui me parlez d'oublier ! Vous sentez-vous la force d'oublier, vous ! Ne voyez-vous pas que je vous aime mille fois plus que vous n'aimez…

Il s'arrêta, ne pouvant prendre sur lui de prononcer ce nom de Commarin, et c'est avec effort qu'il ajouta :

– Et je vous aimerai toujours…

Ils avaient fait quelques pas hors du berceau et se trouvaient maintenant non loin du perron.

– À cette heure, mademoiselle, reprit le magistrat, permettez-moi donc de vous dire adieu. Vous me reverrez rarement. Je ne reviendrai que bien juste ce qu'il faut pour éviter l'apparence d'une rupture.

Sa voix était si tremblante qu'à peine elle était distincte.

– Quoi qu'il advienne, ajouta-t-il, souvenez-vous qu'il y a en ce monde un malheureux qui vous appartient absolument. Si jamais vous avez besoin d'un dévouement, venez à moi, venez à votre ami. Allons, c'est fini… j'ai du courage, Claire ; mademoiselle… une dernière fois adieu !

Elle n'était guère moins éperdue que lui. Instinctivement elle avança la tête et M. Daburon effleura de ses lèvres froides le front de celle qu'il aimait tant.

Ils gravirent le perron, elle appuyée sur son bras, et entrèrent dans le boudoir rose où la marquise, qui commençait à s'impatienter, battait furieusement les cartes en attendant sa victime.

– Allons donc ! juge incorruptible ! cria-t-elle.

Mais M. Daburon était mourant. Il n'aurait pas eu la force de tenir les cartes. Il balbutia quelques excuses absurdes, parla d'affaires très pressées, de devoirs à remplir, de malaise subit, et sortit en se tenant aux murs.

Son départ indigna la vieille joueuse. Elle se retourna vers sa petite-fille, qui était allée cacher son trouble loin des bougies de la table de jeu, et demanda :

– Qu'a donc ce Daburon, ce soir ?

– Je ne sais, madame, balbutia Claire.

– Il me paraît, continua la marquise, que ce petit juge s'émancipe singulièrement et se permet des façons impertinentes. Il faudra le remettre à sa place, car il finirait par se croire notre égal.

Claire essaya de justifier le magistrat. Il lui avait paru très changé et s'était plaint une partie de la soirée ; ne pouvait-il être malade ?

– Eh bien ! quand cela serait, reprit la marquise, son devoir n'est-il pas de reconnaître par quelques renoncements la faveur de notre compagnie ? Je crois t'avoir déjà conté l'histoire de notre grand-oncle le duc de Saint-Huruge. Désigné pour faire la partie du roi au retour d'une chasse, il joua toute la soirée et perdit le plus galamment du monde deux cent vingt pistoles. Toute l'assemblée remarqua sa gaieté et sa belle humeur. Le lendemain seulement, on apprit qu'il était tombé de cheval dans la journée et qu'il avait tenu les cartes de Sa Majesté ayant une côte enfoncée. On ne récria point, tant cet acte de respect était naturel. Ce petit juge, s'il est malade, aurait fait preuve d'honnêteté en se taisant et en restant pour mon piquet. Mais il se porte comme moi. Qui sait quels brelans il est allé courir !

7

M. Daburon ne rentra pas chez lui en sortant de l'hôtel d'Arlange. Toute la nuit il erra au hasard, cherchant un peu de fraîcheur pour sa tête brûlante, demandant un peu de calme à une lassitude excessive.

Fou que je suis ! se disait-il, mille fois fou d'avoir espéré, d'avoir cru qu'elle m'aimerait jamais. Insensé ! comment ai-je osé rêver la possession de tant de grâces, de noblesse et de beauté ! Combien elle était belle, ce soir, le visage inondé de larmes ! Peut-on imaginer rien de plus angélique ! Quelle expression sublime avaient ses yeux en parlant de lui ! C'est qu'elle l'aime ! Et moi elle me chérit comme un père ; elle me l'a dit, comme un père ! En pouvait-il être autrement ? n'est-ce pas justice ? Devait-elle voir un amant en ce juge sombre et sévère, toujours triste comme son costume noir ? N'était-il pas honteux de songer à unir tant de virginale candeur à ma détestable science du monde ? Pour elle, l'avenir est encore le pays des riantes chimères, et depuis longtemps l'expérience a flétri toutes mes illusions. Elle est jeune comme l'innocence, et je suis vieux comme le vice.

L'infortuné magistrat se faisait véritablement horreur. Il comprenait Claire et l'excusait. Il s'en voulait de l'excès de douleur qu'il lui avait montré. Il se reprochait d'avoir troublé sa vie. Il ne se pardonnait pas d'avoir parlé de son amour…

Ne devait-il pas prévoir ce qui était arrivé : qu'elle le repousserait, et qu'ainsi il allait se priver de cette félicité céleste de la voir, de l'entendre, de l'adorer silencieusement.

Il faut, poursuivit-il, qu'une jeune fille puisse rêver à son amant. En lui, elle doit caresser un idéal. Elle se plaît à le parer de toutes les qualités brillantes, à l'imaginer plein de noblesse, de bravoure, d'héroïsme. Qu'advenait-il, si en mon absence elle songeait à moi ? Son imagination me représentait drapé d'une robe funèbre, au fond d'un lugubre cachot, aux prises avec quelque scélérat immonde. N'est-ce pas mon métier de descendre dans tous les cloaques, de remuer la fange de tous les crimes ? Ne suis-je pas condamné à laver dans l'ombre le linge sale de la plus corrompue des sociétés ? Ah ! il est des professions fatales ! Est-ce que le juge comme le prêtre ne devrait pas se condamner à la solitude et au célibat ? L'un et l'autre ils savent tout, ils ont tout entendu. Leur costume est presque le même. Mais pendant que le prêtre dans les plis de sa robe noire apporte la consolation, le juge apporte l'effroi. L'un est la miséricorde, l'autre le châtiment. Voilà quelles images éveillait mon souvenir, tandis que l'autre… l'autre…

Cet homme infortuné continuait sa course folle le long des quais déserts.

Il allait, la tête nue, les yeux hagards. Pour respirer plus librement, il avait arraché sa cravate et l'avait jetée au vent.

Parfois, il croisait, sans le voir, quelque rare passant. Le passant s'arrêtait, touché de pitié, et se détournait pour regarder s'éloigner ce malheureux qu'il supposait privé de raison.

Dans un chemin perdu, près de Grenelle, des sergents de ville s'approchèrent de lui et essayèrent de l'interroger. Il les repoussa, mais machinalement, et leur tendit une de ses cartes de visite.

Ils lurent et le laissèrent passer, convaincus qu'il était ivre.

La colère, une colère furibonde, avait remplacé sa résignation première. Dans son cœur, une haine s'élevait plus forte et plus violente que son amour pour Claire.

Cet autre, ce préféré, ce noble vicomte qui ne savait pas triompher des obstacles, que ne le tenait-il là sous son genou !

En ce moment, cet homme noble et fier, ce magistrat si sévère pour lui-même, s'expliqua les délices irrésistibles de la vengeance. Il comprit la haine qui s'arme d'un poignard, qui s'embusque lâchement dans les recoins sombres, qui frappe dans les ténèbres, en face ou dans le dos, peu importe, mais qui frappe, qui tue, qui veut du sang pour son assouvissement !

En ce moment, précisément, il était chargé d'instruire l'affaire d'une pauvre fille publique, accusée d'avoir donné un coup de couteau à une de ses tristes compagnes.

Elle était jalouse de cette femme, qui avait cherché à lui enlever son amant, un soldat ivrogne et grossier.

M. Daburon se sentait saisi de pitié pour cette misérable créature qu'il avait commencé d'interroger la veille.

Elle était très laide et vraiment repoussante, mais l'expression de ses yeux, quand elle parlait de son soldat, revenait à la mémoire du juge.

Elle l'aime véritablement, pensait-il. Si chacun des jurés avait souffert ce que je souffre, elle serait acquittée. Mais combien d'hommes ont eu dans leur vie une passion? Peut-être pas un sur vingt!

Il se promit de recommander cette fille à l'indulgence du tribunal et d'atténuer autant qu'il le pourrait le crime dont elle s'était rendue coupable.

Lui-même venait de se décider à commettre un crime.

Il était résolu à tuer M. Albert de Commarin.

Pendant le reste de la nuit, il ne fit que s'affermir dans cette résolution, se démontrant par mille raisons folles, qu'il trouvait solides et indiscutables, la nécessité et la légitimité de cette vengeance.

Sur les sept heures du matin, il se trouvait dans une allée du bois de Boulogne, non loin du lac. Il gagna la porte Maillot, prit une voiture et se fit conduire chez lui.

Le délire de la nuit continuait, mais sans souffrance. Il ne sentait aucune fatigue. Calme et froid, il agissait sous l'empire d'une hallucination, à peu près comme un somnambule.

Il réfléchissait et raisonnait, mais ce n'était pas avec sa raison.

Chez lui, il se fit habiller avec soin, comme autrefois lorsqu'il devait aller chez la marquise d'Arlange, et sortit.

Il passa d'abord chez un armurier et acheta un petit revolver qu'il fit charger avec soin sous ses yeux et qu'il mit dans sa poche. Il se rendit ensuite chez les personnes qu'il supposait capables de lui apprendre de quel club était le vicomte. Nulle part on ne s'aperçut de l'étrange situation de son esprit, tant sa conversation et ses manières étaient naturelles.

Dans l'après-midi seulement, un jeune homme de ses amis lui nomma le cercle de M. de Commarin fils et lui proposa de l'y conduire, en faisant partie lui-même.

M. Daburon accepta avec empressement et suivit son ami.

Le long de la route, il serrait avec frénésie le bois du revolver qu'il tenait caché. Il ne pensait qu'au meurtre qu'il voulait commettre, et au moyen de ne pas manquer son coup.

Cela va faire, se disait-il froidement, un scandale affreux, surtout si je ne réussis pas à me brûler la cervelle aussitôt. On m'arrêtera, on me mettra en prison, je passerai en cour d'assises. Voilà mon nom déshonoré. Bast ! que m'importe ! Je ne suis pas aimé de Claire, que me fait le reste ! Mon père mourra sans doute de douleur, mais il faut que je me venge !...

Arrivés au club, son ami lui montra un jeune homme très brun, à l'air hautain à ce qu'il lui parut, qui, accoudé à une table, lisait une revue.

C'était le vicomte.

M. Daburon marcha sur lui sans sortir son revolver. Mais, arrivé à deux pas, le cœur lui manqua. Il tourna brusquement les talons et s'enfuit, laissant son ami stupéfié d'une scène dont il lui était impossible de se rendre compte.

M. Albert de Commarin ne verra jamais la mort d'aussi près qu'une fois.

Arrivé dans la rue, M. Daburon sentit que la terre fuyait sous ses pas. Tout tournait autour de lui. Il voulut crier et ne le put. Il battit l'air de ses mains, chancela un instant et enfin tomba comme une masse sur le trottoir.

Des passants accoururent et aidèrent les sergents de

ville à le relever. Dans une de ses poches, on trouva son adresse ; on le porta à son domicile.

Quand il reprit ses sens, il était couché, et il aperçut son père au pied de son lit.

Que s'était-il donc passé ?

On lui apprit, avec bien des ménagements, que pendant six semaines il avait flotté entre la vie et la mort. Les médecins le déclaraient sauvé ; maintenant il était remis, il allait bien.

Cinq minutes de conversation l'avaient épuisé. Il ferma les yeux et chercha à recueillir ses idées, qui s'étaient éparpillées comme les feuilles d'un arbre en automne par une tempête. Le passé lui semblait noyé dans un brouillard opaque ; mais au milieu de ces ténèbres, tout ce qui concernait Mlle d'Arlange se détachait précis et lumineux. Toutes ses actions, à partir du moment où il avait embrassé Claire, il les revoyait comme un tableau fortement éclairé. Il frémit, et ses cheveux en un moment furent trempés de sueur.

Il avait failli devenir assassin !

Et la preuve qu'il était vraiment remis et qu'il avait repris la pleine possession de ses facultés, c'est qu'une question de droit criminel traversa son cerveau.

Le crime commis, se dit-il, aurais-je été condamné ? Oui. Étais-je responsable ? Non. Le crime serait-il une forme de l'aliénation mentale ? Étais-je fou, étais-je dans l'état particulier qui doit précéder un attentat ? Qui saura me répondre ? Pourquoi tous les juges n'ont-ils pas traversé une incompréhensible crise comme la mienne ? Mais qui me croirait, si je racontais ce qui m'est arrivé ?

Quelques jours plus tard, le mieux se soutenant, il le

conta à son père, qui haussa les épaules et lui assura que c'était là une mauvaise réminiscence de délire.

Ce père, qui était bon, fut ému au récit des amours si tristes de son fils, sans y voir cependant un malheur irréparable. Il lui conseilla la distraction, mit à sa disposition toute sa fortune et l'engagea fort à épouser une bonne grosse héritière poitevine, gaie et bien portante, qui lui ferait des enfants superbes. Puis, comme ses terres souffraient de son absence, il repartit pour sa province.

Deux mois plus tard, le juge d'instruction avait repris sa vie et ses travaux habituels. Mais il avait beau faire, il agissait comme un corps sans âme ; au-dedans de lui, il le sentait, quelque chose était brisé.

Une fois, il voulut aller voir sa vieille amie la marquise. En l'apercevant, elle poussa un cri de terreur. Elle l'avait pris pour un spectre, tant il était différent de celui qu'elle avait connu.

Comme elle redoutait les figures funèbres, elle le consigna à sa porte.

Claire fut malade une semaine à sa vue.

Comme il m'aimait ! se disait-elle ; il a failli mourir. Albert m'aime-t-il autant ?

Elle n'osait se répondre. Elle aurait voulu le consoler, lui parler, tenter quelque chose… Il ne se montra plus.

M. Daburon n'était cependant pas homme à se laisser abattre sans lutter. Il voulut, comme disait son père, se distraire. Il chercha le plaisir et trouva le dégoût, mais non l'oubli. Souvent il alla jusqu'au seuil de la débauche ; toujours une céleste figure, Claire vêtue de blanc, lui barra la porte.

Alors il se réfugia dans le travail ainsi que dans un

sanctuaire. Il se condamna aux plus rudes labeurs, se défendant de penser à Claire, pareil au poitrinaire qui s'interdit de songer à son mal. Son âpreté à la besogne, sa fiévreuse activité lui valurent la réputation d'un ambitieux qui devait aller loin. Il ne se souciait de rien au monde.

À la longue, il trouva non le repos, mais cet engourdissement exempt de douleurs qui suit les grandes catastrophes. La convalescence de l'oubli commençait pour lui.

Voilà quels événements ce nom de Commarin prononcé par le père Tabaret rappelait à M. Daburon. Il les croyait ensevelis sous la cendre du temps, et voilà qu'ils surgissaient comme ces caractères qu'on trace avec une encre sympathique et qui apparaissent si l'on vient à approcher le papier du feu. En un instant, ils se déroulèrent devant ses yeux, avec cette merveilleuse instantanéité du songe qui supprime le temps et l'espace.

Pendant quelques minutes, grâce à un phénomène admirable de dédoublement, il assista, pour ainsi dire, à la représentation de sa propre vie. Acteur et spectateur ensemble, il était là, assis dans son fauteuil, et il paraissait sur le théâtre, il agissait et il se jugeait.

Sa première pensée, il faut l'avouer, fut une pensée de haine, suivie d'un détestable sentiment de satisfaction. Le hasard lui livrait cet homme préféré par Claire. Ce n'était plus un hautain gentilhomme illustré par sa fortune et par ses aïeux, c'était un bâtard, le fils d'une femme galante. Pour garder un nom volé, il avait commis le plus lâche des assassinats. Et lui, le juge, il allait éprouver cette volupté infinie de frapper son ennemi avec le glaive de la loi.

Mais ce ne fut qu'un éclair. La conscience de l'honnête homme se révolta et fit entendre sa voix toute-puissante.

Est-il rien de plus monstrueux que l'association de ces deux idées : la haine et la justice ! Un juge peut-il, sans se mépriser plus que les êtres vils qu'il condamne, se souvenir qu'un coupable dont le sort est entre ses mains a été son ennemi ? Un juge d'instruction a-t-il le droit d'user de ses exorbitants pouvoirs contre un prévenu, tant qu'au fond de son cœur il reste une goutte de fiel ?

M. Daburon se répéta ce que tant de fois depuis un an il s'était dit en commençant une instruction : et moi aussi, j'ai failli me souiller d'un meurtre abominable.

Et voilà que, précisément, il allait avoir à faire arrêter, à interroger, à livrer à la cour d'assises celui qu'il avait eu la ferme volonté de tuer.

Tout le monde, certes, ignorait ce crime de pensée et d'intention, mais pouvait-il, lui, l'oublier ? N'était-ce pas ou jamais le cas de se récuser, de donner sa démission ? Ne devait-il pas se retirer, se laver les mains du sang répandu, laissant à un autre le soin de le venger au nom de la société ?

– Non ! prononça-t-il, ce serait une lâcheté indigne de moi.

Un projet de générosité folle lui vint.

– Si je le sauvais ? murmura-t-il. Si, pour Claire, je lui laissais l'honneur et la vie ? Mais comment le sauver ? Je devrais pour cela ne tenir aucun compte des découvertes du père Tabaret et lui imposer la complicité du silence. Il faudra volontairement faire fausse route, courir avec Gévrol après un meurtrier chimérique. Est-ce praticable ? D'ailleurs, épargner Albert, c'est déchirer les titres de Noël; c'est assurer l'impunité de la plus odieuse des trahisons. Enfin, c'est encore et toujours sacrifier la justice à ma passion!

Le magistrat souffrait.

Comment prendre un parti au milieu de tant de perplexités, tiraillé par des intérêts divers?

Il flottait indécis entre les déterminations les plus opposées, son esprit oscillait d'un extrême à l'autre.

Que faire? Sa raison, après un nouveau choc si imprévu, cherchait en vain son équilibre.

Reculer, se disait-il; où donc serait mon courage? Ne dois-je pas rester le représentant de la loi que rien n'émeut et que rien ne touche? Suis-je si faible qu'en revêtant ma robe je ne sache pas me dépouiller de ma personnalité? Ne puis-je, pour le présent, faire abstraction du passé? Mon devoir est de poursuivre l'enquête. Claire elle-même m'ordonnerait d'agir ainsi. Voudrait-elle d'un homme souillé d'un soupçon? Jamais. S'il est innocent, qu'il soit sauvé; s'il est coupable, qu'il périsse!

C'était fort bien raisonné, mais, au fond de son cœur, mille inquiétudes dardaient leurs épines. Il avait besoin de se rassurer.

Est-ce que je le hais encore, cet homme? continua-t-il; non, certes. Si Claire l'a préféré à moi qu'il ne connaît pas, c'est à elle et non à lui que je dois en vouloir. Ma fureur n'a été qu'un accès passager de délire. Je le prouverai. Je veux qu'il trouve en moi autant un conseiller qu'un juge. S'il n'est pas coupable, il disposera, pour établir ses preuves, de tout cet appareil formidable d'agents et de moyens qui est entre les mains du parquet. Oui, je puis être le juge. Dieu, qui lit au fond des consciences, voit que j'aime assez Claire pour souhaiter de toutes mes forces l'innocence de son amant.

Alors seulement, M. Daburon se rendit vaguement compte du temps écoulé.

Il était près de trois heures du matin.

– Ah ! mon Dieu ! et le père Tabaret qui m'attend ! Je vais le trouver endormi…

Mais le père Tabaret ne dormait pas, et il n'avait guère plus que le juge senti glisser les heures.

Dix minutes lui avaient suffi pour dresser l'inventaire du cabinet de M. Daburon, qui était vaste et d'une magnificence sévère, tout à fait en rapport avec la position du magistrat. Armé d'un flambeau, il s'approcha des six tableaux de maîtres qui rompaient la nudité de la boiserie et les admira. Il examina curieusement quelques bronzes rares placés sur la cheminée et sur une console, et il donna à la bibliothèque un coup d'œil de connaisseur.

Après quoi, prenant sur la table un journal du soir, il se rapprocha du foyer et se plongea dans une vaste bergère.

Il n'avait pas seulement lu le tiers du premier-Paris [1], lequel, comme tous les premier-Paris d'alors, s'occupait exclusivement de la question romaine [2], que, lâchant le journal, il s'absorbait dans ses méditations. L'idée fixe, plus forte que la volonté, bien autrement intéressante pour lui que la politique, le ramenait invinciblement à La Jonchère, près du cadavre de la veuve Lerouge. Comme l'enfant qui mille et mille fois

1. Article politique en une des journaux de l'époque. *(N.d.E.)*

2. À cette époque, Garibaldi tentait d'envahir la région de Rome, dont il voulait faire la capitale de l'Italie. *(N.d.E.)*

brouille et remet en ordre son jeu de patience, il mêlait et reprenait la série de ses inductions et de ses raisonnements.

Certes, il n'y avait plus rien de douteux pour lui dans cette triste affaire. De A à Z, il croyait connaître tout. Il savait à quoi s'en tenir, et M. Daburon, il l'avait vu, partageait ses opinions. Cependant, que de difficultés encore !

C'est qu'entre le juge d'instruction et le prévenu se trouve un tribunal suprême, institution admirable qui est notre garantie à tous tant que nous sommes, pouvoir essentiellement modérateur : le jury.

Et le jury, Dieu merci ! ne se contente pas d'une conviction banale. Les plus fortes probabilités peuvent l'émouvoir et l'ébranler, elles ne lui arrachent pas un verdict affirmatif. Placé sur un terrain neutre, entre la prévention qui expose sa thèse et la défense qui développe son roman, il demande des preuves matérielles et exige qu'on les lui fasse toucher du doigt. Là où des magistrats condamneraient vingt fois pour une, en toute sécurité de conscience, et justement, qui plus est, il acquitte, parce que l'évidence n'a pas lui.

La déplorable exécution de Lesurques[1] a assuré l'impunité de bien des crimes, et, il faut le dire, elle justifie cette impunité.

Le fait est que, sauf les cas de flagrant délit ou d'aveu, il n'y a pas d'affaire sûre pour le ministère public. Parfois il est aussi anxieux que l'accusé lui-même. Presque tous les crimes ont même pour la justice et pour la police un côté mystérieux et en quelque sorte impénétrable. Le génie de l'avocat est de deviner cet

1. Accusé dans l'affaire du Courrier de Lyon. *(N.d.E.)*

endroit faible et d'y concentrer ses efforts. Par là, il insinue le doute. Un incident habilement soulevé à l'audience, au dernier moment, peut changer la face d'un procès. Cette incertitude d'un résultat explique le caractère de passion que revêtent souvent les débats.

Et à mesure que monte le niveau de la civilisation, les jurés, dans les causes graves, deviennent plus timides et plus hésitants. C'est avec une inquiétude croissante qu'ils portent le fardeau de leur responsabilité. Déjà bon nombre d'entre eux reculent devant l'idée de la peine de mort. S'il se trouve qu'elle est appliquée, ils demandent à se laver du sang du condamné. On en a vu signer un recours en grâce, et pour qui ? Pour un parricide. Chaque juré, au moment d'entrer dans la salle de délibérations, songe infiniment moins à ce qu'il vient d'entendre, qu'au risque qu'il court de préparer à ses nuits d'éternels remords. Il n'en est pas un qui, plutôt que de s'exposer à retenir un innocent, ne soit résolu à lâcher trente scélérats.

L'accusation doit donc arriver devant le jury armée de toutes pièces et les mains pleines de preuves. C'est au juge d'instruction à forger ces armes et à condenser ces preuves. Tâche délicate, hérissée de difficultés, souvent très longue. Il arrive que le prévenu ait du sang-froid, qu'il soit certain de n'avoir pas laissé de traces ; alors, du fond de son cachot, au secret, il défie tous les assauts de la justice. C'est une lutte terrible et qui fait frémir si l'on vient à songer qu'après tout cet homme, enfermé sans conseil et sans défense, peut être innocent. Le juge saura-t-il résister aux entraînements de sa conviction intime ?

Bien souvent la justice est réduite à s'avouer vaincue. Elle est persuadée qu'elle a trouvé le coupable ; la logique le lui montre, le bon sens le lui indique, et cependant elle doit renoncer aux poursuites faute de témoignages suffisants.

Il est malheureusement des crimes impunis. Un ancien avocat général avouait un jour qu'il connaissait jusqu'à trois assassins riches, heureux, honorés, qui, à moins de circonstances improbables, finiraient dans leur lit, entourés de leur famille, et auraient un bel enterrement avec une magnifique épitaphe sur leur tombe.

À cette idée qu'un meurtrier peut éviter l'action de la justice, se dérober à la cour d'assises, le sang du père Tabaret bouillait dans ses veines, comme au souvenir d'une cruelle injure personnelle.

Une telle monstruosité, à son avis, ne pouvait provenir que de l'ineptie des magistrats chargés de l'enquête sommaire, de la maladresse des agents de la police ou de l'incapacité et de la mollesse du juge d'instruction.

– Ce n'est pas moi, marmottait-il avec la vaniteuse satisfaction du succès, qui lâcherais jamais ma proie. Il n'est pas de crime bien constaté dont l'auteur ne soit trouvable, à moins pourtant que cet auteur ne soit un fou, dont le mobile échappe au raisonnement. Je passerais ma vie à la recherche d'un coupable, et je périrais avant de m'avouer vaincu, comme cela est arrivé tant de fois à Gévrol.

Cette fois encore le père Tabaret, le hasard aidant, avait réussi, il se le répétait. Mais quelles preuves fournir à la prévention, à ce maudit jury si méticuleux, si formaliste et si poltron ? Qu'imaginer pour forcer à se découvrir un homme fort, parfaitement sur ses gardes, couvert par sa position et sans doute par ses précautions prises ? Quel traquenard préparer, à quel stratagème neuf et infaillible avoir recours ?

Le volontaire de la police s'épuisait en combinaisons subtiles mais impraticables, toujours arrêté par cette fatale légalité si nuisible aux emplois des chevaliers de la rue de Jérusalem.

Il s'appliquait si fort à ses conceptions, tantôt ingénieuses et tantôt grossières, qu'il n'entendit pas ouvrir la porte du cabinet et ne s'aperçut nullement de la présence du juge d'instruction.

Il fallut, pour l'arracher à ses problèmes, la voix de M. Daburon, qui disait avec un accent encore ému :

– Vous m'excuserez, monsieur Tabaret, de vous avoir laissé si longtemps seul…

Le bonhomme se leva pour dessiner un respectueux salut de quarante-cinq au degré.

– Ma foi ! monsieur, répondit-il, je n'ai pas eu le loisir de m'apercevoir de ma solitude.

M. Daburon avait traversé la pièce et était allé s'asseoir en face de son agent, devant un guéridon encombré des papiers et des documents se rattachant au crime. Il paraissait très fatigué.

– J'ai beaucoup réfléchi, commença-t-il, à toute cette affaire…

– Et moi donc ! interrompit le père Tabaret. Je m'inquiétais, monsieur, lorsque vous êtes entré, de l'attitude probable du vicomte de Commarin au moment de son arrestation. Rien de plus important, selon moi. S'emportera-t-il ? essayera-t-il d'intimider les agents ? les menacera-t-il de les jeter dehors ? C'est assez la tactique des criminels huppés. Je crois pourtant qu'il restera calme et froid. C'est dans la logique du caractère que se relève la perpétration du crime. Il fera montre, vous le verrez, d'une assurance superbe. Il jugera qu'il est sans doute victime de quelque malentendu. Il insistera pour voir immédiatement le juge d'instruction, afin de tout éclaircir au plus vite.

Le bonhomme parlait si bien de ses suppositions comme d'une réalité, il avait un tel ton d'assurance que M. Daburon ne put s'empêcher de sourire.

– Nous n'en sommes pas encore là, dit-il.

– Mais nous y serons dans quelques heures, reprit vivement le père Tabaret. Je suppose que, dès qu'il fera jour, monsieur le juge d'instruction donnera des ordres pour que monsieur de Commarin fils soit arrêté ?

Le juge tressaillit comme le malade qui voit son chirurgien déposer, en entrant, sa trousse sur un meuble.

Le moment d'agir arrivait. Il mesurait la distance incommensurable qui sépare l'idée du fait, la décision de l'acte.

– Vous êtes prompt, monsieur Tabaret, fit-il, vous ne connaissez pas d'obstacles.

– Puisqu'il est coupable ! Je le demanderai à monsieur le juge, qui aurait commis ce crime sinon lui ? Qui avait intérêt à supprimer la veuve Lerouge, son témoignage, ses papiers, ses lettres ? Lui, uniquement lui. Mon Noël, qui est bête comme un honnête homme, l'a prévenu : il a agi. Que sa culpabilité ne soit pas établie, il reste plus Commarin que jamais, et mon avocat est Gerdy jusqu'au cimetière.

– Oui, mais…

Le bonhomme fixa sur le juge un regard stupéfait.

– Monsieur le juge voit donc des difficultés ? demanda-t-il.

– Eh ! sans doute ! répondit M. Daburon : cette affaire est de celles qui commandent la plus grande circonspection. Dans des cas pareils à celui-ci, on ne doit frapper qu'à coup sûr, et nous n'avons que des présomptions… les plus concluantes, je le sais, mais enfin des présomptions. Si nous nous trompions ! La justice, malheureusement, ne peut jamais réparer complètement ses erreurs. Sa main posée injustement sur un homme laisse une empreinte qui ne s'efface plus. Elle reconnaît qu'elle s'est trompée, elle l'avoue hautement, elle le proclame… en vain. L'opinion absurde, idiote, ne pardonne pas à un homme d'avoir pu être soupçonné.

C'est en poussant de gros soupirs que le père Tabaret écoutait ces réflexions. Ce n'est pas lui qui eût été retenu par de si mesquines considérations.

– Nos soupçons sont fondés, continua le juge, j'en suis persuadé. Mais s'ils étaient faux ? Notre précipitation serait pour ce jeune homme un affreux malheur. Et encore, quel éclat, quel scandale ! Y avez-vous songé ? Vous ne savez pas tout ce qu'une démarche risquée peut coûter à l'autorité, à la dignité de la justice, au respect qui constitue sa force… L'erreur appelle la discussion, provoque l'examen, enfin éveille la méfiance à une époque où tous les esprits ne sont que trop disposés à se défier des pouvoirs constitués.

Il s'appuya sur le guéridon et parut réfléchir profondément.

Pas de chance, pensait le père Tabaret, j'ai affaire à un trembleur. Il faudrait agir, il parle ; signer des mandats, il pousse des théories. Il est étourdi de ma découverte et il a peur. Je supposais en accourant ici qu'il serait ravi, point. Il donnerait bien un louis de sa poche pour ne m'avoir pas fait appeler ; il ne saurait rien et dormirait du sommeil épais de l'ignorance. Ah ! voilà ! On voudrait bien avoir dans son filet des tas de petits poissons, mais on ne se soucie pas des gros. Les gros sont dangereux, on les lâcherait volontiers…

– Peut-être, dit à haute voix M. Daburon, peut-être suffirait-il d'un mandat de perquisition et d'un autre de comparution…

– Alors tout est perdu ! s'écria le père Tabaret.

– En quoi, s'il vous plaît ?

– Hélas ! monsieur le juge le sait mieux que moi, qui ne suis qu'un pauvre vieux. Nous sommes en face de la préméditation la plus habile et la plus raffinée. Un hasard miraculeux nous a mis sur la trace de l'ennemi. Si nous lui laissons le temps de respirer, il nous échappe.

Le juge, pour toute réponse, inclina la tête, peut-être en signe d'assentiment.

– Il est évident, continua le père Tabaret, que notre adversaire est un homme de première force, d'un sang-froid surprenant, d'une habileté consommée. Ce gaillard-là doit avoir tout prévu, tout absolument, jusqu'à la possibilité improbable d'un soupçon s'élevant jusqu'à lui. Oh ! ses précautions sont prises. Si monsieur le juge se contente d'un mandat de comparution, le gredin est sauvé. Il comparaîtra tranquille comme Baptiste, absolument comme s'il s'agissait d'un duel. Il nous arrivera nanti du plus magnifique alibi qui se puisse voir, d'un alibi irrécusable. Il va prouver qu'il a passé la soirée et la nuit du mardi et de mercredi avec les personnages les plus considérables. Il aura dîné avec le comte Machin, joué avec le marquis Chose, soupé avec le duc Untel ; la baronne de Ci et la vicomtesse de Là ne l'auront pas perdu de vue une minute… Enfin, le coup sera si bien monté, tous les trucs joueront si bien, qu'il faudra lui ouvrir la porte, et encore lui présenter des excuses sur l'escalier. Il n'est qu'un moyen de le convaincre, c'est de le surprendre par une rapidité contre laquelle il est impossible qu'il soit en garde. On doit tomber chez lui comme la foudre, l'arrêter au réveil, l'entraîner encore tout abasourdi, et l'interroger là, sur-le-champ, *hic et nunc*, tout chaud encore de son lit. C'est la seule chance qu'il soit de surprendre quelque chose. Ah ! que ne suis-je, pour un jour, juge d'instruction !

Le père Tabaret s'arrêta court, saisi de la crainte de manquer de respect au magistrat. Mais M. Daburon n'avait nullement l'air choqué.

– Poursuivez, dit-il d'un ton encourageant, poursuivez !

– Donc, reprit le bonhomme, je suis juge d'instruction. Je fais arrêter mon bonhomme, et vingt minutes plus tard il est dans mon cabinet. Je ne m'amuse point à lui poser des questions plus ou moins captieuses. Non ; je vais droit au but. Je l'accable tout d'abord du poids de ma certitude. Quel pavé ! Je lui prouve que je sais tout, si évidemment, si clairement, si péremptoirement qu'il se rend, ne pouvant agir autrement. Non, je ne l'interroge pas. Je ne lui laisse pas ouvrir la bouche, je parle le premier. Et voici mon discours : « Mon bonhomme, vous m'apportez un alibi ! C'est fort bien. Mais nous connaissons ce moyen, l'ayant pratiqué. Il est usé. On est fixé sur les pendules qui retardent ou avancent. Donc, cent personnes ne vous ont pas perdu de vue, c'est admis.

» Cependant voici ce que vous avez fait : à huit heures vingt minutes, vous avez filé adroitement. À huit heures trente-cinq minutes, vous preniez le chemin de fer, rue Saint-Lazare. À neuf heures, vous descendiez à la gare de Rueil et vous vous élanciez sur la route de La Jonchère. À neuf heures un quart, vous frappiez au volet de la veuve Lerouge, qui vous ouvrait et à qui vous demandiez à manger un morceau et surtout à boire un coup. À neuf heures vingt-cinq, vous lui plantiez un morceau de fleuret bien aiguisé entre les épaules, vous bouleversiez tout dans la maison et vous brûliez certains papiers, vous savez. Après quoi, enveloppant dans une serviette tous les objets précieux pour faire croire à un vol, vous sortiez en fermant la porte à double tour.

» Arrivé à la Seine, vous avez jeté votre paquet dans l'eau, vous avez regagné la station du chemin de fer à pied, et à onze heures vous reparaissiez frais et dispos.

» C'est bien joué. Seulement vous avez compté sans deux adversaires : un agent de police assez madré, surnommé Tirauclair, et un autre plus capable encore, qui a nom le hasard. À eux deux, ils vous font perdre la partie. D'ailleurs, vous avez eu le tort de porter des bottes trop fines, de conserver vos gants gris perle, et de vous embarrasser d'un chapeau de soie et d'un parapluie. Maintenant, avouez, ce sera plus court, et je vous donnerai la permission de fumer dans votre prison de ces excellents trabucos que vous aimez et que vous brûlez toujours avec un bout d'ambre. »

Le père Tabaret avait grandi de deux pouces tant était grand son enthousiasme. Il regarda le magistrat comme pour quêter un sourire approbateur.

– Oui, continua-t-il après avoir repris haleine, je lui dirais cela et non autre chose. Et, à moins que cet homme ne soit mille fois plus fort que je ne le suppose, à moins qu'il ne soit de bronze, de marbre, d'acier, je le verrais à mes pieds et j'obtiendrais un aveu…

– Et s'il était de bronze, en effet, dit M. Daburon, s'il ne tombait pas à vos pieds ! Que feriez-vous ?

La question, évidemment, embarrassa le bonhomme.

– Dame ! balbutia-t-il, je ne sais, je verrais, je chercherais… mais il avouerait.

Après un assez long silence, M. Daburon prit une plume et écrivit quelques lignes à la hâte.

– Je me rends, dit-il. Monsieur Albert de Commarin va être arrêté, c'est maintenant décidé. Mais les formalités et les perquisitions prendront un certain temps qui, d'un autre côté, m'est nécessaire. Je veux interroger, avant le prévenu, son père, le comte de Commarin, et encore ce jeune avocat, votre ami, monsieur Noël Gerdy. Les lettres qu'il possède me sont indispensables.

À ce nom de Gerdy, la figure du père Tabaret s'assombrit et exprima la plus comique inquiétude.

– Sapristi ! s'exclama-t-il, voilà ce que je redoutais !

– Quoi ? demanda M. Daburon.

– Eh ! la nécessité des lettres de Noël… Naturellement, il va savoir qui a mis la justice sur les traces du crime. Me voilà dans de beaux draps ! C'est à moi qu'il devra la reconnaissance de ses droits, n'est-ce pas ? Pensez-vous qu'il me sera reconnaissant ! Point, il me méprisera. Il me fuira quand il saura que Tabaret, rentier, et Tirauclair, l'agent, se coiffent dans le même bonnet de coton. Pauvre humanité ! Avant huit jours mes plus vieux amis me refuseront la main. Comme si ce n'était pas un bonheur de servir la justice !… Je vais être réduit à changer de quartier, à prendre un faux nom…

Il pleurait presque, tant sa peine était grande. Le magistrat en fut touché.

– Rassurez-vous, cher monsieur Tabaret, lui dit-il, je ne mentirai pas mais je m'arrangerai de telle sorte que votre fils d'adoption, votre Benjamin, ne saura rien. Je lui laisserai entrevoir que je suis arrivé jusqu'à lui par des papiers trouvés chez la veuve Lerouge.

Le bonhomme, transporté, saisit la main du juge et la porta à ses lèvres.

– Oh ! merci, monsieur ! s'écria-t-il, merci mille fois ! Vous êtes grand, vous êtes… Et moi qui tout à l'heure… mais, suffit ! je me trouverai, si vous le permettez, à l'arrestation ; je serais très satisfait d'assister aux perquisitions.

– Je comptais vous le demander, monsieur Tabaret, répondit le juge.

Les lampes pâlissaient et devenaient fumeuses, le toit des maisons blanchissait, le jour se levait. Déjà, dans le lointain, on entendait le roulement des voitures matinales ; Paris s'éveillait.

– Je n'ai pas de temps à perdre, poursuivit M. Daburon, si je veux que toutes mes mesures soient bien prises. Je tiens absolument à voir le procureur impérial ; je le ferai réveiller s'il faut. Je me rendrai de chez lui directement au Palais, j'y serai avant huit heures. Je désire, monsieur Tabaret, vous y trouver à mes ordres.

Le bonhomme remerciait et s'inclinait, quand le domestique du magistrat parut.

– Voici, monsieur, dit-il à son maître, un pli que vient d'apporter un gendarme de Bougival. Il attend la réponse dans l'antichambre.

– Très bien ! répondit M. Daburon ; demandez à cet homme s'il n'a besoin de rien, et dans tous les cas offrez-lui un verre de vin.

En même temps il brisait l'enveloppe de la dépêche.

– Tiens ! fit-il, une lettre de Gévrol !

Et il lut :

Monsieur le juge d'instruction,

J'ai l'honneur de vous faire savoir que je suis sur la

trace de l'homme aux boucles d'oreilles. Je viens d'apprendre de ses nouvelles chez un marchand de vin, où des ivrognes étaient attardés. Notre homme est rentré chez le marchand de vin dimanche matin en sortant de chez la veuve Lerouge. Il a commencé par acheter et payer deux litres de vin. Puis il s'est frappé le front et a dit : « Vieille bête ! j'oubliais que c'est demain la fête du bateau ! » Il a aussitôt demandé trois autres litres. J'ai consulté l'almanach, le bateau doit s'appeler Saint-Marin. *J'ai appris aussi qu'il était chargé de blé. J'écris à la préfecture en même temps qu'à vous, pour que des perquisitions soient faites à Paris et à Rouen. Il est impossible qu'elles n'aboutissent pas.*

Je suis en attendant, monsieur…

– Ce pauvre Gévrol ! s'écria le père Tabaret en éclatant de rire, il aiguise son sabre et la bataille est gagnée. Est-ce que monsieur le juge ne va pas arrêter ses recherches ?

– Non, certes ! répondit M. Daburon, négliger la moindre chose est souvent une faute irréparable. Et qui sait quelles lumières nous peut fournir cet inconnu ?

8

Le jour même de la découverte du crime de La Jonchère, à l'heure précisément où le père Tabaret faisait sa démonstration dans la chambre de la victime, le vicomte Albert de Commarin montait en voiture pour se rendre à la gare du Nord au-devant de son père.

Le vicomte était fort pâle. Ses traits tirés, ses yeux mornes, ses lèvres blêmies dénonçaient d'accablantes fatigues, l'abus de plaisirs écrasants ou de terribles soucis.

Au surplus, tous les domestiques de l'hôtel avaient parfaitement observé que, depuis cinq jours, leur jeune maître n'était pas dans son assiette ordinaire. Il ne parlait qu'avec effort, mangeait à peine et avait sévèrement interdit sa porte.

Le valet de chambre de monsieur le vicomte fit remarquer que ce changement, trop rapide pour ne pas être des plus sensibles, était survenu le dimanche matin à la suite de la visite d'un certain sieur Gerdy, avocat, lequel était resté près de trois heures dans la bibliothèque.

Le vicomte, gai comme un pinson à l'arrivée de ce personnage, avait, à sa sortie, l'air d'un déterré, et il n'avait plus quitté cette mine affreuse.

Au moment de se faire conduire au chemin de fer, le

vicomte paraissait se traîner avec tant de peine que M. Lubin, son valet de chambre, l'exhorta beaucoup à ne pas sortir. S'exposer au froid, c'était commettre une imprudence gratuite. Il serait plus sage à lui de se coucher et d'avaler une bonne tasse de tisane.

Mais le comte de Commarin n'entendait point raillerie sur le chapitre des devoirs filiaux. Il était homme à pardonner à son fils les plus incroyables folies, les pires débordements, plutôt que ce qu'il appelait un manque de révérence. Il avait annoncé son arrivée par le télégraphe vingt-quatre heures à l'avance, donc l'hôtel devait être sous les armes, donc l'absence d'Albert à la gare l'eût choqué comme la plus outrageante des inconvenances.

Le vicomte se promenait depuis cinq minutes dans la salle d'attente quand la cloche signala l'arrivée du train. Bientôt les portes qui donnent sur le quai s'ouvrirent et furent encombrées de voyageurs.

La presse un peu dissipée, le comte apparut, suivi d'un domestique portant une immense pelisse de voyage, garnie de fourrures précieuses.

Le comte de Commarin annonçait bien dix bonnes années de moins que son âge. Sa barbe et ses cheveux encore abondants grisonnaient à peine. Il était grand et maigre, marchait le corps droit et portait la tête haute, sans avoir rien cependant de cette disgracieuse roideur britannique, l'admiration et l'envie de nos jeunes gentilshommes. Sa tournure était noble, sa démarche aisée. Il avait de fortes mains, très belles, les mains d'un homme dont les ancêtres ont pendant des siècles donné de grands coups d'épée. Sa figure régulière présentait un contraste singulier pour celui qui l'étudiait : tous ses traits respiraient une facile bonhomie, sa bouche était souriante, mais dans ses yeux clairs éclatait la plus farouche fierté.

Ce contraste traduisait le secret de son caractère.

Tout aussi exclusif que la marquise d'Arlange, il avait marché avec son siècle, ou du moins il paraissait avoir marché.

Autant que la marquise, il méprisait absolument tout ce qui n'était pas noble, seulement son mépris s'exprimait d'une façon différente. La marquise affichait hautement et brutalement ses dédains ; le comte les dissimulait sous les recherches d'une politesse humiliante à force d'être excessive. La marquise aurait volontiers tutoyé ses fournisseurs ; le comte, chez lui, un jour que son architecte avait laissé tomber son parapluie, s'était précipité pour le ramasser.

C'est que la vieille dame avait les yeux bandés, les oreilles bouchées, tandis que le comte avait beaucoup vu avec de bons yeux, beaucoup entendu avec une ouïe très fine. Elle était sotte et sans l'ombre du sens commun ; il avait de l'esprit, des vues presque larges, et des idées. Elle rêvait le retour de tous les usages saugrenus, la restauration des niaiseries monarchiques, s'imaginant qu'on fait reculer les années comme les aiguilles d'une pendule ; il aspirait, lui, à des choses positives ; au pouvoir, par exemple, sincèrement persuadé que son parti pouvait encore le ressaisir et le garder, et reconquérir sourdement et lentement, mais sûrement, tous les privilèges perdus.

Mais, au fond, ils devaient s'entendre.

Pour tout dire, le comte était le portrait flatté d'une certaine fraction de la société, et la marquise en était la caricature.

Il faut ajouter qu'avec ses égaux, M. de Commarin

savait se départir de son écrasante urbanité. Il reprenait alors son caractère vrai, hautain, entier, intraitable, supportant la contradiction à peu près comme un étalon la piqûre d'une mouche.

Dans sa maison, c'était un despote.

En apercevant son père, Albert s'avança vers lui avec empressement. Ils se serrèrent la main, s'embrassèrent d'un air aussi noble que cérémonieux, et en moins d'une minute expédièrent la phraséologie banale des informations de retour et des compliments de voyage.

Alors seulement M. de Commarin parut s'apercevoir de l'altération, si visible, du visage de son fils.

– Vous êtes souffrant, vicomte ? demanda-t-il.

– Non, monsieur, répondit laconiquement Albert.

Le comte fit un : « Ah ! » accompagné d'un certain mouvement de tête, qui était chez lui comme un tic et exprimait la plus parfaite incrédulité ; puis il se retourna vers son domestique et lui donna brièvement quelques ordres.

– Maintenant, reprit-il en revenant à son fils, rentrons vite à l'hôtel. J'ai hâte de me sentir chez moi, et de plus je mangerai avec plaisir, n'ayant rien pris aujourd'hui qu'une tasse de détestable bouillon, à je ne sais quel buffet.

M. de Commarin arrivait à Paris d'une humeur massacrante. Son voyage en Autriche n'avait pas amené les résultats qu'il espérait.

Pour comble, s'étant arrêté chez un de ses anciens amis, il avait eu avec lui une discussion si violente qu'ils s'étaient séparés sans se donner la main.

À peine installé sur les coussins de sa voiture, qui partit au galop, le comte ne put s'empêcher de revenir sur ce sujet qui lui tenait fort à cœur.

– Je suis brouillé avec le duc de Sairmeuse, dit-il à son fils.

– Il me semble, monsieur, répondit Albert sans la moindre intention de raillerie, que c'est ce qui ne manque jamais d'arriver lorsque vous restez plus d'une heure ensemble.

– C'est vrai, mais cette fois c'est définitif. J'ai passé quatre jours chez lui dans un état inconcevable d'exaspération. Maintenant, je lui ai retiré mon estime. Sairmeuse, vicomte, vend Gondresy, une des belles terres du nord de la France. Il coupe les bois, met à l'encan le château où il est, une demeure princière qui va devenir une sucrerie. Il fait argent de tout, pour augmenter, à ce qu'il dit, ses revenus, pour acheter de la rente, des actions, des obligations !...

– Et c'est la raison de votre rupture ? demanda Albert sans trop de surprise.

– Sans doute. N'est-elle pas légitime ?

– Mais, monsieur, vous savez que le duc a une famille nombreuse ; il est loin d'être riche.

– Et ensuite ! reprit le comte. Qu'importe cela ? On se prive, monsieur, on vit de sa terre sur sa terre, on porte des sabots tout l'hiver, on fait donner de l'éducation à son aîné seulement, et on ne vend pas. Entre amis, on se doit la vérité, surtout quand elle est désagréable. J'ai dit à Sairmeuse ma pensée. Un noble qui vend ses terres commet une indignité, il trahit son parti.

– Oh ! monsieur ! fit Albert, essayant de protester.

– J'ai dit traître, continua le comte avec véhémence, je maintiens ce mot. Retenez bien ceci, vicomte : la puissance a été, est et sera toujours à qui possède la fortune, à plus forte raison à qui détient le sol. Les hommes de 93 ont bien compris cela. En ruinant la noblesse, ils ont détruit son prestige bien plus sûrement qu'en abolissant les titres. Un prince à pied et sans laquais est un homme comme un autre. Le ministre de Juillet qui a dit aux bourgeois : « Enrichissez-vous » n'était point un sot. Il leur donnait la formule magique du pouvoir. Les bourgeois ne l'ont pas compris, ils ont voulu aller trop vite, ils se sont lancés dans la spéculation. Ils sont riches aujourd'hui, mais de quoi? de valeurs de Bourse, de titres de portefeuille, de papiers, de chiffons enfin.

» C'est de la fumée qu'ils cadenassent dans leurs coffres. Ils préfèrent le mobilier qui rapporte huit, aux prés, aux vignes, aux bois, qui ne rendent pas trois du cent. Le paysan n'est pas si fou. Dès qu'il a de la terre grand comme un mouchoir de poche, il en veut grand comme une nappe, puis grand comme un drap. Le paysan est lent comme le bœuf de sa charrue, mais il a sa ténacité, son énergie patiente, son obstination. Il marche droit vers son but, poussant ferme sur le joug, et sans que rien l'arrête ni le détourne. Pour devenir propriétaire, il se serre le ventre, et les imbéciles rient. Qui sera bien surpris quand il fera, lui aussi, son 89? Le bourgeois et aussi les barons de la féodalité financière.

– Eh bien? interrogea le vicomte.

– Vous ne comprenez pas? Ce que fait le paysan, la noblesse le devait faire. Ruinée, son devoir était de reconstituer sa fortune. Le commerce lui est interdit, soit. L'agriculture lui reste. Au lieu de bouder niaisement, depuis un demi-siècle, au lieu de s'endetter pour soutenir un train d'une ridicule mesquinerie, elle devait s'enfermer dans ses châteaux, en province, et là travailler, se priver, économiser, acheter, s'étendre, gagner de proche en proche. Si elle avait pris ce parti, elle posséderait la France. Sa richesse serait énorme, car le prix de la terre s'élève de jour en jour. Sans effort, j'ai doublé ma fortune depuis trente ans. Blanlaville, qui a coûté à mon père cent mille écus en 1817, vaut maintenant plus d'un million. Ainsi, quand j'entends la noblesse se plaindre, gémir, récriminer, je hausse les épaules. Tout augmente, dit-elle, et ses revenus restent stationnaires. À qui la faute ? Elle s'appauvrit d'année en année. Elle en verra bien d'autres. Bientôt elle en sera réduite à la besace, et les quelques grands noms qui nous restent finiront sur des enseignes. Et ce sera bien fait. Ce qui me console, c'est qu'alors le paysan, maître de nos domaines, sera tout-puissant, et qu'il attellera à ses voitures ces bourgeois qu'il hait autant que je les exècre moi-même.

La voiture, en ce moment, s'arrêtait dans la cour, après avoir décrit ce demi-cercle parfait, la gloire des cochers qui ont gardé la bonne tradition.

Le comte descendit le premier et, appuyé sur le bras de son fils, il gravit les marches du perron.

Dans l'immense vestibule, presque tous les domestiques en grande livrée formaient la haie.

Le comte leur donna un coup d'œil en traversant, comme un officier à ses soldats avant la parade. Il parut satisfait de leur tenue et gagna ses appartements, situés au premier étage, au-dessus des appartements de réception.

Jamais, nulle part, maison ne fut mieux ordonnée que celle du comte de Commarin, maison considérable, car la fortune lui permettait de soutenir un train à éblouir plus d'un principicule allemand.

Il possédait, à un degré supérieur, le talent, il faudrait dire l'art, beaucoup plus rare qu'on ne le suppose, de commander à une armée de valets. Selon Rivarol, il est une façon de dire à un laquais : « Sortez ! » qui affirme mieux la race que cent livres de parchemins.

Les domestiques si nombreux du comte n'étaient pour lui ni une gêne, ni un souci, ni un embarras. Ils lui étaient nécessaires, le servaient bien, à sa guise et non à la leur. Il était l'exigence même, toujours prêt à dire : « J'ai failli attendre », et cependant il était rare qu'il eût un reproche à adresser.

Chez lui, tout était si bien prévu, même et surtout l'imprévu, si bien réglé, arrangé à l'avance, d'une manière invariable, qu'il n'avait plus à s'occuper de rien. Si parfaite était l'organisation de la machine intérieure, qu'elle fonctionnait sans bruit, sans effort, sans qu'il fût besoin de la remonter sans cesse. Un rouage manquait, on le remplaçait et on s'en apercevait à peine. Le mouvement général entraînait le nouveau venu, et au bout de huit jours il avait pris le pli ou il était renvoyé.

Ainsi, le maître arrivait de voyage, et l'hôtel endormi s'éveillait comme sous la baguette d'un magicien. Chacun se trouvait à son poste, prêt à reprendre la besogne interrompue six semaines auparavant. On savait que le comte avait passé la journée en wagon, donc il pouvait avoir faim : le dîner avait été avancé. Tous les gens, jusqu'au dernier marmiton, avaient présent à l'esprit l'article premier de la charte de l'hôtel : « Les domestiques sont faits, non pour exécuter des ordres, mais pour épargner la peine d'en donner. »

M. de Commarin finissait de réparer sur sa personne le désordre du voyage et de changer de vêtements, quand le maître d'hôtel en bas de soie parut et annonça que monsieur le comte était servi.

Il descendit presque aussitôt, et le père et le fils se rencontrèrent sur le seuil de la salle à manger.

C'est une vaste pièce, très haute de plafond comme tout le rez-de-chaussée de l'hôtel, et d'une simplicité magnifique. Un seul des quatre dressoirs qui la décorent encombrerait un de ces vastes appartements que les millionnaires de la dernière liquidation louent quinze mille francs au boulevard Malesherbes. Un collectionneur pâmerait devant ces dressoirs, chargés à rompre d'émaux rares, de faïences merveilleuses et de porcelaines à faire verdir de jalousie un roi de Saxe.

Le service de la table où prirent place le comte et Albert, dressée milieu de la salle, répondait à ce luxe grandiose. L'argenterie et les cristaux y resplendissaient.

Le comte était un grand mangeur. Parfois il tirait vanité de cet appétit énorme qui eût été pour un pauvre diable une véritable infirmité. Il aimait à rappeler les grands hommes dont l'estomac est resté célèbre, Charles Quint dévorait des montagnes de viande. Louis XIV engloutissait à chaque repas la nourriture de six hommes ordinaires. Il soutenait volontiers à table qu'on peut presque juger les hommes à leur capacité digestive; il les comparait à des lampes dont le pouvoir éclairant est en raison de l'huile qu'elles consument.

La première demi-heure du dîner fut silencieuse. M. de Commarin mangeait en conscience, ne s'apercevant pas ou ne voulant pas s'apercevoir qu'Albert remuait sa fourchette et son couteau par contenance et ne touchait à aucun des mets placés sur son assiette. Mais avec le dessert, la mauvaise humeur du vieux gentilhomme reparut, fouettée par un certain vin de Bourgogne qu'il affectionnait, et dont il buvait presque exclusivement depuis de longues années.

Il ne détestait pas d'ailleurs se mettre la bile en mouvement après le dîner, professant cette théorie qu'une discussion modérée est un parfait digestif. Une lettre qui lui avait été remise à son arrivée et qu'il avait trouvé le temps de parcourir fut son prétexte et son point de départ.

– J'arrive il y a une heure, dit-il à son fils, et j'ai déjà une homélie de Broisfresnay.

– Il écrit beaucoup, observa Albert.

– Trop ! Il se dépense en encre. Encore des plans, des projets, des espérances, véritables enfantillages. Il porte la parole au nom d'une douzaine de politiques de sa force. Ma parole d'honneur, ils ont perdu le sens. Ils parlent de soulever le monde ; il ne leur manque qu'un levier et un point d'appui. Je les trouve, moi qui les aime, à mourir de rire.

Et pendant dix minutes, le comte chargea des plus piquantes injures et des épigrammes les plus vives ses meilleurs amis, sans paraître se douter que bon nombre de leurs ridicules étaient un peu les siens.

– Si encore, continua-t-il plus sérieusement, s'ils avaient quelque confiance en eux, s'ils montraient une ombre d'audace ! Mais non. La foi même leur manque. Ils ne comptent que sur autrui, tantôt sur celui-ci et tantôt sur cet autre. Il n'est pas une de leurs démarches qui ne soit un aveu d'impuissance, une déclaration prématurée d'avortement. Je les vois continuellement en quête d'un mieux monté qui consente à les prendre en croupe. Ne trouvant personne, c'est qu'ils sont embarrassants ! ils en reviennent toujours au clergé comme à leurs premières amours.

» Là, pensent-ils, sont le salut et l'avenir. Le passé l'a bien prouvé. Ah ! ils sont adroits ! En somme, nous devons au clergé la chute de la Restauration. Et maintenant, en France, aristocratie et dévotion sont synonymes. Pour sept millions d'électeurs, un petit-fils de Louis XIV ne peut marcher qu'à la tête d'une armée de robes noires, escorté de prédicants, de moines et de missionnaires, avec un état-major d'abbés, le cierge au vent. Et on a beau dire, le Français n'est pas dévot, et il hait les jésuites. N'est-ce pas votre avis, vicomte ?

Albert ne put qu'incliner la tête en signe d'assentiment. Déjà M. de Commarin continuait :

– Ma foi ! je le déclare, je suis las de marcher à la remorque de ces gens-là. Je perds patience quand je vois sur quel ton ils le prennent avec nous, et à quel prix ils mettent leur alliance. Ils n'étaient pas si grands seigneurs jadis ; un évêque à la cour faisait une mince figure. Aujourd'hui, ils se sentent indispensables. Moralement, nous n'existons que par eux. Et quel rôle jouons-nous à leur profit ? Nous sommes le paravent derrière lequel ils jouent leur comédie. Quelle duperie ! Est-ce que nos intérêts sont les leurs ?

» Ils se soucient de nous, monsieur, comme de l'an VIII. Leur capitale est Rome, et c'est là que trône leur seul roi. Depuis je ne sais combien d'années, ils crient à la persécution, et jamais ils n'ont été si véritablement puissants. Enfin, si nous n'avons pas le sou, ils sont immensément riches. Les lois qui frappent les fortunes particulières ne les atteignent pas. Ils n'ont point d'héritiers qui se partagent leurs trésors et les divisent à l'infini. Ils possèdent la patience et le temps qui élèvent des montagnes avec des grains de sable. Tout ce qui va au clergé reste au clergé.

– Rompez avec eux, alors, monsieur, dit Albert.

– Peut-être le faudrait-il, vicomte. Mais aurions-nous les bénéfices de la rupture ? Et d'abord, y croirait-on ?

On venait de servir le café. Le comte fit un signe, les domestiques sortirent.

– Non, poursuivit-il, on n'y croirait pas. Puis ce serait la guerre et la trahison dans nos ménages. Ils nous tiennent par nos femmes et nos filles, otages de notre alliance. Je ne vois plus pour l'aristocratie française qu'une planche de salut; une bonne petite loi autorisant les majorats.

– Vous ne l'obtiendrez jamais, monsieur.

– Croyez-vous ? demanda M. de Commarin; vous y opposeriez-vous donc, vicomte ?

Albert savait par expérience combien était brûlant ce terrain où l'attirait son père, il ne répondit pas.

– Mettons donc que je rêve l'impossible, reprit le comte; alors, que la noblesse fasse son devoir. Que toutes les filles de grande maison, que tous les cadets se dévouent. Qu'ils laissent pendant cinq générations le patrimoine entier à l'aîné et se contentent chacun de cent louis de rentes. De cette façon encore, on peut reconstruire les grandes fortunes. Les familles, au lieu d'être divisées par des intérêts et des égoïsmes divers, seraient unies par une aspiration commune. Chaque maison aurait sa raison d'État, un testament politique, pour ainsi dire, que se légueraient les aînés.

– Malheureusement, objecta le vicomte, le temps n'est plus guère aux dévouements.

– Je le sais, monsieur, reprit vivement le comte, je le sais très bien, et dans ma propre maison j'en ai la preuve. Je vous ai prié, moi, votre père, je vous ai conjuré de renoncer à épouser la petite-fille de cette vieille folle de marquise d'Arlange : à quoi cela a-t-il servi? À rien. Et après trois ans de luttes, il m'a fallu céder.

– Mon père…, voulut commencer Albert.

– C'est bien, interrompit le comte, vous avez ma parole, brisons. Mais souvenez-vous de ce que je vous ai prédit. Vous portez le coup mortel à notre maison. Vous serez, vous, un des grands propriétaires de la France ; ayez quatre enfants, ils seront à peine riches ; qu'eux-mêmes en aient chacun autant, et vous verrez vos petits-fils dans la gêne.

– Vous mettez tout au pis, mon père.

– Sans doute, et je le dois. C'est le moyen d'éviter les déceptions. Vous m'avez parlé du bonheur de votre vie ! Misère ! Un homme vraiment noble songe à son nom avant tout. Mademoiselle d'Arlange est très jolie, très séduisante, tout ce que vous voudrez, mais elle n'a pas le sou. Je vous avais, moi, choisi une héritière.

– Que je ne saurais aimer…

– La belle affaire ! Elle vous apportait, dans son tablier, quatre millions, plus que les rois d'aujourd'hui ne donnent en dot à leurs filles. Sans compter les espérances…

L'entretien, sur ce sujet, pouvait être interminable ; mais en dépit d'une contrainte visible, le vicomte restait à cent lieues de discussion. À peine, de temps à autre et pour ne pas jouer le rôle de confident absolument muet il prononçait quelques syllabes.

Cette absence d'opposition irritait le comte encore plus qu'une contradiction obstinée. Aussi fit-il tous ses efforts pour piquer son fils. C'était sa tactique.

Cependant il prodigua vainement les mots provocants et les allusions méchantes. Bientôt il fut sérieusement furieux contre son fils, et sur une laconique réponse, il s'emporta tout à fait.

– Parbleu ! s'écria-t-il, le fils de mon intendant ne

raisonnerait pas autrement que vous ! Quel sang avez-vous donc dans les veines ! Je vous trouve bien peuple pour un vicomte de Commarin !

Il est des situations d'esprit où la moindre conversation est extrêmement pénible. Depuis une heure, en écoutant son père et en lui répondant, Albert subissait un intolérable supplice. La patience dont il était armé lui échappa enfin.

– Eh ! répondit-il, si je suis peuple, monsieur, il y a peut-être de bonnes raisons pour cela.

Le regard dont le vicomte accentua cette phrase était si éloquent et si explicite, que le comte eut un brusque haut-le-corps. Toute animation de l'entretien tomba, et c'est d'une voix hésitante qu'il demanda :

– Que voulez-vous dire, vicomte ?

Albert, la phrase lancée, l'avait regrettée. Mais il était trop avancé pour reculer.

– Monsieur, répondit-il avec un certain embarras, j'ai à vous entretenir de choses graves. Mon honneur, le vôtre, celui de notre maison sont en jeu. Je devais avoir avec vous une explication, et je comptais la remettre à demain, ne voulant pas troubler la soirée de votre retour. Néanmoins, si vous l'exigez…

Le comte écoutait son fils avec une anxiété mal dissimulée. On eût dit qu'il devinait où il allait en venir, et qu'il s'épouvantait de l'avoir deviné.

– Croyez, monsieur, continuait Albert, cherchant ses mots, que jamais, quoi que vous ayez fait, ma voix ne s'élèvera pour vous accuser. Vos bontés constantes pour moi…

C'est tout ce que put supporter M. de Commarin.

– Trêve de préambules, interrompit-il durement. Les faits, sans phrases…

Albert tarda à répondre. Il se demandait comment et par où commencer.

– Monsieur, dit-il enfin, en votre absence j'ai eu sous les yeux toute votre correspondance avec madame Valérie Gerdy. Toute, ajouta-t-il, soulignant ce mot déjà si significatif.

Le comte ne laissa pas à Albert le temps d'achever sa phrase. Il s'était levé comme si un serpent l'eût mordu, si violemment que sa chaise alla rouler à quatre pas.

– Plus un mot ! s'écria-t-il d'une voix terrible, plus une syllabe, je vous le défends !

Mais il eut honte, sans doute, de ce premier mouvement, car presque aussitôt il reprit son sang-froid. Il releva même sa chaise avec une affectation visible de calme, et la replaça devant la table.

– Qu'on vienne donc encore nier les pressentiments ! reprit-il d'un ton qu'il essayait de rendre léger et railleur. Il y a deux heures, au chemin de fer, en apercevant votre face blême, j'ai flairé quelque méchante aventure. J'ai deviné que vous saviez peu ou beaucoup de cette histoire, je l'ai senti, j'en ai été sûr.

Il y eut un long moment de ce silence si pesant de deux interlocuteurs, de deux adversaires qui se recueillent avant d'entamer de redoutables explications.

D'un commun accord, le père et le fils détournaient les yeux et évitaient de laisser se croiser et se rencontrer leurs regards peut-être trop éloquents.

À un bruit qui se fit dans l'antichambre, le comte se rapprocha d'Albert.

– Vous l'avez dit, monsieur, prononça-t-il, l'honneur commande. Il importe d'arrêter une ligne de conduite et de l'arrêter sans retard : veuillez me suivre chez moi.

Il sonna ; un valet parut aussitôt.

– Prévenez, lui dit-il, que ni monsieur le vicomte ni moi n'y sommes pour personne au monde.

9

La révélation qui venait de se produire avait beaucoup plus irrité que surpris le comte de Commarin.

Faut-il le dire ! depuis vingt ans il redoutait de voir éclater la vérité. Il savait qu'il n'est pas de secret si soigneusement gardé qui ne puisse s'échapper, et son secret, à lui, quatre personnes l'avaient connu, trois le possédaient encore.

Il n'avait pas oublié qu'il avait commis cette imprudence énorme de le confier au papier, comme s'il ne se fût plus souvenu qu'il est des choses qu'on n'écrit pas.

Comment, lui, un diplomate prudent, un politique hérissé de précautions, avait-il pu écrire ! Comment, ayant écrit, avait-il laissé subsister cette correspondance accusatrice ? Comment n'avait-il pas anéanti, coûte que coûte, ces preuves écrasantes qui, d'un instant à l'autre, pouvaient se dresser contre lui ? C'est ce qu'il serait malaisé d'expliquer sans une passion folle, c'est-à-dire aveugle, sourde et imprévoyante jusqu'au délire.

Le propre de la passion est de si bien croire à sa durée, qu'à peine elle se trouve satisfaite de la perspective de l'éternité. Absorbée complètement dans le présent, elle ne prend nul souci de l'avenir.

Quel homme d'ailleurs songe jamais à se mettre en

garde contre la femme dont il est épris ? Toujours Samson amoureux livrera, sans défense, sa chevelure aux ciseaux de Dalila.

Tant qu'il avait été l'amant de Valérie, le comte n'avait pas eu l'idée de redemander ses lettres à cette complice adorée. Si elle lui fût venue, cette idée, il l'eût repoussée comme outrageante pour le caractère d'un ange.

Quels motifs pouvaient lui faire suspecter la discrétion de sa maîtresse ? Aucun. Il devait la supposer bien plus que lui intéressée à faire disparaître jusqu'à la plus légère trace des événements passés. N'était-ce pas elle, en définitive, qui avait recueilli les bénéfices de l'acte odieux ? Qui avait usurpé le nom et la fortune d'un autre ? N'était-ce pas son fils ?

Lorsque, huit années plus tard, se croyant trahi, le comte rompit une liaison qui avait fait son bonheur, il songea à rentrer en possession de cette funeste correspondance.

Il ne sut quels moyens employer. Mille raisons l'empêchaient d'agir.

La principale est qu'à aucun prix il ne voulait se retrouver en présence de cette femme jadis trop aimée. Il ne se sentait assez sûr ni de sa colère ni de sa résolution pour affronter les larmes qu'elle ne manquerait pas de répandre. Pourrait-il sans faiblir soutenir les regards suppliants de ces beaux yeux qui si longtemps avaient eu tout empire sur son âme !

Revoir cette maîtresse de sa jeunesse, c'était s'exposer à pardonner, et il avait été trop cruellement blessé dans son orgueil et dans son affection pour admettre l'idée de retour.

D'un autre côté, se confier à un tiers était absolument impraticable. Il s'abstint donc de toute démarche, s'ajournant indéfiniment.

Je la verrai, se disait-il, mais quand je l'aurai si bien arrachée de mon cœur qu'elle me sera devenue indifférente. Je ne veux pas lui donner la joie de ma douleur.

Ainsi, les mois et les années se passèrent, et il en vint à se dire, à se prouver qu'il était désormais trop tard.

En effet, il est des souvenirs qu'il est imprudent de réveiller. Il est des circonstances où une défiance injuste devient la plus maladroite des provocations.

Demander à qui est armé de rendre ses armes, n'est-ce pas le pousser à s'en servir? Après si longtemps, venir réclamer ces lettres, c'était presque déclarer la guerre. D'ailleurs, existaient-elles encore? Qui le prouverait? Qui garantissait que Mme Gerdy ne les avait pas anéanties, comprenant que leur existence était un péril et que leur destruction seule assurait l'usurpation de son fils?

M. de Commarin ne s'aveugla pas, mais, se trouvant dans une impasse, il pensa que la suprême sagesse était de s'en remettre au hasard, et il laissa pour sa vieillesse cette porte ouverte à l'hôte qui vient toujours : le malheur.

Et, cependant, depuis plus de vingt années, jamais un jour ne s'était écoulé sans qu'il maudît l'inexcusable folie de sa passion.

Jamais il ne put prendre sur lui d'oublier qu'au-dessus de sa tête un danger plus terrible que l'épée de Damoclès était suspendu par un fil que le moindre accident pouvait rompre.

Aujourd'hui ce fil était brisé.

Maintes fois, rêvant à la possibilité d'une catastrophe, il s'était demandé comment parer un coup si fatal. Souvent il s'était dit : que resterait-il à faire, si tout se découvrait ?

Il avait conçu et rejeté bien des plans ; il s'était bercé, à l'exemple des hommes d'imagination, de bien des projets chimériques, et voilà que la réalité le prenait comme au dépourvu.

Albert resta respectueusement debout, pendant que son père s'asseyait dans son grand fauteuil armorié, précisément au-dessous d'un cadre immense où l'arbre généalogique de l'illustre famille de Rhéteau de Commarin étalait ses luxuriants rameaux.

Le vieux gentilhomme ne laissait rien voir des appréhensions cruelles qui l'étreignaient. Il ne semblait ni irrité ni abattu. Seulement ses yeux exprimaient une hauteur encore plus dédaigneuse qu'à l'ordinaire, une assurance pleine de mépris à force d'être imperturbable.

– Maintenant, vicomte, commença-t-il d'une voix ferme, expliquez-vous. Je ne vous dirai rien de la situation d'un père condamné à rougir devant son fils, vous êtes fait pour la comprendre et la plaindre. Épargnons-nous mutuellement et tâchez de rester calme. Parlez, comment avez-vous eu connaissance de ma correspondance ?

Albert, lui aussi, avait eu le temps de se recueillir et de se préparer à la lutte présente, depuis quatre jours qu'il attendait cet entretien avec une mortelle impatience.

Le trouble qui s'était emparé de lui aux premiers mots avait fait place à une contenance digne et fière. Il s'exprimait purement et nettement, sans s'égarer dans ces détails si fatigants lorsqu'il s'agit d'une chose grave et qui reculent inutilement le but.

– Monsieur, répondit-il, dimanche matin un jeune homme s'est présenté ici, affirmant qu'il était chargé pour moi d'une mission de la plus haute importance, et qui devait rester secrète. Je l'ai reçu. C'est lui qui m'a révélé que je ne suis, hélas ! qu'un enfant naturel substitué par votre affection à l'enfant légitime que vous avez eu de madame de Commarin.

– Et vous n'avez pas fait jeter cet homme à la porte ! s'exclama le comte.

– Non, monsieur. J'allais répliquer fort vivement, sans doute, lorsque, me présentant une liasse de lettres, il me pria de les lire avant de rien répondre.

– Ah ! s'écria M. de Commarin, il fallait les lancer au feu ! vous aviez du feu, j'imagine ! Quoi ! vous les avez tenues entre vos nains et elles subsistent encore ! Que n'étais-je là, moi !

– Monsieur !... fit Albert d'un ton de reproche.

Et se souvenant de la façon dont Noël s'était placé devant la cheminée, et de l'air qu'il avait en s'y plaçant, il ajouta :

– Cette pensée me fût venue qu'elle eût été irréalisable. D'ailleurs, j'avais au premier coup d'œil reconnu votre écriture. J'ai donc pris les lettres et je les ai lues.

– Et alors ?

– Alors, monsieur, j'ai rendu cette correspondance à ce jeune homme, et je lui ai demandé un délai de huit jours. Non pour le consulter, il n'en était pas besoin, mais parce que je jugeais un entretien avec vous indispensable. Aujourd'hui donc, je viens vous adjurer de me dire si cette substitution a en effet eu lieu.

– Certainement, répondit le comte avec violence ; oui, certainement, par malheur. Vous le savez bien, puisque vous avez lu que j'écrivais à madame Gerdy, à votre mère.

Cette réponse, Albert la connaissait à l'avance, il l'attendait. Elle l'accabla pourtant.

Il est de ces infortunes si grandes qu'il faut pour y croire les apprendre pour ainsi dire plusieurs fois. Cette défaillance dura moins qu'un éclair.

– Pardonnez-moi, monsieur, reprit-il, j'avais une conviction, mais non pas une assurance formelle. Toutes les lettres que j'ai lues disent nettement vos intentions, détaillent minutieusement votre plan, aucune n'indique, ne prouve du moins l'exécution de votre projet.

Le comte regarda son fils d'un air de surprise profonde. Il avait encore toutes ses lettres présentes à la mémoire, et il se rappelait que vingt fois, écrivant à Valérie, il s'était réjoui du succès, la remerciant de s'être soumise à ses volontés.

– Vous n'êtes donc pas allé jusqu'au bout, vicomte? dit-il; vous n'avez donc pas tout lu?

– Tout, monsieur, et avec une attention que vous devez comprendre. Je puis vous affirmer que la dernière lettre qui m'a été montrée annonce simplement à madame Gerdy l'arrivée de Claudine Lerouge, de la nourrice qui a été chargée d'accomplir l'échange. Je ne savais rien au-delà.

– Pas de preuves matérielles! murmura le comte. On peut concevoir un dessein, le caresser longtemps, puis au dernier moment l'abandonner; cela se voit souvent.

Il se reprochait d'avoir été si prompt à répondre. Albert avait des soupçons sérieux, il venait de les changer en certitude. Quelle maladresse!

Il n'y a pas de doute possible, se disait-il, Valérie a

détruit les lettres les plus concluantes, celles qui lui ont paru les plus dangereuses, celles que j'écrivais après. Mais pourquoi avoir conservé les autres, déjà si compromettantes, et, les ayant gardées, comment a-t-elle pu s'en dessaisir ?

Albert restait toujours debout, immobile, attendant un mot du comte. Quel serait-il ? Son sort, sans doute, se décidait en ce moment dans l'esprit du vieillard.

– Peut-être est-elle morte ! dit à haute voix M. de Commarin.

Et à cette pensée que Valérie était morte, sans qu'il l'eût revue, il tressaillit douloureusement. Son cœur, après une séparation volontaire de plus de vingt ans, se serra, tant ce premier amour de son adolescence avait jeté en lui de profondes racines. Il l'avait maudite, en ce moment il pardonnait. Elle l'avait trompé, c'est vrai, mais ne lui devait-il pas les seules années de bonheur ? N'avait-elle pas été toute la poésie de sa jeunesse ? Avait-il eu, depuis elle, une heure seulement de joie, d'ivresse ou d'oubli ? Dans la disposition d'esprit où il se trouvait, son cœur ne retenait que les bons souvenirs, comme un vase qui, une première fois empli de précieux aromates, en garde le parfum jusqu'à sa destruction.

– Pauvre femme ! murmura-t-il encore.

Il soupira profondément. Trois ou quatre fois ses paupières clignotèrent comme si une larme eût été près de lui venir. Albert le regardait avec une curiosité inquiète. C'était la première fois, depuis que le vicomte était homme, qu'il surprenait sur le visage de son père d'autres émotions que celles de l'ambition ou de l'orgueil vaincus ou triomphants. Mais M. de Commarin n'était pas d'une trempe à se laisser longtemps aller à l'attendrissement.

– Vous ne m'avez pas dit, vicomte, demanda-t-il, qui vous avait envoyé ce messager de malheur?

– Il venait en son nom, monsieur, ne voulant, il me l'a dit, mêler personne à cette triste affaire. Ce jeune homme n'était autre que celui dont j'ai pris la place, votre fils légitime, monsieur Noël Gerdy lui-même.

– Oui ! fit le comte à demi-voix, Noël, c'est bien son nom, je me souviens ; et avec une hésitation évidente il ajouta : Vous a-t-il parlé de sa mère, de votre mère ?

– À peine, monsieur. Il m'a seulement déclaré qu'il venait à son insu, que le hasard seul lui avait livré le secret qu'il venait me révéler.

M. de Commarin ne répliqua pas. Il ne lui restait plus rien à apprendre. Il réfléchissait. Le moment définitif était venu, et il ne voyait qu'un seul moyen de le retarder.

– Voyons, vicomte, dit-il enfin d'un ton affectueux qui stupéfia Albert, ne restez pas ainsi debout, asseyez-vous là, près de moi, et causons. Unissons nos efforts pour éviter, s'il se peut, un grand malheur. Parlez-moi en toute confiance, comme un fils à son père. Avez-vous songé à ce que vous avez à faire ? Avez-vous pris quelque détermination ?

– Il me semble, monsieur, qu'il n'y a pas d'hésitation possible.

– Comment l'entendez-vous ?

– Mon devoir, mon père, est, ce me semble, tout tracé. Devant votre fils légitime, je dois me retirer sans plainte, sinon sans regrets. Qu'il vienne, je suis prêt à lui rendre tout ce que, sans m'en douter, je lui ai pris trop longtemps : l'affection d'un père, sa fortune et son nom.

Le vieux gentilhomme, à cette réponse si digne, ne sut pas garder le calme qu'en commençant il avait recommandé à son fils. Son visage devint pourpre et il ébranla la table du plus furieux coup de poing qu'il eût donné en sa vie. Lui toujours si mesuré, si convenable en toutes occasions, il s'emporta en jurons que n'eût pas désavoués un vieux sous-officier de cavalerie.

– Et moi, monsieur, je vous déclare que ce que vous rêvez là n'arrivera jamais. Non, cela ne sera pas, je vous le jure. Ce qui est fait est bien fait. Quoi qu'il advienne, entendez-vous, monsieur, les choses resteront ce qu'elles sont, parce que telle est ma volonté. Vicomte de Commarin vous êtes, vicomte de Commarin vous resterez, et malgré vous, s'il le faut. Vous le serez jusqu'à la mort, ou du moins jusqu'à la mienne ; car jamais, moi vivant, votre projet insensé ne s'accomplira.

– Cependant, monsieur..., commença timidement Albert.

– Je vous trouve bien osé, monsieur, de m'interrompre quand je parle ! s'exclama le comte. Ne sais-je pas d'avance toutes vos objections ! Vous m'allez dire, n'est-ce pas, que c'est une injustice révoltante, une odieuse spoliation ? J'en conviens, et plus que vous j'en gémis. Pensez-vous donc que d'aujourd'hui seulement je me repens de l'égarement fatal de ma jeunesse ? Il y a vingt ans, monsieur, que je regrette mon fils légitime ; vingt ans que je me maudis de l'iniquité dont il est victime. Et cependant j'ai su me taire et cacher les chagrins et les remords qui hérissent d'épines mon oreiller. En un moment votre stupide résignation rendrait mes longues souffrances inutiles ! Non. Je ne le permettrai pas.

Le comte lut une réplique sur les lèvres de son fils, il l'arrêta d'un regard foudroyant.

– Croyez-vous donc, poursuivit-il, que je n'ai pas pleuré au souvenir de mon fils légitime usant sa vie à lutter contre la médiocrité ? Pensez-vous qu'il ne m'est pas venu d'ardents désirs de réparation ? Il y a eu des jours, monsieur, où j'aurais donné la moitié de ma fortune seulement pour embrasser cet enfant d'une femme que j'ai su trop tard apprécier. La crainte de faire planer sur votre naissance l'ombre d'un soupçon m'a retenu. Je me suis sacrifié à ce grand nom de Commarin que je porte. Je l'ai reçu sans tache de mes pères, tel vous le léguerez à vos fils. Votre premier mouvement a été bon, généreux, chevaleresque, mais il faut l'oublier. Songez-vous au scandale, si jamais notre secret était livré au public ? Ne devinez-vous pas la joie de nos ennemis, de cette tourbe de parvenus qui nous environne ? Je frémis en songeant à l'odieux et au ridicule qui jailliraient sur notre nom. Trop de familles déjà ont des taches de boue sur leur blason, je n'en veux pas au mien.

M. de Commarin s'interrompit quelques minutes sans qu'Albert osât prendre la parole, tant, depuis son enfance, il était habitué à respecter les moindres volontés du terrible gentilhomme.

– Nous chercherions vainement, reprit le comte : il n'est pas de transaction possible. Puis-je, demain, vous renier et présenter Noël pour mon fils ? dire : « Excusez, celui-ci n'est pas le vicomte, c'est cet autre ? » Ne faut-il pas que les tribunaux interviennent ? Qu'importe que ce soit tel ou tel qui se nomme ou Benoît, ou Durand, ou Bernard ! Mais quand on s'est appelé Commarin un seul jour, c'est ensuite pour la vie. La morale n'est pas la même pour tous, parce que tous n'ont pas le même devoir. Dans notre situation, les erreurs sont irréparables. Armez-vous donc de courage, et montrez-vous digne de ce nom que vous portez. L'orage vient, tenons tête à l'orage.

L'impassibilité d'Albert ne contribuait pas peu à augmenter l'irritation de M. de Commarin. Fortifié dans une résolution immuable, le vicomte écoutait comme on remplit un devoir, et sa physionomie ne reflétait aucune émotion. Le comte comprenait qu'il ne l'ébranlait pas.

– Qu'avez-vous à répondre ? lui dit-il.

– Qu'il me semble, monsieur, que vous ne soupçonnez même pas tous les périls que j'entrevois. Il est malaisé de maîtriser les révoltes de sa conscience…

– Vraiment ! interrompit railleusement le comte, votre conscience se révolte ! Elle choisit mal son moment. Vos scrupules viennent trop tard. Tant que vous n'avez vu dans ma succession qu'un titre illustre et une douzaine de millions, elle vous a souri. Aujourd'hui elle vous apparaît grevée d'une lourde faute, d'un crime, si vous voulez, et vous demandez à ne l'accepter que sous bénéfice d'inventaire. Renoncez à cette folie. Les enfants, monsieur, sont responsables des pères, et ils le seront tant que vous honorerez le nom d'un grand homme. Bon gré mal gré vous serez mon complice, bon gré mal gré vous porterez le fardeau de la situation telle que je l'ai faite. Et quoi que vous puissiez souffrir, croyez que cela n'approchera jamais de ce que j'endure, moi, depuis des années.

– Eh ! monsieur ! s'écria Albert, est-ce donc moi, le spoliateur, qui ai à me plaindre ! n'est-ce pas au contraire le dépossédé ! Ce n'est pas moi qu'il s'agit de convaincre, mais bien monsieur Noël Gerdy.

– Noël ? demanda le comte.

– Votre fils légitime, oui, monsieur. Vous me traitez en ce moment comme si l'issue de cette malheureuse affaire dépendait uniquement de ma volonté. Vous imaginez-vous donc que monsieur Gerdy sera de si facile composition et se taira? Et s'il élève la voix, espérez-vous le toucher beaucoup avec les considérations que vous m'exposez?

– Je ne le redoute pas.

– Et vous avez tort, monsieur, permettez-moi de vous le dire. Accordez à ce jeune homme, j'y consens, une âme assez haute pour ne désirer ni votre rang ni votre fortune; mais songez à tout ce qu'il doit s'être amassé de fiel dans son cœur. Il ne peut pas ne pas avoir un cruel ressentiment de l'horrible injustice dont il a été victime. Il doit souhaiter passionnément une vengeance, c'est-à-dire la réparation.

– Il n'y a pas de preuves.

– Il a vos lettres, monsieur.

– Elles ne sont pas décisives, vous me l'avez dit.

– C'est vrai, monsieur, et, cependant, elles m'ont convaincu, moi qui avais intérêt à ne pas l'être. Puis, s'il lui faut des témoins, il en trouvera.

– Et qui donc, vicomte? Vous, sans doute?

– Vous-même, monsieur. Le jour où il le voudra, vous nous trahirez. Qu'il vous fasse appeler devant les tribunaux, et que là, sous la foi du serment, on vous adjure, on vous somme de dire la vérité, que répondrez-vous?

Le front de M. de Commarin se rembrunit encore à cette supposition si naturelle. Il délibérait ainsi avec l'honneur si puissant en lui.

– Je sauverais le nom de mes ancêtres, dit-il enfin.

Albert secoua la tête d'un air de doute.

– Au prix d'un faux serment, mon père, dit-il, c'est ce que je ne croirai jamais. Supposons-le pourtant. Alors il s'adressera à madame Gerdy.

– Oh ! je puis répondre d'elle ! s'écria le comte. Son intérêt la fait notre alliée. Au besoin je la verrai. Oui, ajouta-t-il avec effort, j'irai chez elle, je lui parlerai, et je vous garantis qu'elle ne nous trahira pas.

– Et Claudine, continua le jeune homme, se taira-t-elle aussi ?

– Pour de l'argent, oui, et je lui donnerai ce qu'elle voudra.

– Et vous vous fiez, mon père, à un silence payé, comme si on pouvait être sûr d'une conscience achetée. Qui s'est vendu à vous peut se vendre à un autre. Une certaine somme lui fermera la bouche, une plus forte la lui fera ouvrir.

– Je saurai l'effrayer.

– Vous oubliez, mon père, que Claudine Lerouge a été la nourrice de monsieur Gerdy, qu'elle s'intéresse à son bonheur, qu'elle l'aime. Savez-vous s'il ne s'est pas assuré son concours ? Elle demeure à Bougival, j'y suis allé, je me le rappelle, avec vous. Sans doute, il la voyait souvent ; c'est peut-être elle qui l'a mis sur la trace de votre correspondance. Il m'a parlé d'elle en homme bien certain de son témoignage. Il m'a presque proposé d'aller me renseigner près d'elle.

– Hélas ! s'écria le comte, que n'est-ce Claudine qui est morte, à la place de mon fidèle Germain !

– Vous le voyez, monsieur, conclut Albert, Claudine Lerouge seule rendrait vains tous vos projets.

– Eh bien ! non ! s'écria M. de Commarin, je trouverai un expédient !…

L'entêté gentilhomme ne voulait pas se rendre à l'évidence dont les clartés l'aveuglaient. Depuis une heure il divaguait absolument et divaguait de bonne foi. L'orgueil de son sang paralysait en lui un bon sens pratique très exercé et obscurcissait une lucidité remarquable. S'avouer vaincu par une nécessité de la vie l'humiliait et lui paraissait honteux, indigne de lui. Il ne se souvenait pas d'avoir en sa longue carrière rencontré de résistance invincible ni d'obstacle absolu.

Il était un peu comme ces hercules qui, n'ayant pas expérimenté la limite de leurs forces, se persuadent qu'ils soulèveraient des montagnes, si la fantaisie leur en venait.

Il avait aussi le malheur de tous les hommes d'imagination qui s'éprennent de leurs chimères, qui prétendent toujours les faire triompher, comme s'il suffisait de vouloir fortement pour changer les rêveries en réalités.

C'est Albert, cette fois, qui rompit un silence dont la durée menaçait de se prolonger.

– Je crois m'être aperçu, monsieur, dit-il, que vous redoutez surtout la publicité de cette lamentable histoire. Le scandale possible vous désespère. Eh bien, c'est surtout si nous nous obstinons à lutter que le tapage sera effroyable ! Que demain une instance s'entame, notre procès sera dans quatre jours le sujet de conversation de l'Europe. Les journaux s'empareront des faits, et Dieu sait de quels commentaires ils les accompagneront ! L'hypothèse d'une lutte admise, notre nom, quoi qu'il arrive, traînera dans tous les papiers de l'univers. Si encore nous étions sûrs de gagner ! Mais nous devons perdre, mon père, nous perdrons. Alors, représentez-vous l'éclat ! Songez à la flétrissure imprimée par l'opinion publique !...

– Je songe, dit le comte, que pour parler ainsi il faut que vous n'ayez ni respect ni affection pour moi.

– C'est qu'il est de mon devoir, monsieur, de vous

montrer tous les malheurs que je redoute pendant qu'il est encore temps de les éviter. Monsieur Noël Gerdy est votre fils légitime, reconnaissez-le, accueillez ses justes prétentions. Qu'il vienne… Nous pouvons, à bas bruit, faire rectifier les états civils. Il sera facile de mettre l'erreur sur le compte d'une nourrice, de Claudine Lerouge, par exemple. Toutes les parties étant d'accord, il n'y aura pas la moindre objection. Alors, qui empêche le nouveau vicomte de Commarin de quitter Paris, de se faire perdre de vue ? Il peut voyager en Europe pendant quatre ou cinq ans ; au bout de ce temps tout sera oublié et personne ne se souviendra plus de moi.

M. de Commarin n'écoutait pas, il réfléchissait.

– Mais au lieu de lutter, vicomte ! s'écria-t-il, on peut transiger ! Ces lettres, on peut les racheter. Que veut-il, ce jeune homme ? une position et de la fortune. Je lui assurerai l'une et l'autre. Je le ferai aussi riche qu'il l'exigera. Je lui donnerai un million, s'il le faut, deux, trois, la moitié de ce que je possède. Avec de l'argent, voyez-vous, beaucoup d'argent !…

– Épargnez-le, monsieur, il est votre fils.

– Malheureusement ! et je le voudrais aux cinq cents diables ! Je me montrerai, il transigera. Je lui prouverai que, pot de terre, il a tort de lutter contre le pot de fer, et s'il n'est pas un sot, il comprendra.

Le comte se frottait les mains en parlant. Il était ravi de cette belle idée de transaction. Elle ne pouvait manquer de réussir ; une foule d'arguments se présentaient à son esprit pour le lui prouver. Il allait donc acheter sa tranquillité perdue.

Mais Albert ne semblait pas partager les espérances de son père.

– Vous allez peut-être m'en vouloir, monsieur, dit-il

d'un ton triste, de vous arracher cette illusion dernière; mais il le faut. Ne vous bercez pas de ce songe d'un arrangement amiable, le réveil vous serait trop cruel. J'ai vu monsieur Gerdy, mon père, et ce n'est pas, je vous l'affirme, un de ces hommes qu'on intimide. S'il est une nature énergique, c'est la sienne. Il est bien votre fils, celui-là, et son regard, comme le vôtre, annonce une volonté de fer qu'on brise, mais qui ne fléchit pas. J'entends encore sa voix frémissante de ressentiment, tandis qu'il me parlait; je vois encore le feu sombre de ses yeux. Non, il ne transigera pas. Il veut tout ou rien, et je ne puis dire qu'il a tort. Si vous résistez, il vous attaquera sans que nulle considération l'en empêche. Fort de ses droits, il s'attachera à vous avec le plus terrible acharnement, il vous traînera de juridiction en juridiction, il ne s'arrêtera qu'après une défaite définitive ou un triomphe complet.

Habitué à l'obéissance absolue, presque passive, de son fils, le vieux gentilhomme s'étonnait de cette opiniâtreté inattendue.

– Où voulez-vous en venir? demanda-t-il.

– À ceci, monsieur, que je me mépriserais, si je n'épargnais pas les plus grandes calamités à votre vieillesse. Votre nom ne m'appartient pas, je reprendrai le mien. Je suis votre fils naturel, je céderai la place à votre fils légitime. Permettez-moi de me retirer avec les honneurs du devoir librement accompli; souffrez que je n'attende pas un arrêt du tribunal qui me chasserait honteusement.

– Quoi! dit le comte abasourdi, vous m'abandonnez, vous renoncez à me soutenir, vous vous tournez contre moi, vous reconnaissez les droits de cet autre malgré mes volontés?…

Albert s'inclina. Il était réellement très beau d'émotion et de fermeté.

– Ma résolution est irrévocablement arrêtée, répondit-il, je ne consentirai jamais à dépouiller votre fils.

– Malheureux ! s'écria M. de Commarin, fils ingrat !...

Sa colère était telle que, dans son impuissance à la traduire par des injures, il passa sans transition à la raillerie.

– Mais non ! continua-t-il, vous êtes grand, vous êtes noble, vous êtes généreux. C'est très chevaleresque ce que vous faites là, vicomte ; je veux dire : cher monsieur Gerdy, et tout à fait dans le goût des hommes de Plutarque. Ainsi, vous renoncez à mon nom, à ma fortune, et vous partez. Vous allez secouer la poussière de vos souliers sur le seuil de mon hôtel et vous lancer dans le monde. Je ne vois pour vous qu'une difficulté : comment vivrez-vous, monsieur le philosophe stoïque ? Auriez-vous un état au bout des doigts, comme l'Émile du sieur Jean-Jacques ? ou bien, excellent monsieur Gerdy, avez-vous réalisé des économies sur les quatre mille francs que je vous allouais par mois pour votre cire à moustache ? Vous avez peut-être gagné à la Bourse. Ah çà ! mon nom vous semblait donc furieusement lourd à porter, que vous le jetiez là avec tant d'empressement ! La boue a donc pour vous bien des attraits que vous descendez si vite de voiture ! Ne serait-ce pas plutôt que la compagnie de mes pairs vous gêne et que vous avez hâte de dégringoler pour trouver des égaux !

– Je suis bien malheureux, monsieur, répondit Albert à cette avalanche d'injures, et vous m'accablez.

– Vous, malheureux ! À qui la faute ? Mais j'en reviens à ma question : comment et de quoi vivrez-vous ?

– Je ne suis pas si romanesque qu'il vous plaît de le dire, monsieur. Je dois avouer que, pour l'avenir, j'ai compté sur vos bontés. Vous êtes si riche que cinq cent mille francs ne diminueront pas sensiblement votre fortune, et, avec les revenus de cette somme, je vivrais tranquille, sinon heureux.

– Et si je vous refusais cet argent ?…

– Je vous connais assez, monsieur, pour savoir que vous ne le ferez pas. Vous êtes trop juste pour vouloir que j'expie seul des torts qui ne sont pas les miens. Livré à moi-même, j'aurais, à l'âge que j'ai, une position. Il est tard pour m'en créer une. J'y tâcherai pourtant…

– Superbe, interrompit le comte, il est superbe. Jamais on n'a ouï parler d'un pareil héros de roman. Quel caractère ! C'est du Romain tout pur, du Spartiate endurci. C'est beau comme toute l'antiquité. Cependant, dites-moi, qu'attendez-vous de ce surprenant désintéressement ?

– Rien, monsieur.

Le comte haussa les épaules en regardant ironiquement son fils.

– La compensation est mince, fit-il. Est-ce à moi que vous pensez faire accroire cela ? Non, monsieur, on ne commet pas de si belles actions pour son plaisir. Vous devez avoir, pour agir si magnifiquement, quelque raison qui m'échappe.

– Aucune autre que celles que je vous ai dites.

– Ainsi, c'est entendu, vous renoncez à tout. Vous abandonnez même vos projets d'union avec mademoiselle Claire d'Arlange. Vous oubliez ce mariage auquel pendant deux ans je vous ai vainement conjuré de renoncer.

– Non, monsieur. J'ai vu mademoiselle Claire, je lui ai expliqué ma situation cruelle : quoi qu'il arrive, elle sera ma femme, elle me l'a juré.

– Et vous pensez que madame d'Arlange donnera sa petite-fille au sieur Gerdy ?

– Nous l'espérons, monsieur. La marquise est assez entichée de noblesse pour préférer le bâtard d'un gentilhomme au fils de quelque honorable industriel. Si cependant elle refusait, eh bien ! nous attendrions sa mort sans la désirer.

Le ton toujours calme d'Albert transportait le comte de Commarin.

– Et ce serait là mon fils ! s'écria-t-il ; jamais ! Quel sang, monsieur, avez-vous donc dans les veines ? Seule, votre digne mère pourrait le dire, si elle le sait elle-même toutefois…

– Monsieur, interrompit Albert d'un ton menaçant, monsieur, mesurez vos paroles ! Elle est ma mère, et cela suffit. Je suis son fils, et non son juge. Personne, devant moi, ne lui manquera de respect, je ne le permettrai pas, monsieur. Je le souffrirai moins de vous que de tout autre !

Le comte faisait vraiment des efforts héroïques pour ne pas se laisser emporter par sa colère hors de certaines limites. L'attitude d'Albert le jeta hors de lui. Quoi ! il se révoltait, il osait le braver en face, il le menaçait ! Le vieillard s'élança de son fauteuil et marcha sur son fils comme pour le frapper.

– Sortez ! criait-il d'une voix étranglée par la fureur, sortez ! Retirez-vous dans votre appartement et gardez-vous d'en sortir sans mes ordres. Demain je vous ferai connaître mes volontés.

Albert salua respectueusement, mais sans baisser les

yeux, et gagna lentement la porte. Il l'ouvrait déjà, quand M. de Commarin eut un de ces retours si fréquents chez les natures violentes.

– Albert, dit-il, revenez, écoutez-moi.

Le jeune homme se retourna, singulièrement touché de ce changement de ton.

– Vous ne sortirez pas, reprit le comte, sans que je vous aie dit ce que je pense. Vous êtes digne d'être l'héritier d'une grande maison, monsieur. Je puis être irrité contre vous, je ne puis pas ne vous pas estimer. Vous êtes un honnête homme. Albert, donnez-moi votre main.

Ce fut un doux moment pour ces deux hommes, et tel qu'ils n'en avaient guère rencontré dans leur vie réglée par une triste étiquette. Le comte se sentait fier de ce fils, et il se reconnaissait en lui tel qu'il était à cet âge. Pour Albert, le sens de la scène qu'il venait d'avoir avec son père éclatait à ses yeux ; il lui avait jusqu'alors échappé. Longtemps leurs mains restèrent unies, sans qu'ils eussent la force, ni l'un ni l'autre, de prononcer une parole.

Enfin, M. de Commarin revint prendre sa place sous le tableau généalogique.

– Je vous demanderai de me laisser, Albert, reprit-il doucement. J'ai besoin d'être seul pour réfléchir, pour tâcher de m'accoutumer au coup terrible.

Et comme le jeune homme refermait la porte, il ajouta, répondant à ses plus secrètes pensées :

– Si celui-ci me quitte, en qui j'ai mis tout mon espoir, que deviendrai-je, ô mon Dieu ! Et que sera l'autre !…

Les traits d'Albert, lorsqu'il sortit de chez le comte, portaient la trace des violentes émotions de la soirée.

Les domestiques devant lesquels il passa y firent d'autant plus attention qu'ils avaient entendu quelques éclats de la querelle.

– Bon ! disait un vieux valet de pied depuis trente ans dans la maison, monsieur le comte vient encore de faire une scène pitoyable à son fils. Il est enragé, ce vieux-là !

– J'avais eu vent de la chose pendant le dîner, reprit un valet de chambre ; monsieur le comte se tenait à quatre pour ne pas parler devant le service, mais il roulait des yeux furibonds.

– Que diable peut-il y avoir entre eux ?

– Est-ce qu'on sait ? des bêtises, des riens, quoi ! Monsieur Denis, devant qui ils ne se cachent pas, m'a dit que souvent ils se chamaillent des heures entières, comme des chiens, pour des choses qu'il ne comprend même pas.

– Ah ! s'écria un jeune drôle qu'on dressait pour l'avenir au service des appartements, c'est moi qui, à la place de monsieur le vicomte, remercierais mon père un peu proprement.

– Joseph, mon ami, fit sentencieusement le valet de pied, vous n'êtes qu'un sot. Que vous envoyiez promener votre papa, vous, c'est tout naturel, vous n'attendez pas cinq sous de lui et vous savez déjà gagner votre pain sans travailler, mais monsieur le vicomte ! Sauriez-vous me dire à quoi il est bon et ce qu'il sait faire ? Mettez-le-moi au milieu de Paris avec ses deux belles mains pour capital, et vous verrez…

– Tiens ! il a le bien de sa mère, riposta Joseph, qui était normand.

– Enfin, reprit le valet de chambre, je ne sais pas de quoi monsieur le comte peut se plaindre, vu que son fils est un modèle à ce point que je ne serais pas fâché d'en avoir un pareil. C'était une autre paire de manches quand j'étais chez le marquis de Courtivois. En voilà un qui avait le droit de n'être pas content tous les matins. Son aîné, qui vient quelquefois ici, étant l'ami de monsieur le vicomte, est un vrai puits sans fond pour l'argent. Il vous grille un billet de mille plus lestement que Joseph une pipe.

– Le marquis n'est pourtant pas riche, fit un petit vieux qui devait placer ses gages à la quinzaine ; qu'est-ce qu'il peut avoir ? Une soixantaine de mille livres de rentes, au plus, au plus.

– C'est justement pour cela qu'il enrage. Tous les jours, c'est de nouvelles histoires au sujet de son aîné. Il a un appartement en ville, il rentre ou ne rentre pas, il passe les nuits à jouer et à boire, il fait une telle vie de polichinelle avec des actrices que la police est obligée de s'en mêler. Sans compter que moi qui vous parle, j'ai été plus de cent fois forcé d'aider à le monter dans sa chambre et à le coucher, quand des garçons de restaurant le ramenaient à l'hôtel dans un fiacre, saoul à ne pas pouvoir dire : pain.

– Bigre ! s'exclama Joseph enthousiasmé, son service doit être crânement agréable, à cet homme-là.

– C'est selon. Quand il a gagné à la bouillotte[1], il se déboutonne volontiers d'un louis, mais il perd toujours, et quand il a bu il a la main prompte. Il faut lui rendre cette justice qu'il a des cigares fameux. Enfin, c'est un bandit, quoi ! tandis que monsieur le vicomte est une vraie fille pour la sagesse. Il est sévère pour les manquements, c'est vrai, mais pas rageur ni brutal avec

1. Jeu de cartes. *(N.d.E.)*

les gens. Ensuite il est généreux régulièrement, ce qui est plus sûr. Je dis donc qu'il est meilleur que le plus grand nombre et que monsieur le comte n'a pas raison.

Tel était le jugement des domestiques. Celui de la société était peut-être moins favorable.

Le vicomte de Commarin n'était pas de ces êtres banals qui jouissent du privilège assez peu enviable et dans tous les cas peu flatteur de plaire à tout le monde. Il est sage de se défier de ces personnages surprenants qu'exaltent les louanges unanimes. En y regardant de près, on découvre souvent que l'homme à succès et à réputation n'est qu'un sot, sans autre mérite que son insignifiance parfaite. La sottise convenable qui n'offusque personne, la médiocrité de bon ton qui n'effarouche aucune vanité ont surtout le don de plaire et de réussir.

Il est de ces individus qu'on ne peut rencontrer sans se dire : je connais ce visage-là, je l'ai déjà vu quelque part ; c'est qu'ils ont la vulgaire physionomie de la masse. Bien des gens sont ainsi au moral. Parlent-ils ? on reconnaît leur esprit, on les a déjà entendus, on sait leurs idées par cœur. Ceux-là sont bien accueillis partout, parce qu'ils n'ont rien de singulier, et que la singularité, surtout dans les classes élevées, irrite et offense. On hait tout ce qui est différent.

Albert était singulier, par suite très discuté et très diversement jugé. On lui reprochait les choses les plus opposées, et des défauts si contradictoires qu'ils semblaient s'exclure. On lui trouvait, par exemple, des idées bien avancées pour un homme de son rang, et en même temps on se plaignait de sa morgue. On l'accusait de traiter avec une légèreté insultante les questions les plus sérieuses, pendant qu'on blâmait son affectation de gravité. On s'entendait assez bien cependant pour ne l'aimer guère, mais on le jalousait et on le craignait.

Il portait dans les salons un air passablement maussade qu'on trouvait du plus mauvais goût. Forcé par ses relations, par son père, de sortir beaucoup, il ne s'amusait pas dans le monde et avait l'impardonnable tort de le laisser deviner. Peut-être avait-il été dégoûté par toutes les avances qui lui avaient été faites, par les prévenances un peu plates qu'on n'épargnait pas au noble héritier d'un des plus riches propriétaires de France. Ayant tout ce qu'il faut pour briller, il le dédaignait et ne prenait nulle peine pour séduire. Terrible grief! il n'abusait d'aucun de ses avantages. Et on ne lui connaissait pas d'aventures.

Il avait eu, dans le temps, disait-on, un goût fort vif pour Mme de Prosny, la plus laide peut-être, la plus méchante à coup sûr des femmes du faubourg, et c'était tout. Les mères ayant une fille à placer l'avaient soutenu autrefois; elles s'étaient tournées contre lui depuis deux ans que son amour pour Mlle d'Arlange était devenu un fait notoire.

Au club on le plaisantait de sa sagesse. Il avait pourtant eu comme les autres ses veines de folies, seulement il s'était promptement dégoûté de ce qu'on est convenu d'appeler le plaisir. Le métier si noble de viveur lui avait paru très insipide et fatigant. Il n'estimait pas qu'il soit plaisant de passer les nuits à manier des cartes et il n'appréciait aucunement la société des quelques femmes faciles qui, à Paris, font un nom à leur amant. Il disait qu'un gentilhomme n'est pas ridicule pour ne pas s'afficher avec des drôlesses dans les avant-scènes. Enfin, jamais ses amis n'avaient pu lui inoculer la passion des chevaux de courses.

Comme l'oisiveté lui pesait, il avait essayé ni plus ni moins qu'un parvenu de donner par le travail un sens à sa vie. Il comptait plus tard prendre part aux affaires publiques, et comme souvent il avait été frappé de la crasse ignorance de certains hommes qui arrivent au pouvoir, il ne voulait pas leur ressembler. Il s'occupait de politique, et c'était la cause de toutes ses querelles avec son père. Le seul mot de libéral faisait tomber le comte en convulsions, et il soupçonnait son fils de libéralisme depuis certain article publié par le vicomte dans la *Revue des deux mondes*.

Ses idées ne l'empêchaient pas de tenir grandement son rang. Il dépensait le plus noblement du monde le revenu que lui assignait son père et même un peu au-delà. Sa maison, distincte de celle du comte, était ordonnée comme le doit être celle d'un gentilhomme très riche. Ses livrées ne laissaient rien à désirer, et on citait ses chevaux et ses équipages. On se disputait les lettres d'invitation pour les grandes chasses que tous les ans, vers la fin d'octobre, il organisait à Commarin, propriété admirable, entourée de bois immenses.

L'amour d'Albert pour Mlle d'Arlange, amour profond et réfléchi, n'avait pas peu contribué à l'éloigner des habitudes et de la vie des aimables et élégants oisifs ses amis. Un noble attachement est un admirable préservatif. En luttant contre les désirs de son fils, M. de Commarin avait tout fait pour en augmenter l'intensité et la durée. Cette passion contrariée fut pour le vicomte la source des émotions les plus vives et les plus fortes. L'ennui fut banni de son existence.

Toutes ses pensées prirent une direction constante, toutes ses actions eurent un but unique. S'arrête-t-on à regarder à droite et à gauche quand, au bout du chemin, on aperçoit la récompense ardemment souhaitée ? Il s'était juré qu'il n'aurait pas d'autre femme que Claire ; son père repoussait absolument ce mariage ; les péripéties de cette lutte si palpitante pour lui remplissaient ses journées. Enfin, après trois ans de persévérance, il avait triomphé, le comte avait consenti. Et c'est alors qu'il était tout entier au bonheur du succès que Noël était arrivé, implacable comme la fatalité, avec ces lettres maudites.

C'est vers Claire encore que volait la pensée d'Albert en quittant M. de Commarin et en remontant lentement l'escalier qui conduisait à ses appartements. Que faisait-elle à cette heure ? Elle songeait à lui, sans doute. Elle savait que ce soir-là même ou le lendemain au plus tard aurait lieu la crise décisive. Elle devait prier.

En ce moment Albert se sentait brisé, il souffrait. Il avait des éblouissements, la tête lui semblait près d'éclater. Il sonna et demanda du thé.

– Monsieur le vicomte a bien tort de ne pas envoyer chercher le docteur, lui dit son valet de chambre, je devrais désobéir à monsieur et l'aller chercher.

– Ce serait bien inutile, répondit tristement Albert, il ne pourrait rien contre mon mal.

Au moment où le domestique se retirait, il ajouta :

– Ne dites rien à personne que je suis souffrant, Lubin, cela ne sera rien. Si je me trouvais plus indisposé, je sonnerais.

C'est qu'en ce moment, voir quelqu'un, entendre une voix, être obligé de répondre lui paraissait insupportable. Il lui fallait le silence pour s'écouter.

Après les cruelles émotions de son explication avec son père, il ne pouvait songer à dormir. Il ouvrit une des fenêtres de la bibliothèque et s'accouda sur la balustrade.

Le temps s'était remis au beau, et il faisait un clair de lune magnifique. Vus à cette heure, aux clartés douces et tremblantes de la nuit, les jardins de l'hôtel paraissaient immenses. La cime immobile des grands arbres se déroulait comme une plaine immense cachant les maisons voisines. Les corbeilles du parterre, garnies d'arbustes verts, apparaissaient comme de grands dessins noirs, tandis que dans les allées soigneusement sablées scintillaient les débris de coquilles, les petits morceaux de verre et les cailloux polis. À droite, dans les communs, encore éclairés, on entendait aller et venir les domestiques ; les sabots des palefreniers sonnaient sur le bitume de la cour. Les chevaux piétinaient dans les écuries et on distinguait le grincement de la chaîne de leur licol glissant le long des tringles du râtelier. Dans les remises on dételait la voiture qu'on tenait prête toute la soirée pour le cas où le comte voudrait sortir.

Albert avait là, sous les yeux, le tableau complet de sa magnifique existence. Il soupira profondément.

– Fallait-il donc perdre tout cela ? murmura-t-il. Déjà, pour moi seul, je n'aurais pu abandonner sans regrets tant de splendeurs ; le souvenir de Claire m'aura désespéré. N'ai-je pas rêvé pour elle une de ces vies heureuses et exceptionnelles, presque impossibles sans une immense fortune !

Minuit sonna à Sainte-Clotilde, dont il pouvait, en se penchant un peu, apercevoir les flèches jumelles. Il frissonna, il avait froid.

Il referma sa fenêtre et vint s'asseoir près du feu qu'il aviva. Dans l'espoir d'obtenir une trêve de ses pensées, il prit un journal du soir, le journal où était relaté l'assassinat de La Jonchère, mais il lui fut impossible de lire, les lignes dansaient devant ses yeux. Alors il songea à écrire à Claire. Il se mit à table et écrivit :

Ma Claire bien-aimée…

Il lui fut impossible d'aller plus loin ; son cerveau bouleversé ne lui fournissait pas une phrase.

Enfin, à la pointe du jour, la fatigue l'emporta. Le sommeil le surprit sur un divan où il s'était jeté : un sommeil lourd, peuplé de fantômes.

À neuf heures et demie du matin, il fut éveillé en sursaut par le bruit de la porte s'ouvrant avec fracas.

Un domestique entra, tout effaré, si essoufflé d'avoir monté les escaliers quatre à quatre, qu'à peine il pouvait articuler un son.

– Monsieur, disait-il, monsieur le vicomte, vite, partez, cachez-vous, sauvez-vous, les voilà, c'est le…

Un commissaire de police, ceint de son écharpe, parut à la porte de la bibliothèque. Il était suivi de plusieurs hommes, parmi lesquels on apercevait, se faisant aussi petit que possible, le père Tabaret.

Le commissaire s'avança jusqu'à Albert.

– Vous êtes, lui demanda-t-il, Guy-Louis-Marie-Albert de Rhéteau de Commarin ?

– Oui, monsieur.

Le commissaire étendit la main en même temps qu'il prononçait la formule sacramentelle :

– Monsieur de Commarin, au nom de la loi, je vous arrête.

– Moi ! monsieur, moi…

Albert, arraché brusquement à des rêves pénibles,

paraissait ne rien comprendre à ce qui se passait. Il avait l'air de se demander : suis-je bien éveillé ? N'est-ce pas un odieux cauchemar qui se continue ?

Il promenait un regard stupide à force d'étonnement du commissaire de police à ses hommes et au père Tabaret, qui se tenait comme en arrêt devant lui.

– Voici le mandat, ajouta le commissaire en développant un papier.

Machinalement Albert y jeta un coup d'œil.

– Claudine assassinée ! s'écria-t-il.

Et très bas, mais assez distinctement encore pour être entendu du commissaire de police, d'un agent et du père Tabaret, il ajouta :

– Je suis perdu !

Pendant que le commissaire de police remplissait les formalités de l'interrogatoire sommaire qui suit immédiatement toutes les arrestations, les estafiers s'étaient répandus dans l'appartement et procédaient à une minutieuse perquisition. Ils avaient reçu l'ordre d'obéir au père Tabaret, et c'était le bonhomme qui les guidait dans leurs recherches, qui leur faisait fouiller les tiroirs et les armoires, et déranger les meubles. On saisit un assez grand nombre d'objets à l'usage du vicomte, des titres, des manuscrits, une correspondance très volumineuse. Mais c'est avec bonheur que le père Tabaret mit la main sur certains objets qui furent soigneusement décrits dans leur ordre au procès-verbal :

1° Dans la première pièce, servant d'entrée, garnie de toutes sortes d'armes, derrière un divan, un fleuret cassé. Cette arme a une poignée particulière, et comme il ne s'en trouve pas dans le commerce. Elle porte une couronne de comte avec les initiales A.C. Ce fleuret a été brisé par le milieu et le bout n'a pu être retrouvé. Le sieur Commarin interpellé a déclaré ne savoir ce qu'est devenu ce bout;

2° Dans un cabinet servant de vestiaire : un pantalon de drap noir encore humide, portant des traces de boue ou plutôt de terre. Tout un des côtés a des empreintes de mousse verdâtre comme il en vient sur les murs. Il présente sur le devant plusieurs éraillures et une déchirure de dix centimètres environ au genou. Le susdit pantalon n'était pas accroché au porte-manteau, il paraissait avoir été caché entre deux grandes malles pleines d'effets d'habillement;

3° Dans la poche du pantalon ci-dessus décrit a été trouvée une paire de gants gris perle. La paume du gant droit présente une large tache verdâtre produite par de l'herbe ou de la mousse. Le bout des doigts a été comme usé par un frottement. On remarque sur le dos des deux gants des éraillures paraissant avoir été faites par des ongles;

4° Deux paires de bottines, dont une, bien que nettoyée et vernie, encore très humide. Un parapluie récemment mouillé, dont le bout est taché de boue blanche;

5° Dans une vaste pièce dite « la bibliothèque », une boîte de cigares nommés trabucos, et sur la cheminée divers porte-cigare en ambre ou en écume de mer…

Ce dernier article enregistré, le père Tabaret s'approcha du commissaire de police.

– J'ai tout ce que je pouvais désirer, lui dit-il à l'oreille.

– Moi, j'ai fini, répondit le commissaire. Il ne sait pas se tenir, ce garçon. Vous avez entendu? Il s'est vendu du premier coup. Après ça, vous me direz : le manque d'habitude…

– Dans la journée, reprit toujours à voix basse l'agent volontaire, il n'aurait pas été mou comme cela. Mais le matin, réveillé en sursaut !... Il faut toujours servir les gens à jeun, au saut du lit.

– J'ai fait parler trois ou quatre domestiques, leurs dépositions sont singulières...

– Très bien ! on verra. Je cours, moi, trouver monsieur le juge d'instruction, qui attend les pieds dans le feu.

Albert commençait à revenir un peu de la stupeur où l'avait plongé l'entrée du commissaire de police.

– Monsieur, lui demanda-t-il, me sera-t-il permis de dire devant vous quelques mots à monsieur le comte de Commarin ? Je suis victime d'une erreur qui sera vite reconnue...

– Toujours des erreurs ! murmura le père Tabaret.

– Ce que vous me demandez n'est pas possible, répondit le commissaire. J'ai des ordres spéciaux les plus sévères. Vous ne devez désormais communiquer avec âme qui vive. Nous avons une voiture en bas ; si vous voulez descendre...

En traversant le vestibule, Albert put remarquer l'agitation des gens. Ils avaient tous l'air d'avoir perdu la tête. M. Denis donnait des ordres d'une voix brève et impérative. Enfin il crut entendre que le comte de Commarin venait d'être frappé d'une attaque d'apoplexie.

On le porta presque dans le fiacre, qui partit au trot de ses deux petites rosses. Une voiture plus rapide emportait le père Tabaret.

10

Lorsqu'on se risque dans le dédale de couloirs et d'escaliers du Palais de Justice, si l'on monte au troisième étage de l'aile gauche, on arrive à une longue galerie très basse d'étage, mal éclairée par d'étroites fenêtres, et percée de distance en distance de petites portes, assez semblable au corridor d'un ministère ou d'un hôtel garni.

C'est un endroit qu'il est difficile de voir froidement; l'imagination le montre sombre et triste.

Il faudrait le Dante pour composer l'inscription à placer au-dessus des marches qui y conduisent. Du matin au soir, les dalles y sonnent sous les lourdes bottes des gendarmes qui accompagnent les prévenus. On n'y rencontre guère que de mornes figures. Ce sont les parents ou les amis des accusés, les témoins, des agents de police. Dans cette galerie, loin de tous les regards, s'élabore la cuisine judiciaire. Elle est comme la coulisse du Palais de Justice, ce lugubre théâtre où se dénouent, dans de véritable sang, des drames trop réels.

Chacune des petites portes, qui a son numéro peint en noir, ouvre sur le cabinet du juge d'instruction. Toutes ces pièces se ressemblent; qui en connaît une les connaît toutes. Elles n'ont rien de terrible ni de lugubre, et pourtant il est difficile d'y pénétrer sans un serrement de cœur. On y a froid. Les murs semblent humides de toutes les larmes qui s'y sont répandues. On frissonne en songeant aux aveux qui y ont été arrachés, aux confessions qui s'y sont murmurées entrecoupées de sanglots.

Dans le cabinet du juge d'instruction, la justice ne déploie rien de cet appareil dont elle s'entoure plus tard pour frapper l'esprit des masses. Elle y est simple encore et presque disposée à la bienveillance. Elle dit au prévenu : « J'ai de fortes raisons de te croire coupable, mais prouve-moi ton innocence, et je te lâche. »

On pourrait s'y croire dans la première boutique d'affaires venue. Le mobilier y est rudimentaire comme celui de tous les endroits où on ne fait que passer et où s'agitent des intérêts énormes. Qu'importent les choses extérieures à qui poursuit l'auteur d'un crime ou à qui défend sa tête ?

Un bureau chargé de dossiers pour le juge, une table pour le greffier, un fauteuil et quelques chaises, voilà tout l'ameublement de l'antichambre de la cour d'assises. Les murs sont tendus de papier vert ; les rideaux sont verts ; à terre se trouve un méchant tapis de même couleur. Le cabinet de M. Daburon portait le numéro 15.

Dès neuf heures du matin, il y était arrivé et il attendait. Son parti pris, il n'avait pas perdu une minute, comprenant aussi bien que le père Tabaret la nécessité d'agir rapidement. Ainsi, il avait vu le procureur impérial et s'était entendu avec les officiers de la police judiciaire.

Outre le mandat décerné contre Albert, il avait expédié des mandats de comparution immédiate au comte de

Commarin, à Mme Gerdy, à Noël et à quelques gens au service d'Albert.

Il tenait essentiellement à interroger tout ce monde avant d'arriver à l'inculpé.

Sur ses ordres, dix agents s'étaient mis en campagne, et il était là, dans son cabinet, comme un général d'armée qui vient d'expédier ses aides de camp pour engager la bataille et qui espère la victoire de ses combinaisons.

Souvent, à pareille heure, il s'était trouvé dans ce même cabinet avec des conditions identiques. Un crime avait été commis, il pensait avoir découvert le coupable, il avait donné l'ordre de l'arrêter. N'était-ce pas son métier ? Mais jamais il n'avait éprouvé cette trépidation intérieure qui l'agitait. Maintes fois, cependant, il avait lancé des mandats d'amener sans posséder la moitié seulement des indices qui l'éclairaient sur l'affaire présente. Il se répétait cela et ne réussissait pas à calmer une préoccupation anxieuse qui ne lui permettait pas de tenir en place.

Il trouvait que ses gens tardaient bien à reparaître. Il se promenait de long en large, comptant les minutes, tirant sa montre trois fois par quart d'heure pour la comparer à la pendule. Involontairement, lorsqu'un pas résonnait dans la galerie, presque déserte à cette heure, il se rapprochait de l'entrée, s'arrêtait et prêtait l'oreille.

On frappa à la porte. C'était son greffier qu'il avait fait prévenir.

Celui-ci n'avait rien de particulier ; il était long plutôt que grand et très maigre. Ses allures étaient compassées, ses gestes méthodiques, sa figure était aussi impassible que si elle eût été sculptée dans un morceau de bois jaune.

Il avait trente-quatre ans, et depuis treize ans avait écrit successivement les interrogatoires de quatre juges d'instruction. C'est dire qu'il pouvait entendre sans sourciller les choses les plus monstrueuses. Un jurisconsulte spirituel a ainsi défini le greffier : « Plume du juge d'instruction. Personnage qui est muet et qui parle, qui est aveugle et qui écrit, qui est sourd et qui entend. » Celui-ci remplissait le programme, et de plus s'appelait Constant.

Il salua « son juge » et s'excusa sur son retard. Il était à sa tenue de livres, qu'il faisait tous les matins, et il avait fallu que sa femme l'envoyât chercher.

– Vous arrivez encore à temps, lui dit M. Daburon, mais nous allons avoir de la besogne, vous pouvez préparer votre papier.

Cinq minutes plus tard, l'huissier de service introduisait M. Noël Gerdy.

Il entra d'un air aisé, en avocat qui a pratiqué son Palais et en sait les détours. Il ne ressemblait en rien, ce matin, à l'ami du père Tabaret. Encore moins aurait-on pu reconnaître l'amant de Mme Juliette. Il était tout autre, ou plutôt il avait repris son rôle habituel.

C'était l'homme officiel qui se présentait, tel que le connaissaient ses confrères, tel que l'estimaient ses amis, tel qu'on l'aimait dans le cercle de ses relations.

À sa tenue correcte, à sa figure reposée, jamais on ne se serait imaginé qu'après une soirée d'émotions et de violences, après une visite furtive à sa maîtresse, il avait passé la nuit au chevet d'une mourante. Et quelle mourante ! Sa mère, ou du moins la femme qui lui en avait tenu lieu.

Quelle différence entre lui et le juge !

Le juge non plus n'avait pas dormi, mais on le voyait

du reste à son affaissement, à sa mine soucieuse, à ses yeux largement cernés de bistre. Le devant de sa chemise était abominablement froissé, ses manchettes n'étaient pas fraîches. Emportée à la suite des événements, l'âme avait oublié la bête. Le menton bien rasé de Noël s'appuyait sur une cravate blanche irréprochable, son faux col n'avait pas un pli, ses cheveux et ses favoris étaient soigneusement peignés. Il salua M. Daburon et tendit sa citation.

– Vous m'avez fait appeler, monsieur, dit-il ; me voici à vos ordres.

Le juge d'instruction n'était pas sans avoir rencontré le jeune avocat dans les couloirs du Palais ; il le connaissait de vue. Puis il se rappelait avoir entendu parler de maître Gerdy comme d'un homme de talent et d'avenir et dont la réputation commençait à sortir de pair. Il l'accueillit donc en habitué de la boutique – la barrière est si légère entre le parquet et le barreau ! – et il l'invita à s'asseoir.

Les préliminaires de toute audition de témoins terminés, les nom, prénoms, âge, lieu de naissance, etc., enregistrés, le juge, qui suivait son greffier de l'œil pendant qu'il écrivait, se retourna vers Noël.

– On vous a dit, maître Gerdy, commença-t-il, l'affaire à laquelle vous devez l'ennui de comparaître ?

– Oui, monsieur, l'assassinat de cette pauvre vieille, à La Jonchère.

– Précisément, répondit M. Daburon.

Et se souvenant fort à propos de sa promesse au père Tabaret, il ajouta :

– Si la justice est arrivée à vous si promptement, c'est que nous avons trouvé votre nom mentionné souvent dans les papiers de la veuve Lerouge.

– Je n'en suis pas surpris, répondit l'avocat, nous nous intéressions à cette bonne femme, qui a été ma nourrice, et je sais que madame Gerdy lui écrivait assez souvent.

– Fort bien ! Vous allez donc pouvoir nous donner des renseignements.

– Ils seront, je le crains, monsieur, fort incomplets. Je ne sais pour ainsi dire rien de cette pauvre mère Lerouge. Je lui ai été repris de très bonne heure ; et depuis que je suis homme, je ne me suis occupé d'elle que pour lui envoyer de temps à autre quelques secours.

– Vous n'alliez jamais la visiter ?

– Pardonnez-moi. J'y suis allé plusieurs fois, mais je ne restais chez elle que quelques minutes. Madame Gerdy, qui la voyait souvent et à qui elle confiait toutes ses affaires, vous aurait éclairé bien mieux que moi.

– Mais, fit le juge, je compte bien voir madame Gerdy, elle a dû recevoir une citation.

– Je le sais, monsieur, mais il lui est impossible de répondre, elle est au lit, malade…

– Gravement ?

– Si gravement qu'il est prudent, je crois, de renoncer à son témoignage. Elle est atteinte d'une affection qui, au dire de mon ami, le docteur Hervé, ne pardonne jamais. C'est quelque chose comme une inflammation du cerveau, une encéphalite, si je ne m'abuse. Il peut arriver qu'on lui rende la vie, on ne lui rendra pas la raison. Si elle ne meurt pas, elle sera folle.

M. Daburon parut vivement contrarié.

– Voilà qui est bien fâcheux, murmura-t-il. Et vous croyez, mon cher maître, qu'il est impossible de rien obtenir d'elle ?

– Il ne faut même pas y songer. Elle a complètement perdu la tête. Elle était, lorsque je l'ai quittée, dans un état de prostration à faire croire qu'elle ne passera pas la journée.

– Et quand a-t-elle été prise de cette maladie ?

– Hier soir.

– Tout à coup ?

– Oui, monsieur, en apparence, du moins, car pour moi j'ai de fortes raisons de croire qu'elle souffrait depuis au moins trois semaines. Hier donc, en sortant de table, ayant à peine mangé, elle prit un journal, et par un hasard bien regrettable, ses yeux s'arrêtent précisément sur les lignes qui relataient le crime. Aussitôt elle a poussé un grand cri, s'est débattue une seconde sur un fauteuil et a glissé sur le tapis en murmurant : « Oh ! le malheureux ! le malheureux ! »

– La malheureuse ! vous voulez dire.

– Non, monsieur, j'ai bien dit. Évidemment, cette exclamation ne s'adressait pas à ma pauvre nourrice.

Sur cette réponse si grave, faite du ton le plus innocent, M. Daburon leva les yeux sur son témoin. L'avocat baissa la tête.

– Et ensuite ? demanda le juge après un moment de silence pendant lequel il avait pris quelques notes.

– Ces mots, monsieur, sont les derniers prononcés par madame Gerdy. Aidé de notre servante, je l'ai portée dans son lit, le médecin a été appelé, et depuis elle n'a pas repris connaissance. Le docteur, au surplus…

– C'est bien ! interrompit M. Daburon. Laissons cela, au moins pour le moment. Maintenant, vous, maître Gerdy, connaissez-vous des ennemis à la veuve Lerouge ?

– Aucun.

– Elle n'avait pas d'ennemis ? Soit. Et dites-moi, existe-t-il à votre connaissance quelqu'un ayant un intérêt quelconque à la mort de cette pauvre vieille ?

Le juge d'instruction, en posant cette question, avait les yeux sur les yeux de Noël ; il ne voulait pas qu'il pût détourner ou baisser la tête.

L'avocat tressaillit et parut vivement impressionné. Il était décontenancé ; il hésitait comme si une lutte se fût établie en lui.

Enfin, d'une voix qui n'était rien moins que ferme, il répondit :

– Non, personne.

– Est-ce bien vrai ? demanda le juge en imprimant plus de fixité à son regard. Vous ne connaissez personne à qui ce crime profite ou puisse profiter, personne absolument ?

– Je ne sais qu'une chose, monsieur, répondit Noël, c'est qu'il me cause à moi un préjudice irréparable.

Enfin ! pensa M. Daburon, nous voici aux lettres et je n'ai pas compromis ce pauvre Tabaret. Il eût été désagréable de lui causer le moindre chagrin, à ce brave et habile homme.

– Un préjudice à vous, mon cher maître, reprit-il ; vous allez, je l'espère, m'expliquer cela.

Le malaise dont Noël avait donné quelques signes reparut beaucoup plus marqué.

– Je sais, monsieur, répondit-il, que je dois à la justice non seulement la vérité mais encore toute la vérité. Cependant il est des circonstances si délicates que la conscience d'un homme d'honneur y voit un péril. Puis il est bien cruel d'être contraint de soulever le voile qui recouvre des secrets douloureux et dont la révélation peut quelquefois…

M. Daburon interrompit d'un geste. L'accent triste de Noël l'impressionnait. Sachant d'avance ce qu'il allait entendre, il souffrait pour le jeune avocat. Il se retourna vers son greffier.

– Constant ! dit-il avec une certaine inflexion de voix.

Cette intonation devait être un signal, car le long greffier se leva méthodiquement, passa sa plume derrière son oreille et sortit d'un pas mesuré.

Noël parut sensible à la délicatesse du juge d'instruction. Son visage exprima la plus vive reconnaissance, son regard rendit grâce.

– Combien je vous suis obligé, monsieur, dit-il avec un élan contenu, de votre généreuse attention ! Ce que j'ai à dire est pénible, mais devant vous, maintenant, c'est à peine s'il m'en coûtera de parler.

– Soyez sans crainte, reprit le juge, je ne retiendrai de votre déposition, mon cher maître, que ce qui me semblera tout à fait indispensable.

– Je me sens peu maître de moi, monsieur, commença Noël, soyez indulgent pour mon trouble. Si quelque parole m'échappe qui vous semble empreinte d'amertume, excusez-la, elle sera involontaire. Jusqu'à ces jours passés, j'ai cru que j'étais un enfant de l'amour. Je le serais que je ne rougirais pas de l'avouer. Mon histoire est courte. J'avais une ambition honorable, j'ai travaillé. Quand on n'a pas de nom, on doit savoir s'en faire un. J'ai mené la vie obscure, retirée et austère de ceux qui, partis de bien bas, veulent arriver haut. J'adorais celle que je croyais ma mère, j'étais convaincu qu'elle m'aimait. La tache de ma naissance m'avait attiré quelques humiliations, je les méprisais. Comparant mon sort à celui de tant d'autres, je me trouvais encore parmi les privilégiés, quand la Providence a fait tomber entre mes mains toutes les lettres que mon père, le comte de Commarin, écrivait à madame Gerdy au moment de leur liaison. De la lecture de ces lettres, j'ai tiré cette conviction que je ne suis pas ce que je croyais être, que madame Gerdy n'est pas ma mère.

Et sans laisser à M. Daburon le temps de répliquer, il exposa les événements que douze heures plus tôt il racontait au père Tabaret.

C'était bien la même histoire, avec les mêmes circonstances, la même abondance de détails précis et concluants, mais le ton était changé. Autant chez lui la veille le jeune avocat avait été emphatique et violent, autant à cette heure, dans le cabinet du juge d'instruction, il était contenu et sobre d'impressions fortes.

On aurait pu s'imaginer qu'il mesurait son récit à la portée de ses auditeurs, de façon à les frapper également l'un et l'autre, avec une forme différente.

Au père Tabaret, esprit vulgaire, l'exagération de la colère ; à M. Daburon, intelligence supérieure, l'exagération de la modération.

Autant il s'était révolté contre une injuste destinée, autant il semblait s'incliner, armé de résignation devant une aveugle fatalité.

Avec une réelle éloquence et un bonheur rare d'expressions, il exposa sa situation au lendemain de sa découverte, sa douleur, ses perplexités, ses doutes.

Pour étayer sa certitude morale, il fallait un témoignage positif. Pouvait-il espérer celui du comte ou de Mme Gerdy, complices intéressés à taire la vérité ? Non. Mais il comptait sur celui de sa nourrice, pauvre vieille qui l'affectionnait et qui, arrivée au terme de sa vie, était heureuse de décharger sa conscience d'un aussi lourd fardeau. Elle morte, les lettres devenaient comme un chiffon entre ses mains.

Puis il passa à son explication avec Mme Gerdy et fut pour le juge plus prodigue de détails que pour son vieux voisin.

Elle avait, dit-il, tout nié d'abord, mais il donna à entendre que, pressée de questions, accablée par l'évidence, dans un moment de désespoir, elle avait avoué, déclarant toutefois que cet aveu elle le rétracterait et le nierait, étant disposée à tout faire au monde pour que son fils conservât sa belle situation.

De cette scène dataient, au jugement de l'avocat, les premières atteintes du mal auquel succombait l'ancienne maîtresse de son père.

Noël s'étendit encore sur son entrevue avec le vicomte de Commarin.

Même dans sa narration se glissèrent quelques variantes, mais si légères qu'il eût été bien difficile de les lui reprocher. Elles n'avaient rien d'ailleurs de défavorable à Albert.

Il insista, au contraire, sur l'excellente impression qu'il gardait de ce jeune homme.

Il avait reçu sa révélation avec une certaine défiance, il est vrai, mais avec une noble fermeté en même temps et comme un brave cœur prêt à s'incliner devant la justification du droit.

Enfin, il traça un portrait presque enthousiaste de ce rival que n'avaient point gâté les prospérités, qui l'avait quitté sans un regard de rancune, vers lequel il se sentait entraîné, et qui après tout était son frère.

M. Daburon avait écouté Noël avec l'attention la plus soutenue, sans qu'un mot, un geste, un froncement de sourcils trahît ses impressions. Quand il eut terminé :

– Comment, monsieur, observa le juge, avez-vous pu me dire que, dans votre opinion, personne n'avait intérêt à la mort de la veuve Lerouge ?

L'avocat ne répondit pas.

– Il me semble que la position de monsieur le vicomte de Commarin devient presque inattaquable. Madame Gerdy est folle, le comte niera tout, vos lettres ne prouvent rien, Il faut avouer que ce crime est des plus heureux pour ce jeune homme, et qu'il a été commis singulièrement à propos.

– Oh ! monsieur ! s'écria Noël, protestant de toute son énergie, cette insinuation est formidable !…

Le juge interrogea sévèrement la physionomie de l'avocat. Parlait-il franchement, jouait-il une généreuse comédie ? Est-ce que réellement il n'avait jamais eu de soupçons ? Noël ne broncha pas et presque aussitôt reprit :

– Quelles raisons pouvait avoir ce jeune homme de trembler, de craindre pour sa position ! Je ne lui ai pas adressé un mot de menace, même indirect. Je ne me suis pas présenté comme un dépossédé furibond qui veut qu'on lui restitue là, sur-le-champ, tout ce qu'on lui a pris. J'ai exposé les faits à Albert en lui disant : « Voilà : que pensez-vous ? que décidons-nous ? Soyez juge. »

– Et il vous a demandé du temps ?

– Oui. Je lui ai pour ainsi dire proposé de m'accompagner chez la mère Lerouge, dont le témoignage pouvait lever tous ses doutes ; il n'a pas semblé me comprendre. Cependant il la connaissait bien, étant allé chez elle avec le comte qui lui donnait, je l'ai su depuis, beaucoup d'argent.

– Cette générosité ne vous a pas paru singulière ?

– Non.

– Vous expliquez-vous pourquoi le vicomte n'a pas paru disposé à vous suivre ?

– Certainement. Il venait de me dire qu'il voulait avant tout avoir une explication avec son père, absent pour le moment, mais qui devait revenir sous peu de jours.

La vérité, tout le monde le sait et se plaît à le proclamer, a un accent auquel personne ne se trompe. M. Daburon n'avait plus le moindre doute sur la bonne foi de son témoin. Noël continuait avec une candeur ingénue, celle d'un cœur honnête que les soupçons n'ont jamais effleuré de leur aile de chauve-souris :

– Moi, cela me convenait fort, d'avoir immédiatement à traiter avec mon père. Je tenais d'autant plus à laver ce linge sale en famille, que je n'ai jamais désiré qu'un arrangement amiable. Les mains pleines de preuves, je reculerais devant un procès.

– Vous n'auriez pas plaidé ?

– Jamais, monsieur, à aucun prix. Il aurait donc fallu, ajouta-t-il d'un ton fier, pour reprendre un nom qui m'appartient, commencer par le déshonorer ?

Pour le coup, M. Daburon ne put dissimuler une très sincère admiration.

– Voilà un beau désintéressement, monsieur, dit-il.

– Je pense, répondit Noël, qu'il n'est que raisonnable. Oui, au pis aller, je me déciderais à laisser mon titre à Albert. Certes le nom de Commarin est illustre, cependant j'espère que dans dix ans le mien sera plus connu. Seulement j'exigerais de larges compensations. Je n'ai rien, et souvent j'ai été entravé dans ma carrière par de misérables questions d'argent. Ce que madame Gerdy devait à la générosité de mon père a été presque entièrement dissipé. Mon éducation en a absorbé une grande partie, et il n'y a pas longtemps que mon cabinet couvre mes dépenses.

» Nous vivons, madame Gerdy et moi, très modestement ; par malheur, bien que simple dans ses goûts, elle manque d'économie et d'ordre, et jamais on ne s'imaginerait ce qui s'engloutissait dans notre ménage. Enfin, je n'ai rien à me reprocher : advienne que pourra. Sur le premier moment, je n'ai pas su dominer ma colère, mais maintenant je n'ai plus de rancune. En apprenant la mort de ma nourrice, j'ai jeté toutes mes espérances à la mer.

– Et vous avez eu tort, mon cher maître, prononça le juge. Maintenant, c'est moi qui vous le dis : espérez. Peut-être avant la fin de la journée serez-vous rentré en possession de vos droits. La justice, je ne vous le cache pas, croit connaître l'assassin de la veuve Lerouge. À l'heure qu'il est, le vicomte Albert doit être arrêté.

– Quoi ! s'exclama Noël avec une sorte de stupeur, c'est donc vrai !… Je ne m'étais donc pas mépris, monsieur, au sens de vos paroles ! J'avais craint de comprendre…

– Et vous aviez compris, maître Gerdy, interrompit M. Daburon. Je vous remercie de vos sincères et loyales explications, elles facilitent singulièrement ma tâche. Demain, car aujourd'hui mes minutes sont comptées, nous mettrons en règle votre déposition… ensemble, si cela vous convient. Il ne me reste plus qu'à vous demander communication des lettres que vous possédez et qui me sont indispensables.

– Avant une heure, monsieur, vous les aurez, répondit Noël.

Et il sortit, après avoir chaudement exprimé sa gratitude au juge d'instruction.

Moins préoccupé, l'avocat eût aperçu à l'extrémité de la galerie le père Tabaret, qui arrivait à fond de train, empressé et joyeux, comme un porteur de grandes nouvelles qu'il était.

Sa voiture n'était pas arrêtée devant la grille du Palais de Justice que déjà il était dans la cour et s'élançait sous le porche. À le voir grimper, plus leste qu'un cinquième clerc d'avoué le roide escalier qui conduit aux galeries des juges d'instruction, on ne se serait pas douté qu'il était depuis bien des années du mauvais côté de la cinquantaine. Lui-même ne s'en doutait pas. Il ne se souvenait pas d'avoir passé la nuit ; jamais il ne s'était senti si frais, si dispos, si gaillard ; il avait dans les jambes des ressorts d'acier.

Il traversa la galerie en deux sauts et entra comme une balle dans le cabinet du juge d'instruction, bousculant, sans lui demander pardon, lui si poli ! le méthodique greffier, qui revenait de faire quelques douzaines de tours dans la salle des pas perdus.

– Enlevé ! s'écria-t-il dès le seuil, pincé, serré, bouclé, ficelé, emballé, coffré ! Nous tenons l'homme !

Le père Tabaret, plus Tirauclair que jamais, gesticulait avec une si comique véhémence et de si singulières contorsions, que le long greffier eut un sourire que d'ailleurs il se reprocha le soir même en se couchant.

Mais M. Daburon, encore sous le poids de la déposition de Noël, fut choqué de cette joie intempestive qui pourtant lui apportait la sécurité. Il regarda sévèrement le père Tabaret en disant :

– Plus bas, monsieur, plus bas, soyez convenable, modérez-vous.

À tout autre moment, le bonhomme eût été consterné

d'avoir mérité cette mercuriale. Elle glissa sur sa jubilation.

– De la modération, répondit-il, je n'en manque pas, Dieu merci ! et je m'en vante. C'est que jamais on n'a rien vu de pareil. Tout ce que j'avais annoncé, on l'a trouvé. Fleuret cassé, gants gris perle éraillés, porte-cigare, rien n'y manque. On va, monsieur, vous apporter tout cela et bien d'autres choses encore. On a son petit système à soi, et il paraît qu'il n'est pas mauvais. Voilà le triomphe de ma méthode d'induction dont Gévrol fait des gorges chaudes. Je donnerais cent francs pour qu'il fût ici. Mais non, mon Gévrol tient à pincer l'homme aux boucles d'oreilles. Il est, ma foi ! bien capable de mettre la main dessus. C'est un gaillard, Gévrol, un lapin, un fameux ! Combien lui donne-t-on par an, pour son habileté ?…

– Voyons, cher monsieur Tabaret, fit le juge, dès qu'il trouva jour à placer un mot, soyons sérieux, s'il se peut, et procédons avec ordre.

– Bast ! reprit le bonhomme, à quoi bon ! c'est une affaire toisée maintenant. Quand on va nous amener notre homme, montrez-lui seulement les éraillures retirées des ongles de la victime et ses gants à lui, et vous l'assommez. Moi je parie qu'il va tout avouer *hic et nunc*. Oui, je parie ma tête contre la sienne, quoiqu'elle soit bien aventurée. Et encore non, il sauvera son cou ! Ces poules mouillées du jury sont capables de lui accorder les circonstances atténuantes. C'est moi qui lui en donnerais ! Ah ! ces lenteurs perdent la justice ! Si tout le monde était de mon avis, le châtiment des coquins ne traînerait pas si longtemps. Sitôt pris, sitôt pendu. Et voilà.

M. Daburon s'était résigné à laisser passer cette

trombe de paroles. Quand l'exaltation du bonhomme fut un peu usée, il commença seulement à l'interroger. Il eut encore assez de peine à obtenir des détails précis sur l'arrestation, détails que devait confirmer le procès-verbal du commissaire de police.

Le juge parut très surpris en apprenant qu'Albert, à la vue du mandat, avait dit : « Je suis perdu ! »

– Voilà, murmura-t-il, une terrible charge.

– Certes ! reprit le père Tabaret. Jamais, dans son état normal, il n'eût laissé échapper ces mots qui le perdent, en effet. C'est que nous l'avions saisi mal éveillé. Il ne s'était pas couché. Il dormait d'un mauvais sommeil sur un canapé quand nous sommes arrivés. J'avais eu soin de laisser filer en avant et de suivre de très près un domestique dont l'épouvante l'a démoralisé. Tous mes calculs étaient faits. Mais, soyez sans crainte, il trouvera pour son exclamation malheureuse une explication plausible. Je dois ajouter que près de lui, par terre, nous avons trouvé toute froissée la *Gazette de France* de la veille, qui contenait la nouvelle de l'assassinat. Ce sera la première fois qu'un avis dans les journaux aura fait pincer un coupable.

– Oui, murmura le juge devenu pensif, oui, vous êtes un homme précieux, monsieur Tabaret.

Et plus haut il ajouta :

– J'ai pu m'en convaincre, car monsieur Gerdy sort d'ici à l'instant.

– Vous avez vu Noël ! s'écria le bonhomme.

En même temps toute sa vaniteuse satisfaction disparut. Un nuage d'inquiétude voila comme un crêpe sa face rouge et joyeuse.

– Noël, ici ! répéta-t-il.

Et timidement il demanda :

– Et sait-il ?

– Rien, répondit M. Daburon. Je n'ai pas eu besoin de vous faire intervenir. Ne vous ai-je pas d'ailleurs promis une discrétion absolue ?

– Tout va bien ! s'écria le père Tabaret. Et que pense monsieur le juge de Noël ?

– C'est, j'en suis sûr, un noble et digne cœur, dit le magistrat : une nature à la fois forte et tendre. Les sentiments que je lui ai entendu exprimer ici et qu'il est impossible de révoquer en doute manifestent une élévation d'âme malheureusement exceptionnelle. Rarement dans ma vie, j'ai rencontré un homme dont l'abord m'ait été aussi sympathique. Je comprends qu'on soit fier d'être son ami.

– Quand je le disais à monsieur le juge ! voilà l'effet qu'il a produit à tout le monde. Moi je l'aime comme mon enfant, et quoi qu'il arrive, il aura toute ma fortune. Oui, je lui laisserai tout après moi, comme il est dit sur mon testament déposé chez maître Baron, mon notaire. Il y a aussi un paragraphe pour madame Gerdy, mais je vais le biffer, et vivement !

– Madame Gerdy, monsieur Tabaret, n'aura bientôt plus besoin de rien.

– Elle ! comment cela ? Est-ce que le comte ?...

– Elle est mourante et ne passera sans doute pas la journée, c'est monsieur Gerdy qui me l'a dit.

– Ah ! mon Dieu ! s'écria le bonhomme, que m'apprenez-vous là ! mourante !... Noël va être au désespoir... c'est-à-dire non, puisque ce n'est plus sa mère, que lui importe ! Mourante ! Je l'estimais beaucoup avant de la mépriser. Pauvre humanité ! Il paraît que tous les coupables vont y passer le même jour, car, j'oubliais de vous en informer, au moment où je quittais l'hôtel de Commarin, j'ai entendu un domestique annoncer à un autre que le comte, à la nouvelle de l'arrestation de son fils, avait été frappé d'une attaque.

– Ce serait pour monsieur Gerdy la pire des catastrophes.

– Pour Noël ?

– Je comptais sur la déposition de monsieur de Commarin pour lui rendre, moi, tout ce dont il est si digne. Le comte mort, la veuve Lerouge morte, madame Gerdy mourante ou dans tous les cas folle, qui donc pourra dire si les papiers ont raison ?

– C'est vrai ! murmura le père Tabaret, c'est vrai ! Et je ne voyais pas cela, moi ! Quelle fatalité ! Car je ne me suis pas trompé, j'ai bien entendu…

Il n'acheva pas. La porte du cabinet de M. Daburon s'ouvrit, et le comte de Commarin lui-même parut dans l'encadrement, roide comme un de ces vieux portraits qu'on dirait glacés dans leur bordure dorée.

Le vieux gentilhomme fit un signe de la main, et les deux domestiques qui l'avaient aidé à monter jusqu'à la galerie en le soutenant sous les bras se retirèrent.

11

C'était le comte de Commarin, son ombre plutôt. Sa tête qu'il portait si haut penchait sur sa poitrine, sa taille s'était affaissée, ses yeux n'avaient plus leur flamme, ses belles mains tremblaient. Le désordre violent de sa toilette rendait plus frappant encore le changement qu'il avait subi. En une nuit, il avait vieilli de vingt ans.

Ces vieillards robustes ressemblent à ces grands arbres dont le bois intérieurement s'est émietté et qui ne vivent plus que par l'écorce. Ils paraissent inébranlables, ils semblent défier le temps, un vent d'orage les jette à terre. Cet homme, hier encore si fier de n'avoir jamais plié, était brisé. L'orgueil de son nom constituait toute sa force ; humilié, il se sentait anéanti. En lui tout s'était déchiré à la fois, tous les appuis lui avaient manqué en même temps. Son regard sans chaleur et sans vie disait la morne stupeur de sa pensée. Il présentait si bien l'image la plus achevée du désespoir, que le juge d'instruction, à sa vue, éprouva comme un frisson. Le père Tabaret eut un mouvement d'épouvante ; le greffier lui-même fut ému.

– Constant, dit M. Daburon vivement, allez donc avec monsieur Tabaret chercher des nouvelles à la Préfecture.

Le greffier sortit, suivi du bonhomme, qui s'éloignait bien à regret.

Le comte ne s'était pas aperçu de leur présence; il ne remarqua pas leur sortie.

M. Daburon lui avança un siège; il s'assit.

– Je me sens si faible, dit-il, que je ne saurais rester debout.

Il s'excusait, lui, près d'un petit magistrat!

C'est que nous ne sommes plus précisément au temps si regrettable où la noblesse se croyait bien au-dessus de la loi, et s'y trouvait en effet. Elle est loin, l'année où la duchesse de Bouillon faisait la nique aux messieurs du parlement, où les hautes et nobles empoisonneuses du règne de Louis XIV traitaient avec le dernier mépris les conseillers de la Chambre ardente! Tout le monde respecte la justice aujourd'hui, et la craint un peu, même quand elle n'est représentée que par un simple et consciencieux juge d'instruction.

– Vous êtes peut-être bien indisposé, monsieur le comte, dit le juge, pour me donner des éclaircissements que j'espérais de vous.

– Je me sens mieux, répondit M. de Commarin, je vous remercie Je suis aussi bien que je puis l'être après le coup terrible. En apprenant de quel crime est accusé mon fils et son arrestation, j'ai été foudroyé. Je me croyais fort, j'ai roulé dans la poussière. Mes domestiques m'ont cru mort. Que ne le suis-je, en effet! La vigueur de ma constitution m'a sauvé, à ce que dit mon médecin, mais je crois que Dieu veut que je vive pour que je boive jusqu'à la lie le calice des humiliations.

Il s'interrompit; un flot de sang qui remontait à sa gorge l'étouffait. Le juge d'instruction se tenait debout près de son bureau, n'osant se permettre un mouvement.

Après quelques instants de repos, le comte éprouva un soulagement, car il continua :

– Malheureux que je suis ! ne devais-je pas m'attendre à tout cela ? Est-ce que tout ne se découvre pas, tôt ou tard ! Je suis châtié par où j'ai péché : par l'orgueil. Je me suis cru au-dessus de la foudre et j'ai attiré l'orage sur ma maison. Albert, un assassin ! un vicomte de Commarin à la cour d'assises ! Ah ! monsieur, punissez-moi aussi, car seul j'ai préparé le crime autrefois. Avec moi, quinze siècles de la gloire la plus pure s'éteignent dans l'ignominie.

M. Daburon jugeait impardonnable la conduite du comte de Commarin : aussi s'était-il formellement promis de ne pas lui ménager le blâme.

Il pensait voir arriver un grand seigneur hautain, presque intraitable, et il s'était juré de faire tomber toute sa morgue.

Peut-être le plébéien traité de si haut jadis par la marquise d'Arlange gardait-il, sans s'en douter, un grain de rancune contre l'aristocratie…

Il avait vaguement préparé certaine allocution un peu plus que sévère qui ne pouvait manquer d'atterrer le vieux gentilhomme et de le faire rentrer en lui-même.

Mais voilà qu'il se trouvait en présence d'un si immense repentir, que son indignation se changeait en pitié profonde, et qu'il se demandait comment adoucir cette douleur.

– Écrivez, monsieur, poursuivait le comte avec une exaltation dont on ne l'eût pas cru capable dix minutes plus tôt, écrivez mes aveux sans y retrancher rien. Je n'ai plus besoin de grâce ni de ménagements. Que puis-je craindre désormais ? La honte n'est-elle pas publique ! Ne faudra-t-il pas dans quelques jours que moi, le comte Rhéteau de Commarin, je paraisse devant le tribunal pour proclamer l'infamie de notre maison !

Ah ! tout est perdu, maintenant, même l'honneur ! Écrivez, monsieur, ma volonté est que tout le monde sache que je fus le premier coupable. Mais on saura aussi que déjà la punition avait été terrible, et qu'il n'était pas besoin de cette dernière et mortelle épreuve.

Le comte s'arrêta pour rassembler et condenser ses souvenirs. Il reprit ensuite d'une voix plus ferme et qui trouvait ses vibrations à mesure qu'il parlait :

– À l'âge qu'a maintenant Albert, monsieur, mes parents me firent épouser, malgré mes supplications, la plus noble et la plus pure des jeunes filles. Je l'ai rendue la plus infortunée des femmes. Je ne pouvais l'aimer. J'éprouvais alors la plus vive passion pour une maîtresse qui s'était donnée à moi sage et que j'avais depuis plusieurs années. Je la trouvais adorable de beauté, de candeur et d'esprit. Elle se nommait Valérie. Tout est mort en moi, monsieur ; eh bien ! ce nom, quand je le prononce, me remue encore. Malgré mon mariage, je ne pus me résigner à rompre avec elle. Je dois dire qu'elle le voulait. L'idée d'un partage honteux la révoltait. Sans doute elle m'aimait alors. Nos relations continuèrent. Ma femme et ma maîtresse devinrent mères presque en même temps. Cette coïncidence éveilla en moi l'idée funeste de sacrifier mon fils légitime à mon bâtard. Je communiquai ce projet à Valérie. À ma grande surprise, elle le repoussa avec horreur. En elle déjà l'instinct de la maternité s'était éveillé, elle ne voulait pas se séparer de son enfant. J'ai conservé, comme un monument de ma folie, les lettres qu'elle m'écrivait en ce temps ; je les relisais cette nuit même. Comment ne me suis-je rendu ni à ses raisons ni à ses prières ? C'est que j'étais frappé de vertige. Elle avait comme le pressentiment du malheur qui m'accable aujourd'hui. Mais je vins à Paris, mais j'avais sur elle un empire absolu : je menaçai de la quitter, de ne jamais la revoir, elle céda. Un valet à moi et Claudine Lerouge furent chargés de cette coupable substitution. C'est donc le fils de ma maîtresse qui porte le titre de vicomte de Commarin et qu'on est venu arrêter il y a une heure.

M. Daburon n'espérait pas une déclaration si nette, ni surtout si prompte. Intérieurement il se réjouit pour le jeune avocat, dont les nobles sentiments avaient fait sa conquête.

– Ainsi, monsieur le comte, dit-il, vous reconnaissez que monsieur Noël Gerdy est né de votre légitime mariage et que seul il a le droit de porter votre nom ?

– Oui, monsieur. Hélas ! autrefois je me suis réjoui du succès de mes projets comme de la plus heureuse victoire. J'étais si enivré de la joie d'avoir là, près de moi, l'enfant de ma Valérie, que j'oubliais tout. J'avais reporté sur lui une partie de mon amour pour sa mère, ou plutôt je l'aimais davantage encore, s'il est possible. La pensée qu'il porterait mon nom, qu'il hériterait de tous mes biens, au détriment de l'autre, me transportait de ravissement. L'autre, je le détestais, je ne pouvais le voir. Je ne me souviens pas de l'avoir embrassé deux fois. C'est au point que souvent Valérie, qui était très bonne, me reprochait ma dureté. Un seul mot troublait mon bonheur. La comtesse de Commarin adorait celui qu'elle croyait son fils, sans cesse elle voulait l'avoir sur ses genoux. Ce que je souffrais en voyant ma femme couvrir de baisers et de caresses l'enfant de ma maîtresse, je ne saurais l'exprimer. Autant que je le pouvais, je l'éloignais d'elle, et elle, ne pouvant comprendre ce qui se passait en moi, s'imaginait que je faisais tout pour empêcher son fils de l'aimer. Elle mourut, monsieur, avec cette idée qui empoisonna ses derniers jours. Elle mourut de chagrin, mais, comme les saintes, sans une plainte, sans un murmure, le pardon sur les lèvres et dans le cœur.

Bien que pressé par l'heure, M. Daburon n'osait interrompre le comte et l'interroger brièvement sur les faits directs de la cause.

Il pensait que la fièvre seule lui donnait cette énergie factice à laquelle, d'un moment à l'autre, pouvait succéder la plus complète prostration; il craignait, si une fois on l'arrêtait, qu'il n'eût plus la force de reprendre.

– Je n'eus pas, continua le comte, une larme pour elle. Qu'avait-elle été dans ma vie? Un chagrin et un remords. Mais la justice de Dieu, en avance sur celle des hommes, allait prendre une terrible revanche. Un jour, on vint m'avertir que Valérie se jouait de moi et me trompait depuis longtemps. Je ne voulus pas le croire d'abord; cela me paraissait impossible, insensé. J'aurais plutôt douté de moi que d'elle. Je l'avais prise dans une mansarde, s'épuisant seize heures pour gagner trente sous; elle me devait tout. J'en avais si bien fait, à la longue, une chose à moi, qu'une trahison d'elle répugnait en quelque sorte à ma raison. Je ne pouvais pas prendre sur moi d'être jaloux. Cependant, je m'informai, je la fis surveiller, je descendis jusqu'à l'épier. On avait dit vrai. Cette malheureuse avait un amant, et elle l'avait depuis plus de dix ans. C'était un officier de cavalerie. Il venait chez elle en s'entourant de précautions. D'ordinaire il se retirait vers minuit, mais il lui arrivait aussi de passer la nuit, et, en ce cas, il s'échappait de grand matin. Envoyé en garnison loin de Paris, il obtenait des permissions pour la venir visiter, et, pendant ces permissions, il restait enfermé chez elle sans bouger. Un soir, mes espions me prévinrent qu'il y était. J'accourus. Ma présence ne la troubla pas. Elle m'accueillit comme toujours en me sautant au cou. Je crus qu'on m'abusait, et j'allais tout lui dire, quand, sur le piano, j'aperçus des gants de daim comme en portent les militaires. Ne voulant pas d'éclat, ne sachant à quel excès pourrait me porter ma colère, je m'enfuis sans prononcer une parole. Depuis, je ne l'ai pas revue. Elle m'a écrit, je n'ai pas ouvert ses lettres. Elle a essayé de pénétrer jusqu'à moi, de se trouver sur mon passage ; en vain : mes domestiques avaient une consigne que pas un n'eût osé enfreindre.

C'était à douter si c'était bien le comte de Commarin, cet homme d'une hauteur glacée, d'une réserve si pleine de dédain qui parlait ainsi, qui livrait sa vie entière sans restrictions, sans réserve, et à qui ? À un inconnu.

C'est qu'il était dans une de ces heures désespérées, proches de l'égarement, où toute réflexion manque, où il faut quand même une issue à l'émotion trop forte.

Que lui importait ce secret si courageusement porté pendant tant d'années ? Il s'en débarrassait comme le misérable qui, accablé par un fardeau trop lourd, le jette à terre sans se soucier où il tombe ni s'il tentera la cupidité des passants.

– Rien, continua-t-il, non, rien n'approche de ce que j'endurai alors. Je tenais à cette femme par le fond de mes entrailles. Elle était comme une émanation de moi-même. En me séparant d'elle, il me semblait que j'arrachais quelque chose de ma propre chair. Je ne saurais dire quelles passions furieuses son souvenir attisait en moi. Je la méprisais et je la désirais avec une égale violence. Je la haïssais et je l'aimais. Et partout j'ai traîné sa détestable image. Rien n'a pu me la faire oublier. Je ne me suis jamais consolé de sa perte. Et ce n'est rien encore. Des doutes affreux m'étaient venus au sujet d'Albert. Étais-je réellement son père ? Comprenez-vous quel supplice était le mien, lorsque je me disais : c'est peut-être à l'enfant d'un étranger que j'ai sacrifié le mien ! Ce bâtard qui s'appelait Commarin me faisait horreur. À mon amitié si vive avait succédé une invincible répulsion. Que de fois, en ce temps, j'ai lutté contre une envie folle de le tuer ! Plus tard, j'ai su maîtriser mon aversion, je n'en ai jamais complètement triomphé. Albert, monsieur, était le meilleur des fils ; néanmoins, il y avait entre lui et moi une barrière de glace qu'il ne pouvait s'expliquer. Souvent j'ai été sur le point de m'adresser aux tribunaux, de tout avouer, de réclamer mon héritier légitime : le respect qu'on doit à son rang m'a retenu. Je reculais devant le scandale. Je m'effrayais pour mon nom du ridicule ou du blâme, et je n'ai pu le sauver de l'infamie.

La voix du vieux gentilhomme expirait sur ces derniers mots. D'un geste désolé, il voila sa figure de ses deux mains. Deux grosses larmes presque aussitôt séchées roulèrent silencieusement le long de ses joues ridées.

Cependant, la porte du cabinet s'entrebâilla, et la tête du long greffier apparut.

M. Daburon lui fit signe de reprendre sa place, et s'adressant à M. de Commarin :

– Monsieur, dit-il d'une voix que la compassion faisait plus douce, aux yeux de Dieu comme aux yeux de la société, vous avez commis une grande faute, et les suites, vous le voyez, sont désastreuses. Cette faute, il est de votre devoir de la réparer autant qu'il est en vous.

– Telle est mon intention, monsieur, et, vous le dirai-je ? mon plus cher désir.

– Vous me comprenez, sans doute, insista M. Daburon.

– Oui, monsieur, répondit le vieillard, oui, je vous comprends.

– Ce sera une consolation pour vous, ajouta le juge, d'apprendre que monsieur Noël Gerdy est digne à tous égards de la haute position que vous allez lui rendre. Peut-être reconnaîtrez-vous que son caractère s'est plus fortement trempé que s'il eût été élevé près de vous. Le malheur est un maître dont toutes les leçons portent. C'est un homme d'un grand talent, et le meilleur et le plus digne que je sache. Vous aurez un fils digne de ses ancêtres. Enfin, nul de votre famille n'a failli, monsieur, le vicomte Albert n'est pas un Commarin.

– Non ! n'est-ce pas ? répliqua vivement le comte. Un Commarin, ajouta-t-il, serait mort à cette heure, et le sang lave tout.

Cette explication du vieux gentilhomme fit profondément réfléchir le juge d'instruction.

– Seriez-vous donc sûr, monsieur, demanda-t-il, de la culpabilité du vicomte ?

M. de Commarin arrêta sur le juge un regard où éclatait l'étonnement.

– Je ne suis à Paris que d'hier soir, répondit-il, et j'ignore tout ce qui a pu se passer. Je sais seulement qu'on ne procède pas à la légère contre un homme dans la situation qu'occupait Albert. Si vous l'avez fait arrêter, c'est qu'évidemment vous avez plus que des soupçons, c'est que vous possédez des preuves positives.

M. Daburon se mordit les lèvres et ne put dissimuler un mouvement de mécontentement. Il venait de manquer de prudence, il avait voulu aller trop vite. Il avait cru l'esprit du comte complètement bouleversé, et il venait d'éveiller sa défiance. Toute l'habileté du monde ne répare pas une pareille maladresse.

Au bout d'un interrogatoire dont on attend beaucoup, elle peut stériliser toutes les combinaisons.

Un témoin sur ses gardes n'est plus un témoin sur lequel on peut compter ; il tremble de se compromettre, mesure la portée des questions et marchande ses réponses.

D'autre part, la justice comme la police est disposée à douter de tout, à tout supposer, à soupçonner tout le monde.

Jusqu'à quel point le comte était-il étranger au crime de La Jonchère ? Évidemment, quelques jours auparavant, bien que doutant de sa paternité, il eût fait les plus grands efforts pour sauver la situation d'Albert. Il y croyait son honneur intéressé, son récit le démontrait.

N'était-il pas un homme à supprimer par tous les moyens un témoignage gênant ? Voilà ce que se disait M. Daburon.

Enfin, il ne voyait pas clairement où se trouvait dans cette affaire l'intérêt du comte de Commarin, et cette incertitude l'inquiétait. De là sa vive contrariété.

– Monsieur, reprit-il plus posément, quand avez-vous été informé de la découverte de votre secret ?

– Hier soir, par Albert lui-même. Il m'a parlé de cette déplorable histoire d'une façon que maintenant je cherche en vain à m'expliquer. À moins que…

Le comte s'arrêta court, comme si sa raison eût été choquée de l'invraisemblance de la supposition qu'il allait formuler.

– À moins que?... interrogea avidement le juge d'instruction.

– Monsieur, dit le comte sans répondre directement, Albert serait un héros, s'il n'était pas coupable.

– Ah! fit vivement le juge, avez-vous donc, monsieur, des raisons de croire à son innocence?

Le dépit de M. Daburon perçait si bien sous le ton de ses paroles, que M. de Commarin pouvait et devait y voir une apparence d'intention injurieuse. Il tressaillit, vivement piqué, et se redressa en disant :

– Je ne suis pas plus maintenant un témoin à décharge que je n'étais un témoin à charge tout à l'heure. Je cherche à éclairer la justice, comme c'est mon devoir, et voilà tout.

Allons, bon! se dit M. Daburon, voici que je l'ai blessé, à présent. Est-ce que je vais aller comme cela de faute en faute!

– Voici les faits, reprit le comte. Hier soir, après avoir parlé de ces maudites lettres, Albert a commencé par me tendre un piège pour savoir la vérité, car il doutait encore, ma correspondance n'étant pas arrivée entière à monsieur Gerdy. Une discussion aussi vive que possible s'est alors élevée entre mon fils et moi. Il m'a déclaré qu'il était résolu à se retirer devant Noël. Je prétendais, moi, au contraire, transiger coûte que coûte. Albert a osé me tenir tête. Tous mes efforts pour l'amener à mes vues ont été superflus. Vainement j'ai essayé de faire vibrer en lui les cordes que je supposais les plus sensibles. Il m'a répété fermement qu'il se retirait malgré moi, se déclarant satisfait, si je consentais à lui assurer une modeste aisance. J'ai encore tenté de le faire revenir en lui démontrant qu'un mariage qu'il souhaite ardemment depuis deux ans manquerait de ce coup; il m'a répondu qu'il s'était assuré l'assentiment de sa fiancée, mademoiselle d'Arlange.

Ce nom éclata comme la foudre aux oreilles du juge d'instruction. Il bondit sur son fauteuil.

Sentant qu'il devenait cramoisi, il prit au hasard sur son bureau un énorme dossier, et, pour dissimuler son trouble, il l'éleva à la hauteur de sa figure comme s'il eût cherché à déchiffrer un mot illisible.

Il commençait à comprendre de quelle tâche il s'était chargé. Il sentait qu'il se troublait comme un enfant, qu'il n'avait ni son calme ni sa lucidité habituels. Il s'avouait qu'il était capable de commettre les plus fortes bévues. Pourquoi s'être chargé de cette instruction? Possédait-il son libre arbitre? Dépendait-il de sa volonté d'être impartial?

Volontiers il eût renvoyé à un autre moment la suite de la déposition du comte; le pouvait-il? Sa conscience de juge d'instruction lui criait que ce serait une maladresse nouvelle. Il reprit donc cet interrogatoire si pénible.

– Monsieur, dit-il, les sentiments exprimés par le vicomte sont fort beaux sans doute, mais ne vous a-t-il pas parlé de la veuve Lerouge?

– Si, répondit le comte qui parut soudain éclairé par le souvenir d'un détail inaperçu; si, certainement.

– Il a dû vous montrer que le témoignage de cette femme rendait impossible une lutte avec monsieur Gerdy?

– Précisément, monsieur, et, écartant la question de bonne foi, c'est là-dessus qu'il se basait pour se refuser à suivre mes volontés.

– Il faudrait, monsieur le comte, me raconter bien exactement ce qui s'est passé entre le vicomte et vous.

Faites donc, je vous prie, un appel à vos souvenirs, et tâchez de me rapporter aussi exactement que possible ses paroles.

M. de Commarin put obéir sans trop de difficulté. Depuis un moment, une salutaire réaction s'opérait en lui. Son sang, fouetté par les insistances de l'interrogatoire, reprenait son cours accoutumé. Son cerveau se dégageait.

La scène de la soirée précédente était admirablement présente à sa mémoire jusque dans ses plus insignifiants détails. Il avait encore dans l'oreille l'intonation des paroles d'Albert, il revoyait sa mimique expressive.

À mesure que s'avançait son récit, vivant de clarté et d'exactitude, la conviction de M. Daburon s'affermissait.

Le juge retournait contre Albert précisément ce qui la veille avait fait l'admiration du comte.

Quelle surprenante comédie ! pensait-il. Tabaret a décidément une double vue. À son incompréhensible audace, ce jeune homme joint une infernale habileté. Le génie du crime lui-même l'inspire. C'est un miracle que nous puissions le démasquer. Comme il avait bien tout prévu et préparé ! Comme cette scène avec son père est merveilleusement combinée pour donner le change en cas d'accident !

» Il n'y a pas une phrase qui ne souligne une intention, qui n'aille au-devant d'un soupçon. Quel fini d'exécution ! Quel soin méticuleux des détails !

» Rien n'y manque, pas même le grand duo avec la femme aimée. A-t-il réellement prévenu Claire ? Probablement !

» Je pourrais le savoir, mais il faudrait la revoir, lui parler ! Pauvre enfant ! aimer un pareil homme ! Mais son plan maintenant saute aux yeux.

» Cette discussion avec le comte, c'est sa planche de salut. Elle ne l'engage à rien et lui permet de gagner du temps.

» Il aurait probablement traîné les choses en longueur, puis il aurait fini par se ranger à l'avis de son père. Il se serait encore fait un mérite de sa condescendance et aurait demandé des récompenses pour sa faiblesse. Et lorsque Noël serait revenu à la charge, il se serait trouvé en face du comte, qui aurait tout nié bravement, qui l'aurait éconduit poliment, et au besoin l'aurait chassé comme un imposteur et un faussaire.

Chose étrange, mais cependant explicable, M. de Commarin, tout en parlant, arrivait précisément aux idées du juge, à des conclusions presque identiques.

Dans le fait, pourquoi cette insistance au sujet de Claudine ? Il se rappelait fort bien que dans sa colère il avait dit à son fils : « On ne commet pas de si belles actions pour son plaisir. » Ce sublime désintéressement s'expliquait.

Lorsque le comte eut terminé :

– Je vous remercie, monsieur, dit M. Daburon. Je ne saurais vous rien dire encore de positif, mais la justice a de fortes raisons de croire que, dans la scène que vous venez de me rapporter, le vicomte Albert jouait en comédien consommé un rôle appris à l'avance.

– Et bien appris, murmura le comte, car il m'a trompé, moi !…

Il fut interrompu par Noël qui entrait, une serviette de chagrin noir à son chiffre sous le bras.

L'avocat s'inclina devant le vieux gentilhomme qui, de son côté, se leva et se retira, par discrétion, à l'extrémité de la pièce.

– Monsieur, dit Noël à demi-voix au juge, vous trouverez toutes les lettres dans ce portefeuille. Je vous demanderai la permission de vous quitter bien vite, l'état de madame Gerdy devient d'heure en heure plus alarmant.

Noël avait quelque peu haussé la voix en prononçant ces derniers mots ; le comte les entendit. Il tressaillit et dut faire un grand effort pour étouffer la question qui de son cœur montait à ses lèvres.

– Il faut pourtant, mon cher maître, que vous m'accordiez une minute, répondit le juge.

M. Daburon quitta alors son fauteuil, et prenant l'avocat par la main il l'amena devant le comte.

– Monsieur de Commarin, prononça-t-il, j'ai l'honneur de vous présenter monsieur Noël Gerdy.

M. de Commarin s'attendait probablement à quelque péripétie de ce genre, car pas un des muscles de son visage ne bougea ; il demeura imperturbable. Noël, lui, fut comme un homme qui reçoit un coup de marteau sur le crâne : il chancela et fut obligé de chercher un point d'appui sur le dossier d'une chaise.

Puis, tous deux, le père et le fils, ils restèrent face à face, abîmés en apparence dans leurs réflexions, en réalité s'examinant avec une sombre méfiance, chacun s'efforçant de saisir quelque chose de la pensée de l'autre.

M. Daburon avait espéré mieux d'un coup de théâtre qu'il méditait depuis l'entrée du comte dans son cabinet. Il se flattait d'amener par cette brusque présentation une scène pathétique très vive qui ne laisserait pas à ses clients le loisir de la réflexion.

Le comte ouvrirait les bras, Noël s'y précipiterait, et la reconnaissance, pour être parfaite, n'aurait plus qu'à attendre la consécration des tribunaux.

La roideur de l'un, le trouble de l'autre déconcertaient ses prévisions. Il se crut obligé à une intervention plus pressante.

– Monsieur le comte, dit-il d'un ton de reproche, vous reconnaissiez, il n'y a qu'un instant, que monsieur Gerdy était votre fils légitime.

M. de Commarin ne répondit pas ; on pouvait douter, à son immobilité, qu'il eût entendu. C'est Noël qui, rassemblant tout son courage, osa parler le premier.

– Monsieur, balbutia-t-il, je ne vous en veux pas…

– Vous pouvez dire : « mon père », interrompit le hautain vieillard d'un ton qui n'avait certes rien d'ému ni rien de tendre.

Puis s'adressant au juge :

– Vous suis-je encore de quelque utilité, monsieur? demanda-t-il.

– Il vous reste, répondit M. Daburon, à écouter la lecture de votre déposition et à signer, si vous trouvez la rédaction conforme. Allez, Constant, ajouta-t-il.

Le long greffier fit exécuter à sa chaise un demi-tour et commença. Il avait une façon à lui toute particulière de bredouiller ce qu'il avait gribouillé. Il lisait très vite, tout d'un trait, sans tenir compte ni des points, ni des virgules, ni des demandes, ni des réponses ; il lisait tant que durait son haleine.

Quand il n'en pouvait plus, il respirait et ensuite repartait de plus belle. Involontairement il faisait songer aux plongeurs qui, de moment en moment, élèvent la tête au-dessus de l'eau, font leur provision d'air et disparaissent. Noël fut le seul à écouter avec attention cette lecture rendue comme à dessein inintelligible. Elle lui apprenait des choses qu'il lui importait de savoir.

Enfin, Constant prononça les paroles sacramentelles : en foi de quoi, etc., qui terminent tous les procès-verbaux de France.

Il présenta la plume au comte, qui signa sans hésitation et sans élever la moindre objection.

Le vieux gentilhomme alors se tourna vers Noël.

– Je ne suis pas bien solide, dit-il ; il faut donc, mon fils – ce mot fut souligné – que vous souteniez votre père jusqu'à sa voiture.

Le jeune avocat s'avança avec empressement. Sa figure rayonnait, pendant qu'il passait le bras de M. de Commarin sous le sien.

Quand ils furent sortis, M. Daburon ne put résister à un mouvement de curiosité.

Il courut à la porte, qu'il entrouvrit, et, tenant le corps en arrière, afin de n'être pas aperçu, il allongea la tête, explorant d'un coup d'œil la galerie.

Le comte et Noël n'étaient pas encore parvenus à l'extrémité. Ils allaient lentement.

Le comte paraissait se traîner pesamment et avec peine ; l'avocat, lui, marchait à petits pas, légèrement incliné du côté du vieillard, et tous ses mouvements étaient empreints de la plus vive sollicitude.

Le juge resta à son poste jusqu'à ce qu'il les eût perdus de vue au tournant de la galerie. Puis il regagna sa place en poussant un profond soupir.

Du moins, pensa-t-il, j'aurai contribué à faire un heureux. La journée ne sera pas complètement mauvaise.

Mais il n'avait pas de temps à donner à ses réflexions ; les heures volaient. Il tenait à interroger Albert le plus promptement possible, et il avait encore à recevoir les dépositions de plusieurs domestiques de l'hôtel de Commarin, et à entendre le rapport du commissaire de police chargé de l'arrestation.

Les domestiques cités, qui depuis longtemps attendaient leur tour, furent, sans retard, introduits successivement. Ils n'avaient guère d'éclaircissements à donner, et pourtant tous les témoignages étaient autant de charges nouvelles. Il était aisé de voir que tous croyaient leur maître coupable.

L'attitude d'Albert depuis le commencement de cette fatale semaine, ses moindres paroles, ses gestes les plus insignifiants furent rapportés, commentés, expliqués.

L'homme qui vit au milieu de trente valets est comme un insecte dans une boîte de verre sous la loupe d'un naturaliste.

Aucun de ses actes n'échappe à l'observation ; à peine peut-il avoir un secret, et encore, si on ne devine quel il est, au moins sait-on lorsqu'il en a un. Du matin au soir il est le point de mire de trente paires d'yeux intéressés à étudier les plus imperceptibles variations de sa physionomie.

Le juge eut donc en abondance ces futiles détails qui ne paraissent rien d'abord, et dont le plus infime peut tout à coup, à l'audience, devenir une question de vie ou de mort.

En combinant les dépositions, en les rapprochant, en les coordonnant, M. Daburon put suivre son prévenu heure par heure, à partir du dimanche matin.

Le dimanche donc, aussitôt après la retraite de Noël, le vicomte avait sonné pour donner l'ordre de répondre à tous les visiteurs qui se présenteraient qu'il venait de partir pour la campagne.

De ce moment, la maison entière s'était aperçue

qu'il était « tout chose », vivement contrarié ou très indisposé.

Il n'était pas sorti de la journée de sa bibliothèque, et s'y était fait servir à dîner. Il n'avait pris à ce repas qu'un potage et un très mince filet de sole au vin blanc.

En mangeant, il avait dit à M. Courtois, le maître d'hôtel : « Recommandez donc au chef d'épicer davantage cette sauce, une autre fois. » Puis il avait ajouté en aparté : « Bast ! À quoi bon ! » Le soir il avait donné congé à tous les gens de son service, en disant : « Allez vous amuser, allez ! » Il avait expressément défendu qu'on entrât chez lui, à moins qu'il ne sonnât.

Le lendemain lundi, il ne s'était levé, lui ordinairement matinal, qu'à midi. Il se plaignait d'un violent mal de tête et d'envies de vomir. Il prit cependant une tasse de thé. Il demanda son coupé ; mais presque aussitôt il le décommanda. Lubin, son valet de chambre, lui avait entendu dire : « C'est trop hésiter », et quelques moments plus tard : « Il faut en finir. » Peu après, il s'était mis à écrire.

Lubin avait été chargé de porter une lettre à Mlle Claire d'Arlange, avec ordre de ne la remettre qu'à elle-même ou à Mlle Schmidt, l'institutrice.

Une seconde lettre, avec deux billets de mille francs, furent confiés à Joseph pour être portés au club. Joseph ne se rappelait plus le nom du destinataire ; ce n'était pas un homme titré.

Le soir, Albert n'avait pris qu'un potage et s'était enfermé chez lui.

Il était debout de grand matin, le mardi. Il allait et venait dans l'hôtel comme une âme en peine, ou comme quelqu'un qui attend avec impatience une chose qui n'arrive pas.

Étant allé dans le jardin, le jardinier lui demanda son avis pour le dessin d'une pelouse. Il répondit : « Vous consulterez monsieur le comte à son retour. » Il avait déjeuné comme la veille.

Vers une heure, il était descendu aux écuries et avait, d'un air triste, caressé Norma, sa jument de prédilection. En la flattant, il disait : « Pauvre bête ! ma pauvre vieille ! » À trois heures, un commissionnaire médaillé s'était présenté avec une lettre.

Le vicomte l'avait prise et ouverte précipitamment. Il se trouvait alors devant le parterre.

Deux valets de pied l'entendirent distinctement dire : « Elle ne saurait résister. » Il était rentré et avait brûlé la lettre au grand poêle du vestibule.

Comme il se mettait à table, à six heures, deux de ses amis, M. de Courtivois et le marquis de Chouzé, forçant la consigne, arrivèrent jusqu'à lui. Il parut on ne peut plus contrarié.

Ces messieurs voulaient absolument l'entraîner dans une partie de plaisir ; il refusa, affirmant qu'il avait un rendez-vous pour une affaire très importante.

Il mangea, à son dîner, un peu plus que les jours précédents. Il demanda même au sommelier une bouteille de château-lafite qu'il but entièrement.

En prenant son café, il fuma un cigare dans la salle à manger, ce qui est contraire à la règle de l'hôtel.

À sept heures et demie, selon Joseph et deux valets de pied, à huit heures seulement, suivant le suisse et Lubin, le vicomte était sorti à pied avec un parapluie.

Il était rentré à deux heures du matin, et avait renvoyé son valet de chambre qui l'attendait, comme c'était son service.

Le mercredi, en entrant chez le vicomte, le valet de

chambre avait été frappé de l'état des vêtements de son maître. Ils étaient humides et souillés de terre, le pantalon était déchiré. Il avait hasardé une remarque; Albert avait répondu d'un ton furieux : « Jetez cette défroque dans un coin en attendant qu'on la donne. » Il paraissait aller mieux ce jour-là. Pendant qu'il déjeunait d'assez bon appétit, le maître d'hôtel lui avait trouvé l'air gai. Il avait passé l'après-midi dans la bibliothèque et avait brûlé des tas de papiers.

Le jeudi, il semblait de nouveau très souffrant. Il avait failli ne pouvoir aller au-devant du comte. Le soir, après sa scène avec son père, il était remonté chez lui dans un état à faire pitié. Lubin voulait courir chercher le médecin, il le lui avait défendu, de même que de dire à personne son indisposition.

Tel est l'exact résumé des vingt grandes pages qu'écrivit le long greffier sans détourner une seule fois la tête pour regarder les témoins en grande livrée qui défilaient.

Ces témoignages, M. Daburon avait su les obtenir en moins de deux heures.

Bien qu'ayant la conscience de l'importance de leurs paroles, tous ces valets avaient la langue extrêmement déliée. Le difficile était de les arrêter une fois lancés. Et pourtant, de tout ce qu'ils disaient, il ressortait clairement qu'Albert était un très bon maître, facile à servir, bienveillant et poli pour ses gens. Chose étrange, incroyable! il s'en trouva trois dans le nombre qui avaient l'air de n'être pas ravis du grand malheur qui frappait la famille. Deux étaient sérieusement attristés, M. Lubin, ayant été l'objet de bontés particulières, n'était pas de ces derniers.

Le tour du commissaire de police était arrivé. En

deux mots, il rendit compte de l'arrestation déjà racontée par le père Tabaret. Il n'oublia pas de signaler ce mot : « Perdu ! » échappé à Albert ; à son sens, c'était un aveu. Il fit ensuite la remise de tous les objets saisis chez le vicomte de Commarin.

Le juge d'instruction examina attentivement tous ces objets, les comparant soigneusement avec les pièces à conviction rapportées de La Jonchère.

Il parut alors plus satisfait qu'il ne l'avait été de la journée.

Lui-même il déposa sur son bureau toutes ces preuves matérielles, et pour les cacher, il jeta dessus trois ou quatre de ces immenses feuilles de papier qui servent à confectionner des chemises pour les dossiers.

La journée s'avançait et M. Daburon n'avait plus que bien juste le temps d'interroger le « prévenu » avant la nuit. Quelle hésitation pouvait le retenir encore ? Il avait entre les mains plus de preuves qu'il n'en faut pour envoyer dix hommes en cour d'assises et de là à la place de la Roquette. Il allait lutter avec des armes si écrasantes de supériorité qu'à moins de folie Albert ne pouvait songer à se défendre. Et pourtant, à cette heure pour lui si solennelle, il se sentait défaillir. Sa volonté faiblissait-elle ? Sa résolution allait-elle l'abandonner ?

Fort à propos il se souvint que depuis la veille il n'avait rien pris, et il envoya chercher en toute hâte une bouteille de vin et des biscuits. Ce n'est point de forces qu'avait besoin le juge d'instruction, mais de courage. Tout en vidant son verre, ses pensées, dans son cerveau, s'arrangèrent en cette phrase étrange : « Je vais donc comparaître devant le vicomte de Commarin. »

À tout autre moment, il aurait ri de cette saillie de

son esprit ; en cet instant, il y voulut voir un avis de la Providence.

Soit, se dit-il, ce sera mon châtiment.

Et, sans se laisser le temps de la réflexion, il donna les ordres nécessaires pour qu'on amenât le vicomte Albert.

12

Entre l'hôtel de Commarin et « le secret » de la prison, il n'y avait pas eu, pour ainsi dire, de transition pour Albert.

Arraché à des songes pénibles par cette rude voix du commissaire, disant : « Au nom de la loi, je vous arrête ! », son esprit jeté hors du possible devait être longtemps à reprendre son équilibre.

Tout ce qui suivit son arrestation lui paraissait flotter à peine distinct, au milieu d'un brouillard épais, comme ces scènes de rêve qu'on joue au théâtre, derrière un quadruple rideau de gaze.

On l'avait interrogé : il avait répondu sans entendre le son de ses paroles. Puis deux agents l'avaient pris sous les bras et l'avaient soutenu pour descendre le grand escalier de l'hôtel. Seul il ne l'eût pu. Ses jambes qui fléchissaient, plus molles que du coton, ne le portaient pas. Une seule chose l'avait frappé : la voix du domestique annonçant l'attaque d'apoplexie du comte. Mais cela aussi, il l'oublia.

On le hissa dans le fiacre qui stationnait dans la cour, au bas du perron, tout honteux de se trouver en pareil endroit, et on l'installa sur la banquette du fond. Deux agents prirent place sur la banquette de devant, tandis qu'un troisième montait sur le siège à côté du cocher. Pendant le trajet, il ne revint pas à la notion exacte de la situation. Il gisait, dans cette sale et graisseuse voiture, comme une chose inerte. Son corps, qui suivait tous les cahots à peine amortis par les ressorts usés, allait ballotté d'un côté sur l'autre, et sa tête oscillait sur ses épaules comme si les muscles de son cou eussent été brisés. Il songeait alors à la veuve Lerouge. Il la revoyait telle qu'elle était lorsqu'il avait suivi son père à La Jonchère. On était au printemps, et les aubépines fleuries du chemin de traverse embaumaient. La vieille femme, en coiffe blanche, était debout sur la porte de son jardinet ; elle avait en parlant l'air suppliant. Le comte l'écoutait avec des yeux sévères, puis tirant de l'or de son porte-monnaie, il le lui remettait.

On le descendit du fiacre comme on l'y avait monté.

Pendant les formalités de l'écrou, dans la salle sombre et puante du greffe, tout en répondant machinalement, il se livrait avec délices aux émotions du souvenir de Claire. C'était dans le temps de leurs premières amours, alors qu'il ne savait pas si jamais il aurait ce bonheur d'être aimé d'elle. Ils se rencontraient chez Mlle de Goëllo. Elle avait, cette vieille fille, un certain salon jonquille célèbre sur la rive gauche, d'un effet extravagant. Sur tous les meubles et jusque sur la cheminée, dans des poses variées, s'étalaient les douze ou quinze chiens d'espèces différentes qui, ensemble ou successivement, l'avaient aidée à traverser les steppes du célibat. Elle aimait à conter l'histoire de ces fidèles, dont l'affection ne trahit jamais. Il y en avait de grotesques et d'affreux. Un surtout, outrageusement gonflé d'étoupe, semblait près d'éclater. Que de fois il en avait ri aux larmes avec Claire !

On le fouillait en ce moment.

À cette humiliation suprême, de mains cyniques se promenant tout le long de son corps, il revint un peu à lui et sa colère s'éveilla.

Mais c'était fini déjà, et on l'entraînait le long des corridors sombres, dont le carreau était gras et glissant. On ouvrit une porte et on le poussa dans une sorte de cellule. Il entendit derrière lui un bruit de ferrures qui s'entrechoquaient et de serrures qui grinçaient.

Il était prisonnier, et, en vertu d'ordres spéciaux, prisonnier au secret.

Immédiatement il éprouva une sensation marquée de bien-être. Il était seul. Plus de chuchotements étouffés à ses oreilles, plus de voix aigres, plus de questions acharnées. Un silence, profond à donner l'idée du néant, se faisait autour de lui. Il lui sembla qu'il était à tout jamais retranché de la société, et il s'en réjouit. Il put croire qu'il lui était donné de subir une épreuve de la tombe. Son corps, aussi bien que son esprit, était accablé de lassitude. Il cherchait à s'asseoir quand il aperçut une maigre couchette, à droite, en face de la fenêtre grillée munie de son abat-jour. Ce lit lui donna autant de joie qu'une planche au nageur qui coule. Il s'y précipita et s'étendit avec délices. Cependant il sentait des frissons. Il défit la grossière couverture de laine, s'en enveloppa et s'endormit d'un sommeil de plomb.

Dans le corridor, deux agents de la police de sûreté, l'un jeune encore, l'autre grisonnant déjà, appliquaient alternativement l'œil et l'oreille au judas pratiqué dans la porte.

Ils épiaient tous les mouvements du prisonnier, regardant et écoutant de toutes leurs forces.

– Dieu ! est-il chiffe, cet homme-là, murmurait le

jeune policier. Quand on n'a pas plus de nerf que cela, on devrait bien rester honnête. En voilà un qui ne songera guère à faire sa tête, le matin de sa toilette ! N'est-ce pas, monsieur Balan ?

– C'est selon, répondit le vieil agent, il faudra voir. Lecoq m'a dit que c'est un rude mâtin.

– Tiens ! voilà monsieur qui arrange son lit et qui se couche ! Voudrait-il dormir, par hasard ? Elle serait bonne, celle-là ! Ce serait la première fois que je verrais ça !

– C'est que vous n'avez eu de relations qu'avec des coquins subalternes, mon camarade. Tous les gredins huppés, et j'en ai serré plus d'un, sont dans ce style. Au moment de l'arrestation, bonsoir, plus personne, le cœur leur tourne. Ils se relèvent le lendemain.

– Ma parole sacrée, on dirait qu'il dort ! Est-ce drôle au moins !

– Sachez, mon cher, ajouta sentencieusement le vieil agent, que rien n'est au contraire si naturel. Je suis sûr que depuis son coup cet enfant-là ne vivait plus ; il avait le feu dans le ventre. Maintenant il sait que son affaire est toisée, et le voilà tranquille.

– Farceur de monsieur Balan ! il appelle cela être tranquille !

– Certainement ! Il n'y a pas, voyez-vous, de plus grand supplice que l'anxiété ; tout est préférable. Si vous aviez seulement dix mille livres de rente, je vous indiquerais un moyen pour en juger. Je vous dirais : Filez à Hombourg et risquez-moi toute votre fortune d'un coup, à rouge et noir. Vous me conteriez après des nouvelles de ce qu'on éprouve tant que la bille tourne. C'est, voyez-vous, comme si l'on tenaillait la cervelle, comme si on vous coulait du plomb fondu dans les os en guise de moelle. C'est si fort que, même quand on a tout perdu, on est content, on est soulagé, on respire. On se dit : ah ! c'est donc fini ! On est ruiné, nettoyé, rasé, mais c'est fini.

– Vrai, monsieur Balan, on croirait que vous avez passé par là.

– Hélas ! soupira le vieux policier, c'est à mon amour pour la dame de pique, amour malheureux, que vous devez l'honneur de regarder en ma compagnie par ce vasistas. Mais notre gaillard en a pour deux heures à faire son somme, ne le perdez pas de vue, je vais fumer une cigarette dans la cour.

Albert dormit quatre heures. Il se sentait, en s'éveillant, la tête plus libre qu'il ne l'avait eue depuis son entrevue avec Noël. Ce fut pour lui un moment affreux que celui où pour la première fois il envisagea froidement sa situation.

– C'est maintenant, murmura-t-il, qu'il s'agit de ne pas se laisser abattre.

Il aurait vivement souhaité voir quelqu'un, parler, être interrogé, s'expliquer. Il eut envie d'appeler.

À quoi bon ! se dit-il, on va sans doute venir.

Il voulut regarder l'heure qu'il était et s'aperçut qu'on lui avait enlevé sa montre. Ce petit détail lui fut extrêmement sensible. On le traitait, lui, comme le dernier des scélérats. Il chercha dans ses poches, elles avaient toutes été scrupuleusement vidées. Il songea alors à l'état dans lequel il se trouvait et, se jetant à bas de la couchette, il répara, autant qu'il était en lui, le désordre de sa toilette. Il rajusta ses vêtements et les épousseta, il redressa son faux col et tant bien que mal refit le nœud de sa cravate. Versant ensuite de l'eau sur le coin de son mouchoir, il le passa sur sa figure, tamponnant ses yeux dont les paupières lui faisaient mal. Enfin, il s'efforça de faire reprendre leur pli à sa barbe et à ses cheveux. Il ne se doutait guère que quatre yeux de lynx étaient fixés sur lui.

– Bon ! murmurait l'apprenti policier, voilà notre coq qui relève la crête et qui lisse ses plumes !

– Je vous disais bien, objecta M. Balan, qu'il n'était qu'engourdi… Chut !… il a parlé, je crois.

Mais ils ne surprirent ni un de ces gestes désordonnés ni une de ces paroles incohérentes qui presque toujours échappent aux faibles que la frayeur agite, ou aux imprudents qui croient à la discrétion des « secrets ». Une fois seulement, le mot « honneur », prononcé par Albert, arriva jusqu'à l'oreille des deux espions.

– Ces mâtins de la haute, grommela M. Balan, ont sans cesse ce mot à la bouche, dans les commencements. Ce qui les tracasse surtout, c'est l'opinion d'une douzaine d'amis et des cent mille inconnus qui lisent la *Gazette des tribunaux*. Ils ne songent à leur tête que plus tard.

Quand les gendarmes arrivèrent pour chercher Albert et le conduire à l'instruction, ils le trouvèrent assis sur le bord de sa couchette, les pieds appuyés sur la barre de fer, les coudes aux genoux et la tête cachée entre ses mains.

Il se leva dès qu'ils entrèrent et fit quelques pas vers eux.

Mais sa gorge était si sèche qu'il comprit qu'il lui serait impossible de parler.

Il demanda un instant, et, revenant vers la petite table du secret, il se versa et but coup sur coup deux grands verres d'eau.

– Je suis prêt ! dit-il aussitôt après.

Et d'un pas ferme, il suivit les gendarmes le long du passage qui conduit au Palais.

M. Daburon était alors au supplice. Il arpentait furieusement son cabinet et attendait son prévenu. Une fois encore, la vingtième depuis le matin, il regrettait de s'être engagé dans cette affaire.

Qu'il soit maudit, pensait-il, l'absurde point d'honneur auquel j'ai obéi ! J'ai beau essayer de me rassurer à force de sophismes, j'ai eu tort de ne me point récuser. Rien au monde ne peut changer ma situation vis-à-vis de ce jeune homme. Je le hais. Je suis son juge, et il n'en est pas moins vrai que très positivement j'ai voulu l'assassiner. Je l'ai tenu au bout de mon revolver : pourquoi n'ai-je pas lâché la détente ? Est-ce que je le sais ? Quelle puissance a retenu mon doigt lorsqu'il suffisait d'une pression presque insensible pour que le coup partît ? Je ne puis le dire. Que fallait-il pour qu'il fût le juge et moi l'assassin ? Si l'intention était punie comme le fait, on devrait me couper le cou. Et c'est dans de pareilles conditions que j'ose l'interroger !…

En repassant devant la porte, il entendit dans la galerie le pas lourd des gendarmes.

– Le voilà, dit-il tout haut.

Et il regagna précipitamment son fauteuil derrière son bureau, se penchant à l'ombre des cartons, comme s'il eût cherché à se cacher.

Si le long greffier eût eu des yeux, il eût assisté à ce singulier spectacle d'un juge plus troublé que le prévenu. Mais il était aveugle, et à ce moment il ne songeait qu'à une erreur de quinze centimes qui s'était glissée dans ses comptes, et qu'il ne pouvait retrouver.

Albert entra le front haut dans le cabinet du juge. Ses traits portaient les traces d'une grande fatigue et de veilles prolongées; il était très pâle, mais ses yeux étaient clairs et brillants.

Les questions banales qui commencent les interrogatoires donnèrent à M. Daburon le temps de se remettre.

Heureusement, dans la matinée, il avait trouvé une heure pour préparer un plan; il n'avait qu'à le suivre.

– Vous n'ignorez pas, monsieur, commença-t-il d'un ton de politesse parfaite, que vous n'avez aucun droit au nom que vous portez?

– Je sais, monsieur, répondit Albert, que je suis le fils naturel de monsieur de Commarin. Je sais de plus que mon père ne pourrait me reconnaître quand il le voudrait, puisque je suis né pendant son mariage.

– Quelle a été votre impression en apprenant cela?

– Je mentirais, monsieur, si je disais que je n'ai pas ressenti un immense chagrin. Quand on est aussi haut que je l'étais, la chute est terrible et bien douloureuse. Pourtant, je n'ai pas eu un seul moment la pensée de contester les droits de monsieur Noël Gerdy. J'étais, comme je le suis encore, décidé à disparaître. Je l'ai déclaré à monsieur de Commarin.

M. Daburon s'attendait à cette réponse, et elle ne pouvait qu'étayer ses soupçons. N'entrait-elle pas dans le système de défense qu'il avait prévu? À lui maintenant de chercher un joint pour désarticuler cette défense dans laquelle le prévenu allait se renfermer comme dans une carapace.

– Vous ne pouviez entreprendre, reprit le juge, d'opposer une fin de non-recevoir à monsieur Gerdy. Vous aviez bien pour vous le comte et votre mère, mais monsieur Gerdy avait pour lui un témoignage qui vous eût fait succomber : celui de la veuve Lerouge.

– Je n'en ai jamais douté, monsieur.

– Eh bien ! reprit le juge en cherchant à voiler le regard dont il enveloppait Albert, la justice suppose que, pour anéantir la seule preuve existante, vous avez assassiné la veuve Lerouge.

Cette accusation terrible, terriblement accentuée, ne changea rien à la contenance d'Albert. Il garda son maintien ferme sans forfanterie ; pas un pli ne parut sur son front.

– Devant Dieu, répondit-il, et sur tout ce qu'il y a de plus sacré au monde, je vous le jure, monsieur, je suis innocent ! Je suis, à cette heure, prisonnier, au secret, sans communication avec le monde extérieur, réduit par conséquent à l'impuissance la plus absolue : c'est en votre loyauté que j'espère pour arriver à démontrer mon innocence.

Quel comédien ! pensait le juge ; se peut-il que le crime ait cette force prodigieuse !

Il parcourait ses dossiers, relisant quelques passages des dépositions précédentes, cornant certaines pages qui contenaient des indications importantes pour lui. Tout à coup il reprit :

– Quand vous avez été arrêté, vous vous êtes écrié : « Je suis perdu ! » Qu'entendiez-vous par là ?

– Monsieur, répondit Albert, je me rappelle, en effet, avoir dit cela. Lorsque j'ai su de quel crime on m'accusait, en même temps que j'étais frappé de consternation, mon esprit a été comme illuminé par un éclair de l'avenir. En moins d'une seconde j'ai entrevu tout ce que ma situation avait d'affreux ; j'ai compris la gravité de l'accusation, sa vraisemblance et les difficultés que j'aurais à me défendre. Une voix m'a crié : « Qui donc avait intérêt à la mort de Claudine ? » Et la conviction de l'imminence du péril m'a arraché l'exclamation que vous dites.

L'explication était plus que plausible, possible et même vraisemblable. Elle avait encore cet avantage d'aller au-devant d'une question si naturelle qu'elle a été formulée en axiome : « Cherche à qui le crime profite. » Tabaret avait prévu qu'on ne prendrait pas le prévenu sans vert[1].

M. Daburon admira la présence d'esprit d'Albert et les ressources de cette imagination perverse.

– En effet, reprit le juge, vous paraissez avoir eu le plus pressant intérêt à cette mort. C'est d'autant plus vrai que nous sommes sûrs, entendez-vous, bien sûrs que le crime n'avait pas le vol pour mobile. Ce qu'on avait jeté à la Seine a été retrouvé. Nous savons aussi qu'on a brûlé tous les papiers. Compromettraient-ils une autre personne que vous ? Si vous le savez, dites-le.

– Que puis-je vous répondre, monsieur ? Rien.

– Êtes-vous allé souvent chez cette femme ?

– Trois ou quatre fois, avec mon père.

– Un des cochers de l'hôtel prétend vous y avoir conduits au moins dix fois.

– Cet homme se trompe. D'ailleurs, qu'importe le nombre des visites ?

– Connaissez-vous la disposition des lieux ? vous les rappelez-vous ?

– Parfaitement, monsieur, il y a deux pièces. Claudine couchait dans celle du fond.

– Vous n'étiez pas un inconnu pour la veuve Lerouge, c'est entendu. Si vous étiez allé frapper un soir à son volet, pensez-vous qu'elle vous eût ouvert ?

1. Au dépourvu. *(N.d.E.)*

– Certes, monsieur, et avec empressement.

– Vous avez été malade, ces jours-ci ?

– Très indisposé, au moins, oui monsieur. Mon corps fléchissait sous le poids d'une épreuve bien lourde pour mes forces. Je n'ai cependant pas manqué de courage !

– Pourquoi avoir défendu à votre valet de chambre Lubin d'aller chercher le médecin ?

– Eh ! monsieur, que pouvait le docteur à mon mal ! Toute sa science m'aurait-elle rendu le fils légitime de monsieur de Commarin ?

– On vous a entendu tenir de singuliers propos. Vous sembliez ne plus vous intéresser à rien de la maison. Vous avez détruit des papiers, des correspondances.

– J'étais décidé à quitter l'hôtel, monsieur : ma résolution vous explique tout.

Aux questions du juge, Albert répondait vivement, sans le moindre embarras, d'un ton assuré. Sa voix, d'un timbre sympathique, ne tremblait pas ; nulle émotion ne la voilait ; elle gardait son éclat pur et vibrant.

M. Daburon crut prudent de suspendre l'interrogatoire. Avec un adversaire de cette force, évidemment il faisait fausse route. Procéder par détail était folie, on n'arriverait ni à l'intimider ni à le faire se couper. Il fallait en venir aux grands coups.

– Monsieur, dit brusquement le juge, donnez-moi bien exactement, je vous prie, l'emploi de votre temps pendant la soirée de mardi dernier, de six heures à minuit.

Pour la première fois, Albert parut se déconcerter. Son regard, qui jusque-là allait droit au juge, vacilla.

– Pendant la soirée de mardi..., balbutia-t-il, répétant la phrase comme pour gagner du temps.

Je le tiens ! pensa Daburon, qui eut un tressaillement de joie. Et tout haut il insista :

– Oui, de six heures à minuit ?

– Je vous avoue, monsieur, répondit Albert, qu'il m'est difficile de vous satisfaire ; je ne suis pas bien sûr de ma mémoire…

– Oh ! ne dites pas cela, interrompit le juge. Si je vous demandais ce que vous faisiez il y a trois mois, tel soir, à telle heure, je concevrais votre hésitation. Mais il s'agit de mardi, et nous sommes aujourd'hui vendredi. De plus, ce jour si proche était le dernier du carnaval, c'était le Mardi gras. Cette circonstance doit aider vos souvenirs.

– Ce soir-là, je suis sorti, murmura Albert.

– Voyons, poursuivit le juge, précisons. Où avez-vous dîné ?

– À l'hôtel, comme à l'ordinaire.

– Non, pas comme à l'ordinaire. À la fin de votre repas, vous avez demandé une bouteille de vin de Bordeaux et vous l'avez vidée. Vous aviez sans doute besoin de surexcitation pour vos projets ultérieurs…

– Je n'avais pas de projets, répondit le prévenu avec une très apparente indécision.

– Vous devez vous tromper. Deux amis étaient venus vous chercher ; vous leur aviez répondu, avant de vous mettre à table, que vous aviez un rendez-vous urgent.

– Ce n'était qu'une défaite polie pour me dispenser de les suivre.

– Pourquoi ?

– Ne le comprenez-vous donc pas, monsieur ? J'étais résigné, mais non consolé. Je m'apprenais à m'accoutumer au coup terrible. Ne cherche-t-on pas la solitude dans les grandes crises de la vie !

– La prévention suppose que vous vouliez rester

seul pour aller à La Jonchère. Dans la journée vous avez dit : « Elle ne saurait résister. » De qui parliez-vous ?

– D'une personne à qui j'avais écrit la veille, et qui venait de me répondre. J'ai dû dire cela ayant encore à la main la lettre qu'on venait de me remettre.

– Cette lettre était donc d'une femme ?

– Oui.

– Qu'en avez-vous fait, de cette lettre ?

– Je l'ai brûlée.

– Cette précaution donne à penser que vous la considériez comme compromettante…

– Nullement, monsieur, elle traitait de questions intimes.

Cette lettre, évidemment, venait de Mlle d'Arlange, M. Daburon en était sûr.

Devait-il néanmoins le demander et s'exposer à entendre prononcer ce nom de Claire, si terrible pour lui ?

Il l'osa, en se penchant beaucoup sur son bureau, de telle sorte que le prévenu ne pouvait l'apercevoir.

– De qui venait cette lettre ? interrogea-t-il.

– D'une personne que je ne nommerai pas.

– Monsieur, fit sévèrement le juge en se redressant, je ne vous dissimulerai pas que votre position est des plus mauvaises. Ne l'aggravez pas par des réticences coupables. Vous êtes ici pour tout dire, monsieur.

– Mes affaires, oui ; celles des autres, non.

Albert fit cette dernière réponse d'un ton sec. Il était étourdi, ahuri, crispé par l'allure pressante et irritante de cet interrogatoire qui ne lui laissait pas le temps de respirer. Les questions du juge tombaient sur sa tête plus dru que les coups de marteau du forgeron sur le fer rouge qu'il se hâte de façonner.

Ce semblant de rébellion de son « prévenu »

inquiéta sérieusement M. Daburon. Il était, en outre, extrêmement surpris de trouver en défaut la perspicacité du vieux policier, absolument comme si Tabaret eût été infaillible.

Tabaret avait prédit un alibi irrécusable, et cet alibi n'arrivait pas. Pourquoi ? Ce subtil coupable avait-il donc mieux que cela ? Quelle ruse gardait-il au fond de son sac ? Sans doute il tenait en réserve quelque coup imprévu, peut-être irrésistible !

Doucement, pensa le juge, je ne le tiens pas encore.

Et vivement, il reprit :

– Poursuivons… Après dîner, qu'avez-vous fait ?

– Je suis sorti.

– Pas immédiatement… La bouteille bue, vous avez fumé dans la salle à manger, ce qui a semblé assez extraordinaire pour être remarqué. Quelle espèce de cigares fumez-vous habituellement ?

– Des trabucos.

– Ne vous servez-vous pas d'un porte-cigare, pour éviter à vos lèvres le contact du tabac ?

– Si, monsieur, répondit Albert, assez surpris de cette série de questions.

– À quelle heure êtes-vous sorti ?

– À huit heures environ.

– Aviez-vous un parapluie ?

– Oui.

– Où êtes-vous allé ?

– Je me suis promené.

– Seul, sans but, toute la soirée ?

– Oui, monsieur.

– Alors, tracez-moi votre itinéraire bien exactement.

– Hélas ! monsieur, cela même m'est fort difficile. J'étais sorti pour sortir, pour me donner du mouvement, pour secouer la torpeur qui m'accablait depuis trois jours. Je ne sais si vous vous rendez un compte exact de ma situation : j'avais la tête perdue. J'ai marché au hasard, le long des quais, j'ai erré dans les rues…

– Tout cela est bien improbable, interrompit le juge.

M. Daburon devait pourtant savoir que cela était du moins possible. N'avait-il pas eu, lui aussi, une nuit de courses folles à travers Paris ? Qu'eût-il répondu à qui lui eût demandé, au matin : « – Où êtes-vous allé ? – Je ne sais », ne le sachant pas, en effet. Mais il avait oublié, et ses angoisses du début étaient bien loin. L'interrogatoire commencé, il avait été pris de la fièvre de l'inconnu. Il se retrempait aux émotions de la lutte ; la passion de son métier le reprenait.

Il était redevenu juge d'instruction, comme ce maître d'escrime qui, faisant des armes avec son meilleur ami, s'enivre au cliquetis du fer, s'échauffe, s'oublie et le tue.

– Ainsi, reprit M. Daburon, vous n'avez rencontré absolument personne qui puisse venir affirmer ici qu'il vous a vu ? Vous n'avez parlé à âme qui vive ? Vous n'êtes entré nulle part, ni dans un café ni dans un théâtre, pas même chez un marchand de tabac pour allumer un de vos trabucos ?

– Je ne suis entré nulle part.

– Eh bien ! monsieur, c'est un grand malheur pour vous, oui, un malheur immense, car je dois vous le dire, c'est précisément pendant cette soirée de mardi, entre huit heures et minuit, que la veuve Lerouge a été assassinée. La justice peut préciser l'heure. Encore une fois, monsieur, dans votre intérêt, je vous engage à réfléchir, à faire un énergique appel à votre mémoire.

L'indication du jour et de l'heure du meurtre parut

consterner Albert. Il porta sa main à son front d'un geste désespéré. C'est cependant d'une voix calme qu'il répondit :

– Je suis bien malheureux, monsieur, mais je n'ai pas de réflexions à faire.

La surprise de M. Daburon était profonde. Quoi ! pas d'alibi ! rien ! Ce ne pouvait être un piège ni un système de défense... Était-ce donc là cet homme si fort ? Sans doute. Seulement il était pris au dépourvu. Jamais il ne s'était imaginé qu'il fût possible de remonter jusqu'à lui. Et pour cela, en effet, il avait fallu quelque chose comme un miracle.

Le juge enlevait lentement et une à une les grandes feuilles de papier qui recouvraient les pièces à conviction saisies chez Albert.

– Nous allons passer, reprit-il, à l'examen des charges qui pèsent sur vous ; veuillez vous approcher. Reconnaissez-vous ces objets pour vous appartenir ?

– Oui, monsieur, tout ceci est à moi.

– Bien. Prenons d'abord ce fleuret. Qui l'a brisé ?

– Moi, monsieur, en faisant assaut avec monsieur de Courtivois, qui pourra en témoigner.

– Il sera entendu. Et qu'est devenu le bout cassé ?

– Je ne sais. Il faudrait sur ce point interroger Lubin, mon valet de chambre.

– Précisément. Il a déclaré avoir cherché ce morceau sans parvenir à le retrouver. Je vous ferai remarquer que la victime a dû être frappée avec un bout de fleuret démoucheté et aiguisé. Ce morceau d'étoffe sur lequel l'assassin a essuyé son arme en est une preuve.

– Je vous prierais, monsieur, d'ordonner, à cet égard, les recherches les plus minutieuses. Il est impossible qu'on ne retrouve pas l'autre moitié de ce fleuret.

– Des ordres seront donnés. Voici, maintenant, calquée sur ce papier, l'empreinte exacte des pas du meurtrier. J'applique dessus une de vos bottines, et la semelle, vous pouvez le voir, s'y adapte avec la dernière précision. Le morceau de plâtre a été coulé dans le creux du talon, vous remarquerez qu'il est en tout pareil à vos propres talons. J'y aperçois même la trace d'une cheville que je rencontre ici.

Albert suivait avec une sollicitude marquée tous les mouvements du juge. Il était manifeste qu'il luttait contre une terreur croissante. Était-il envahi par cette épouvante qui stupéfie les criminels lorsqu'ils sont près d'être confondus? À toutes les remarques du magistrat, il répondait d'une voix sourde :

– C'est vrai, c'est parfaitement vrai.

– En effet, continua M. Daburon; néanmoins, attendez encore avant de vous récrier. Le coupable avait un parapluie. Le bout de ce parapluie s'étant enfoncé dans la terre glaise détrempée, la rondelle de bois ouvragé qui arrête l'étoffe à l'extrémité s'est trouvée moulée en creux. Voici la motte de glaise enlevée avec les plus délicates précautions, et voici votre parapluie. Comparez le dessin des rondelles. Sont-elles semblables, oui ou non?

– Ces choses-là, monsieur, essaya Albert, se fabriquent par quantités énormes.

– Soit, laissons cette preuve. Voyez ce bout de cigare trouvé sur le théâtre du crime, et dites-moi à quelle espèce il appartient et comment il a été fumé?

– C'est un trabucos, et on l'a fumé avec un porte-cigare.

– Comme ceux-ci, n'est-ce pas? insista le juge en montrant les cigares et les bouts d'ambre et d'écume saisis sur la cheminée de la bibliothèque.

– Oui ! murmura Albert ; c'est une fatalité, c'est une coïncidence étrange !

– Patience ! ce n'est rien encore. L'assassin de la veuve Lerouge portait des gants. La victime, dans les convulsions de l'agonie, s'est accrochée aux mains du meurtrier, et des éraillures de peau sont restées entre ses ongles. On les a extraites, et les voici. Elles sont d'un gris perle, n'est-il pas vrai ? Or, on a retrouvé les gants que vous portiez mardi, les voici. Ils sont gris et ils sont éraillés. Comparez ces débris à vos gants. Ne s'y rapportent-ils pas ? N'est-ce pas la même couleur, la même peau ?

Il n'y avait pas à nier, ni à équivoquer, ni à chercher des subterfuges. L'évidence était là, sautant aux yeux. Le fait brutal éclatait. Tout en paraissant s'occuper exclusivement des objets déposés sur son bureau, M. Daburon ne perdait pas de vue le prévenu. Albert était terrifié. Une sueur glacée mouillait son front et glissait en gouttelettes le long de ses joues. Ses mains tremblaient si fort qu'il ne pouvait s'en servir. D'une voix étranglée, il répétait :

– C'est horrible ! horrible !

– Enfin, poursuivit l'inexorable juge, voici le pantalon que vous portiez le soir du meurtre. Il est visible qu'il a été mouillé, et à côté de la boue, il porte des traces de terre. Tenez, ici. De plus, il est déchiré au genou. Que vous ne vous souveniez plus des endroits où vous êtes allé vous promener, je l'admets pour un moment, on peut le concevoir, à la rigueur. Mais à qui ferez-vous entendre que vous ne savez pas où vous avez déchiré votre pantalon et éraillé vos gants ?

Quel courage résisterait à de tels assauts ? La fermeté et l'énergie d'Albert étaient à bout. Le vertige le prenait. Il se laissa tomber lourdement sur une chaise en disant :

– C'est à devenir fou !

– Reconnaissez-vous, insista le juge dont le regard devenait d'une insupportable fixité, reconnaissez-vous que la veuve Lerouge n'a pu être frappée que par vous ?

– Je reconnais, protesta Albert, que je suis victime d'un de ces prodiges épouvantables qui font qu'on doute de sa raison. Je suis innocent.

– Alors, dites où vous avez passé la soirée de mardi ?

– Eh ! monsieur ! s'écria le prévenu, il faudrait…

Mais se reprenant presque aussitôt, il ajouta d'une voix éteinte :

– J'ai répondu comme je pouvais le faire.

M. Daburon se leva, il arrivait à son grand effet.

– C'est donc à moi, dit-il avec une nuance d'ironie, à suppléer à votre défaillance de mémoire. Ce que vous avez fait, je vais vous le rappeler. Mardi soir, à huit heures, après avoir demandé à l'alcool une affreuse énergie, vous êtes sorti de votre hôtel. À huit heures trente-cinq, vous preniez le chemin de fer à la gare de Saint-Lazare ; à neuf heures, vous descendiez à la gare de Rueil, etc., etc.

Et, s'emparant sans vergogne des idées du père Tabaret, le juge d'instruction répéta presque mot pour mot la tirade improvisée la nuit précédente par le bonhomme.

Et il avait tout lieu, en parlant, d'admirer la pénétration du vieil agent. De sa vie son éloquence n'avait produit cette formidable impression. Toutes les phrases, tous les mots portaient. L'assurance déjà ébranlée du prévenu tombait pièce à pièce, pareille à l'enduit d'une muraille qu'on crible de balles.

Albert était, et le juge le voyait, comme un homme qui, roulant au fond d'un précipice, voit céder toutes les branches, manquer tous les points d'appui qui pouvaient retarder sa chute, et qui ressent une nouvelle et plus douloureuse meurtrissure à chacune des aspérités contre lesquelles heurte son corps.

– Et maintenant, conclut le juge d'instruction, écoutez un sage conseil. Ne persistez pas dans un système de négation impossible à soutenir. Rendez-vous ! La justice, persuadez-le-vous bien, n'ignore rien de ce qu'il lui importe de savoir. Croyez-moi : efforcez-vous de mériter l'indulgence du tribunal, entrez dans la voie des aveux.

M. Daburon ne supposait pas que son prévenu osât nier encore. Il le voyait écrasé, terrassé, se jetant à ses pieds pour demander grâce. Il se trompait.

Si grande que parût la prostration d'Albert, il trouva dans un suprême effort de sa volonté assez de vigueur pour se redresser et protester encore.

– Vous avez raison, monsieur, dit-il d'une voix triste, mais cependant ferme, tout semble prouver que je suis coupable. À votre place, je parlerais comme vous le faites. Et pourtant, je le jure, je suis innocent.

– Voyons ! de bonne foi !… commença le juge.

– Je suis innocent, interrompit Albert, et je le répète sans le moindre espoir de changer en rien votre conviction. Oui, tout parle contre moi, tout, jusqu'à ma contenance devant vous. C'est vrai, mon courage a chancelé devant des coïncidences incroyables, miraculeuses, accablantes. Je suis anéanti, parce que je sens l'impossibilité d'établir mon innocence. Mais je ne désespère pas. Mon honneur et ma vie sont entre les mains de Dieu. À cette heure même où je dois vous paraître perdu, car je ne m'abuse pas, monsieur, je ne renonce pas à une éclatante justification. Je l'attends avec confiance…

– Que voulez-vous dire ? interrompit le juge.

– Rien d'autre que ce que je dis, monsieur.

– Ainsi vous persistez à nier ?

– Je suis innocent.

– Mais c'est de la folie…

– Je suis innocent.

– C'est bien, fit M. Daburon, pour aujourd'hui en voilà assez. Vous allez entendre la lecture du procès-verbal et on vous reconduira au secret. Je vous exhorte à réfléchir. La nuit vous inspirera peut-être un bon mouvement ; si le désir de me parler vous venait, quelle que soit l'heure, envoyez-moi chercher, je viendrai. Des ordres seront donnés. Lisez, Constant.

Quand Albert fut sorti avec les gendarmes :

– Voilà, fit le juge à demi-voix, un obstiné coquin !

Certes, il n'avait plus l'ombre d'un doute. Pour lui, Albert était le meurtrier aussi sûrement que s'il eût tout avoué. Persistât-il dans son système de négation quand même, jusqu'à la fin de l'instruction, il était impossible qu'avec les indices existant déjà une ordonnance de non-lieu fût rendue. Il était donc désormais certain qu'il passerait en cour d'assises. Et il y avait cent à parier contre un qu'à toutes les questions le jury répondrait affirmativement.

Cependant, livré à lui-même, M. Daburon n'éprouvait pas cette intime satisfaction non exempte de vanité qu'il ressentait d'ordinaire après une instruction bien menée, lorsqu'il avait réussi à mettre son « prévenu » au point où était Albert. Quelque chose en lui remuait et se révoltait. Au fond de sa conscience, certaines inquiétudes sourdes grouillaient. Il avait triomphé, et sa victoire ne lui donnait que malaise, tristesse et dégoût.

Une réflexion si simple qu'il ne pouvait comprendre comment elle ne lui était pas venue tout d'abord augmentait son mécontentement et achevait de l'irriter contre lui-même.

– Quelque chose me disait bien, murmurait-il, qu'accepter cette affaire était mal. Je suis puni de n'avoir pas écouté cette voix intérieure. Il fallait se récuser. Dans l'état des choses, ce vicomte de Commarin n'en était ni plus ni moins arrêté, emprisonné, interrogé, confondu, jugé certainement et probablement condamné. Mais alors, étranger à la cause, je pouvais reparaître devant Claire. Sa douleur va être immense. Resté son ami, il m'était permis de compatir à sa douleur, de mêler mes larmes aux siennes, de calmer ses regrets. Avec le temps, elle se serait consolée, elle aurait oublié, peut-être. Elle n'aurait pu s'empêcher de m'être reconnaissante, et qui sait… Tandis que maintenant, quoi qu'il arrive, je suis pour elle un objet d'horreur. Jamais elle ne supportera ma vue. Je resterai éternellement pour elle l'assassin de son amant. J'ai, de mes propres mains, creusé entre elle et moi un de ces abîmes que les siècles ne comblent pas. Je la perds une seconde fois par ma faute, par ma très grande faute.

Le malheureux juge s'adressait les plus amers reproches. Il était désespéré. Jamais il n'avait tant haï Albert, ce misérable qui, souillé d'un crime, se mettait en travers de son bonheur. Puis encore, combien il maudissait le père Tabaret ! Seul, il ne se serait pas décidé si vite. Il aurait attendu, mûri sa décision, et certainement reconnu les inconvénients qu'il découvrait à cette heure. Ce bonhomme emporté comme un limier mal dressé, avec sa passion stupide, l'avait enveloppé dans un tourbillon, ahuri, circonvenu, entraîné.

C'est précisément ce favorable quart d'heure que choisit le père Tabaret pour faire son apparition chez le juge.

On venait de lui apprendre la fin de l'interrogatoire, et il arrivait grillant de savoir ce qui s'était passé, haletant de curiosité, le nez au vent, gonflé du doux espoir d'avoir deviné juste.

– Qu'a-t-il répondu ? demanda-t-il avant même d'avoir refermé la porte.

– Il est coupable, évidemment, répondit le juge avec une brutalité bien éloignée de son caractère.

Le père Tabaret demeura tout interdit de ce ton. Lui qui arrivait pour récolter des éloges à panier ouvert ! Aussi est-ce avec une timidité très hésitante qu'il offrit ses humbles services.

– Je venais, dit-il modestement, afin de savoir de monsieur le juge si quelques investigations ne seraient pas nécessaires pour démolir l'alibi invoqué par le prévenu.

– Il n'a pas d'alibi, répondit sèchement le magistrat.

– Comment ! s'écria le bonhomme, il n'a pas d'a... Bête que je suis, ajouta-t-il, monsieur le juge l'a fait mat en trois questions. Il a tout avoué.

– Non, fit avec impatience le juge, il n'avoue rien. Il reconnaît que les preuves sont décisives ; il ne peut donner l'emploi de son temps ; mais il proteste de son innocence.

Au milieu du cabinet, le bonhomme Tabaret, bouche béante, les yeux prodigieusement écarquillés, demeurait debout dans la plus grotesque attitude que puisse affecter l'étonnement.

Littéralement les bras lui tombaient.

En dépit de sa colère, M. Daburon ne put retenir un sourire, et Constant dessina la grimace qui, sur ses lèvres, indique une hilarité atteignant son paroxysme.

– Pas d'alibi ! murmurait le bonhomme, rien, pas d'explications, un pareil coquin ! Cela ne se conçoit ni ne se peut. Pas d'alibi ! Il faut que nous nous soyons mépris ; celui-ci alors ne serait pas le coupable ; ce ne peut être lui, ce n'est pas lui…

Le juge d'instruction pensa que son vieux volontaire était allé attendre l'issue de l'interrogatoire chez le marchand de vins du coin ou que sa cervelle s'était détraquée.

– Malheureusement, dit-il, nous ne nous sommes pas trompés. Il n'est que trop clairement démontré que monsieur de Commarin est le meurtrier. Au surplus, si cela peut vous être agréable, demandez à Constant son procès-verbal et prenez-en connaissance pendant que je remets un peu d'ordre dans mes paperasses.

– Voyons ! fit le bonhomme avec un empressement fiévreux.

Il s'assit à la place de Constant, et posant ses coudes sur la table, enfonçant ses mains dans les cheveux, en moins de rien il dévora le procès-verbal.

Quand il eut fini, il se releva effaré, pâle, la figure renversée.

– Monsieur, dit-il au juge d'une voix étranglée, je suis la cause involontaire d'un épouvantable malheur : cet homme est innocent.

– Voyons, voyons ! fit M. Daburon sans interrompre ses préparatifs de départ, vous perdez la tête, mon cher monsieur Tabaret. Comment, après ce que vous venez de lire…

– Oui, monsieur, oui, après ce que je viens de lire, je vous crie : « Arrêtez ! », ou nous allons ajouter une erreur à la déplorable liste des erreurs judiciaires ! Revoyez-le, là, de sang-froid, cet interrogatoire : il n'est pas une réponse qui ne disculpe cet infortuné, pas un mot qui ne soit un trait de lumière. Et il est en prison, au secret ?…

– Et il y restera, s'il vous plaît ! interrompit le juge. Est-ce bien vous qui parlez ainsi, après ce que vous disiez cette nuit, lorsque j'hésitais, moi !

– Mais, monsieur ! s'écria le bonhomme, je vous dis précisément la même chose. Ah ! malheureux Tabaret, tout est perdu, on ne t'a pas compris. Pardonnez, si je m'écarte du respect dû au magistrat, monsieur le juge, vous n'avez pas saisi ma méthode. Elle est bien simple, pourtant. Un crime étant donné, avec ses circonstances et ses détails, je construis pièce par pièce un plan d'accusation que je ne livre qu'entier et parfait. S'il se rencontre un homme à qui ce plan s'applique exactement dans toutes ses parties, l'auteur du crime est trouvé, sinon on a mis la main sur un innocent. Il ne suffit pas que tel ou tel épisode tombe juste ; non, c'est tout ou rien. Cela est infaillible. Or, ici, comment suis-je arrivé au coupable ? En procédant par induction du connu à l'inconnu. J'ai examiné l'œuvre et j'ai jugé l'ouvrier. Le raisonnement et la logique nous conduisent à qui ? À un scélérat déterminé, audacieux et prudent, rusé comme le bagne. Et vous pouvez croire qu'un tel homme a négligé une précaution que n'omettrait pas le plus vulgaire coquin ! C'est invraisemblable. Quoi ! cet homme est assez habile pour ne laisser que des indices si faibles qu'ils échappent à l'œil exercé de Gévrol, et vous voulez qu'il ait comme à plaisir préparé sa perte en disparaissant une nuit entière ! C'est impossible. Je suis sûr de mon système comme d'une soustraction dont on a fait la preuve. L'assassin de La Jonchère a un alibi. Albert n'en invoque pas, donc il est innocent.

M. Daburon examinait le vieil agent avec cette attention ironique qu'on accorde au spectacle d'une monomanie singulière. Quand il s'arrêta :

– Excellent monsieur Tabaret, lui dit-il, vous n'avez qu'un tort : vous pêchez par excès de subtilité. Vous accordez trop libéralement à autrui la prodigieuse finesse dont vous êtes doué. Notre homme a manqué de prudence parce qu'il se croyait au-dessus du soupçon.

– Non, monsieur, non, mille fois non. Mon coupable à moi, le vrai, celui que nous avons manqué, craignait tout. Voyez d'ailleurs si Albert se défend. Non. Il est anéanti parce qu'il reconnaît des concordances si fatales qu'elles semblent le condamner sans retour. Cherche-t-il à se disculper ? Non. Il répond simplement : « C'est terrible. » Et cependant, d'un bout à l'autre, je sens comme une réticence que je ne m'explique pas.

– Je me l'explique fort bien, moi, et je suis aussi tranquille que s'il avait tout confessé. J'ai assez de preuves pour cela.

– Hélas ! monsieur, des preuves ! Il y en a toujours contre ceux qu'on arrête. Il y en avait contre tous les innocents qui ont été condamnés. Des preuves !... J'en avais relevé bien d'autres contre Kaiser, ce pauvre petit tailleur...

– Alors, interrompit le juge impatienté, si ce n'est pas lui, ayant tout intérêt au crime, qui l'a commis, qui donc est-ce ? son père, le comte de Commarin !

– Non, mon assassin est jeune.

M. Daburon avait rangé ses papiers et terminé ses préparatifs. Il prit son chapeau et, s'apprêtant à sortir :

– Vous voyez donc bien ! répondit-il. Allons, jusqu'au revoir, monsieur Tabaret, et changez-moi vos fantômes. Demain nous recauserons de tout cela, pour ce soir je succombe de fatigue. Constant, ajouta-t-il, passez au greffe pour le cas où le prévenu Commarin désirerait me parler.

Il gagnait la porte ; le père Tabaret lui barra le passage.

– Monsieur, disait le bonhomme, au nom du Ciel ! écoutez-moi. Il est innocent, je vous le jure ; aidez-moi à trouver le coupable. Monsieur, songez à vos remords, si nous faisions couper le cou à…

Mais le magistrat ne voulait plus rien entendre ; il évita lestement le père Tabaret et s'élança dans la galerie.

Le bonhomme, alors, se retourna vers Constant. Il voulait le convaincre, le persuader, lui prouver… Peines perdues ! Le long greffier se hâtait de plier bagage, songeant à sa soupe qui se refroidissait.

Mis à la porte du cabinet, bien malgré lui, le père Tabaret se trouva seul dans la galerie obscure à cette heure. Tous les bruits du Palais avaient cessé, on pouvait se croire dans une vaste nécropole. Le vieux policier, au désespoir, s'arrachait les cheveux à pleines mains.

– Malheur ! disait-il, Albert est innocent, et c'est moi qui l'ai livré ! C'est moi, vieux fou, qui ai fait entrer dans l'esprit obtus de ce juge une conviction que je n'en puis plus arracher. Il est innocent et il endure les plus terribles angoisses. S'il allait se suicider ! On a des exemples de malheureux qui, désespérés d'être faussement accusés, se sont tués dans leur prison. Pauvre humanité ! Mais je ne l'abandonnerai pas. Je l'ai perdu, je le sauverai. Il me faut le coupable, je l'aurai. Et il payera cher mon erreur, le brigand !

13

Après qu'au sortir du cabinet du juge d'instruction Noël Gerdy eut installé le comte de Commarin dans sa voiture, qui stationnait sur le boulevard en face de la grille du Palais, il parut disposé à s'éloigner.

Appuyé d'une main contre la portière qu'il maintenait entrouverte, il s'inclina profondément en demandant :

– Quand aurai-je, monsieur, l'honneur d'être admis à vous présenter mes respects ?

– Montez, dit le vieillard.

L'avocat, sans se redresser, balbutia quelques excuses. Il invoquait, pour se retirer, des motifs graves. Il était urgent, affirmait-il, qu'il rentrât chez lui.

– Montez ! répéta le comte d'un ton qui n'admettait pas de réplique.

Noël obéit.

– Vous retrouvez votre père, fit à demi-voix M. de Commarin, mais je dois vous prévenir que du même coup vous perdez votre liberté.

La voiture partit, et alors seulement le comte remarqua que Noël avait modestement pris place sur la banquette de devant. Cette humilité parut lui déplaire beaucoup.

– À mes côtés, donc, dit-il ; êtes-vous fou, monsieur ? N'êtes-vous pas mon fils !

L'avocat, sans répondre, s'assit près du terrible vieillard, se faisant aussi petit que possible.

Il avait reçu un terrible choc chez M. Daburon, car il ne lui restait rien de son assurance habituelle, de ce sang-froid un peu raide sous lequel il dissimulait ses émotions. Par bonheur, la course lui donna le temps de respirer et de se rétablir un peu.

Entre le Palais de Justice et l'hôtel, pas un mot ne fut échangé entre le père et le fils.

Lorsque la voiture s'arrêta devant le perron et que le comte en descendit, aidé par Noël, il y eut comme une émeute parmi les domestiques.

Ils étaient, il est vrai, peu nombreux, à peine une quinzaine, presque toute la livrée ayant été mandée au Palais. Mais le comte et l'avocat avaient à peine disparu que tous ils se trouvèrent, comme par enchantement, réunis dans le vestibule. Il en était venu du jardin et des écuries, de la cave et des cuisines. Presque tous avaient le costume de leurs attributions ; un jeune palefrenier même était accouru avec ses sabots pleins de paille, jurant dans cette entrée dallée de marbre comme un roquet galeux sur un tapis des Gobelins. L'un de ces messieurs avait reconnu Noël pour le visiteur du dimanche et c'en était assez pour mettre le feu à toutes ces curiosités altérées de scandale.

Depuis le matin, d'ailleurs, l'événement survenu à l'hôtel Commarin faisait sur toute la rive gauche un tapage affreux. Mille versions circulaient, revues, corrigées et augmentées par la méchanceté et l'envie, les unes abominablement folles, les autres simplement idiotes. Vingt personnages, excessivement nobles et encore plus fiers, n'avaient pas dédaigné d'envoyer leur valet le plus intelligent pousser une petite visite aux gens du comte, à la seule fin d'apprendre quelque chose de positif. En somme, on ne savait rien, et cependant on savait tout.

Explique qui voudra le phénomène fréquent que voici : un crime est commis, la justice arrive s'entourant de mystère, la police ignore encore à peu près tout, et déjà cependant des détails de la dernière exactitude courent les rues.

– Comme cela, disait un homme de la cuisine, ce grand brun avec des favoris serait le vrai fils du comte !

– Vous l'avez dit, répondait un des valets qui avait suivi M. de Commarin ; quant à l'autre, il n'est pas plus son fils que Jean que voici, et qui sera fourré à la porte si on l'aperçoit ici avec ses escarpins en cuir de brouette.

– Voilà une histoire ! s'exclama Jean, peu soucieux du danger qui le menaçait.

– Il est connu qu'il en arrive tous les jours comme ça dans les grandes maisons, opina le cuisinier.

– Comment diable cela s'est-il fait ?

– Ah ! voilà ! Il paraîtrait qu'autrefois, un jour que madame défunte était allée se promener avec son fils âgé de six mois, l'enfant fut volé par des bohémiens. Voilà une pauvre femme bien en peine, vu surtout la frayeur qu'elle avait de son mari, qui n'est pas bon. Pour lors, que fait-elle ? Ni une ni deux, elle achète le moutard d'une marchande des quatre saisons qui passait, et ni vu ni connu je t'embrouille, monsieur n'y a vu que du feu.

– Mais l'assassinat ! l'assassinat !

– C'est bien simple. Quand la marchande a vu son mioche dans une bonne position, elle l'a fait chanter, cette femme, oh ! mais chanter à lui casser la voix.

Monsieur le vicomte n'avait plus un sou à lui. Tant et tant qu'il s'est lassé à la fin, et qu'il lui a réglé son compte définitif.

– Et l'autre qui est là, le grand brun ?

L'orateur allait, sans nul doute, continuer et donner les explications les plus satisfaisantes, lorsqu'il fut interrompu par l'entrée de M. Lubin, qui revenait du Palais en compagnie du jeune Joseph. Son succès assez vif jusque-là fut coupé net comme l'effet d'un chanteur simplement estimé lorsque le ténor-étoile entre en scène. L'assemblée entière se tourna vers le valet de chambre d'Albert, tous les yeux le supplièrent. Il devait savoir, il devenait l'homme de la situation. Il n'abusa pas de ses avantages et ne fit pas trop languir son monde.

– Quel scélérat ! s'écria-t-il tout d'abord, quel vil coquin que cet Albert !

Il supprimait carrément le « monsieur » et le « vicomte », et généralement on l'approuva.

– Au reste, ajouta-t-il, je m'en étais toujours douté. Ce garçon-là ne me revenait qu'à demi. Voilà pourtant à quoi on est exposé tous les jours dans notre profession, et c'est terriblement désagréable. Le juge ne me l'a pas caché. « Monsieur Lubin, m'a-t-il dit, il est vraiment bien pénible pour un homme comme vous d'avoir été au service d'une pareille canaille. » Car vous savez, outre une vieille femme de plus de quatre-vingts ans, il a assassiné une petite fille d'une douzaine d'années. La petite fille, m'a dit le juge, est hachée en morceaux.

– Tout de même, objecta Joseph, il faut qu'il soit bien bête. Est-ce qu'on fait ces ouvrages-là soi-même quand on est riche, tandis qu'il y a tant de pauvres diables qui ne demandent qu'à gagner leur vie ?

– Bast ! affirma M. Lubin d'un ton capable, vous verrez qu'il sortira de là blanc comme neige. Les gens riches se tiennent tous.

– N'importe, dit le cuisinier, je donnerais bien un mois de mes gages pour être souris et aller écouter ce que disent là-haut monsieur le comte et le grand brun. Si on allait voir un peu dans les environs de la porte !

Cette proposition n'obtint pas la moindre faveur. Les gens de l'intérieur savaient par expérience que dans les grandes occasions l'espionnage était parfaitement inutile.

M. de Commarin connaissait les domestiques pour les pratiquer depuis son enfance. Son cabinet était à l'abri de toutes les indiscrétions.

La plus subtile oreille collée à la serrure de la porte intérieure ne pouvait rien entendre, lors même que le maître était en colère et qu'éclatait sa voix tonnante. Seul, Denis, « Monsieur le premier », comme on l'appelait, était à portée de saisir bien des choses, mais on le payait pour être discret, et il l'était.

En ce moment, M. de Commarin était assis dans ce même fauteuil que la veille il criblait de coups de poing furieux en écoutant Albert.

Depuis qu'il avait touché le marchepied de son équipage, le vieux gentilhomme avait repris sa morgue.

Il redevenait d'autant plus roide et plus entier, qu'il se sentait humilié de son attitude devant le juge, et qu'il s'en voulait mortellement de ce qu'il considérait comme une inqualifiable faiblesse.

Il en était à se demander comment il avait pu céder à un moment d'attendrissement, comment sa douleur avait été si bassement expansive.

Au souvenir des aveux arrachés par une sorte d'égarement, il rougissait et s'adressait les pires injures.

Comme Albert la veille, Noël, rentré en pleine possession de soi-même, se tenait debout, froid comme un marbre, respectueux, mais non plus humble.

Le père et le fils échangeaient des regards qui n'avaient rien de sympathique ni d'amical.

Ils s'examinaient, ils se toisaient presque, comme deux adversaires qui se tâtent de l'œil avant d'engager le fer.

– Monsieur, dit enfin le comte d'un ton sévère, désormais cette maison est la vôtre. À dater de cet instant vous êtes le vicomte de Commarin, vous rentrez dans la plénitude des droits dont vous aviez été frustré. Oh ! attendez avant de me remercier. Je veux, pour débuter, vous affranchir de toute reconnaissance. Pénétrez-vous bien de ceci, monsieur : maître des événements, jamais je ne vous eusse reconnu. Albert serait resté où je l'avais placé.

– Je vous comprends, monsieur, répondit Noël. Je crois que jamais je ne me serais décidé à un acte comme celui par lequel vous m'avez privé de ce qui m'appartient. Mais je déclare que, si j'avais eu le malheur de le commettre, j'aurais ensuite agi comme vous. Votre situation est trop en vue pour vous permettre un retour volontaire. Mieux valait mille fois souffrir une injustice cachée qu'exposer le nom à un commentaire malveillant.

Cette réponse surprit le comte, et bien agréablement. L'avocat exprimait ses propres idées. Pourtant il ne laissa rien voir de sa satisfaction, et c'est d'une voix plus rude encore qu'il reprit :

– Je n'ai aucun droit, monsieur, à votre affection ; je n'y prétends pas, mais j'exigerai toujours la plus extrême déférence. Ainsi, il est de tradition, dans notre maison, qu'un fils n'interrompe point son père quand celui-ci parle. C'est ce que vous venez de faire. Les enfants n'y jugent pas non plus leurs parents, ce que vous avez fait. Lorsque j'avais quarante ans, mon père était tombé en enfance ; je ne me souviens cependant pas d'avoir élevé la voix devant lui. Ceci dit, je continue. Je subvenais à la dépense considérable de la maison d'Albert, complètement distincte de la mienne, puisqu'il avait ses gens, ses chevaux, ses voitures, et de plus je donnais à ce malheureux quatre mille francs par mois. J'ai décidé, afin d'imposer silence à bien des sots propos et pour vous poser de mon mieux, que vous devez tenir un état de maison plus important ; ceci me regarde. En outre, je porterai votre pension mensuelle à six mille francs, que je vous engage à dépenser le plus noblement possible, en vous donnant le moins de ridicule que vous pourrez. Je ne saurais trop vous exhorter à la plus grande circonspection. Surveillez-vous, pesez vos paroles, raisonnez vos moindres démarches. Vous allez devenir le point de mire des milliers d'oisifs impertinents qui composent notre monde ; vos bévues feraient leurs délices. Tirez-vous l'épée ?

– Je suis de seconde force.

– Parfait ! Montez-vous à cheval ?

– Du tout, mais dans six mois je serai bon cavalier ou je me serai cassé le cou.

– Il faut devenir cavalier et ne se rien casser. Poursuivons… Naturellement vous n'occuperez pas l'appartement d'Albert, il sera muré dès que je serai débarrassé des gens de police. Dieu merci ! l'hôtel est vaste. Vous habiterez l'autre aile et on arrivera chez vous par un autre escalier. Gens, chevaux, voitures, mobilier, tout ce qui était au service ou à l'usage du vicomte va, coûte que coûte, être remplacé d'ici quarante-huit heures. Il faut que le jour où on vous verra, vous ayez l'air installé depuis des siècles. Ce sera un esclandre affreux ; je ne sais pas de moyen de l'éviter. Un père prudent vous enverrait passer quelques mois à la cour d'Autriche ou à celle de Russie ; la prudence ici serait folie. Mieux vaut une horrible clameur qui tombe vite que de sourds murmures qui s'éternisent. Allons au-devant de l'opinion, et au bout de huit jours on aura épuisé tous les commentaires, et parler de cette histoire sera devenu provincial. Ainsi, à l'œuvre ! Ce soir même les ouvriers seront ici. Et, pour commencer, je vais vous présenter mes gens.

Et passant du projet à l'action, le comte fit un mouvement pour atteindre le cordon de la sonnette. Noël l'arrêta.

Depuis le commencement de cet entretien, l'avocat voyageait au milieu du pays des Mille et une Nuits, une lampe merveilleuse à la main. Une réalité féerique rejetait dans l'ombre ses rêves les plus splendides. Aux paroles du comte, il ressentait comme des éblouissements, et il n'avait pas trop de toute sa raison pour lutter contre le vertige des hautes fortunes qui lui montait à la tête. Touché par une baguette magique, il sentait s'éveiller en lui mille sensations nouvelles et inconnues. Il se roulait dans la pourpre, il prenait des bains d'or.

Mais il savait rester impassible. Sa physionomie avait contracté l'habitude de garder le secret des plus violentes agitations intérieures. Pendant qu'en lui toutes les passions vibraient, il écoutait en apparence avec une froideur triste et presque indifférente.

– Daignez permettre, monsieur, dit-il au comte, que, sans m'écarter des bornes du plus profond respect, je vous présente quelques observations. Je suis touché, plus que je ne saurais l'exprimer, de vos bontés, et cependant je vous prie en grâce d'en retarder la manifestation. Mes sentiments vous paraîtront peut-être justes. Il me semble que la situation me commande la plus grande modestie. Il est bon de mépriser l'opinion, mais non de la défier. Tenez pour certain qu'on va me juger avec la dernière sévérité. Si je m'installe ainsi chez vous, presque brutalement, que ne dira-t-on pas ? J'aurai l'air du conquérant vainqueur qui se soucie peu, pour arriver, de passer sur le cadavre du vaincu. On me reprochera de m'être couché dans le lit encore chaud de votre autre fils. On me raillera amèrement de mon empressement à jouir. On me comparera sûrement à Albert, et la comparaison sera toute à mon désavantage, parce que je paraîtrai triompher quand un grand désastre atteint notre maison.

Le comte écoutait sans marque désapprobative, frappé peut-être de la justesse de ces raisons.

Noël crut s'apercevoir que sa dureté était beaucoup plus apparente que réelle. Cette persuasion l'encouragea.

– Je vous conjure donc, monsieur, poursuivit-il, de souffrir que pour le moment je ne change rien à ma manière de vivre. En ne me montrant pas, je laisse les propos méchants tomber dans le vide. Je permets de plus à l'opinion de se familiariser avec l'idée du changement à venir. C'est beaucoup déjà que de ne pas surprendre son monde. Attendu, je n'aurai pas l'air d'un intrus en me présentant. Absent, j'ai le bénéfice qu'on a de tout temps accordé à l'inconnu, je me concilie le suffrage de tous ceux qui ont envié Albert, je me donne pour défenseurs tous les gens qui m'attaqueraient demain, si mon élévation les offusquait subitement. En outre, grâce à ce délai, je saurai m'accoutumer à mon brusque changement de fortune. Je ne dois pas porter dans votre monde, devenu le mien, les façons d'un parvenu. Il ne faut pas que mon nom me gêne comme un habit neuf qui n'aurait pas été fait à ma taille. Enfin, de cette façon, il me sera possible d'obtenir sans bruit, presque sous le manteau de la cheminée, les rectifications de l'état civil.

– Peut-être, en effet, serait-ce plus sage, murmura le comte.

Cet assentiment, si aisément obtenu, surprit Noël. Il eut comme l'idée que le comte avait voulu l'éprouver, le tenter. En tout cas, qu'il eût triomphé, grâce à son éloquence, ou qu'il eût simplement évité un piège, il était supérieur. Son assurance en augmenta ; il devint tout à fait maître de soi.

– Je dois ajouter, monsieur, continua-t-il, que j'ai moi-même certaines transitions à ménager. Avant de me préoccuper de ceux que je vais trouver en haut, je dois m'inquiéter de ce que je laisse en bas. J'ai des amis et des clients. Cet événement vient me surprendre lorsque je commence à recueillir les fruits de dix ans de travaux et de persévérance. Je n'ai fait encore que semer, j'allais récolter. Mon nom surnage déjà ; j'arrive à une petite influence. J'avoue, sans honte, que j'ai jusqu'ici professé des idées et des opinions qui ne seraient pas de mise à l'hôtel de Commarin, et il est impossible que du jour au lendemain…

– Ah ! interrompit le comte d'un ton narquois, vous êtes libéral ? C'est une maladie à la mode. Albert aussi était fort libéral.

– Mes idées, monsieur, dit vivement Noël, étaient celles de tout homme intelligent qui veut parvenir. Au surplus, tous les partis n'ont-ils pas un seul et même but, qui est le pouvoir ? Ils ne diffèrent que par les moyens d'y arriver. Je ne m'étendrai pas davantage sur ce sujet. Soyez sûr, monsieur, que je saurai porter mon nom, et penser et agir comme un homme de mon rang.

– Je l'entends bien ainsi, dit M. de Commarin, et j'espère n'avoir jamais lieu de regretter Albert.

– Au moins, monsieur, ne serait-ce pas ma faute. Mais, puisque vous venez de prononcer le nom de cet infortuné, souffrez que nous nous occupions de lui.

Le comte attacha sur Noël un regard gros de défiance.

– Que pouvons-nous désormais pour Albert ? demanda-t-il.

– Quoi ? monsieur ! s'écria Noël avec feu, voudriez-vous l'abandonner lorsqu'il ne lui reste plus un ami au monde ? Mais il est votre fils, monsieur ; il est mon frère, il a porté trente ans le nom de Commarin. Tous les membres d'une famille sont solidaires. Innocent ou coupable, il a le droit de compter sur nous et nous lui devons notre concours.

C'était encore une de ses opinions que le comte retrouvait dans la bouche de son fils, et cette seconde rencontre le toucha.

– Qu'espérez-vous donc, monsieur ? demanda-t-il.

– Le sauver, s'il est innocent, et j'aime à me persuader qu'il l'est. Je suis avocat, monsieur, et je veux être son défenseur. On m'a dit parfois que j'avais du talent ; pour une telle cause, j'en aurai. Oui, si fortes que soient les charges qui pèsent sur lui, je les écarterai ; je dissiperai les doutes ; la lumière jaillira à ma voix ; je trouverai des accents nouveaux pour faire passer ma conviction dans l'esprit des juges. Je le sauverai, et ce sera ma dernière plaidoirie.

– Et s'il avouait, objecta le comte, s'il avait avoué ?

– Alors, monsieur, répondit Noël d'un air sombre, je lui rendrais le dernier service qu'en un tel malheur je demanderais à mon frère : je lui donnerais les moyens de ne pas attendre le jugement.

– C'est bien parler, monsieur, dit le comte ; très bien, mon fils !

Et il tendit sa main à Noël, qui la pressa en s'inclinant avec une respectueuse reconnaissance.

L'avocat respirait. Enfin, il avait trouvé le chemin du cœur de ce hautain grand seigneur, il avait fait sa conquête, il lui avait plu.

– Revenons à vous, monsieur, reprit le comte. Je me rends aux raisons que vous venez de me déduire. Il sera fait ainsi que vous le désirez. Mais ne prenez cette condescendance que comme une exception. Je ne reviens jamais sur un parti pris, me fût-il même démontré qu'il est mauvais et contraire à mes intérêts. Mais du moins rien n'empêche que vous habitiez chez moi dès aujourd'hui, que vous preniez vos repas avec moi. Nous allons, pour commencer, voir ensemble où vous loger, en attendant que vous occupiez officiellement l'appartement qu'on va préparer pour vous…

Noël eut la hardiesse d'interrompre encore le vieux gentilhomme.

– Monsieur, dit-il, lorsque vous m'avez ordonné de vous suivre, j'ai obéi comme c'était mon devoir. Maintenant il est un autre devoir sacré qui m'appelle. Madame Gerdy agonise en ce moment. Puis-je abandonner à son lit de mort celle qui m'a servi de mère ?

– Valérie ! murmura le comte.

Il s'accouda sur le bras de son grand fauteuil, le front dans ses mains ; il songeait à ce passé tout à coup ressuscité.

– Elle m'a fait bien du mal, reprit-il, répondant à ses pensées; elle a troublé ma vie, mais dois-je être implacable? Elle meurt de l'accusation qui pèse sur Albert, sur notre fils. C'est moi qui l'ai voulu! Sans doute, à cette heure suprême, un mot de moi serait pour elle une immense consolation. Je vous accompagnerai, monsieur.

Noël tressaillit à cette proposition inouïe.

– Oh! monsieur, fit-il vivement, épargnez-vous, de grâce, un spectacle déchirant! Votre démarche serait inutile. Madame Gerdy existe probablement encore, mais son intelligence est morte. Son cerveau n'a pu résister à un choc trop violent. L'infortunée ne saurait ni vous reconnaître ni vous entendre.

– Allez donc seul, soupira le comte; allez, mon fils!

Ce mot « mon fils » prononcé avec une intonation notée sonna comme une fanfare de victoire aux oreilles de Noël sans que sa réserve compassée se démentît.

Il s'inclina pour prendre congé; le gentilhomme lui fit signe d'attendre.

– Dans tous les cas, ajouta-t-il, votre couvert sera mis ici. Je dîne à six heures et demie précises, je serai content de vous voir.

Il sonna; « monsieur le premier » parut.

– Denis, lui dit-il, aucune des consignes que je donnerai ne regardera monsieur. Vous préviendrez les gens. Monsieur est ici chez lui.

L'avocat sorti, le comte de Commarin éprouva de se trouver seul un bien-être immense.

Depuis le matin, les événements s'étaient précipités avec une si vertigineuse rapidité que sa pensée n'avait pu les suivre. Il pouvait enfin réfléchir.

Voici donc, se disait-il, mon fils légitime. Je suis sûr

de la naissance de celui-ci. Certes, j'aurais mauvaise grâce à le renier, je retrouve en lui mon portrait vivant lorsque j'avais trente ans. Il est bien, ce Noël ; très bien même. Sa physionomie prévient en sa faveur. Il est intelligent et fin. Il a su être humble sans bassesse et ferme sans arrogance. Sa nouvelle fortune si inattendue ne l'étourdit pas. J'augure bien d'un homme qui sait tenir tête à la prospérité. Il pense bien, il portera fièrement son nom. Et pourtant, je ne sens pour lui nulle sympathie ; il me semble que je regretterai mon pauvre Albert. Je n'ai pas su l'apprécier. Malheureux enfant ! Commettre un vil crime ! Il avait perdu la raison. Je n'aime pas l'œil de celui-ci, il est trop clair. On assure qu'il est parfait. Il montre au moins les sentiments les plus nobles et les plus convenables. Il est doux et fort, magnanime, généreux, héroïque. Il est sans rancune et prêt à se sacrifier pour moi, afin de me récompenser de ce que j'ai fait pour lui. Il pardonne à madame Gerdy, il aime Albert. C'est à mettre en défiance. Mais tous les jeunes hommes d'aujourd'hui sont ainsi. Ah ! nous sommes dans un heureux siècle. Nos fils naissent revenus de toutes les erreurs humaines. Ils n'ont ni les vices, ni les passions, ni les emportements de leurs pères. Et ces philosophes précoces, modèles de sagesse et de vertu, sont incapables de se laisser aller à la moindre folie. Hélas ! Albert aussi était parfait, et il a assassiné Claudine ! Que fera celui-ci ?…

– N'importe, ajouta-t-il à demi-voix, j'aurais dû l'accompagner chez Valérie.

Et, bien que l'avocat fût parti depuis dix bonnes minutes au moins, M. de Commarin, ne s'apercevant pas du temps écoulé, courut à la fenêtre avec l'espérance de voir Noël dans la cour et de le rappeler.

Mais Noël était déjà loin. En sortant de l'hôtel, il avait pris une voiture à la station de la rue de Bourgogne, et s'était fait conduire grand train rue Saint-Lazare.

Arrivé à sa porte, il jeta plutôt qu'il ne donna cinq francs au cocher, et escalada rapidement les quatre étages.

– Qui est venu pour moi ? demanda-t-il à la bonne.

– Personne, monsieur.

Il parut délivré d'une lourde inquiétude et continua d'un ton plus calme :

– Et le docteur ?

– Il a fait une visite ce matin, répondit la domestique, en l'absence de monsieur, et il n'a pas eu l'air content du tout. Il est revenu tout à l'heure et il est encore là.

– Très bien ! je vais lui parler. Si quelqu'un me demande, faites entrer dans mon cabinet dont voici la clé, et appelez-moi.

En entrant dans la chambre de Mme Gerdy, Noël put d'un coup d'œil constater qu'aucun mieux n'était survenu pendant son absence.

La malade, les yeux fermés, la face convulsée, gisait étendue sur le dos. On l'aurait crue morte, sans les brusques tressaillements qui, par intervalles, la secouaient et soulevaient les couvertures.

Au-dessus de sa tête, on avait disposé un petit appareil rempli d'eau glacée qui tombait goutte à goutte sur son crâne et sur son front marbré de larges taches bleuâtres.

Déjà la table et la cheminée étaient encombrées de petits pots garnis de ficelles roses, de fioles à potions et de verres à demi vidés.

Au pied du lit, un morceau de linge taché de sang annonçait qu'on venait d'avoir recours aux sangsues.

Près de l'âtre, où flambait un grand feu, une religieuse de l'ordre de Saint-Vincent-de-Paul était accroupie, guettant l'ébullition d'une bouilloire.

C'était une femme encore jeune, au visage replet plus blanc que ses guimpes. Sa physionomie d'une immobile placidité, son regard morne trahissaient en elle tous les renoncements de la chair et l'abdication de la pensée. Ses jupes de grosse étoffe grise se drapaient autour d'elle en plis lourds et disgracieux. À chacun de ses mouvements, son immense chapelet de buis teint surchargé de croix et de médailles de cuivre s'agitait et traînait à terre avec un bruit de chaînes.

Sur un fauteuil, vis-à-vis du lit de la malade, le docteur Hervé était assis, suivant en apparence avec attention les préparatifs de la sœur. Il se leva avec empressement à l'entrée de Noël.

– Enfin, te voici ! s'exclama-t-il en donnant à son ami une large poignée de main.

– J'ai été retenu au Palais, dit l'avocat, comme s'il eût senti la nécessité d'expliquer son absence, et j'y étais, tu peux le penser, sur des charbons ardents.

Il se pencha à l'oreille du médecin et, avec un tremblement d'inquiétude dans la voix, il demanda :

– Eh bien ?

Le docteur hocha la tête d'un air profondément découragé.

– Elle va plus mal, répondit-il ; depuis ce matin les accidents se succèdent avec une effrayante rapidité.

Il s'arrêta. L'avocat venait de lui saisir le bras et le serrait à le briser. Mme Gerdy s'était quelque peu remuée et avait laissé échapper un faible gémissement.

– Elle t'a entendu, murmura Noël.

– Je le voudrais, fit le médecin, ce serait fort heureux, mais tu dois te tromper. Au surplus, voyons…

Il s'approcha de Mme Gerdy, et tout en lui tâtant le pouls, l'examina avec la plus profonde attention. Puis légèrement, du bout du doigt, il lui souleva la paupière.

L'œil apparut terne, vitreux, éteint.

– Mais viens, juge toi-même, prends-lui la main, parle-lui !

Noël, tout frissonnant, fit ce que lui demandait son ami. Il s'avança, et, se penchant sur le lit, de façon que sa bouche touchait presque l'oreille de la malade, il murmura :

– Ma mère, c'est moi, Noël, ton Noël ; parle-moi, fais-moi signe ; m'entends-tu, ma mère ?

Rien ! elle garda son effrayante immobilité ; pas un souffle d'intelligence n'agita ses traits.

– Tu vois, fit le docteur, je te le disais bien !

– Pauvre femme ! soupira Noël ; souffre-t-elle ?

– En ce moment, non.

La religieuse s'était relevée et était venue, elle aussi, se placer près du lit.

– Monsieur le docteur, dit-elle, tout est prêt.

– Alors, ma sœur, appelez la bonne, pour qu'elle nous aide, nous allons envelopper votre malade de sinapismes.

La domestique accourut. Entre les bras des deux femmes, Mme Gerdy était comme une morte à laquelle on fait sa dernière toilette. À la rigidité près, c'était un cadavre. Elle avait dû beaucoup souffrir, la pauvre femme, et depuis longtemps, car elle était d'une maigreur qui faisait pitié à voir. La sœur elle-même en était émue, et pourtant elle était bien habituée au spectacle de la souffrance. Combien de malades avaient rendu le dernier soupir entre ses bras, depuis quinze ans qu'elle allait s'asseyant de chevet en chevet !

Noël, pendant ce temps, s'était retiré dans l'embrasure de la croisée, et il appuyait contre les vitres son front brûlant.

À quoi songeait-il, tandis que se mourait, là, à deux pas de lui, celle qui avait donné tant de preuves de maternelle tendresse, d'ingénieux dévouement ? La regrettait-il ? Ne pensait-il pas plutôt à cette grande et fastueuse existence qui l'attendait là-bas, de l'autre côté de l'eau, au faubourg Saint-Germain ? Il se retourna brusquement en entendant à son oreille la voix de son ami.

– Voilà qui est fini, disait le docteur, nous allons attendre l'effet des sinapismes. Si elle les sent, ce sera bon signe ; s'ils n'agissent pas, nous essayerons les ventouses.

– Et si elles n'agissent pas non plus ?

Le médecin ne répondit que par ce geste d'épaules qui traduit la conviction d'une impuissance absolue.

– Je comprends ton silence, Hervé, murmura Noël. Hélas ! tu me l'as dit cette nuit : elle est perdue.

– Scientifiquement, oui. Pourtant, je ne désespère pas encore. Tiens, il n'y a pas un an, le beau-père d'un de nos camarades s'est tiré d'un cas identique. Et je l'ai vu bien autrement bas : la suppuration avait commencé.

– Ce qui me navre, reprit Noël, c'est de la voir en cet état. Faudra-t-il donc qu'elle meure sans recouvrer un instant sa raison ? Ne me reconnaîtra-t-elle pas, ne prononcera-t-elle plus une parole ?

– Qui sait ! Cette maladie, mon pauvre vieux, est faite pour déconcerter toutes les prévisions. D'une minute à l'autre, les phénomènes peuvent varier, suivant que l'inflammation affecte telle ou telle partie de la masse encéphalique. Elle est dans une période d'abolition des sens, d'anéantissement de toutes les facultés intellectuelles, d'assoupissement, de paralysie ; il se peut que demain elle soit prise de convulsions, accompagnées d'une exaltation folle des fonctions du cerveau, d'un délire furieux.

– Et elle parlerait alors ?

– Sans doute ; mais cela ne modifierait ni la nature ni la gravité du mal.

– Et… aurait-elle sa raison ?

– Peut-être, répondit le docteur en regardant fixement son ami. Mais pourquoi me demandes-tu cela ?

– Eh ! mon cher Hervé, un mot de madame Gerdy, un seul me serait si nécessaire !

– Pour ton affaire, n'est-ce pas ? Eh bien ! je ne puis rien te dire à cet égard, rien te promettre. Tu as autant de chances pour toi que contre toi, seulement, ne t'éloigne pas. Si son intelligence revient, ce ne sera qu'un éclair, tâche d'en profiter. Allons, je me sauve, ajouta le docteur ; j'ai encore trois visites à faire.

Noël accompagna son ami. Quand ils furent sur le palier…

– Tu reviendras ? lui demanda-t-il.

– Ce soir à neuf heures. Rien à tenter d'ici là. Tout dépend de la garde-malade. Par bonheur, je t'en ai choisi une qui est une perle. Je la connais.

– C'est donc toi qui as fait venir cette religieuse ?

– Moi-même, sans ta permission. En serais-tu fâché ?

– Pas le moins du monde. Seulement, j'avoue…

– Quoi ! tu fais la grimace ! Est-ce que par hasard tes opinions politiques te défendraient de faire soigner ta mère, pardon !… madame Gerdy, par une fille de Saint-Vincent ?

– Tu sauras, mon cher Hervé…

– Bon ! je te vois venir, avec l'éternelle rengaine : elles sont adroites, insinuantes, dangereuses, c'est connu. Si j'avais un vieil oncle à succession, je ne les introduirais pas chez lui. On charge parfois ces bonnes filles de commissions étranges. Mais qu'as-tu à craindre de celle-ci ? Laisse donc dire les sots. Héritage à part, les bonnes sœurs sont les premières gardes-malades du monde ; je t'en souhaite une à ta dernière tisane. Sur quoi, salut, je suis pressé.

En effet, sans souci de la gravité médicale, le docteur se lança dans l'escalier, pendant que Noël tout pensif, le front chargé d'inquiétudes, regagnait l'appartement de Mme Gerdy.

Sur le seuil de la chambre de la malade, la religieuse épiait le retour de l'avocat.

– Monsieur, fit-elle, monsieur !

– Vous désirez quelque chose, ma sœur ?

– Monsieur, la bonne m'a dit de m'adresser à vous pour de l'argent, elle n'en a plus, elle a pris à crédit chez le pharmacien…

– Excusez-moi, ma sœur, interrompit Noël d'un air vivement contrarié ; excusez-moi, ma sœur, de n'avoir pas prévenu votre demande… je perds un peu la tête, voyez-vous !

Et, sortant de son portefeuille un billet de cent francs il le posa sur la cheminée.

– Merci ! monsieur, dit la sœur, j'inscrirai toutes les dépenses. Nous faisons toujours comme cela, ajouta-t-elle, c'est plus commode pour les familles. On est si troublé quand on voit ceux qu'on aime malades ! Ainsi, vous n'avez peut-être pas songé à donner à cette pauvre dame la douceur des secours de notre sainte religion? À votre place, monsieur, j'enverrais, sans tarder, chercher un prêtre…

– Maintenant, ma sœur! Mais voyez donc en quel état elle se trouve! Elle est morte, hélas! ou autant dire. Vous avez vu qu'elle n'a même pas entendu ma voix.

– Peu importe, monsieur, reprit la sœur, vous aurez toujours fait votre devoir. Elle ne vous a pas répondu, mais savez-vous si elle ne répondra pas au prêtre? Ah! vous ne connaissez pas toute la puissance des derniers sacrements. On a vu des agonisants retrouver leur intelligence et leurs forces pour faire une bonne confession et recevoir le corps sacré de Notre Seigneur Jésus-Christ. J'entends souvent des familles dire qu'elles ne veulent pas effrayer leur malade, que la vue du ministre du Seigneur peut inspirer une terreur qui hâte la fin. C'est une bien funeste erreur. Le prêtre n'épouvante pas, il rassure l'âme au seuil du grand passage. Il parle au nom du Dieu des miséricordes qui vient pour sauver et non pour perdre. Je pourrais vous citer bien des exemples de mourants qui ont été guéris rien qu'au contact des saintes huiles.

La bonne sœur parlait d'un ton morne comme son regard. Le cœur, évidemment, n'entrait pour rien dans les paroles qu'elle prononçait. C'était comme une leçon qu'elle débitait. Sans doute elle l'avait apprise autrefois lorsqu'elle était entrée au couvent. Alors elle exprimait quelque chose de ce qu'elle éprouvait. Elle traduisait ses propres impressions. Mais depuis! elle l'avait tant et tant répétée aux parents de tous ses malades que le sens finissait par lui échapper. Ce n'était plus désormais qu'une suite de mots banals qu'elle égrenait comme les dizaines latines de son chapelet. Cela désormais faisait partie de ses devoirs de garde-malade, comme la préparation de tisanes et la confection des cataplasmes.

Noël ne l'écoutait pas, son esprit était bien loin.

– Votre chère maman, poursuivait la sœur, cette bonne dame que vous aimez tant, devait tenir à sa religion, voudrez-vous exposer son âme ? Si elle pouvait parler, au milieu de ses cruelles souffrances…

L'avocat allait répliquer lorsque la domestique lui annonça qu'un monsieur qui ne voulait pas dire son nom demandait à lui parler pour une affaire.

– J'y vais, répondit-il vivement.

– Que décidez-vous, monsieur ? insista la religieuse.

– Je vous laisse libre, ma sœur, vous ferez ce que vous jugerez convenable.

La digne fille commença la leçon du remerciement, mais inutilement. Noël avait disparu d'un air mécontent et presque aussitôt elle entendit sa voix dans l'antichambre. Il disait :

– Enfin, vous voici, monsieur Clergeot ; je renonçais presque à vous voir.

Ce visiteur qu'attendait l'avocat est un personnage bien connu dans la rue Saint-Lazare, du côté de la rue de Provence, dans les parages de Notre-Dame-de-Lorette, et tout le long des boulevards extérieurs, depuis la chaussée des Martyrs jusqu'au rond-point de l'ancienne barrière de Clichy.

M. Clergeot n'est pas plus usurier que le père de M. Jourdain n'était marchand. Seulement, comme il a beaucoup d'argent et qu'il est fort obligeant, il en prête à ses amis, et, en récompense de ce service, il consent à recevoir des intérêts qui peuvent varier entre quinze et cinq cents pour cent.

Excellent homme, il affectionne positivement ses pratiques, et sa probité est généralement appréciée. Jamais il n'a fait saisir un débiteur ; il préfère le poursuivre sans trêve et sans relâche pendant dix ans et lui arracher bribe à bribe ce qui lui est dû.

Il doit demeurer vers le haut de la rue de la Victoire. Il n'a pas de magasin et pourtant il vend de toutes choses vendables et de quelques autres encore que la loi ne reconnaît pas comme marchandises, toujours pour être utile au prochain. Parfois il affirme qu'il n'est pas très riche. C'est possible. Il est fantasque, plus encore qu'avide, et effroyablement hardi. Facile à la poche quand on lui convient, il ne prêterait pas cent sous avec Ferrières[1] en garantie à qui n'a pas l'honneur de lui plaire. Il risque d'ailleurs ses fonds sur les cartes les plus chanceuses.

Sa clientèle de prédilection se compose de petites dames, de femmes de théâtre, d'artistes, et de ces audacieux qui abordent les professions qui ne valent que par celui qui les exerce, tels que les avocats et les médecins.

Il prête aux femmes sur leur beauté présente, aux hommes sur leur talent à venir. Gages fragiles ! Son flair, on doit l'avouer, jouit d'une réputation énorme. Rarement il s'est trompé. Une jolie fille meublée par Clergeot doit aller loin. Pour un artiste, devoir à Clergeot est une recommandation préférable au plus chaud feuilleton.

Mme Juliette avait procuré à son amant cette utile et honorable connaissance.

1. L'auteur fait vraisemblablement allusion au luxueux château construit par James de Rothschild, achevé en 1859 et inauguré par Napoléon III en 1862. *(N.d.E.)*

Noël, qui savait combien ce digne homme est sensible aux prévenances et chatouilleux sur l'urbanité, commença par lui offrir un siège et lui demanda des nouvelles de sa santé. Clergeot donna des détails. La dent était bonne encore, mais la vue faiblissait. La jambe devenait molle et l'oreille un peu dure. Le chapitre des doléances épuisé…

– Vous savez, dit-il, pourquoi je viens. Vos billets échoient aujourd'hui et j'ai diablement besoin d'argent. Nous disons un de dix, un de sept et un troisième de cinq mille francs ; total, vingt-deux mille francs.

– Voyons, monsieur Clergeot, répondit Noël, pas de mauvaise plaisanterie !

– Plaît-il ? fit l'usurier. C'est que je ne plaisante pas du tout !

– J'aime à croire que si. Il y a précisément aujourd'hui huit jours que je vous ai écrit pour vous prévenir que je ne serais pas en mesure, et pour vous demander un renouvellement.

– J'ai parfaitement reçu votre lettre.

– Que dites-vous donc, cela étant ?

– Ne vous répondant pas, j'ai supposé que vous comprendriez que je ne pouvais satisfaire votre demande. J'espérais que vous vous seriez remué pour trouver la somme.

Noël laissa échapper un geste d'impatience.

– Je ne l'ai pas fait, dit-il. Ainsi, prenez-en votre parti, je suis sans le sou.

– Diable !… Savez-vous que voilà quatre fois déjà que je les renouvelle, ces billets ?

– Il me semble que les intérêts ont été bien et dûment payés, et à un taux qui vous permet de ne pas trop regretter le placement.

Clergeot n'aime pas à entendre parler des intérêts qu'on lui donne.

Il prétend que cela l'humilie.

C'est d'un ton sec qu'il répondit :

– Je ne me plains pas. Je tiens seulement à vous faire remarquer que vous en prenez par trop à l'aise avec moi. Si j'avais mis votre signature en circulation, tout serait payé à l'heure qu'il est.

– Pas davantage.

– Si fait. Le conseil de votre ordre ne badine pas, et vous auriez trouvé le moyen d'éviter les poursuites. Mais vous dites : « Le père Clergeot est bon enfant. » C'est la vérité. Pourtant, je ne le suis qu'autant que cela ne me cause pas trop de préjudice. Or, aujourd'hui, j'ai absolument besoin de mes fonds. Ab-so-lu-ment, ajouta-t-il, scandant les syllabes.

L'air décidé du bonhomme parut inquiéter l'avocat.

– Faut-il vous le répéter ? dit-il, je suis complètement à sec, com-plè-te-ment.

– Vrai ! reprit l'usurier, c'est fâcheux pour vous. Je me vois obligé de porter mes papiers chez l'huissier.

– À quoi bon ? Jouons cartes sur table, monsieur Clergeot. Tenez-vous à grossir les revenus de messieurs les huissiers ? Non, n'est-ce pas ? Quand vous m'aurez fait beaucoup de frais, cela vous donnera-t-il un centime ? Vous obtiendrez un jugement contre moi. Soit ! Après ? Songez-vous à me saisir ? Je ne suis pas ici chez moi, le bail est au nom de madame Gerdy.

– On sait cela. Et quand même, la vente de tout ce qui est ici ne me couvrirait pas.

– C'est donc que vous comptez me faire fourrer à Clichy ? Mauvaise spéculation, je vous en préviens ; mon état serait perdu, et, plus d'état, plus d'argent.

– Bon ! s'écria l'honnête prêteur, voilà que vous me chantez des sottises… Vous appelez cela être franc ? À d'autres ! Si vous me supposiez capable de la moitié des méchancetés que vous dites, mon argent serait là, dans votre tiroir.

– Erreur ! je ne saurais où le prendre, et à moins de le demander à madame Gerdy, ce que je ne veux pas faire…

Un petit rire sardonique et des plus crispants, particulier au père Clergeot, interrompit Noël.

– Ce n'est pas la peine de frapper à cette porte, dit l'usurier, il y a longtemps que le sac de maman est vide, et si la chère dame venait à trépasser – on m'a dit qu'elle est très malade – je ne donnerais pas deux cents louis de sa succession.

L'avocat rougit de colère, ses yeux brillèrent ; il dissimula pourtant et protesta avec une certaine vivacité.

– On sait ce qu'on sait, continua tranquillement Clergeot. Écoutez donc : avant de risquer ses sous, on s'informe, ce n'est que juste. Les dernières valeurs de maman ont été lavées en octobre dernier. Ah ! la rue de Provence coûte bon. J'ai établi le devis, il est chez moi. Juliette est une femme charmante, c'est sûr ; elle n'a pas sa pareille, j'en conviens ; mais elle est chère. Elle est même diablement chère !

Noël enrageait d'entendre ainsi traiter sa Juliette par cet honorable personnage. Mais que répondre ? D'ailleurs on n'est pas parfait, et M. Clergeot a le défaut de ne pas estimer les femmes, ce qui tient sans doute à ce que son commerce ne lui en a pas fait rencontrer d'estimables. Il est charmant avec ses pratiques du beau sexe, prévenant et même galantin, mais les plus grossières injures seraient moins révoltantes que sa flétrissante familiarité.

– Vous avez marché trop rondement, poursuivit-il sans daigner remarquer le dépit de son client, et je vous l'ai dit dans le temps. Mais bast ! vous êtes fou de cette femme. Jamais vous n'avez su lui rien refuser. Avec vous, elle n'a pas le loisir de souhaiter qu'elle est servie. Sottise ! Quand une jolie fille désire une chose, il faut la lui laisser désirer longtemps. De cette façon, elle a l'esprit occupé et ne pense pas à un tas d'autres bêtises. Quatre bonnes petites envies bien ménagées doivent durer un an. Vous n'avez pas su soigner votre bonheur. Je sais bien qu'elle a un diable de regard qui donnerait la colique à un saint de pierre, mais on se raisonne, saperlotte ! Il n'y a pas à Paris dix femmes entretenues sur ce pied-là. Pensez-vous qu'elle vous en aime davantage ! Point. Dès qu'elle vous saura ruiné, elle vous plantera là pour reverdir.

Noël acceptait l'éloquence de son banquier-providence à peu près comme un homme qui n'a pas de parapluie accepte une averse.

– Où voulez-vous en venir ? dit-il.

– À ceci : que je ne veux pas renouveler vos billets. Comprenez-vous ? À l'heure qu'il est, en battant ferme le rappel des espèces, vous pouvez encore mettre en ligne les vingt-deux mille francs en question. Ne froncez pas le sourcil, vous les trouverez, pour m'empêcher par exemple de vous faire saisir, non ici, ce qui serait idiot, mais chez votre petite femme, qui ne serait pas contente du tout, et qui ne vous le cacherait pas.

– Mais elle est chez elle et vous n'avez pas le droit…

– Après ! Elle formera opposition, je m'y attends bien, mais elle vous fera dénicher les fonds. Croyez-moi, parez ce coup-là. Je veux être payé maintenant. Je ne veux pas vous accorder un délai, parce que d'ici trois mois vous aurez usé vos dernières ressources. Ne faites donc pas non, comme cela. Vous êtes dans une de ces situations qu'on prolonge à tout prix. Vous brûleriez le bois du lit de votre mère mourante pour lui chauffer les pieds, à cette créature ! Où avez-vous pris les dix mille francs que vous lui avez remis l'autre soir ? Qui sait ce que vous allez tenter pour vous procurer de l'argent ? L'idée de la garder quinze jours, trois jours, un jour de plus peut vous mener loin. Ouvrez l'œil. Je connais ce jeu-là, moi. Si vous ne lâchez pas Juliette, vous êtes perdu. Écoutez un bon conseil, gratis : il vous faudra toujours la quitter, n'est-ce pas, un peu plus tôt, un peu plus tard ? Exécutez-vous aujourd'hui même…

Voilà comment il est, ce digne Clergeot, il ne mâche pas la vérité à ses clients quand ils ne sont pas en mesure. S'ils sont mécontents, tant pis ! sa conscience est en repos. Ce n'est pas lui qui prêterait jamais les mains à une folie !

Noël n'en pouvait tolérer davantage ; sa mauvaise humeur éclata.

– En voilà assez ! s'écria-t-il d'un ton résolu. Vous agirez, monsieur Clergeot, à votre guise ; dispensez-moi de vos avis, je préfère la prose de l'huissier. Si j'ai risqué des imprudences, c'est que je puis les réparer, et de façon à vous surprendre. Oui, monsieur Clergeot, je puis trouver vingt-deux mille francs, j'en aurais cent mille demain matin, si bon me semblait ; il m'en coûterait juste la peine de les demander. C'est ce que je ne ferai pas. Mes dépenses, ne vous en déplaise, resteront secrètes comme elles l'ont été jusqu'ici. Je ne veux pas qu'on puisse soupçonner ma gêne. Je n'irai pas, par amour pour vous, manquer le but que je poursuis, le jour même où j'y touche !

Il se rebiffe, pensa l'usurier ; il est moins bas percé que je ne croyais !

– Ainsi, continua l'avocat, portez vos chiffons chez l'huissier. Qu'il poursuive ! Mon portier seul le saura. Dans huit jours, je serai cité au tribunal de commerce et j'y demanderai les vingt-cinq jours de délai que les juges accordent à tout débiteur gêné. Vingt-cinq et huit, dans tous les pays du monde, font trente-trois jours. C'est précisément le répit qui m'est nécessaire. Résumons-nous : acceptez de suite une lettre de change de vingt-quatre mille francs à six semaines, ou… serviteur, je suis pressé, passez chez l'huissier.

– Et dans six semaines, répondit l'usurier, vous serez en mesure exactement comme aujourd'hui. Et quarante-cinq jours de Juliette, c'est des louis…

– Monsieur Clergeot, répliqua Noël, bien avant ce temps ma position aura changé du tout au tout. Mais je vous l'ai dit, ajouta-t-il en se levant, mes instants sont comptés…

– Minute donc, homme de feu ! interrompit le doux banquier. Vous dites vingt-quatre mille francs à quarante-cinq jours ?

– Oui. Cela fait dans les environs de soixante-quinze pour cent. C'est gracieux.

– Je ne chicane jamais sur les intérêts, fit M. Clergeot, seulement…

Il regarda finement Noël tout en se grattant furieusement le menton, geste qui indiquait chez lui un travail intense du cerveau.

– Seulement, reprit-il, je voudrais bien savoir sur quoi vous comptez.

– C'est ce que je ne vous dirai pas. Vous le saurez, comme tout le monde, avant peu.

– J'y suis ! s'écria M. Clergeot, j'y suis ! Vous allez vous marier ! Parbleu ! vous avez déniché une héritière. Votre petite Juliette m'avait dit quelque chose dans ce goût-là ce matin. Ah ! vous épousez ! Et est-elle jolie ? Peu importe. Elle a le sac, n'est-il pas vrai ? Vous ne la prendriez pas sans cela. Donc, vous entrez en ménage ?

– Je ne dis pas cela.

– Bien ! bien ! faites le discret, on entend à demi-mot. Un avis pourtant : veillez au grain ; votre petite femme a un pressentiment de la chose. Vous avez raison, il ne faut pas chercher d'argent. La moindre démarche suffirait pour mettre le beau-père sur la piste de votre situation financière et vous n'auriez pas la fille. Mariez-vous et soyez sage. Surtout, lâchez Juliette, ou je ne donne pas cent sous de la dot. Ainsi, c'est convenu, préparez une lettre de change de vingt-quatre mille francs, je la prendrai lundi en vous rapportant vos billets.

– Vous ne les avez donc pas sur vous ?

– Non. Et pour être franc, je vous avouerai que, sachant bien que je ferais chou blanc, je les ai remis hier avec d'autres à mon huissier. Cependant, dormez tranquille, vous avez ma parole.

M. Clergeot fit mine de se retirer, mais au moment de sortir il se retourna brusquement.

– J'oubliais, dit-il ; pendant que vous y serez, faites la lettre de change de vingt-six mille francs. Votre petite femme m'a demandé quelques chiffons que je me propose de lui porter demain : de la sorte ils se trouveront soldés.

L'avocat essaya de se récrier. Certes, il ne refusait pas de payer, seulement il tenait à être consulté pour les achats. Il ne pouvait tolérer qu'on disposât ainsi de sa caisse.

– Farceur ! va, fit l'usurier en haussant les épaules. Voudriez-vous donc la contrarier pour une misère, cette femme ! Elle vous en fera voir bien d'autres. Comptez qu'elle avalera la dot ! Et vous savez, s'il vous faut quelques avances pour la noce, donnez-moi des assurances ; faites-moi parler au notaire, et nous nous arrangerons. Allons, je file ! À lundi, n'est-ce pas ?

Noël prêta l'oreille pour être bien sûr que l'usurier s'éloignait décidément.

Lorsqu'il entendit son pas traînard dans l'escalier :

– Canaille ! s'écria-t-il, misérable, voleur, vieux fesse-Mathieu ! s'est-il fait assez tirer l'oreille ! C'est qu'il était décidé à poursuivre ! Cela m'aurait bien posé dans l'esprit du comte, s'il était venu à savoir !... Vil usurier ! j'ai craint un moment d'être obligé de tout lui dire !...

En continuant de pester et de jurer contre son banquier, l'avocat tira sa montre.

– Cinq heures et demie, déjà ! fit-il.

Son indécision était très grande. Devait-il aller dîner avec son père ? Pouvait-il quitter madame Gerdy ? Le dîner de l'hôtel de Commarin lui tenait bien au cœur, mais, d'un autre côté, abandonner une mourante...

– Décidément, murmura-t-il, je ne puis m'absenter.

Il s'assit devant son bureau et en toute hâte écrivit une lettre d'excuse à son père. Madame Gerdy, disait-il, pouvait rendre le dernier soupir d'une minute à l'autre, il tenait à être là pour le recueillir.

Pendant qu'il chargeait sa domestique de remettre ce billet à un commissionnaire qui le porterait au comte, il parut frappé d'une idée subite.

– Et le frère de madame, demanda-t-il, sait-il qu'elle est dangereusement malade ?

– Je l'ignore, monsieur, répondit la bonne ; en tout cas, ce n'est pas moi qui l'ai prévenu.

– Comment, malheureuse ! en mon absence vous n'avez pas songé à l'avertir ! Courez chez lui bien vite ; qu'on le cherche, s'il n'y est pas ; qu'il vienne !

Plus tranquille désormais, Noël alla s'asseoir dans la chambre de la malade. La lampe était allumée, et la sœur allait et venait comme chez elle, remettant tout en place, essuyant, arrangeant. Elle avait un air de satisfaction qui n'échappa point à Noël.

– Aurions-nous quelque lueur d'espoir, ma sœur ? interrogea-t-il.

– Peut-être, répondit la religieuse. Monsieur le curé est venu lui-même, monsieur ; votre chère maman ne s'est pas aperçue de sa présence ; mais il reviendra. Ce n'est pas tout : depuis que monsieur le curé est venu, les sinapismes prennent admirablement, la peau se rubéfie partout ; je suis sûre qu'elle les sent.

– Dieu vous entende, ma sœur !

– Oh ! je L'ai déjà bien prié, allez ! L'important est de ne pas la laisser seule une minute. Je me suis entendue avec la bonne. Quand le docteur sera venu, j'irai me coucher, et elle veillera jusqu'à une heure du matin. Je la relèverai alors…

– Vous vous reposerez, ma sœur, interrompit Noël d'une voix triste. C'est moi, qui ne saurais trouver une heure de sommeil, qui passerai la nuit.

14

Pour avoir été repoussé avec perte par le juge d'instruction, harassé d'une journée d'interrogatoire, le père Tabaret ne se tenait pas pour battu. Le bonhomme était plus entêté qu'une mule : c'était son défaut ou sa qualité.

À l'excès du désespoir auquel il avait succombé dans la galerie succéda bientôt cette résolution indomptable qui est l'enthousiasme du danger. Le sentiment du devoir reprenait le dessus. Était-ce donc le moment de se laisser aller à un lâche découragement, quand il y avait la vie d'un homme dans chaque minute ! L'inaction serait impardonnable. Il avait poussé un innocent dans l'abîme, à lui de l'en tirer seul, si personne ne voulait prêter son assistance.

Le père Tabaret, aussi bien que le juge, succombait de lassitude. En arrivant au grand air, il s'aperçut qu'il tombait aussi de besoin. Les émotions de la journée l'avaient empêché de sentir la faim, et depuis la veille il n'avait pas pris un verre d'eau. Il entra dans un restaurant du boulevard et se fit servir à dîner.

À mesure qu'il mangeait, non seulement le courage, mais encore la confiance, lui revenaient insensiblement. C'était bien, pour lui, le cas de s'écrier : « Pauvre humanité ! » Qui ne sait combien peut changer la teinte des idées, du commencement à la fin d'un repas, si modeste qu'il soit ! Il s'est trouvé un philosophe pour prouver que l'héroïsme est une affaire d'estomac.

Le bonhomme envisageait la situation sous un jour bien moins sombre. N'avait-il pas du temps devant lui ! Que ne fait pas en un mois un habile homme ! Sa pénétration habituelle le trahirait-elle donc ? Non, certainement. Son grand regret était de ne pouvoir faire avertir Albert que quelqu'un travaillait pour lui.

Il était tout autre en sortant de table, et c'est d'un pas allègre qu'il franchit la distance qui le séparait de la rue Saint-Lazare. Neuf heures sonnaient lorsque son portier lui tira le cordon.

Il commença par grimper jusqu'au quatrième étage, afin de prendre des nouvelles de son ancienne amie, de celle qu'il appelait jadis l'excellente, la digne Mme Gerdy.

C'est Noël qui vint lui ouvrir, Noël qui sans doute s'était laissé attendrir par les réminiscences du passé, car il paraissait triste comme si celle qui agonisait eût été véritablement sa mère.

Par suite de cette circonstance imprévue, le père Tabaret ne pouvait se dispenser d'entrer, ne fût-ce que cinq minutes, quelque contrariété qu'il éprouvât.

Il sentait fort bien que, se trouvant avec l'avocat, fatalement il allait être amené à parler de l'affaire Lerouge. Et comment en causer, sachant tout, comme il le savait bien mieux que son jeune ami lui-même, sans s'exposer à se trahir ? Un seul mot imprudent pouvait révéler le rôle qu'il jouait dans ces funestes circonstances. Or, c'est surtout aux yeux de son cher Noël, désormais vicomte de Commarin, qu'il tenait à rester pur de toute accointance avec la police.

D'un autre côté, pourtant, il avait soif d'apprendre ce qui avait pu se passer entre l'avocat et le comte. L'obscurité, sur ce point unique, irritait sa curiosité. Enfin, comme il n'y avait pas à reculer, il se promit de surveiller sa langue et de rester sur ses gardes.

L'avocat introduisit le bonhomme dans la chambre de Mme Gerdy. Son état, depuis l'après-midi, avait quelque peu changé, sans qu'il fût possible de dire si c'était un bien ou un mal. Un fait patent, c'est que l'anéantissement était moins profond. Ses yeux restaient fermés, mais on pouvait constater quelques clignotements des paupières ; elle s'agitait sur ses oreillers et geignait faiblement.

– Que dit le docteur ? demanda le père Tabaret, de cette voix chuchotante qu'on prend involontairement dans la chambre d'un malade.

– Il sort d'ici, répondit Noël ; avant peu ce sera fini.

Le bonhomme s'avança sur la pointe du pied et considéra la mourante avec une visible émotion.

– Pauvre femme ! murmura-t-il, le bon Dieu lui fait une belle grâce, de la prendre. Elle souffre peut-être beaucoup, mais que sont ces douleurs comparées à celle qu'elle endurerait, si elle savait que son fils, son véritable fils, est en prison accusé d'un assassinat !

– C'est ce que je me répète, reprit Noël, pour me consoler un peu de la voir sur ce lit. Car je l'aime toujours, mon vieil ami ; pour moi c'est encore une mère. Vous m'avez entendu la maudire, n'est-il pas vrai ? Je l'ai dans deux circonstances traitée bien durement, j'ai cru la haïr, mais voilà qu'au moment de la perdre j'oublie tous ses torts pour ne me souvenir que de ses tendresses. Oui, mieux vaut la mort pour elle. Et pourtant, non, je ne crois pas, non, je ne puis croire que son fils soit coupable.

– Non ! n'est-ce pas, vous non plus !…

Le père Tabaret mit tant de chaleur, une telle vivacité dans cette exclamation, que Noël le regarda avec une sorte de stupéfaction. Il sentit le rouge lui monter aux joues et il se hâta de s'expliquer.

– Je dis : vous non plus, poursuivit-il, parce que moi, grâce à mon inexpérience peut-être, je suis persuadé de l'innocence de ce jeune homme. Je ne m'imagine pas du tout un garçon de ce rang méditant et accomplissant un si lâche attentat. J'ai causé avec beaucoup de personnes de cette affaire qui fait un bruit d'enfer, tout le monde est de mon avis. Il a l'opinion pour lui, c'est déjà quelque chose.

Assise près du lit, assez loin de la lampe pour rester dans l'ombre, la religieuse tricotait avec fureur des bas destinés aux pauvres. C'était un travail purement machinal, pendant lequel ordinairement elle priait. Mais, depuis l'entrée du père Tabaret, elle oubliait, pour écouter, ses sempiternels orémus. Elle entendait et ne comprenait pas. Sa petite cervelle travaillait à éclater. Que signifiait cette conversation ? Quelle pouvait être cette femme, et ce jeune homme qui, n'étant pas son fils, l'appelait « ma mère », et parlait d'un fils véritable accusé d'être un assassin ? Déjà, entre Noël et le docteur, elle avait surpris des phrases mystérieuses. Dans quelle singulière maison était-elle tombée ? Elle avait un peu peur, et sa conscience était des plus troublées. Ne péchait-elle pas ? Elle promit de s'ouvrir à monsieur le curé lorsqu'il viendrait.

– Non, disait Noël, non, monsieur Tabaret, Albert n'a pas l'opinion pour lui. Nous sommes plus forts que cela en France, vous devez le savoir. Qu'on arrête un pauvre diable, fort innocent peut-être du crime qu'on lui impute, volontiers nous le lapiderions. Nous réservons toute notre pitié pour celui qui, très probablement coupable, arrive à la cour d'assises. Tant que la justice doute, nous sommes avec elle contre le prévenu ; dès qu'il est avéré qu'un homme est un scélérat, toutes nos sympathies lui sont acquises… voilà l'opinion. Vous comprenez qu'elle ne me touche guère. Je la méprise à ce point, que si, comme j'ose l'espérer encore, Albert n'est pas relâché, c'est moi, entendez-vous, qui serai son défenseur. Oui, je le disais tantôt à mon père, au comte de Commarin, je serai son avocat et je le sauverai.

Volontiers le bonhomme eût sauté au cou de Noël. Il mourait d'envie de lui dire : « Nous serons deux pour le sauver. » Il se contint. L'avocat, après un aveu, ne le mépriserait-il pas ? Il se promit pourtant de se dévoiler, si cela devenait nécessaire et si les affaires d'Albert prenaient une plus fâcheuse tournure. Pour le moment, il se contenta d'approuver de toutes ses forces son jeune ami.

– Bravo ! mon enfant, fit-il, voilà qui est d'un noble cœur. J'avais craint de vous voir gâté par les richesses et les grandeurs ; réparation d'honneur. Vous resterez, je le sens, ce que vous étiez dans un rang plus modeste. Mais, dites-moi, vous avez donc vu le comte votre père ?

Alors seulement Noël sembla remarquer les yeux de la sœur qui, allumés par la curiosité la plus pressante, brillaient sous ses guimpes, comme des escarboucles. D'un regard il l'indiqua au bonhomme.

– Je l'ai vu, répondit-il, et tout est arrangé à ma satisfaction… Je vous dirai tout, en détail, plus tard, lorsque nous serons plus tranquilles. Devant ce lit, je rougis presque de mon bonheur…

Force était au père Tabaret de se contenter de cette réponse et de cette promesse.

Voyant qu'il n'apprendrait rien ce soir, il parla de s'aller mettre au lit, se déclarant rompu par suite de certaines courses qu'il avait été obligé de faire dans la journée. Noël n'insista pas pour le retenir. Il attendait, dit-il, le frère de Mme Gerdy, qu'on était allé chercher plusieurs fois sans le rencontrer. Il était fort embarrassé, ajouta-t-il, de se trouver en présence de ce frère ; il ne savait encore quelle conduite tenir. Fallait-il lui dire tout ? C'était augmenter sa douleur. D'un autre côté, le silence imposait une comédie difficile. Le bonhomme fut d'avis que mieux valait se taire, quitte à tout expliquer plus tard.

– Quel brave garçon que ce Noël ! murmurait le père Tabaret en gagnant le plus doucement possible son appartement.

Depuis plus de vingt-quatre heures il était absent de chez lui, et il s'attendait à une scène formidable de sa gouvernante.

Manette, effectivement, était hors de ses gonds, ainsi qu'elle le déclara tout d'abord, et décidée à chercher une autre condition, si monsieur ne changeait pas de conduite.

Toute la nuit elle avait été sur pied, dans des transes épouvantables, prêtant l'oreille aux moindres bruits de l'escalier, s'attendant à chaque minute à voir rapporter sur un brancard son maître assassiné. Par un fait exprès, il y avait eu beaucoup de mouvement dans la maison. Elle avait vu descendre M. Gerdy peu de temps après monsieur, elle l'avait aperçu remontant deux heures plus tard. Puis il était venu du monde, on était allé quérir le médecin. De telles émotions la tuaient, sans compter que son tempérament ne lui permettait pas de supporter des factions partielles. Ce que Manette oubliait, c'est que cette faction n'était ni pour son maître ni pour Noël, mais pour un pays à elle, un des beaux hommes de la garde de Paris, qui lui avait promis le mariage, et qu'elle avait attendu en vain, le traître !

Elle éclatait en reproches pendant qu'elle « faisait la couverture » de monsieur, trop franche, affirmait-elle, pour rien garder sur le cœur et pour rester bouche close lorsqu'il s'agissait des intérêts de monsieur, de sa santé et de sa réputation. Monsieur se taisait, n'étant pas en train d'argumenter ; il baissait la tête sous la rafale, faisant le gros dos à la grêle. Mais dès que Manette eut achevé ses préparatifs, il la mit à la porte sans façon et donna un double tour à la serrure.

Il s'agissait pour lui de dresser un nouveau plan de bataille et d'arrêter des mesures promptes et décisives. Rapidement il analysa sa situation. S'était-il trompé dans ses investigations ? Non. Ses calculs de probabilités étaient-ils erronés ? Non. Il était parti d'un fait positif, le meurtre, il en avait reconnu les circonstances, ses prévisions s'étaient réalisées, il devait nécessairement arriver à un coupable tel qu'il l'avait prédit. Et ce coupable ne pouvait être le prévenu de M. Daburon. Sa confiance en un axiome judiciaire l'avait abusé lorsqu'il avait désigné Albert.

Voilà, pensait-il, où conduisent les opinions reçues et ces absurdes phrases toutes faites qui sont comme les jalons du chemin des imbéciles. Livré à mes inspirations, j'aurais creusé plus profondément cette cause, je ne me serais pas fié au hasard. La formule « Cherche à qui le crime profite » peut être aussi absurde que juste. Les héritiers d'un homme assassiné ont en réalité tout le bénéfice du meurtre, tandis que l'assassin recueille tout au plus la montre et la bourse de la victime. Trois personnes avaient intérêt à la mort de la veuve Lerouge : Albert, Mme Gerdy et le comte de Commarin. Il m'est démontré qu'Albert ne peut être coupable, ce n'est pas Mme Gerdy, que l'annonce inopinée du crime de La Jonchère tue; reste le comte. Serait-ce lui? Alors, il n'a pas agi lui-même. Il a payé un misérable, et un misérable de bonne compagnie, s'il vous plaît, portant fines bottes vernies d'un bon faiseur et fumant des trabucos avec un bout d'ambre. Ces gredins si bien mis manquent de nerf ordinairement. Ils filoutent, ils risquent des faux, ils n'assassinent pas. Admettons pourtant que le comte ait rencontré un lapin à poil[1]. Il aurait tout au plus remplacé un complice par un autre plus dangereux. Ce serait idiot, et le comte est un maître homme. Donc il n'est pour rien dans l'affaire. Pour l'acquit de ma conscience je verrai cependant de ce côté.

Autre chose : la veuve Lerouge, qui changeait si bien les enfants en nourrice, pouvait fort bien accepter quantité d'autres commissions périlleuses. Qui prouve qu'elle n'a point obligé d'autres personnes ayant aujourd'hui intérêt à s'en défaire? Il y a un secret, je brûle, mais je ne le tiens pas. Ce dont me voici sûr, c'est qu'elle n'a pas été assassinée pour empêcher Noël de rentrer dans ses droits. Elle a dû être supprimée pour quelque cause analogue, par un solide et éprouvé coquin ayant les mobiles que je soupçonnais à Albert. C'est dans ce sens que je dois poursuivre. Et avant tout, il me faut la biographie de cette obligeante veuve, et je l'aurai, car les renseignements demandés à

1. Homme courageux et résolu. *(N.d.E.)*

son lieu de naissance seront probablement au parquet demain.

Revenant alors à Albert, le père Tabaret pesait les charges qui s'élevaient contre ce jeune homme et évaluait les chances qui lui restaient.

– Au chapitre des chances, murmurait-il, je ne vois que le hasard et moi, c'est-à-dire zéro pour le moment. Quant aux charges, elles sont innombrables. Cependant, ne nous montons pas la tête. C'est moi qui les ai amassées, je sais ce qu'elles valent : à la fois tout et rien. Que prouvent des indices, si frappants qu'ils soient, en ces circonstances où on doit se défier même du témoignage de ses sens ! Albert est victime de coïncidences inexplicables, mais un mot peut les expliquer. On en a vu bien d'autres ! C'était pis dans l'affaire de mon petit tailleur. À cinq heures il achète un couteau qu'il montre à dix de ses amis en disant : « Voilà pour ma femme, qui est une coquine et qui me trompe avec mes garçons. » Dans la soirée, les voisins entendent une dispute terrible entre les époux, des cris, des menaces, des trépignements, des coups, puis subitement tout se tait. Le lendemain, le tailleur avait disparu de son domicile et on trouve la femme morte avec ce même couteau enfoncé jusqu'au manche entre les deux épaules. Eh bien ! ce n'était pas le mari qui l'y avait planté, c'était un amant jaloux. Après cela, que croire ? Albert, il est vrai, ne veut pas donner l'emploi de sa soirée. Cela ne me regarde pas. La question pour moi n'est pas d'indiquer où il était, mais de prouver qu'il n'était point à La Jonchère. Peut-être est-ce Gévrol qui est sur la bonne piste. Je le souhaite du plus profond de mon cœur. Oui, Dieu veuille qu'il réussisse ! Qu'il m'accable après des quolibets les plus blessants, ma vanité et ma sotte présomption ont bien mérité ce faible châtiment. Que ne donnerais-je pas pour le savoir en liberté ! La moitié de ma fortune serait un mince sacrifice. Si j'allais échouer ! Si, après avoir fait le mal, je me trouvais impuissant pour le bien !…

Le père Tabaret se coucha tout frissonnant de cette dernière pensée.

Il s'endormit, et il eut un épouvantable cauchemar.

Perdu dans la foule ignoble, qui, les jours où la société se venge, se presse sur la place de la Roquette et se fait un spectacle des dernières convulsions d'un condamné à mort, il assistait à l'exécution d'Albert. Il apercevait le malheureux, les mains liées derrière le dos, le col de sa chemise rabattu, gravissant appuyé sur un prêtre les roides degrés de l'échelle de l'échafaud. Il le voyait debout sur la plate-forme fatale, promenant son fier regard sur l'assemblée terrifiée. Bientôt les yeux du condamné rencontraient les siens, et, ses cordes se brisant, il le désignait, lui, Tabaret, à la foule, en disant d'une voix forte : « Celui-là est mon assassin ! » Aussitôt une clameur immense s'élevait pour le maudire. Il voulait fuir, mais ses pieds étaient cloués au sol ; il essayait de fermer au moins les yeux, il ne pouvait, une force inconnue et irrésistible le contraignait à regarder. Puis Albert s'écriait encore : « Je suis innocent, le coupable est… ! » Il prononçait un nom, la foule répétait ce nom, et il ne l'entendait pas, il lui était impossible de le retenir. Enfin la tête du condamné tombait…

Le bonhomme poussa un grand cri et s'éveilla trempé d'une sueur glacée. Il lui fallut un peu de temps pour se convaincre que rien n'était réel de ce qu'il venait de voir et d'entendre, et qu'il se trouvait bien chez lui, dans son lit. Ce n'était qu'un rêve ! Mais les rêves, parfois, sont, dit-on, des avertissements du Ciel. Son imagination était à ce point frappée, qu'il fit des efforts inouïs pour se rappeler le nom du coupable prononcé par Albert. N'y parvenant pas, il se leva et ralluma sa bougie ; l'obscurité lui faisait peur, la nuit se peuplait de fantômes. Il n'était plus pour lui question de sommeil. Obsédé par ses inquiétudes, il s'accablait des plus fortes injures et se reprochait amèrement des occupations qui jusqu'alors avaient fait ses délices. Pauvre humanité !

Il était fou à lier évidemment le jour où il s'était mis en tête d'aller chercher de l'ouvrage rue de Jérusalem. Belle et noble besogne, en vérité, pour un homme de son âge, bon bourgeois de Paris, riche et estimé de tous ! Et dire qu'il avait été fier de ses exploits, qu'il s'était glorifié de sa subtilité, qu'il avait vanté la finesse de son flair, qu'il tirait vanité de ce sobriquet ridicule de Tirauclair ! Vieil idiot ! qu'avait-il à gagner à ce métier de chien de chasse ! Tous les désagréments du monde et le mépris de ses amis, sans compter le danger de contribuer à la condamnation d'un innocent. Comment n'avait-il pas été guéri par l'affaire du petit tailleur !

Récapitulant les petites satisfactions obtenues dans le passé et les comparant aux angoisses actuelles, il se jurait qu'on ne l'y prendrait plus. Albert sauvé, il chercherait des distractions moins périlleuses et plus généralement appréciées. Il romprait des relations dont il rougissait, et, ma foi ! la police et la justice s'arrangeraient sans lui.

Enfin, le jour qu'il attendait avec une fébrile impatience parut.

Pour user le temps, il s'habilla lentement, avec beaucoup de soin, s'efforçant d'occuper son esprit à des détails matériels, cherchant à se tromper sur l'heure, regardant vingt fois si sa pendule n'était pas arrêtée.

Malgré toutes ces lenteurs, il n'était pas huit heures lorsqu'il se fit annoncer chez le juge, le priant d'excuser en faveur de la gravité des motifs une visite trop matinale pour n'être pas indiscrète.

Les excuses étaient superflues. On ne dérangeait pas M. Daburon à huit heures du matin. Déjà il était à la besogne. Il reçut avec sa bienveillance habituelle le vieux volontaire de la police, et même le plaisanta un peu de son exaltation de la veille. Qui donc lui aurait cru les nerfs si sensibles ! Sans doute la nuit avait porté conseil. Était-il revenu à des idées plus saines, ou bien avait-il mis la main sur le vrai coupable ?

Ce ton léger, chez un magistrat qu'on accusait d'être grave jusqu'à la tristesse, navra le bonhomme. Ce persiflage ne cachait-il pas un parti pris de négliger tout ce qu'il pourrait dire ? Il le crut, et c'est sans la moindre illusion qu'il commença son plaidoyer.

Il y mit plus de calme, cette fois, mais aussi toute l'énergie d'une conviction réfléchie. Il s'était adressé au cœur, il parla à la raison. Mais, bien que le doute soit essentiellement contagieux, il ne réussit ni à ébranler ni à entamer le juge. Ses plus forts arguments s'émoussaient contre une conviction absolue comme des boulettes de mie de pain sur une cuirasse. Et il n'y avait à cela rien de surprenant.

Le père Tabaret n'avait pour s'appuyer qu'une théorie subtile, des mots. M. Daburon possédait des témoignages palpables, des faits. Et telle était cette cause, que toutes les raisons invoquées par le bonhomme pour justifier Albert pouvaient se retourner contre lui et affirmer sa culpabilité.

Un échec chez le juge entrait trop dans les prévisions du père Tabaret pour qu'il en parût inquiet ou découragé.

Il déclara que pour le moment il n'insisterait pas davantage ; il avait pleine confiance dans les lumières et dans l'impartialité de monsieur le juge d'instruction ; il lui suffisait de l'avoir mis en garde contre des présomptions que lui-même, malheureusement, avait pris à tâche d'inspirer.

Il allait, ajouta-t-il, s'occuper de recueillir de nouveaux indices. On n'était qu'au début de l'instruction et on ignorait bien des choses, jusqu'au passé de la veuve Lerouge. Que de faits pouvaient se révéler ! Savait-on quel témoignage apporterait l'homme aux boucles d'oreilles poursuivi par Gévrol ? Tout en enrageant au fond, et en mourant d'envie d'injurier et de battre celui qu'intérieurement il qualifiait de « magistrat inepte », le père Tabaret se faisait humble et doux. C'est qu'il voulait rester au courant des démarches de l'instruction et être informé du résultat des interrogatoires à venir. Enfin, il termina en demandant la grâce de communiquer avec Albert ; il pensait que ses services avaient pu mériter cette faveur insigne. Il souhaitait l'entretenir sans témoins dix minutes seulement.

M. Daburon rejeta cette prière. Il déclara que pour le moment le prévenu continuerait à rester au secret le plus absolu.

En manière de consolation, il ajouta que dans trois ou quatre jours peut-être il serait possible de revenir sur cette décision, les motifs qui la déterminaient n'existant plus.

– Votre refus m'est cruel, monsieur, dit le père Tabaret, cependant je le comprends et je m'incline.

Ce fut sa seule plainte, et presque aussitôt il se retira, craignant de ne plus rester maître de son irritation.

Il sentait qu'outre l'immense bonheur de sauver un innocent compromis par son imprudence, il éprouverait une jouissance indicible à se venger de l'entêtement du juge.

– Trois ou quatre jours, murmurait-il, c'est-à-dire trois ou quatre siècles pour l'infortuné qui est en prison. Il en parle bien à l'aise, le cher magistrat ! Il faut que d'ici là j'aie fait éclater la vérité.

Oui, trois ou quatre jours, M. Daburon n'en demandait pas davantage pour arracher un aveu à Albert, ou tout au moins pour le forcer à se départir de son système.

Le malheur de la prévention était de ne pouvoir produire aucun témoin ayant aperçu le prévenu dans la soirée du Mardi gras.

Une seule déposition en ce sens devait avoir une importance si capitale, que M. Daburon, dès que le père Tabaret l'eut laissé libre, tourna tous ses efforts de ce côté.

Il pouvait espérer beaucoup encore ; on était seulement au samedi, le jour du meurtre était assez remarquable pour préciser les souvenirs, et on n'avait pas eu le temps de procéder à une enquête en règle.

Cinq des plus habiles limiers de la brigade de sûreté furent dirigés sur Bougival, munis de cartes photographiées d'Albert. Ils devaient battre tout le pays entre Rueil et La Jonchère, chercher, s'informer, interroger, se livrer aux plus exactes et aux plus minutieuses investigations. Les photographies facilitaient singulièrement leur tâche. Ils avaient ordre de les montrer partout et à tous et même d'en laisser une douzaine dans le pays, puisqu'on en possédait une assez grande quantité. Il était impossible que par une soirée où il y a tant de monde dehors, personne n'eût rencontré l'original du portrait, soit à la gare de Rueil, soit enfin sur un des chemins qui conduisent à La Jonchère, la grande route et le sentier du bord de l'eau.

Ces dispositions arrêtées, le juge d'instruction se rendit au Palais et envoya chercher son prévenu.

Déjà, dans la matinée, il avait reçu un rapport l'informant, heure par heure, des faits, gestes et dires du prisonnier habilement espionné. Rien en lui, déclarait le compte rendu, ne décelait le coupable. Il avait paru fort triste, mais non accablé. Il n'avait point crié, ni menacé, ni maudit la justice, ni même parlé d'erreur fatale. Après avoir mangé légèrement, il s'était approché de la fenêtre de sa cellule et y était resté appuyé plus d'une grande heure. Ensuite il s'était couché et avait paru dormir paisiblement.

Quelle organisation de fer! pensa M. Daburon, quand le prévenu entra dans son cabinet.

C'est qu'Albert n'avait plus rien du malheureux qui la veille, étourdi par la multiplicité des charges, surpris par la rapidité des coups, se débattait sous le regard du juge d'instruction et semblait près de défaillir. Innocent ou coupable, son parti était pris. Sa physionomie ne laissait aucun doute à cet égard. Ses yeux exprimaient bien cette résolution froide d'un sacrifice librement consenti, et une certaine hauteur qu'on pouvait prendre pour du dédain, mais qu'expliquait un généreux ressentiment de l'injure. En lui on retrouvait l'homme sûr de lui que le malheur fait chanceler, mais qu'il ne renverse pas.

À cette contenance, le juge comprit qu'il devait changer ses batteries. Il reconnaissait une de ces natures que l'attaque provoque à la résistance et que la menace affermit. Renonçant à l'effrayer, il essaya de l'attendrir. C'est une tactique banale, mais qui réussit toujours, comme au théâtre certains effets larmoyants. Le coupable qui a bandé son énergie pour soutenir le choc de l'intimidation se trouve sans force contre les patelinages d'une indulgence d'autant plus grande qu'elle est moins sincère. Or, l'attendrissement était le triomphe de M. Daburon. Que d'aveux il avait su soutirer avec quelques pleurs ! Pas un comme lui ne savait pincer ces vieilles cordes qui vibrent encore dans les cœurs les plus pourris : l'honneur, l'amour, la famille.

Pour Albert, il devint doux et bienveillant, tout ému de la compassion la plus vive. Infortuné ! combien il devait souffrir, lui dont la vie entière avait été comme un long enchantement ! Que de ruines tout à coup autour de lui ! Qui donc aurait pu prévoir cela, autrefois, lorsqu'il était l'espérance unique d'une opulente et illustre maison ? Évoquant le passé, le juge s'arrêtait à ces réminiscences si touchantes de la première jeunesse et remuait les cendres de toutes les affections éteintes. Usant et abusant de ce qu'il savait de la vie du prévenu, il le martyrisait par les plus douloureuses allusions à Claire. Comment s'obstinait-il à porter seul son immense infortune ; n'avait-il donc en ce monde une personne qui s'estimerait heureuse de l'adoucir ? Pourquoi ce silence farouche ? Ne devait-il pas se hâter de rassurer celle dont la vie était suspendue à la sienne ? Que fallait-il pour cela ? Un mot. Alors il serait, sinon libre, du moins rendu au monde, la prison deviendrait un séjour habitable, plus de secret, ses amis le visiteraient, il recevrait qui bon lui semblerait.

Ce n'était plus le juge qui parlait, c'était un père qui

pour son enfant garde quand même au fond de son cœur des trésors d'indulgence.

M. Daburon fit plus encore. Il voulut, pour un moment, se supposer à la place d'Albert. Qu'aurait-il fait après la terrible révélation ? C'est à peine s'il osait s'interroger. Il comprenait le meurtre de la veuve Lerouge, il se l'expliquait, il l'excusait presque. Autre traquenard. C'était un de ces crimes que la société peut, sinon oublier, du moins pardonner jusqu'à un certain point, parce que le mobile n'a rien de honteux. Quel tribunal ne trouverait des circonstances pour une heure de délire si compréhensible ? Puis, le premier, le plus grand coupable n'était-il pas le comte de Commarin ? N'était-ce pas lui dont la folie avait préparé ce terrible dénouement ? Son fils était victime de la fatalité, et il fallait surtout le plaindre.

Sur ce texte, M. Daburon parla longtemps, cherchant les choses les plus propres, selon lui, à amollir le cœur endurci d'un assassin. Et toujours la conclusion était qu'il serait sage d'avouer. Mais il prodigua sa rhétorique absolument comme le père Tabaret avait prodigué la sienne, en pure perte. Albert ne paraissait aucunement touché ; ses réponses étaient d'un laconisme extrême. Il commença et finit de même que la première fois en protestant de son innocence.

Une épreuve qu'on a vue souvent donner des résultats restait à tenter.

Dans cette même journée du samedi, Albert fut mis en présence du cadavre de la veuve Lerouge. Il parut impressionné par ce lugubre spectacle, mais non plus que le premier venu forcé de contempler la victime d'un assassinat quatre jours après le crime. Un des assistants ayant dit :

– Ah ! si elle pouvait parler !

Il répondit :

– Ce serait un grand bonheur pour moi.

Depuis le matin, M. Daburon n'avait pas obtenu le moindre avantage. Il en était à s'avouer l'insuccès de sa comédie, et voilà que cette dernière tentative échouait. L'impassible résignation du prévenu mit le comble à l'exaspération de cet homme si sûr de son fait. Son dépit fut visible pour tous, lorsque, quittant subitement son patelinage, il donna durement l'ordre de reconduire le prévenu en prison.

– Je saurai bien le contraindre à avouer ! grondait-il entre ses dents.

Peut-être regrettait-il ces gentils instruments d'instruction du moyen âge, qui faisaient dire au prévenu tout ce qu'on voulait. Jamais, pensait-il, on n'avait rencontré de coupable de cette trempe. Que pouvait-il raisonnablement attendre de son système de dénégation à outrance ? Cette obstination, absurde en présence de preuves acquises, agaçait le juge jusqu'à la fureur. Albert confessant son crime l'aurait trouvé disposé à la commisération ; le niant, il se heurtait à un implacable ennemi.

C'est que la fausseté de la situation dominait et aveuglait ce magistrat si naturellement bon et généreux. Après avoir souhaité Albert innocent, il le voulait absolument coupable à cette heure. Et cela pour cent raisons qu'il était impuissant à analyser. Il se souvenait trop d'avoir eu le vicomte de Commarin comme rival et d'avoir failli l'assassiner. Ne s'était-il pas repenti jusqu'au remords d'avoir signé le mandat d'arrestation et d'être resté chargé de l'instruction ? L'incompréhensible revirement de Tabaret était encore un grief.

Tous ces motifs réunis inspiraient à M. Daburon une

animosité fiévreuse et le poussaient dans la voie où il s'était engagé. Désormais c'était moins la preuve de la culpabilité d'Albert qu'il poursuivait que la justification de sa conduite à lui, juge. L'affaire s'envenimait comme une question personnelle.

En effet, le prévenu innocent, il devenait inexcusable à ses propres yeux. Et à mesure qu'il se faisait des reproches plus vifs, et que grandissait le sentiment de ses torts, il était plus disposé à tout tenter pour convaincre cet ancien rival, à abuser même de son pouvoir. La logique des événements l'entraînait. Il semblait que son honneur même fût en jeu, et il déployait une activité passionnée qu'on ne lui avait jamais vue pour aucune autre instruction.

Toute la journée du dimanche, M. Daburon la passa à écouter les rapports des agents à Bougival.

Ils s'étaient donné, affirmaient-ils, beaucoup de mal ; pourtant, ils ne rapportaient aucun renseignement nouveau.

Ils avaient bien ouï parler d'une femme qui prétendait, disait-on, avoir vu l'assassin sortir de chez la veuve Lerouge ; mais cette femme, personne n'avait pu la leur désigner positivement ni leur dire son nom.

Mais tous croyaient de leur devoir d'apprendre au juge qu'une enquête se poursuivait en même temps que la leur. Elle était dirigée par le père Tabaret, qui parcourait le pays en tous sens dans un cabriolet attelé d'un cheval très rapide. Il avait dû agir avec une furieuse promptitude, car partout où ils s'étaient présentés on l'avait déjà vu. Il paraissait avoir sous ses ordres une douzaine d'hommes dont quatre au moins appartenaient pour sûr à la rue de Jérusalem. Tous les agents l'avaient rencontré, et il avait parlé à tous. À l'un il avait dit :

– Comment diable montrez-vous ainsi cette photographie ? Dans quatre jours vous allez être accablé de témoins qui, pour gagner trois francs, vous dépeindront à qui mieux mieux votre portrait.

Il avait appelé un autre agent sur la grand-route et s'était moqué de lui.

– Vous êtes naïf ! lui avait-il crié, de chercher un homme qui se cache sur le chemin de tout le monde : regardez donc à côté, et vous trouverez.

Enfin, il en avait accosté deux qui se trouvaient ensemble dans un café de Bougival et il les avait pris à part.

– Je le tiens, leur avait-il dit. Le gars est fin, il est venu par Chatou. Trois personnes l'ont vu, deux facteurs du chemin de fer et une troisième personne dont le témoignage sera décisif, car elle lui a parlé. Il fumait.

M. Daburon entra dans une telle colère contre le père Tabaret que, sur-le-champ, il partit pour Bougival, bien décidé à ramener à Paris le trop zélé bonhomme, se réservant, en outre, de lui faire plus tard donner sur les doigts par qui de droit. Ce voyage fut inutile. Tabaret, le cabriolet, le cheval rapide et les douze hommes avaient disparu ou du moins furent introuvables.

En rentrant chez lui, très fatigué et aussi mécontent que possible, le juge d'instruction trouva cette dépêche du chef de la brigade de sûreté ; elle disait beaucoup en peu de mots :

Rouen, dimanche.

L'homme est trouvé. Ce soir, partons pour Paris. Témoignage précieux.

Gévrol

15

Le lundi matin, dès neuf heures, M. Daburon se disposait à partir pour le Palais, où il comptait trouver Gévrol et son homme et peut-être le père Tabaret.

Ses préparatifs étaient presque terminés lorsque son domestique vint le prévenir qu'une jeune dame, accompagnée d'une femme plus âgée, demandait à lui parler.

Elle n'avait pas voulu donner son nom, disant qu'elle ne le déclinerait que si cela était absolument indispensable pour être reçue.

– Faites entrer, répondit le juge.

Il pensait que ce devait être quelque parente de l'un des prévenus dont il instruisait l'affaire lorsque était arrivé le crime de La Jonchère. Il se promettait d'expédier bien vite l'importune.

Il était debout devant sa cheminée et cherchait une adresse dans une coupe précieuse remplie de cartes de visite. Au bruit de la porte qui s'ouvrait, un froufrou d'une robe de soie glissant le long de l'huisserie, il ne prit pas la peine de se déranger et ne daigna même pas tourner la tête. Il se contenta de jeter dans la glace un regard indifférent.

Mais aussitôt il recula avec un mouvement d'effroi, comme s'il eût entrevu un fantôme. Dans son trouble, il lâcha la coupe, qui tomba bruyamment sur le marbre du foyer où elle se brisa en mille morceaux.

– Claire ! balbutia-t-il. Claire !…

Et, comme s'il eût craint également, et d'être le jouet d'une illusion, et de voir celle dont il prononçait le nom, il se retourna lentement.

C'était bien Mlle d'Arlange.

Cette jeune fille si fière et si farouche à la fois avait pu s'enhardir jusqu'à venir chez lui, seule ou autant dire, car sa gouvernante, qu'elle laissait dans l'antichambre, ne pouvait compter. Elle obéissait à un sentiment bien puissant, puisqu'il lui faisait oublier sa timidité habituelle.

Jamais, même en ce temps où la voir était son bonheur, elle ne lui avait paru plus sublime. Sa beauté, voilée d'ordinaire par une douce mélancolie, rayonnait et resplendissait. Ses traits avaient une animation qu'il ne leur connaissait pas. Dans ses yeux, rendus plus brillants par des larmes récentes mal essuyées encore, éclatait la plus généreuse résolution. On sentait qu'elle avait la conscience d'accomplir un grand devoir et qu'elle le remplissait noblement, sinon avec joie, du moins avec cette simplicité qui à elle seule est de l'héroïsme.

Elle s'avança calme et digne, et tendit sa main au magistrat selon cette mode anglaise que certaines femmes peuvent faire si gracieuse.

– Nous sommes toujours amis, n'est-ce pas ? dit-elle avec un triste sourire.

Le magistrat n'osa pas prendre cette main qu'on lui tendait dégantée. C'est à peine s'il l'effleura du bout de ses doigts comme s'il eût craint une commotion trop forte.

– Oui, répondit-il à peine distinctement ; je vous suis toujours dévoué.

Mlle d'Arlange s'assit dans la vaste bergère où deux nuits auparavant le père Tabaret combinait l'arrestation d'Albert. M. Daburon demeura debout, appuyé contre la haute tablette de son bureau.

– Vous savez pourquoi je viens ? interrogea la jeune fille.

De la tête il fit signe que oui.

Il ne le devinait que trop en effet, et il se demandait s'il saurait résister aux supplications d'une telle bouche. Qu'allait-elle vouloir de lui ? que pouvait-il lui refuser ? Ah ! s'il avait prévu !... Il ne revenait pas de sa surprise.

– Je ne sais cette horrible histoire que d'hier, poursuivit Claire ; on avait jugé prudent de me la cacher, et sans ma dévouée Schmidt, j'ignorerais tout encore. Quelle nuit j'ai passée ! D'abord j'ai été épouvantée, mais lorsqu'on m'a dit que tout dépendait de vous, mes terreurs ont été dissipées. C'est pour moi, n'est-ce pas, que vous vous êtes chargé de cette affaire ? Oh ! vous êtes bon, je le sais. Comment pourrai-je jamais vous exprimer toute ma reconnaissance...

Quelle humiliation pour l'honnête magistrat que ce remerciement si plein d'effusion ! Oui, il avait au début pensé à Mlle d'Arlange, mais depuis !... Il baissa la tête pour éviter ce beau regard de Claire, si candide et si hardi.

– Ne me remerciez pas, mademoiselle, balbutia-t-il, je n'ai pas les droits que vous croyez à votre gratitude.

Claire avait été tout d'abord trop troublée elle-même pour remarquer l'agitation du magistrat. Le tremblement de sa voix attira son attention ; seulement elle ne pouvait en soupçonner la cause. Elle pensa que sa présence réveillait les plus douloureux souvenirs ; que sans doute il l'aimait encore et qu'il souffrait. Cette idée l'affligea et la rendit honteuse.

– Et moi, monsieur, reprit-elle, je veux vous bénir quand même. Qui sait si j'aurais pu prendre sur moi d'aller voir un autre juge, de parler à un inconnu ! Puis, quel compte, cet autre ne me connaissant pas, aurait-il tenu de mes paroles ? Tandis que vous, si généreux, vous allez me rassurer, me dire par quel affreux malentendu il a été arrêté comme un malfaiteur et mis en prison.

– Hélas ! soupira le magistrat si bas que Claire l'entendit à peine et ne comprit pas le sens terrible de cette exclamation.

– Avec vous, continua-t-elle, je n'ai pas peur. Vous êtes mon ami, vous me l'avez dit. Vous ne repousserez pas ma prière. Rendez-lui la liberté bien vite. Je ne sais pas au juste de quoi on l'accuse, mais je vous jure qu'il est innocent.

Claire parlait en personne sûre de soi, qui ne voit nul obstacle au désir tout simple et tout naturel qu'elle exprime. Une assurance formelle, donnée par elle, devait suffire amplement. D'un mot, M. Daburon allait tout réparer. Le juge se taisait. Il admirait cette sainte ignorance de toute chose, cette confiance naïve et candide qui ne doute de rien. Elle avait commencé par le blesser, sans le savoir, il est vrai ; il ne s'en souvenait plus.

Il était vraiment honnête entre tous, bon entre les meilleurs, et la preuve, c'est qu'au moment de dévoiler la fatale réalité il frissonnait. Il hésitait à prononcer les paroles dont le souffle pareil à un tourbillon allait renverser le fragile édifice du bonheur de cette jeune fille. Lui humilié, lui dédaigné, il allait avoir sa revanche et il n'éprouvait pas le plus léger tressaillement d'une honteuse mais trop explicable satisfaction.

– Et si je vous disais, mademoiselle, commença-t-il, que monsieur Albert n'est pas innocent !

Elle se leva à demi, protestant du geste. Il poursuivit :

– Si je vous disais qu'il est coupable !…

– Oh ! monsieur, interrompit Claire, vous ne le pensez pas !

– Je le pense, mademoiselle, prononça le magistrat d'une voix triste, et j'ajouterai que j'en ai la certitude morale.

Claire regardait le juge d'instruction d'un air de stupeur profonde. Était-ce bien lui qui parlait ainsi ? Entendait-elle bien ? Comprenait-elle ? Certes, elle en doutait. Répondait-il sérieusement ? Ne l'abusait-il pas par un jeu indigne et cruel ? Elle se le demandait avec une sorte d'égarement, car tout lui paraissait possible, probable, plutôt que ce qu'il disait.

Lui, n'osant lever les yeux, continuait d'un ton qui exprimait la plus sincère pitié :

– Je souffre cruellement pour vous, mademoiselle, en ce moment. Pourtant, j'aurai le désolant courage de vous dire la vérité, et vous celui de l'entendre. Mieux vaut que vous appreniez tout de la bouche d'un ami. Rassemblez donc toute votre énergie, affermissez votre âme si noble contre le plus horrible malheur. Non, il n'y a pas de malentendu ; non, la justice ne se trompe pas. Monsieur le vicomte de Commarin est accusé d'un assassinat, et tout, m'entendez-vous, tout prouve qu'il l'a commis.

Comme un médecin qui verse goutte à goutte un breuvage dangereux, M. Daburon avait prononcé lentement, mot à mot, cette dernière phrase. Il épiait de l'œil les conséquences, prêt à s'arrêter si l'effet en était trop fort. Il ne supposait pas que cette jeune fille craintive à l'excès, d'une sensibilité presque maladive, pût écouter sans faiblir une pareille révélation. Il s'attendait à une explosion de désespoir, à des larmes, à des cris déchirants. Peut-être s'évanouirait-elle, et il se tenait prêt à appeler la bonne Schmidt.

Il se trompait. Claire se leva comme mue par un ressort, admirable d'énergie et de vaillance. La flamme de l'indignation empourprait sa joue et avait séché ses larmes.

– C'est faux ! s'écria-t-elle, et ceux qui disent cela ont menti. Il ne peut pas… non, il ne peut pas être un assassin. Il serait là, monsieur, et lui-même il me dirait : « C'est vrai ! » que je refuserais de le croire, je crierais encore : « C'est faux !… »

– Il n'a pas encore avoué, continua le juge, mais il avouera. Et quand même !… Il y a plus de preuves qu'il n'en faut pour le faire condamner. Les charges qui s'élèvent contre lui sont aussi impossibles à nier que le jour qui nous éclaire…

– Eh bien ! moi, interrompit Mlle d'Arlange d'une voix où vibrait toute son âme, je vous affirme, je vous répète que la justice se trompe. Oui, insista-t-elle en surprenant un geste de dénégation du juge, oui, il est innocent. J'en serais sûre et je le proclamerais alors même que toute la terre se lèverait pour l'accuser avec vous. Ne voyez-vous donc pas que je le connais mieux qu'il ne peut se connaître lui-même, que ma foi en lui est absolue comme celle que j'ai en Dieu, que je douterais de moi avant de douter de lui !…

Le juge d'instruction essaya timidement une objection. Claire lui coupa la parole.

– Faut-il donc, monsieur, dit-elle, que pour vous convaincre j'oublie que je suis une jeune fille, et que ce n'est pas à ma mère que je parle, mais à un homme !

Pour lui je le ferai. Il y a quatre ans, monsieur, que nous nous aimons et que nous nous le sommes dit. Depuis ce temps, je ne lui ai pas dissimulé une seule de mes pensées, il ne m'a pas caché une des siennes. Depuis quatre ans, nous n'avons pas eu l'un pour l'autre de secret ; il vivait en moi comme je vivais en lui. Seule, je puis dire combien il est digne d'être aimé. Seule, je sais tout ce qu'il y a de grandeur d'âme, de noblesse de pensée, de générosité de sentiments en celui que vous faites si facilement un assassin. Et je l'ai vu bien malheureux cependant, lorsque tout le monde enviait son sort. Il est comme moi, seul en ce monde ; son père ne l'a jamais aimé. Appuyés l'un sur l'autre, nous avons traversé de tristes jours. Et c'est à cette heure que nos épreuves finissent qu'il serait devenu criminel ! Pourquoi, dites-le-moi, pourquoi ?

– Ni le nom ni la fortune du comte de Commarin ne lui appartenaient, mademoiselle, et il l'a su tout à coup. Seule, une vieille femme pouvait le dire. Pour garder sa situation, il l'a tuée.

– Quelle infamie ! s'écria la jeune fille, quelle calomnie honteuse et maladroite ! Je la sais, monsieur, cette histoire de grandeur écroulée ; lui-même est venu me l'apprendre. C'est vrai, depuis trois jours ce malheur l'accablait. Mais, s'il était consterné, c'était pour moi bien plus que pour lui. Il se désolait en pensant que peut-être je serais affligée quand il m'avouerait qu'il ne pouvait plus me donner tout ce que rêvait son amour. Moi affligée ! Eh ! que me font ce grand nom et cette fortune immense ! Je leur ai dû le seul malheur que je connaisse. Est-ce donc pour cela que je l'aime ! Voilà ce que j'ai répondu. Et lui, si triste, il a aussitôt recouvré sa gaieté. Il m'a remerciée disant : « Vous m'aimez, le reste n'est plus rien. » Je lui ai fait alors une querelle pour avoir douté de moi. Et après cela il serait allé assassiner lâchement une vieille femme ! Vous n'oseriez le répéter.

Mlle d'Arlange s'arrêta, un sourire de victoire sur les lèvres. Il signifiait, ce sourire : « Enfin, je l'emporte, vous êtes vaincu ; à tout ce que je viens de vous dire, que répondre ? »

Le juge d'instruction ne laissa pas longtemps cette riante illusion à la malheureuse enfant. Il ne s'apercevait pas de ce que son insistance avait de cruel et de choquant. Toujours la même idée ! Persuader Claire, c'était justifier sa conduite !

– Vous ne savez pas, mademoiselle, reprit-il, quels vertiges peuvent faire chanceler la raison d'un honnête homme. C'est à l'instant où une chose nous échappe que nous comprenons bien l'immensité de sa perte. Dieu me préserve de douter de ce que vous me dites ! mais représentez-vous la grandeur de la catastrophe qui frappait monsieur de Commarin. Savez-vous si, en vous quittant, il n'a pas été pris du désespoir, et à quelles extrémités il l'a conduit ! Il peut avoir eu une heure d'égarement et agir sans la conscience de son action… Peut-être est-ce ainsi qu'il faut expliquer le crime.

Le visage de Mlle d'Arlange se couvrit d'une pâleur mortelle et exprima la plus profonde terreur. Le juge put croire que le doute effleurait enfin ses nobles et pures croyances.

– Il aurait donc été fou ! murmura-t-elle.

– Peut-être, répondit le juge, et cependant les circonstances du crime dénotent une savante préméditation. Croyez-moi donc, mademoiselle, doutez. Attendez en priant l'issue de cette affreuse affaire. Écoutez ma voix, c'est celle d'un ami. Jadis vous avez eu en moi la confiance qu'une fille accorde à son père, vous me l'avez dit : ne repoussez pas mes conseils. Gardez le silence, attendez. Cachez à tous votre légitime douleur, vous pourriez plus tard vous repentir de l'avoir laissée éclater. Jeune, sans expérience, sans guide, sans mère, hélas ! vous avez mal placé vos premières affections…

– Non, monsieur, non, balbutia Claire. Ah ! ajouta-t-elle, vous parlez comme le monde, ce monde prudent et égoïste que je méprise et que je hais.

– Pauvre enfant ! continua M. Daburon, impitoyable avec sa compassion, malheureuse jeune fille ! Voici votre première déception. On n'en saurait imaginer de plus terrible ; peu de femmes sauraient l'accepter. Mais vous êtes jeune, vous êtes vaillante, votre vie ne sera point brisée. Plus tard, vous aurez horreur du crime. Il n'est pas, je le sais par moi-même, de blessure que le temps ne cicatrise…

Claire avait beau prêter toute son attention aux paroles du juge, elles arrivaient à son esprit comme un bruit confus, et le sens lui en échappait.

– Je ne vous comprends plus, monsieur, interrompit-elle ; quel conseil me donnez-vous donc ?

– Le seul que dicte la raison et que me puisse inspirer mon affection pour vous, mademoiselle. Je vous parle en frère tendre et dévoué. Je vous dis : courage, Claire, résignez-vous au plus douloureux, au plus immense sacrifice que puisse exiger l'honneur d'une jeune fille. Pleurez, oui, pleurez votre amour profané, mais renoncez-y. Priez Dieu qu'Il vous envoie l'oubli. Celui que vous avez aimé n'est plus digne de vous.

Le juge s'arrêta un peu effrayé. Mlle d'Arlange était devenue livide.

Mais, si le corps ployait, l'âme tenait bon encore.

– Vous disiez tout à l'heure, murmura-t-elle, qu'il n'a pu commettre ce forfait que dans un moment d'égarement, dans un accès de folie…

– Oui, cela est admissible.

– Mais alors, monsieur, n'ayant su ce qu'il faisait, il ne serait pas coupable.

Le juge d'instruction oublia certaine question inquiétante qu'il se posait un matin, dans son lit, après sa maladie.

– Ni la justice ni la société, mademoiselle, répondit-il, ne peuvent apprécier cela. À Dieu seul, qui voit au fond des cœurs, il appartient de juger, de décider ces questions qui passent l'entendement humain. Pour nous, monsieur de Commarin est criminel. Il se peut qu'en raison de certaines considérations on adoucisse le châtiment, l'effet moral sera le même. Il se peut qu'on l'acquitte, et je le désire sans l'espérer, il n'en restera pas moins indigne. Toujours il gardera la flétrissure, la tache du sang lâchement versé. Résignez-vous donc.

Mlle d'Arlange arrêta le magistrat d'un regard qu'enflammait le plus vif ressentiment.

– C'est-à-dire ! s'écria-t-elle, que vous me conseillez de l'abandonner à son malheur ! Tout le monde va s'éloigner de lui et votre prudence m'engage à faire comme tout le monde. Les amis agissent ainsi, m'a-t-on dit, quand un de leurs amis est tombé, les femmes non. Regardez autour de vous ; si humilié, si malheureux, si déchu que soit un homme, près de lui vous trouverez la femme qui soutient et console. Quand le dernier des amis s'est enfui courageusement, quand le dernier des parents s'est retiré, la femme reste.

Le juge regrettait de s'être laissé entraîner un peu

loin peut-être : l'exaltation de Claire l'effrayait. Il essaya, mais en vain, de l'interrompre.

– Je puis être timide, continuait-elle avec une énergie croissante, je ne suis pas lâche. J'ai choisi Albert entre tous, librement; quoi qu'il advienne, je ne le renierai pas. Non, jamais je ne dirai : « Je ne connais pas cet homme. » Il m'aurait donné la moitié de ses prospérités et de sa gloire, je prendrais, qu'il le veuille ou non, la moitié de sa honte et de ses malheurs ! À deux, le fardeau sera moins lourd. Frappez; je me serrerai si fortement contre lui que pas un coup ne l'atteindra sans m'atteindre moi-même. Vous qui me conseillez l'oubli, enseignez-moi donc où le trouver ! Moi l'oublier ! Est-ce que je le pourrais, quand je le voudrais ? Mais je ne le veux pas. Je l'aime; il n'est pas plus en mon pouvoir de cesser de l'aimer que d'arrêter par le seul effort de ma volonté les battements de mon cœur. Il est prisonnier, accusé d'un assassinat, soit : je l'aime. Il est coupable ! qu'importe ? je l'aime. Vous le condamnerez, vous le flétrirez : flétri et condamné, je l'aimerai encore. Vous l'enverrez au bagne, je l'y suivrai, et au bagne, sous la livrée des forçats, je l'aimerai toujours. Qu'il roule au fond de l'abîme, j'y roulerai avec lui. Ma vie est à lui, qu'il en dispose. Non, rien ne me séparera de lui, rien que la mort, et, s'il faut qu'il monte sur l'échafaud, je mourrai, je le sens bien, du coup qui le frappera.

M. Daburon avait caché son visage entre ses mains; il ne voulait pas que Claire pût y suivre la trace des émotions qui le remuaient.

Comme elle l'aime ! se disait-il, comme elle l'aime !

Il était certes à mille lieues de la situation présente. Son esprit s'abîmait dans les plus noires réflexions. Tous les aiguillons de la jalousie le déchiraient.

Quels ne seraient pas ses transports, s'il était l'objet d'une passion irrésistible comme celle qui éclatait devant lui ! Que ne donnerait-il pas en retour ! Il avait, lui aussi, une âme jeune et ardente, une soif brûlante de tendresse. Qui s'en était inquiété ? Il avait été estimé, respecté, craint peut-être, non aimé, et il ne le serait jamais. N'en était-il donc pas digne ! Pourquoi tant d'hommes traversent-ils la vie déshérités d'amour, tandis que d'autres, les êtres les plus vils, parfois, semblent posséder un mystérieux pouvoir qui charme, séduit, entraîne, qui inspire ces sentiments aveugles et furieux qui, pour s'affirmer, vont au-devant du sacrifice et l'appellent ? Les femmes n'ont-elles donc ni raison ni discernement ?

Le silence de Mlle d'Arlange ramena le juge à la réalité.

Il leva les yeux sur elle. Brisée par la violence de son exaltation, elle était retombée sur son fauteuil et respirait avec tant de difficulté que M. Daburon crut qu'elle se trouvait mal. Il allongea vivement la main vers le timbre placé sur son bureau pour demander du secours. Mais, si prompt qu'eût été son mouvement, Claire le prévint et l'arrêta.

– Que voulez-vous faire ? demanda-t-elle.

– Vous me paraissiez si souffrante, balbutia-t-il, que je voulais…

– Ce n'est rien, monsieur, répondit-elle. On me croirait faible à me voir, il n'en est rien ; je suis forte, sachez-le bien, très forte. Il est vrai que je souffre comme je n'imaginais pas qu'on pût souffrir. C'est qu'il est cruel pour une jeune fille de faire violence à toutes ses pudeurs. Vous devez être content, monsieur, j'ai déchiré tous les voiles et vous avez pu lire jusqu'au fond de mon cœur. Je ne le regrette pourtant pas, c'était pour lui. Ce dont je me repens, c'est de m'être abaissée jusqu'à le défendre. Votre assurance m'avait éblouie. Il me pardonnera cette offense à son caractère. On ne défend pas un homme comme lui, on prouve son innocence. Dieu aidant, je la prouverai.

Mlle d'Arlange se leva à demi comme pour se retirer ; M. Daburon la retint d'un signe.

Dans son aberration, il pensait qu'il serait mal à lui de laisser à cette pauvre jeune fille l'ombre d'une illusion. Ayant tant fait que de commencer, il se persuadait que son devoir lui commandait d'aller jusqu'au bout. Il se disait de bonne foi qu'ainsi il sauvait Claire d'elle-même et lui épargnait pour l'avenir de cuisants regrets. Le chirurgien qui a commencé une opération terrible ne la laisse pas inachevée parce que le malade se débat, souffre et crie.

– Il est pénible, mademoiselle…, commença-t-il.

Claire ne le laissa pas achever.

– Il suffit, monsieur, dit-elle ; tout ce que vous pouvez dire encore est inutile. Je respecte votre malheureuse conviction ; je vous demande en retour quelques égards pour la mienne. Si vous étiez vraiment mon ami, je vous dirais : « Aidez-moi dans la tâche de salut à laquelle je vais me dévouer. » Mais vous ne le voudriez pas, sans doute.

Il était dit que Claire ferait tout pour irriter le malheureux magistrat. Voici maintenant que sa passion arrivait à s'exprimer comme la logique du père Tabaret. Les femmes n'analysent ni ne raisonnent, elles sentent et croient. Au lieu de discuter, elles affirment. De là, peut-être, leur supériorité. Pour Claire, M. Daburon ne sentait pas comme elle devenait son ennemie, et elle le traitait comme tel.

Le juge d'instruction ressentit vivement l'injure. Tiraillé par les scrupules d'une conscience étroite d'un côté, par ses convictions de l'autre, ballotté entre le devoir et la passion, entortillé dans le harnais de sa profession, il était incapable de la réflexion la plus simple. Il agissait depuis trois jours comme un enfant qui s'entête dans sa sottise. Pourquoi cette obstination à ne pas convenir qu'Albert pouvait être innocent ? Les investigations dans tous les cas arrivaient au même but. Lui, toujours favorable aux prévenus, il n'admettait pas la possibilité d'une erreur à l'égard de celui-ci.

– Si vous connaissiez les preuves que j'ai entre les mains, mademoiselle, dit-il de ce ton froid qui annonce la détermination de ne pas se laisser aller à la colère, si je vous les exposais, vous n'espéreriez plus.

– Parlez, monsieur, fit impérieusement Claire.

– Vous le voulez, mademoiselle ? soit ! Je vous détaillerai, si vous l'exigez, toutes les charges recueillies par la justice ; je vous appartiens entièrement, vous le savez. Mais à quoi bon énumérer ces présomptions ! Il en est une qui, à elle seule, est décisive. Le meurtre a été commis le soir du Mardi gras, et il est impossible au prévenu de déterminer l'emploi de cette soirée. Il est sorti, cependant, et il n'est rentré chez lui qu'à deux heures du matin, ses vêtements souillés et déchirés, ses gants éraillés…

– Oh ! assez, monsieur, assez ! interrompit Claire, dont les yeux rayonnèrent tout à coup de bonheur. C'était, dites-vous, le soir du Mardi gras ?

– Oui, mademoiselle.

– Ah ! j'en étais bien sûre ! s'écria-t-elle avec l'accent du triomphe. Je vous disais bien, moi, qu'il ne pouvait être coupable !

Elle joignit les mains, et au mouvement de ses lèvres il fut facile de voir qu'elle priait.

L'expression de la foi la plus vive, rencontrée par quelques peintres italiens, illuminait son beau visage, pendant qu'elle rendait grâce à Dieu dans l'effusion de sa reconnaissance.

Le magistrat était si décontenancé qu'il oubliait d'admirer. Il attendait une explication.

– Eh bien ? demanda-t-il, n'y tenant plus.

– Monsieur, répondit Claire, si c'est là votre plus forte preuve, elle n'existe plus. Albert a passé près de moi toute la soirée que vous dites.

– Près de vous ? balbutia le juge.

– Oui, avec moi, à l'hôtel.

M. Daburon fut abasourdi. Rêvait-il ? Les bras lui tombaient.

– Quoi ! interrogea-t-il, le vicomte était chez vous ; votre grand-mère, votre gouvernante, vos domestiques l'ont vu, lui ont parlé ?

– Non, monsieur, il est venu et s'est retiré en secret. Il tenait à n'être vu de personne, il voulait se trouver seul avec moi.

– Ah !… fit le juge avec un soupir de soulagement.

Il signifiait, ce soupir : « Tout s'explique. C'était aussi par trop fort. Elle veut le sauver, au risque de compromettre sa réputation. Pauvre fille ! Mais cette idée lui est-elle venue subitement ? »

Ce « Ah ! » fut interprété bien différemment par Mlle d'Arlange. Elle pensa que M. Daburon s'étonnait qu'elle eût consenti à recevoir Albert.

– Votre surprise est une injure, monsieur, dit-elle.

– Mademoiselle !…

– Une fille de mon sang, monsieur, peut recevoir

son fiancé sans danger, sans qu'il se passe rien dont elle puisse avoir à rougir.

Elle disait cela, et en même temps elle était cramoisie, de honte, de douleur et de colère.

Elle se prenait à haïr M. Daburon.

– Je n'ai point eu l'offensante pensée que vous croyez, mademoiselle, dit le magistrat. Je me demande seulement comment monsieur de Commarin est allé chez vous en cachette, lorsque son mariage prochain lui donnait le droit de s'y présenter ouvertement à toute heure. Je me demande encore comment dans cette visite il a pu mettre ses vêtements dans l'état où nous les avons trouvés.

– C'est-à-dire, monsieur, reprit Claire avec amertume, que vous doutez de ma parole !

– Il est des circonstances, mademoiselle…

– Vous m'accusez de mensonge, monsieur. Sachez que, si nous étions coupables, nous ne descendrions pas jusqu'à nous justifier. On ne nous verra jamais ni prier ni demander grâce.

Le ton hautain et méchant de Mlle d'Arlange ne pouvait qu'indigner le juge. Comme elle le traitait ! Et cela parce qu'il ne consentait pas à paraître sa dupe…

– Avant tout, mademoiselle, répondit-il sévèrement, je suis magistrat et j'ai un devoir à remplir. Un crime est commis, tout me dit que monsieur Albert de Commarin est coupable, je l'arrête. Je l'interroge et je relève contre lui des indices accablants. Vous venez me dire qu'ils sont faux, cela ne suffit pas. Tant que vous vous êtes adressée à l'ami, vous m'avez trouvé bienveillant et attendri. Maintenant c'est au juge que vous parlez, et c'est le juge qui vous répond : prouvez !

– Ma parole, monsieur…

– Prouvez!...

Mlle d'Arlange se leva lentement, attachant sur le juge un regard plein d'étonnement et de soupçons.

– Seriez-vous donc heureux, monsieur, demanda-t-elle, de trouver Albert coupable? Vous serait-il donc bien doux de le faire condamner? Auriez-vous de la haine contre cet accusé dont le sort est entre vos mains, monsieur le juge? C'est qu'on le dirait presque... Pouvez-vous répondre de votre impartialité? Certains souvenirs ne pèsent-ils pas lourdement dans votre balance? Est-il sûr que ce n'est pas un rival que vous poursuivez armé de la loi?

– C'en est trop! murmurait le juge, c'en est trop!

– Savez-vous, poursuivait Claire froidement, que notre situation est rare et périlleuse en ce moment? Un jour, il m'en souvient, vous m'avez déclaré votre amour. Il m'a paru sincère et profond; il m'a touchée. J'ai dû le repousser parce que j'en aimais un autre, et je vous ai plaint. Voici maintenant que cet autre est accusé d'un assassinat, et c'est vous qui êtes son juge; et je me trouve moi entre vous deux, vous priant pour lui. Accepter d'être juge, c'était consentir à être tout pour lui, et on dirait que vous êtes contre!

Chacune des phrases de Claire tombait sur le cœur de M. Daburon, comme des soufflets sur sa joue.

Était-ce bien elle qui parlait? D'où lui venait cette audace soudaine qui lui faisait rencontrer toutes ces paroles qui trouvaient un écho en lui?

– Mademoiselle, dit-il, la douleur vous égare. À vous seule je puis pardonner ce que vous venez de dire. Votre ignorance des choses vous rend injuste. Vous pensez que le sort d'Albert dépend de mon bon plaisir, vous vous trompez. Me convaincre n'est rien, il faut encore persuader les autres. Que je vous croie, moi, c'est tout naturel, je vous connais. Mais les autres ajouteront-ils foi à votre témoignage quand vous arriverez à eux avec un récit vrai, je le crois, très vrai, mais enfin invraisemblable ?

Les larmes vinrent aux yeux de Claire.

– Si je vous ai offensé injustement, monsieur, dit-elle, pardonnez-moi, le malheur rend mauvais.

– Vous ne pouvez m'offenser, mademoiselle, reprit le magistrat, je vous l'ai dit, je vous appartiens.

– Alors, monsieur, aidez-moi à prouver que ce que j'avance est exact. Je vais tout vous conter.

M. Daburon était bien convaincu que Claire cherchait à surprendre sa bonne foi. Cependant son assurance l'étonnait.

Il se demandait quelle fable elle allait imaginer.

– Monsieur, commença Claire, vous savez quels obstacles a rencontrés mon mariage avec Albert. Monsieur de Commarin ne voulait pas de moi pour fille parce que je suis pauvre ; je n'ai rien. Il a fallu à Albert une lutte de cinq années pour triompher des résistances de son père. Deux fois le comte a cédé, deux fois il est revenu sur une parole qui lui avait été, disait-il, extorquée. Enfin, il y a un mois il a donné de son propre mouvement son consentement. Cependant ces hésitations, ces lenteurs, ces ruptures injurieuses avaient profondément blessé ma grand-mère. Vous savez son caractère susceptible ; je dois reconnaître qu'en cette circonstance elle a eu raison. Bien que le jour du mariage fût fixé, la marquise déclara qu'elle ne me compromettrait, ni ne nous ridiculiserait davantage en paraissant se précipiter au-devant d'une alliance trop considérable pour qu'on ne nous ait pas souvent accusées d'ambition. Elle décida donc que, jusqu'à la publication des bans, Albert ne serait plus admis chez elle que tous les deux jours, deux heures seulement, dans l'après-midi, et en sa présence. Nous n'avons pu la faire revenir sur sa détermination. Telle était la situation lorsque le dimanche matin on me remit un mot d'Albert. Il me prévenait que des affaires graves l'empêcheraient de venir, bien que ce fût son jour. Qu'arrivait-il qui pût le retenir ? J'appréhendai quelque malheur. Le lendemain je l'attendais avec impatience, avec angoisse, quand son valet de chambre apporta à Schmidt une lettre pour moi. Dans cette lettre, monsieur, Albert me conjurait de lui accorder un rendez-vous. Il fallait, me disait-il, qu'il me parlât longuement, à moi seule, sans délai. Notre avenir, ajoutait-il, dépendait de cette entrevue. Il me laissait le choix du jour et de l'heure, me recommandant bien de ne me confier à personne. Je n'hésitai pas. Je lui répondis de se trouver le mardi soir à la petite porte du jardin qui donne sur une rue déserte. Pour m'avertir de sa présence, il devait frapper quand neuf heures sonneraient aux Invalides. Ma grand-mère, je le savais, avait pour ce soir-là invité plusieurs de ses amies ; je pensais qu'en feignant d'être souffrante il me serait permis de me retirer, et qu'ainsi je serais libre. Je comptais bien que madame d'Arlange retiendrait Schmidt près d'elle…

– Pardon ! mademoiselle, interrompit M. Daburon, quel jour avez-vous écrit à monsieur Albert ?

– Le mardi dans la journée.

– Pouvez-vous préciser l'heure ?

– J'ai dû envoyer cette lettre entre deux et trois heures.

– Merci ! mademoiselle ; continuez, je vous prie.

– Toutes mes prévisions, reprit Claire, se réalisèrent. Le soir je me trouvai libre et je descendis au jardin un peu avant le moment fixé. J'avais réussi à me procurer la clé de la petite porte; je m'empressai de l'essayer. Malheur! il m'était impossible de la faire jouer, la serrure était trop rouillée; j'employai inutilement toutes mes forces. Je me désespérais quand neuf heures sonnèrent. Au troisième coup Albert frappa. Aussitôt je lui fis part de l'accident et je lui jetai la clé pour qu'il essayât d'ouvrir. Il le tenta vainement. Je ne pouvais que le prier de remettre notre entrevue au lendemain. Il me répondit que c'était impossible, que ce qu'il avait à me dire ne souffrait pas de délai. Depuis deux jours qu'il hésitait à me communiquer cette affaire il endurait le martyre, il ne vivait plus. Nous nous parlions, vous comprenez, à travers la porte. Enfin il me déclara qu'il allait passer par-dessus le mur. Je le conjurai de n'en rien faire, redoutant un accident. Il est assez haut, le mur, vous le connaissez, et le chaperon est tout garni de morceaux de verre cassé; de plus les branches des acacias font comme une haie dessus. Mais il se moqua de mes craintes et me dit qu'à moins d'une défense expresse de ma part il allait tenter l'escalade. Je n'osais pas dire non, et il se risqua. J'avais bien peur, je tremblais comme la feuille. Par bonheur, il est très leste; il passa sans se faire mal. Ce qu'il voulait, monsieur, c'était m'annoncer la catastrophe qui nous frappait. Nous nous sommes assis d'abord sur le petit banc, vous savez, qui est devant le bosquet; puis, comme la pluie tombait, nous nous sommes réfugiés sous le pavillon rustique. Il était plus de minuit quand Albert m'a quittée, tranquille et presque gai. Il s'est retiré par le même chemin, seulement avec moins de danger, parce que je l'ai forcé de prendre l'échelle du jardinier, que j'ai couchée le long du mur quand il a été de l'autre côté.

Ce récit, fait du ton le plus simple et le plus naturel, confondait M. Daburon. Que croire ?

– Mademoiselle, demanda-t-il, la pluie avait-elle commencé lorsque monsieur Albert a franchi le mur ?

– Pas encore, monsieur. Les premières gouttes sont tombées lorsque nous étions sur le banc, je me le rappelle fort bien, parce qu'il a ouvert son parapluie et que j'ai pensé à Paul et Virginie.

– Accordez-moi une minute, mademoiselle, dit le juge.

Il s'assit devant son bureau et rapidement écrivit deux lettres.

Dans la première il donnait des ordres pour qu'Albert fût amené tout de suite au Palais de Justice, à son cabinet.

Par la seconde, il chargeait un agent de la sûreté de se transporter immédiatement au faubourg Saint-Germain, à l'hôtel d'Arlange, pour y examiner le mur du fond du jardin et y relever les traces d'une escalade, si toutefois elles existaient. Il expliquait que le mur avait été franchi deux fois, avant et pendant la pluie. En conséquence, les empreintes de l'aller et du retour devaient être différentes.

Il était enjoint à cet agent de procéder avec la plus grande circonspection et de chercher un motif plausible pour expliquer ses investigations.

Tout en écrivant, le juge avait sonné son domestique, qui parut.

– Voici, lui dit-il, deux lettres que vous allez porter à Constant, mon greffier. Vous le prierez de les lire et de faire exécuter à l'instant, vous comprenez, à l'instant, les ordres qu'elles contiennent. Courez, prenez une voiture, allez vite. Ah ! un mot : si Constant n'est pas dans mon cabinet, faites-le chercher par un garçon, il ne saurait être loin, il m'attend. Partez, dépêchez-vous.

M. Daburon revint alors à Claire :

– Auriez-vous conservé, mademoiselle, la lettre où monsieur Albert vous demande un rendez-vous ?

– Oui, monsieur, je dois même l'avoir sur moi.

Elle se leva, chercha dans sa poche et en sortit un papier très froissé.

– La voici !

Le juge d'instruction la prit. Un soupçon lui venait. Cette lettre compromettante se trouvait bien à propos dans la poche de Claire. Les jeunes filles d'ordinaire ne promènent pas ainsi les demandes de rendez-vous. D'un regard il parcourut les dix lignes de ce billet.

– Pas de date, murmura-t-il, pas de timbre, rien…

Claire ne l'entendit pas ; elle se torturait l'esprit à chercher des preuves de cette entrevue.

– Monsieur, dit-elle tout à coup, c'est souvent lorsqu'on désire et qu'on pense être seul qu'on est observé. Mandez, je vous prie, tous les domestiques de ma grand-mère et interrogez-les, il se peut que l'un d'eux ait vu Albert.

– Interroger vos gens !… Y songez-vous, mademoiselle !

– Quoi ! monsieur, vous vous dites que je serai compromise… Qu'importe, pourvu qu'il soit libre !

M. Daburon ne pouvait qu'admirer.

Quel dévouement sublime chez cette jeune fille, qu'elle dît ou non la vérité ! Il pouvait apprécier la violence qu'elle se faisait depuis une heure, lui qui connaissait si bien son caractère.

– Ce n'est pas tout, ajouta-t-elle ; la clé de la petite porte que j'ai jetée à Albert, il ne me l'a pas rendue ; je me le rappelle bien, nous l'avons oubliée. Il doit l'avoir serrée. Si on la trouve en sa possession, elle prouvera bien qu'il est venu dans le jardin…

– Je donnerai des ordres, mademoiselle.

– Il y a encore un moyen, reprit Claire ; pendant que je suis ici, envoyez vérifier le mur…

Elle pensait à tout.

– C'est fait, mademoiselle, continua M. Daburon. Je ne vous cacherai pas qu'une des lettres que je viens d'expédier ordonne une enquête chez votre grand-mère, enquête secrète, bien entendu.

Claire se leva rayonnante, et pour la seconde fois tendit sa main au juge.

– Oh merci ! dit-elle, merci mille fois ! Maintenant je vois bien que vous êtes avec nous. Mais voici encore une idée : ma lettre du mardi, Albert doit l'avoir.

– Non, mademoiselle, il l'a brûlée.

Les yeux de Claire se voilèrent, elle se recula.

Elle croyait sentir de l'ironie dans la réponse du juge. Il n'y en avait pas. Le magistrat se rappelait la lettre jetée dans le poêle par Albert dans l'après-midi du mardi. Ce ne pouvait être que celle de la jeune fille. C'était donc à elle que s'appliquaient ces mots : « Elle ne saurait me résister. » Il comprit le mouvement et expliqua la phrase.

– Comprenez-vous, mademoiselle, demanda-t-il ensuite, que monsieur de Commarin ait laissé s'égarer la justice, m'ait exposé, moi, à une erreur déplorable, lorsqu'il était si simple de me dire tout cela ?

– Il me semble, monsieur, qu'un honnête homme ne peut pas avouer qu'il a obtenu un rendez-vous d'une femme tant qu'il n'en a pas l'autorisation expresse. Il doit exposer sa vie plutôt que l'honneur de celle qui s'est confiée à lui. Mais croyez qu'Albert comptait sur moi.

Il n'y avait rien à redire à cela, et le sentiment exprimé par Mlle d'Arlange donnait un sens à une phrase de l'interrogatoire du prévenu.

– Ce n'est pas tout encore, mademoiselle, reprit le juge, tout ce que vous venez de me dire là, il faudra venir me le répéter dans mon cabinet, au Palais de Justice. Mon greffier écrira votre déposition et vous la signerez. Cette démarche vous sera pénible, mais c'est une formalité nécessaire.

– Eh ! monsieur, c'est avec joie que je m'y rendrai. Quel acte peut me coûter avec cette idée qu'il est en prison ? N'étais-je pas résolue à tout ? Si on l'avait traduit en cour d'assises, j'y serais allée. Oui, je m'y serais présentée, et là, tout haut, devant tous, j'aurais dit la vérité. Sans doute, ajouta-t-elle d'un ton triste, j'aurais été bien affichée, on m'aurait regardée comme une héroïne de roman, mais que m'importe l'opinion, le blâme ou l'approbation du monde, puisque je suis sûre de son amour !

Elle se leva, rajustant son manteau et les brides de son chapeau.

– Est-il nécessaire, demanda-t-elle, que j'attende le retour des gens qui sont allés examiner le mur ?

– C'est inutile, mademoiselle.

– Alors, reprit-elle de la voix la plus douce, il ne me reste plus, monsieur, qu'à vous prier – elle joignit les mains –, qu'à vous conjurer – ses yeux suppliaient – de laisser sortir Albert de la prison.

– Il sera remis en liberté dès que cela se pourra, je vous en donne ma parole.

– Oh ! aujourd'hui même, cher monsieur Daburon, aujourd'hui, je vous en prie, tout de suite. Puisqu'il est innocent, voyons, laissez-vous attendrir, puisque vous êtes notre ami… Voulez-vous que je me mette à genoux ?

Le juge n'eut que le temps bien juste d'étendre les bras pour la retenir.

Il étouffait, le malheureux !

Ah ! combien il enviait le sort de ce prisonnier !

– Ce que vous me demandez est impossible, mademoiselle, dit-il d'une voix éteinte, impraticable, sur mon honneur ! Ah ! si cela ne dépendait que de moi !… je ne saurais, fût-il coupable, vous voir pleurer et résister…

Mlle d'Arlange, si ferme jusque-là, ne put retenir un sanglot.

– Malheureuse ! s'écria-t-elle, il souffre, il est en prison, je suis libre et je ne puis rien pour lui ! Grand Dieu ! inspire-moi de ces accents qui touchent le cœur des hommes. Aux pieds de qui aller me jeter pour avoir sa grâce !…

Elle s'interrompit, surprise du mot qu'elle venait de prononcer.

– J'ai dit sa grâce, reprit-elle fièrement, il n'a pas besoin de grâce. Pourquoi ne suis-je qu'une femme ! Je ne trouverai donc pas un homme qui m'aide ! Si, dit-elle, après un moment de réflexion, il est un homme qui se doit à Albert, puisque c'est lui qui l'a précipité là où il est : c'est le comte de Commarin. Il est son père et il l'a abandonné ! Eh bien ! moi, je vais aller lui rappeler qu'il a un fils.

Le magistrat se leva pour la reconduire, mais déjà elle s'enfuyait, entraînant la bonne Schmidt.

M. Daburon, plus mort que vif, se laissa retomber dans son fauteuil. Ses yeux étaient brillants de larmes.

– Voilà donc ce qu'elle est ! murmurait-il. Ah ! je n'avais pas fait un choix vulgaire. J'avais su deviner et comprendre toutes ses grandeurs.

Jamais il ne l'avait tant aimée, et il sentait que jamais il ne se consolerait de n'avoir pu s'en faire aimer.

Mais au plus profond de ses méditations, une pensée aiguë comme une flèche traversa son cerveau.

Claire avait-elle dit vrai ? n'avait-elle pas joué un rôle appris de longue main ? Non, certainement, non.

Mais on pouvait l'avoir abusée, elle pouvait être la dupe de quelque fourberie savante.

Alors la prédiction du père Tabaret se trouvait réalisée.

Tabaret avait dit : « Attendez-vous à un irrécusable alibi. »

Comment démontrer la fausseté de celui-ci, machiné à l'avance, affirmé par Claire abusée ?

Comment déjouer un plan si habilement calculé que le prévenu avait pu sans danger attendre les bras croisés, sans s'en mêler, les résultats prévus ?…

Et si pourtant le récit de Claire était exact, si Albert était innocent !…

Le juge se débattait au milieu d'inextricables difficultés, sans un projet, sans une idée.

Il se leva.

– Allons ! dit-il à haute voix, comme pour s'encourager, au Palais tout se débrouillera.

16

M. Daburon avait été surpris de la visite de Claire.

M. de Commarin le fut bien davantage lorsque son valet de chambre, se penchant à son oreille, lui annonça que Mlle d'Arlange demandait à monsieur le comte un instant d'entretien.

M. Daburon avait laissé choir une coupe admirable; M. de Commarin, qui était à table, laissa tomber son couteau sur son assiette.

Comme le juge encore, il répéta :

– Claire!

Il hésitait à la recevoir, redoutant une scène pénible et désagréable.

Elle ne pouvait avoir, il ne l'ignorait pas, qu'une très faible affection pour lui qui l'avait si longtemps repoussée avec tant d'obstination. Que lui voulait-elle? Sans doute elle venait pour s'informer d'Albert. Que répondrait-il?

Elle aurait probablement une attaque de nerfs, et sa digestion, à lui, en serait troublée.

Cependant il songea à l'immense douleur qu'elle avait dû éprouver, et il eut un bon mouvement.

Il se dit qu'il serait mal et indigne de son caractère de se celer pour celle qui aurait été sa fille, la vicomtesse de Commarin.

Il donna l'ordre de la prier d'attendre un moment dans un des petits salons du rez-de-chaussée.

Il ne tarda pas à s'y rendre, son appétit ayant été coupé par la seule annonce de cette visite. Il était préparé à tout ce qu'il y a de plus fâcheux.

Dès qu'il parut, Claire s'inclina devant lui avec une de ces belles révérences de dignité première qu'enseignait madame la marquise d'Arlange.

– Monsieur le comte…, commença-t-elle.

– Vous venez, n'est-il pas vrai, ma pauvre enfant, chercher des nouvelles de ce malheureux ? demanda M. de Commarin.

Il interrompait Claire et allait droit au but pour en finir au plus vite.

– Non, monsieur le comte, répondit la jeune fille, je viens vous en donner au contraire. Vous savez qu'il est innocent ?

Le comte la regarda bien attentivement, persuadé que la douleur lui avait troublé sa raison. Sa folie, en ce cas, était fort calme.

– Je n'en avais jamais douté, continua Claire, mais maintenant j'en ai la preuve la plus certaine.

– Songez-vous bien à ce que vous avancez, mon enfant ? interrogea le comte, dont les yeux trahissaient la défiance.

Mlle d'Arlange comprit les pensées du vieux gentilhomme. Son entretien avec M. Daburon lui avait donné de l'expérience.

– Je n'avance rien qui ne soit de la dernière exactitude, répondit-elle, et facile à vérifier. Je sors à l'instant de chez le juge d'instruction, monsieur Daburon, qui est des amis de ma grand-mère, et après ce que je lui ai révélé, il est persuadé qu'Albert n'est pas coupable.

– Il vous l'a dit, Claire ! s'exclama le comte. Mon enfant, en êtes-vous sûre, ne vous trompez-vous pas ?

– Non, monsieur. Je lui ai appris une chose que tout le monde ignorait ; qu'Albert, qui est un gentilhomme, ne pouvait lui dire. Je lui ai appris qu'Albert a passé avec moi, dans le jardin de ma grand-mère, toute cette soirée où le crime a été commis. Il m'avait demandé un rendez-vous…

– Mais votre parole ne peut suffire.

– Il y a des preuves, et la justice les a maintenant.

– Est-ce bien possible, grand Dieu ! s'écria le comte hors de lui.

– Ah ! monsieur le comte, fit amèrement Mlle d'Arlange, vous êtes comme le juge, vous avez cru l'impossible. Vous êtes son père et vous l'avez soupçonné. Vous ne le connaissez donc pas ! Vous l'abandonniez sans chercher à le défendre ! Ah ! je n'ai pas hésité, moi !

On croit aisément à la vraisemblance de ce qu'on désire de toute son âme. M. de Commarin ne devait pas être difficile à convaincre. Sans raisonnements, sans discussion, il ajouta foi aux assertions de Claire. Il partagea son assurance sans se demander si cela était sage et prudent.

Oui, il avait été accablé par la certitude du juge, il s'était dit que l'invraisemblance était vraie et il avait courbé le front. Un mot d'une jeune fille le ramenait. Albert innocent ! Cette pensée descendait sur son cœur comme une rosée céleste.

Claire lui apparaissait ainsi qu'une messagère de bonheur et d'espoir.

Depuis trois jours seulement, il avait mesuré la grandeur de son affection pour Albert. Il l'avait tendrement aimé, puisque jamais, malgré ses affreux soupçons sur sa paternité, il n'avait pu se résigner à l'éloigner de lui.

Depuis trois jours, le souvenir du crime imputé à ce malheureux, l'idée du châtiment qui l'attendait le tuaient. Et il était innocent !

Plus de honte, plus de procès scandaleux, plus de boue sur l'écusson ; le nom de Commarin ne retentirait pas devant les tribunaux.

– Mais alors, mademoiselle, demanda le comte, on va le relâcher ?

– Hélas ! monsieur, je demandais, moi, qu'on le mît en liberté à l'instant même. C'est juste, n'est-ce pas, puisqu'il n'est pas coupable ? Mais le juge m'a répondu que ce n'était pas possible, qu'il n'est pas le maître, que le sort d'Albert dépend de beaucoup de personnes. C'est alors que je me suis décidée à venir vous demander assistance.

– Puis-je donc quelque chose ?

– Je l'espère, du moins. Je ne suis qu'une pauvre fille bien ignorante, moi, et je ne connais personne au monde. Je ne sais pas ce qu'on peut faire pour qu'on ne le retienne plus en prison. Il doit cependant y avoir un moyen de se faire rendre justice. Est-ce que vous n'allez pas tout tenter, monsieur le comte, vous qui êtes son père ?

– Si, répondit vivement M. de Commarin, si, et sans perdre une minute.

Depuis l'arrestation d'Albert, le comte était resté plongé dans une morne stupeur. Dans sa douleur profonde, ne voyant autour de lui que ruines et désastres, il n'avait rien fait pour secouer l'engourdissement de sa pensée. Cet homme, si actif d'ordinaire, remuant jusqu'à la turbulence, avait été stupéfié. Il se plaisait dans cet état de paralysie cérébrale qui l'empêchait de sentir la vivacité de son malheur. La voix de Claire sonna à son oreille comme la trompette de la résurrection. La nuit affreuse se dissipait, il entrevoyait une lueur à l'horizon, il retrouva l'énergie de sa jeunesse.

– Marchons, dit-il.

Mais soudain sa physionomie rayonnante se voila d'une tristesse mêlée de colère.

– Mais encore, reprit-il, où ? À quelle porte frapper sûrement ? Dans un autre temps, je serais allé trouver le roi. Mais aujourd'hui !… Votre empereur lui-même ne saurait se mettre au-dessus de la loi. Il me répondrait d'attendre la décision de ces messieurs du tribunal, et qu'il ne peut rien. Attendre !… Et Albert compte les minutes avec une mortelle angoisse ! Certainement on obtient justice, seulement, se la faire rendre promptement est un art qui s'enseigne dans des écoles que je n'ai pas fréquentées.

– Essayons toujours, monsieur, insista Claire, allons trouver les juges, les généraux, les ministres, que sais-je, moi ! Conduisez-moi simplement, je parlerai, moi, et vous verrez si nous ne réussissons pas !

Le comte prit entre ses mains les petites mains de Claire et les retint un moment, les pressant avec une paternelle tendresse.

– Brave fille ! s'écria-t-il, vous êtes une brave et courageuse fille, Claire ! Bon sang ne peut mentir. Je ne vous connaissais pas. Oui, vous serez ma fille, et vous serez heureux, Albert et vous… Mais nous ne pouvons pourtant pas nous lancer comme des étourneaux. Il nous faudrait, pour m'indiquer à qui je dois m'adresser, un guide quelconque, un avocat, un avoué. Ah ! s'écria-t-il, nous tenons notre affaire, Noël !…

Claire leva sur le comte ses beaux yeux surpris.

– C'est mon fils, répondit M. de Commarin, visiblement embarrassé, mon autre fils, le frère d'Albert. Le meilleur et le plus digne des hommes, ajouta-t-il, rencontrant fort à propos une phrase toute faite de M. Daburon. Il est avocat, il sait son Palais sur le bout du doigt, il nous renseignera.

Ce nom de Noël, ainsi jeté au milieu de cette conversation qu'enchantait l'espérance, serra le cœur de Claire.

Le comte s'aperçut de son effroi.

– Soyez sans inquiétude, chère enfant, reprit-il. Noël est bon, et je vous dirai plus, il aime Albert. Ne hochez pas la tête ainsi, jeune sceptique, Noël m'a dit ici même qu'il ne croyait pas à la culpabilité d'Albert. Il m'a déclaré qu'il allait tout faire pour dissiper une erreur fatale, et qu'il voulait être son avocat.

Ces affirmations ne semblèrent pas rassurer la jeune fille. Elle se disait : qu'a-t-il donc fait pour Albert, ce Noël ? Pourtant elle ne répliqua pas.

– Nous allons l'envoyer chercher, continua M. de Commarin ; il est en ce moment près de la mère d'Albert, qui l'a élevé et qui se meurt.

– La mère d'Albert !

– Oui, mon enfant. Albert vous expliquera ce qui peut vous paraître une énigme. En ce moment le temps nous presse. Mais j'y pense…

Il s'arrêta brusquement. Il pensait qu'au lieu d'envoyer chercher Noël chez Mme Gerdy il pouvait s'y rendre. Ainsi il verrait Valérie, et depuis si longtemps il désirait la revoir !

Il est de ces démarches auxquelles le cœur pousse, et qu'on n'ose risquer cependant, parce que mille raisons subtiles ou intéressées arrêtent.

On souhaite, on a envie, on voudrait, et pourtant on lutte, on combat, on résiste. Mais vienne une occasion, on est tout heureux de la saisir aux cheveux. Alors, vis-à-vis de soi, on a une excuse.

Tout en cédant à l'impulsion de sa passion, on peut se dire : ce n'est pas moi qui l'ai voulu, c'est le sort.

– Il serait plus court, observa le comte, d'aller trouver Noël.

– Partons, monsieur.

– C'est que, ma chère enfant, dit en hésitant le vieux gentilhomme, c'est que je ne sais si je puis, si je dois vous emmener. Les convenances…

– Eh ! monsieur, il s'agit bien de convenances ! répliqua impétueusement Claire. Avec vous et pour lui, ne puis-je pas aller partout ? N'est-il pas indispensable que je donne des explications ? Envoyez seulement prévenir ma grand-mère par Schmidt, qui reviendra ici attendre notre retour. Je suis prête, monsieur.

– Soit ! dit le comte.

Et sonnant à tout rompre, il cria :

– Ma voiture !…

Pour descendre le perron, il voulut absolument que Claire prît son bras. Le galant et élégant gentilhomme du comte d'Artois reparaissait.

– Vous m'avez ôté vingt ans de dessus la tête, disait-il, il est bien juste que je vous fasse hommage de la jeunesse que vous me rendez.

Lorsque Claire fut installée…

– Rue Saint-Lazare, dit-il au valet de pied, et vite !

Quand le comte disait en montant en voiture : « Et vite ! », les passants n'avaient qu'à bien se garer. Le cocher était un habile homme, on arriva sans accident.

Aidés des indications du portier, le comte et la jeune fille se dirigèrent vers l'appartement de Mme Gerdy.

Le comte monta lentement, se tenant fortement à la rampe, s'arrêtant à tous les paliers pour respirer. Il allait donc la revoir ! L'émotion lui serrait le cœur comme dans un étau.

– Monsieur Noël Gerdy ? demanda-t-il à la domestique.

L'avocat venait de sortir à l'instant. On ne savait où il était allé, mais il avait dit qu'il ne serait pas absent plus d'une demi-heure.

– Nous l'attendrons donc, dit le comte.

Il s'avança, et la bonne s'effaça pour le laisser passer ainsi que Claire.

Noël avait formellement défendu d'admettre qui que ce fût, mais l'aspect du comte de Commarin était de ceux qui font oublier aux domestiques toutes leurs consignes.

Trois personnes se trouvaient dans le salon où la bonne introduisit le comte et Mlle d'Arlange.

C'était le curé de la paroisse, le médecin et un homme de haute stature, officier de la Légion d'honneur, dont la tenue et la tournure trahissaient l'ancien soldat.

Ils causaient, debout près de la cheminée, et l'arrivée d'étrangers parut les étonner beaucoup.

Tout en s'inclinant pour répondre au salut de M. de Commarin et de Claire, ils s'interrogeaient et se consultaient du regard.

Ce mouvement d'hésitation fut court.

Le militaire dérangea un fauteuil qu'il roula près de Mlle d'Arlange.

Le comte crut comprendre que sa présence était importune.

Il ne pouvait se dispenser de se présenter lui-même et d'expliquer sa visite.

– Vous m'excuserez, messieurs, dit-il, si je suis indiscret. Je ne pensais pas l'être en demandant à attendre Noël, que j'ai le plus pressant besoin de voir. Je suis le comte de Commarin.

À ce nom, le vieux soldat lâcha le fauteuil dont il tenait encore le dossier et se redressa de toute la hauteur de sa taille. Un éclair de colère brilla dans ses yeux, et il eut un geste menaçant. Ses lèvres se remuèrent pour parler, mais il se contint et se retira, la tête baissée, près de la fenêtre.

Ni le comte ni les deux autres hommes ne remarquèrent ces divers mouvements. Ils n'échappèrent pas à Claire.

Pendant que Mlle d'Arlange s'asseyait, passablement interdite, le comte, assez embarrassé lui-même de sa contenance, s'approcha du prêtre et à voix basse demanda :

– Quel est, je vous prie, monsieur l'abbé, l'état de madame Gerdy ?

Le docteur, qui avait l'oreille fine, entendit la question et s'avança vivement.

Il était bien aise de parler à un personnage presque célèbre comme le comte de Commarin et d'entrer en relation avec lui.

– Il est à croire, monsieur le comte, répondit-il, qu'elle ne passera pas la journée.

Le comte appuya sa main sur son front comme s'il y eût ressenti une douleur. Il hésitait à interroger encore.

Après un moment de silence glacial, il se décida pourtant.

– A-t-elle repris connaissance ? murmura-t-il.

– Non, monsieur. Depuis hier soir cependant nous avons de grands changements. Elle a été fort agitée ; toute la nuit, elle a eu des moments de délire furieux. Il y a une heure, on a pu supposer que la raison lui revenait, et on a envoyé chercher monsieur le curé.

– Oh ! bien inutilement, répondit le prêtre, et c'est un grand malheur. La tête n'y est plus du tout. Pauvre femme ! il y a dix ans que je la connais, je venais la voir presque toutes les semaines, il est impossible d'en imaginer une plus excellente.

– Elle doit souffrir horriblement, dit le docteur.

Presque aussitôt, et comme pour donner raison au médecin, on entendit des cris étouffés partant de la chambre voisine, dont la porte était restée ouverte.

– Entendez-vous ! dit le comte en tressaillant de la tête aux pieds.

Claire ne comprenait rien à cette scène étrange. De sinistres pressentiments l'oppressaient ; elle se sentait comme enveloppée par une atmosphère de malheur. La frayeur la prenait. Elle se leva et s'approcha du comte.

– Elle est sans doute là ? demanda M. de Commarin.

– Oui, monsieur, répondit d'une voix dure le vieux soldat, qui s'était avancé, lui aussi.

À tout autre moment le comte aurait remarqué le ton de ce vieillard et s'en serait choqué. Il ne leva pas même les yeux sur lui. Il restait insensible à tout. N'était-elle pas là, à deux pas de lui ! Sa pensée anéantissait le temps. Il lui semblait que c'était hier qu'il l'avait quittée pour la dernière fois.

– Je voudrais bien la voir, demanda-t-il presque timidement.

– Cela est impossible, répondit le militaire.

– Pourquoi ? balbutia le comte.

– Au moins, reprit le soldat, laissez-la mourir en paix, monsieur de Commarin !

Le comte se recula comme s'il eût été menacé. Ses yeux rencontrèrent ceux du vieux soldat ; il les baissa ainsi qu'un coupable devant son juge.

– Mais rien ne s'oppose à ce que monsieur entre chez madame Gerdy, reprit le médecin, qui voulut ne rien voir. Elle ne s'apercevra probablement pas de sa présence, et quand même…

– Oh ! elle ne s'apercevra de rien, appuya le prêtre, je viens de lui parler, de lui prendre la main, elle est restée insensible.

Le vieux soldat réfléchissait profondément.

– Entrez, dit-il enfin au comte, peut-être est-ce Dieu qui le veut.

Il chancelait à ce point que le docteur voulait le soutenir. Il le repoussa doucement.

Le médecin et le prêtre étaient entrés en même temps que lui ; Claire et le vieux soldat restaient sur le seuil de la porte placée en face du lit.

Le comte fit trois ou quatre pas et fut contraint de s'arrêter. Il voulait, mais il ne pouvait aller plus loin.

Cette mourante, était-ce bien Valérie ?

Il avait beau fouiller ses souvenirs, rien dans ces traits flétris, rien sur ce visage bouleversé ne lui rappelait la belle, l'adorée Valérie de sa jeunesse. Il ne la reconnaissait pas.

Elle le reconnut bien, elle, ou plutôt elle le devina ; elle se dressa, découvrant ses épaules et ses bras amaigris. D'un geste violent, elle repoussa le bandeau de glace pilée posé sur son front, rejetant en arrière sa chevelure abondante encore, trempée d'eau et de sueur, qui s'éparpilla sur l'oreiller.

– Guy ! s'écria-t-elle, Guy !

Le comte frémit jusqu'au fond de ses entrailles.

Il demeurait plus immobile que ces malheureux qui, selon la croyance populaire, frappés de la foudre, restent debout, mais tombent en poussière dès qu'on les touche.

Il ne put apercevoir ce que virent les personnes présentes : la transfiguration de la malade. Ses traits contractés se détendirent, une joie céleste inonda son visage, et ses yeux creusés par la maladie prirent une expression de tendresse infinie.

– Guy, disait-elle d'une voix navrante de douceur, te voici donc enfin ! Comme il y a longtemps, mon Dieu, que je t'attends ! Tu ne peux pas savoir tout ce que ton absence m'a fait souffrir. Je serais morte de douleur, sans l'espérance de te revoir qui me soutenait. On t'a retenu loin de moi ? Qui ? Tes parents, encore ? Les méchantes gens ! Tu ne leur as donc pas dit que nul ici-bas ne t'aime autant que moi ! Non, ce n'est pas cela ; je me souviens… N'ai-je pas vu ton air irrité lorsque tu es parti ? Tes amis ont voulu te séparer de moi ; ils t'ont dit que je te trahissais pour un autre. À qui donc ai-je fait du mal pour avoir des ennemis ? C'est que mon bonheur blessait l'envie. Nous étions si heureux ! Mais tu ne l'as pas crue, cette calomnie absurde, tu l'as méprisée, puisque te voici !

La religieuse, qui s'était levée en voyant tout le monde envahir la chambre de sa malade, ouvrait de grands yeux ahuris.

– Moi te trahir ! continuait la mourante, il faudrait être fou pour le croire. Est-ce que je ne suis pas ton bien, ta propriété, quelque chose de toi ! Pour moi tu es tout, et je ne saurais rien attendre ni espérer d'un autre que tu ne m'aies donné déjà. Ne t'ai-je pas appartenu corps et âme dès le premier jour! Je n'ai pas lutté, va, pour me donner à toi tout entière; je sentais que j'étais née pour toi, Guy! te souviens-tu de cela? Je travaillais pour une dentellière et je ne gagnais pas de quoi vivre, toi tu m'avais dit que tu faisais ton droit et que tu n'étais pas riche. Je croyais que tu te privais pour m'assurer un peu de bien-être. Tu avais voulu faire arranger notre petite mansarde du quai Saint-Michel. Était-elle jolie avec ce frais papier à bouquets que nous avions collé nous-mêmes!

» Comme elle était gaie! De la fenêtre, on apercevait ces grands arbres des Tuileries, et en nous penchant un peu, nous pouvions voir sous les arches des ponts le coucher du soleil. Le bon temps! La première fois que nous sommes allés à la campagne ensemble, un dimanche, tu m'avais apporté une belle robe comme je n'osais en rêver et des bottines si mignonnes que je trouvais qu'il était dommage de les mettre pour marcher dehors! Mais tu m'avais trompée!

» Tu n'étais pas un pauvre étudiant. Un jour, en allant porter mon ouvrage, je te rencontrai dans une voiture superbe, derrière laquelle se tenaient de grands laquais chamarrés d'or. Je ne pouvais en croire mes yeux. Le soir, tu m'as dit la vérité, que tu étais noble, immensément riche. Oh! mon bien-aimé! Pourquoi m'avoir avoué cela!...

Avait-elle sa raison, était-ce le délire qui parlait?

De grosses larmes roulaient sur le visage ridé du comte de Commarin, et le médecin et le prêtre étaient émus de ce spectacle si douloureux d'un vieillard qui pleure comme un enfant.

La veille encore, le comte croyait son cœur bien mort,

et il suffisait de cette voix pénétrante pour lui rendre les fraîches et fortes sensations de la jeunesse. Combien d'années pourtant s'étaient écoulées depuis !...

– Alors ! poursuivait Mme Gerdy, il fallut abandonner le quai Saint-Michel. Tu le voulais ; j'obéis malgré mes pressentiments. Tu me dis que, pour te plaire, je devais ressembler à une grande dame. Tu m'avais donné des maîtres, car j'étais si ignorante qu'à peine je savais signer mon nom. Te rappelles-tu la drôle d'orthographe de ma première lettre ? Ah ! Guy, que n'étais-tu, en effet, un pauvre étudiant ! Depuis que je te sais si riche, j'ai perdu ma confiance, mon insouciance et ma gaieté. Si tu allais me croire avide ! si tu allais imaginer que ta fortune me touche !

» Les hommes qui, comme toi, ont des millions doivent être bien malheureux ! Je comprends qu'ils soient incrédules et pleins de soupçons. Sont-ils sûrs jamais si c'est eux qu'on aime ou leur argent ! Ce doute affreux qui les déchire les rend défiants, jaloux et cruels. Ô mon unique ami, pourquoi avons-nous quitté notre chère mansarde ? Là nous étions heureux. Que ne m'as-tu laissée toujours où tu m'avais trouvée ! Ne savais-tu donc pas que la vue du bonheur blesse et irrite les hommes ? Sages, nous devions cacher le nôtre comme un crime. Tu croyais m'élever, tu m'as abaissée. Tu étais fier de notre amour, tu l'as affiché. Vainement je te demandais en grâce de rester obscure et inconnue.

» Bientôt toute la ville a su que j'étais ta maîtresse. Il n'était bruit dans ton monde que de tes prodigalités pour moi. Combien je rougissais de ce luxe insolent que tu m'imposais ! Tu étais content parce que ma beauté devenait célèbre ; je pleurais, moi, parce que ma honte le devenait aussi. On parlait de moi comme de ces femmes qui font métier d'inspirer aux hommes les plus grandes folies. N'ai-je pas vu mon nom dans un journal ! Tu allais te marier, c'est par ce journal que je l'ai appris. Malheureuse ! je devais te fuir ; je n'ai pas eu ce courage.

» Je me suis lâchement résignée au plus humiliant, au plus coupable des partages. Tu t'es marié, et je suis restée ta maîtresse. Oh ! quel supplice, quelle soirée affreuse ! J'étais seule, chez moi, dans cette chambre toute palpitante de toi, et tu en épousais une autre ! Je me disais : à cette heure, une chaste et noble jeune fille va se donner à lui. Je me disais : quels serments fait cette bouche qui s'est si souvent appuyée sur mes lèvres ? Souvent, depuis l'horrible malheur, je demande au bon Dieu quel crime j'ai commis pour être si impitoyablement châtiée : le crime, le voilà ! Je suis restée ta maîtresse, et ta femme est morte. Je ne l'ai vue qu'une fois, quelques minutes à peine, mais elle t'a regardé, et j'ai compris qu'elle t'aimait autant que moi, Guy, c'est notre amour qui l'a tuée.

Elle s'arrêta épuisée, mais aucun des assistants ne se permit un mouvement.

Ils écoutaient religieusement, avec une émotion fiévreuse, ils attendaient.

Mlle d'Arlange n'avait pas eu la force de rester debout ; elle s'était laissée glisser à genoux et elle pressait son mouchoir sur sa bouche pour étouffer ses sanglots. Cette femme n'était-elle pas la mère d'Albert ?

Seule la digne religieuse n'était point émue : elle avait vu, ainsi qu'elle se le disait, bien d'autres délires. Rien, elle ne comprenait absolument rien à cette scène.

Ces gens-ci sont fous, pensait-elle, de donner tant d'attention aux divagations d'une insensée.

Elle crut qu'elle devait avoir de la raison pour tous. S'avançant vers le lit, elle voulait faire rentrer la malade sous ses couvertures.

– Allons, madame, couvrez-vous, vous allez attraper froid.

– Ma sœur, murmurèrent en même temps le médecin et le prêtre.

– Tonnerre de Dieu ! s'écria le vieux soldat, laissez-la donc parler !

– Qui donc, reprit la malade, insensible à tout ce qui se passait autour d'elle, qui donc a pu te dire que je te trahissais ? Oh ! les infâmes ! On m'a fait espionner, n'est-ce pas ? et on a découvert que souvent il venait chez moi un officier. Eh bien ! mais cet officier est mon frère, mon cher Louis ! Comme il venait d'avoir dix-huit ans et que l'ouvrage manquait, il s'est engagé soldat en disant à ma mère : « Ce sera toujours une bouche de moins à la maison. » C'est un bon sujet, et ses chefs l'ont aimé tout de suite. Il a travaillé au régiment ; il s'est instruit, et on l'a fait monter bien vite en grade. On l'a nommé lieutenant, capitaine, il est devenu chef d'escadron. Il m'a toujours aimée, Louis ; s'il était resté à Paris, je ne serais pas tombée. Mais notre mère est morte, et je me suis trouvée toute seule au milieu de cette grande ville. Il était sous-officier quand il a su que j'avais un amant. J'ai cru qu'il ne me reverrait jamais. Pourtant il m'a pardonné, en disant que la constance à une faute comme la mienne est sa seule excuse. Va, mon ami, il était plus jaloux de ton bonheur que toi-même. Il venait, mais en se cachant. Je l'avais mis dans cette position affreuse de rougir de sa sœur. Je m'étais, moi, condamnée à ne jamais parler de lui, à ne pas prononcer son nom. Un noble soldat pouvait-il avouer qu'il était le frère d'une femme entretenue par un comte ? Pour qu'on ne le vît pas, je prenais les plus minutieuses précautions. À quoi ont-elles servi, hélas ! À te faire douter de moi. Quand il a su ce qu'on disait, il voulait, dans son aveugle colère, te provoquer en duel. Et alors il m'a fallu lui prouver qu'il n'avait même pas le droit de me défendre. Quelle misère ! Ah ! j'ai payé bien cher mes années de bonheur volé ! Mais te voici, tout est oublié. Car tu me crois, n'est-il pas vrai, Guy ? J'écrirai à Louis : il viendra, il te dira que je ne mens pas, et tu ne douteras pas de sa parole, à lui, un soldat !…

– Oui, sur mon honneur, prononça le vieux soldat, ce que ma sœur dit est la vérité.

La mourante ne l'entendit pas ; elle continuait d'une voix que la lassitude faisait haleter :

– Comme ta présence me fait du bien ! Je sens que je renais. J'ai failli tomber malade. Je ne dois pas être jolie, aujourd'hui, n'importe, embrasse-moi…

Elle tendait les bras et avançait les lèvres comme pour donner des baisers.

– Mais c'est à une condition, Guy, tu me laisseras mon enfant. Oh ! je t'en supplie, je t'en conjure, ne me le prends pas, laisse-le-moi ! Une mère sans son enfant, que veux-tu qu'elle devienne ? Tu me le demandes pour lui donner un nom illustre et une fortune immense ; non ! Tu me dis que ce sacrifice fera son bonheur ; non ! Mon enfant est à moi, je le garderai. La terre n'a ni honneurs ni richesses qui puissent remplacer une mère veillant sur un berceau. Tu veux, en échange, me donner l'enfant de l'autre ; jamais ! Quoi ! c'est cette femme qui embrasserait mon fils ! C'est impossible ! Retirez d'auprès de moi cet enfant étranger, il me fait horreur, je veux le mien. Malheureux ! n'insiste pas, ne me menace pas de ta colère, de ton abandon, je céderais et je mourrais après. Guy, renonce à ce projet fatal, la pensée seule est un crime. Quoi ! mes prières, mes pleurs, rien ne t'émeut ! Eh bien ! Dieu nous punira. Tremble pour notre vieillesse. Tout se sait. Un jour viendra où les enfants nous demanderont des comptes terribles. Ils se lèveront pour nous maudire. Guy ! j'entrevois l'avenir. Je vois mon fils justement irrité s'avancer vers moi. Que dit-il, grand Dieu ! Oh ! ces lettres, ces lettres, cher souvenir de nos amours ! Mon fils ! Il me menace, il me frappe ! À moi ! À l'aide ! Un fils frapper sa mère… Ne le dites à personne, au moins ! Dieu ! que je souffre ! Il sait pourtant bien que je suis sa mère, il feint de ne pas me croire. Seigneur, c'est trop souffrir. Guy ! pardon ! ô mon unique ami ! je n'ai ni la force de résister ni le courage d'obéir.

À ce moment, la seconde porte de la chambre donnant sur le palier s'ouvrit, et Noël parut, pâle comme à l'ordinaire, mais calme et tranquille.

La mourante le vit et éprouva comme un choc électrique.

Une secousse terrible ébranla son corps ; ses yeux s'agrandirent démesurément, ses cheveux se dressèrent.

Elle se souleva sur ses oreillers, roidissant son bras dans la direction de Noël, et d'une voix forte, elle cria :

– Assassin !…

Une convulsion la rabattit sur son lit. On s'approcha, elle était morte.

Un grand silence se fit.

Telle est la majesté de la mort et la terreur qui s'en dégage, que devant elle les plus forts et les plus sceptiques courbent le front et s'inclinent.

Pour un moment, les passions et les intérêts se taisent. Involontairement nous nous recueillons, lorsqu'en notre présence s'exhale le dernier soupir d'un d'entre nous.

Tous les assistants, d'ailleurs, étaient profondément émus de cette scène déchirante, de cette confession suprême arrachée au délire et à la douleur.

Mais ce mot « assassin », le dernier de Mme Gerdy, ne surprit personne.

Tous, à l'exception de la sœur, savaient l'affreuse accusation qui pesait sur Albert.

À lui s'adressait la malédiction de cette mère infortunée.

Noël paraissait navré. Agenouillé près du lit de celle qui lui avait servi de mère, il avait pris une de ses mains et la tenait collée sur ses lèvres.

– Morte ! gémissait-il, elle est morte !

Près de lui, la religieuse et le prêtre s'étaient mis à genoux et récitaient à demi-voix les prières des morts.

Ils imploraient de Dieu, pour l'âme de la trépassée, sa paix et sa miséricorde.

Ils demandaient un peu de bonheur au Ciel pour celle qui avait tant souffert sur cette terre.

Renversé sur un fauteuil, la tête en arrière, le comte de Commarin était plus défait et plus livide que cette morte, sa maîtresse, autrefois si belle.

Claire et le docteur s'empressaient autour de lui.

Il avait fallu retirer sa cravate et dénouer le col de sa chemise, il suffoquait.

Avec l'aide du vieux soldat, dont les yeux rouges et gonflés disaient la douleur comprimée, on avait roulé le fauteuil du comte près de la fenêtre entrouverte pour lui donner un peu d'air. Trois jours auparavant, cette scène l'aurait tué.

Mais le cœur s'endurcit au malheur comme les mains au travail.

– Les larmes l'ont sauvé, dit le docteur à l'oreille de Claire.

M. de Commarin, en effet, reprenait peu à peu ses sens, et avec la netteté de la pensée la faculté de souffrir lui revenait.

L'anéantissement suit les grandes secousses de l'âme ; il semble que la nature se recueille pour soutenir le malheur ; on n'en sent pas d'abord toute la violence, c'est après seulement qu'on sonde l'étendue et la profondeur du mal.

Les regards du comte s'arrêtaient sur ce lit où gisait le corps de Valérie. C'était donc là tout ce qui restait d'elle. L'âme, cette âme si dévouée et si tendre, s'était envolée.

Que n'eût-il pas donné pour que Dieu rendît à cette infortunée un jour, une heure seulement de vie et de raison ! Avec quels transports de repentir il se serait jeté à ses pieds pour lui demander grâce, pour lui dire combien il avait horreur de sa conduite passée ! Comment avait-il reconnu l'inépuisable amour de cet ange ! Sur un soupçon, sans daigner s'informer, sans l'entendre, il l'avait accablée du plus froid mépris. Que ne l'avait-il revue ! Il se serait épargné vingt ans de doutes affreux au sujet de la naissance d'Albert. Au lieu d'une existence d'isolement, il pouvait avoir une vie heureuse et douce.

Alors il se rappelait la mort de la comtesse. Celle-là aussi l'avait aimé, et jusqu'à en mourir.

Il ne les avait pas comprises, il les avait tuées toutes deux.

L'heure de l'expiation était venue, et il ne pouvait pas dire : « Seigneur, le châtiment est trop grand. »

Et quelle punition, cependant ! Que de malheurs depuis cinq jours !

– Oui, balbutia-t-il, oui, elle me l'avait prédit ; que ne l'ai-je écoutée !

Le frère de Mme Gerdy eut pitié de ce vieillard si impitoyablement éprouvé.

Il lui tendit la main.

– Monsieur de Commarin, dit-il d'une voix grave et triste, il y a longtemps que ma sœur vous a pardonné, si toutefois elle vous en a jamais voulu ; aujourd'hui c'est moi qui vous pardonne.

– Merci ! monsieur, balbutia le comte, merci !...

Et il ajouta :

– Quelle mort, grand Dieu !

– Oui, murmura Claire, elle a rendu le dernier soupir avec cette idée que son fils a commis un crime. Et n'avoir pu la détromper !...

– Au moins ! s'écria le comte, faut-il que son fils soit libre pour lui rendre les derniers devoirs ; oui, il le faut... Noël !...

L'avocat s'était rapproché de son père et avait entendu.

– Je vous ai promis, mon père, répondit-il, de le sauver.

Pour la première fois Mlle d'Arlange envisagea Noël, leurs regards se croisèrent, et elle ne fut pas maîtresse d'un mouvement de répulsion qui fut vu de l'avocat.

– Albert est maintenant sauvé, dit-elle fièrement. Ce que nous demandons, c'est qu'on nous fasse prompte justice, c'est qu'il soit remis en liberté à l'instant. Le juge sait maintenant la vérité.

– Comment, la vérité ? interrogea l'avocat.

– Oui ! Albert a passé chez moi, avec moi, la nuit du crime.

Noël la regarda d'un air surpris ; un aveu si singulier dans une telle bouche, sans explications, avait bien de quoi surprendre.

Elle se redressa magnifique d'orgueil.

– Je suis mademoiselle Claire d'Arlange, monsieur, dit-elle.

M. de Commarin raconta alors rapidement tous les incidents rapportés par Claire.

Quand il eut terminé :

– Monsieur, répondit Noël, vous voyez ma situation en ce moment, dès demain…

– Demain ! interrompit le comte d'une voix indignée ; vous parlez, je crois, d'attendre à demain ! L'honneur commande, monsieur, il faut agir aujourd'hui même, à l'instant. Le moyen, pour vous, d'honorer cette pauvre femme, n'est pas de prier pour elle… délivrez son fils.

Noël s'inclina profondément.

– Entendre votre volonté, monsieur, dit-il, c'est obéir. Je pars. Ce soir, à l'hôtel, j'aurai l'honneur de vous rendre compte de mes démarches. Peut-être me sera-t-il donné de vous ramener Albert.

Il dit, et, embrassant une dernière fois la morte, il sortit.

Bientôt le comte et Mlle d'Arlange se retirèrent.

Le vieux soldat était allé à la mairie faire sa déclaration de décès et remplir les formalités indispensables.

La religieuse resta seule en attendant le prêtre que le curé avait promis d'envoyer pour « garder le corps ».

La fille de Saint-Vincent n'éprouvait ni crainte ni embarras. Tant de fois elle s'était trouvée dans des circonstances pareilles !

Ses prières dites, elle s'était relevée, et déjà elle

allait et venait dans la chambre, disposant tout comme on doit le faire quand un malade a rendu le dernier soupir.

Elle faisait disparaître les traces de la maladie, cachait les fioles et les petits pots, brûlait du sucre sur une pelle rougie, et sur une table recouverte d'une serviette blanche, à la tête du lit, elle allumait des bougies et plaçait un crucifix avec un bénitier et la branche de buis bénit.

17

Aussi troublé, aussi préoccupé que possible des révélations de Mlle d'Arlange, M. Daburon gravissait l'escalier qui conduit aux galeries des juges d'instruction, lorsqu'il fut croisé par le père Tabaret. Sa vue l'enchanta et tout aussitôt il l'appela :

– Monsieur Tabaret !…

Mais le bonhomme, qui donnait tous les signes de l'agitation la plus vive, n'était rien moins que disposé à s'arrêter, à perdre une minute.

– Vous m'excuserez, monsieur, dit-il en saluant, on m'attend chez moi.

– J'espère cependant…

– Oh ! il est innocent, interrompit le père Tabaret. J'ai déjà quelques indices, et avant trois jours… Mais vous allez entendre l'homme aux boucles d'oreilles de Gévrol. Il est très malin, Gévrol, je l'avais mal jugé.

Et sans écouter un mot de plus il reprit sa course, sautant trois marches à la fois, au risque de se rompre le cou.

M. Daburon, désappointé, hâta le pas.

Dans la galerie, devant la porte de son cabinet, sur le banc de bois grossier, Albert assis près d'un garde de Paris attendait.

– On va vous appeler à l'instant, monsieur, dit le juge au prévenu en ouvrant sa porte.

Dans le cabinet, Constant causait avec un petit homme à figure chafouine qu'on aurait pu prendre à sa tenue pour un petit rentier des Batignolles, sans l'énorme épingle « en faux » qui constellait sa cravate et trahissait l'agent de la sûreté.

– Vous avez reçu mes lettres ? demanda M. Daburon à son greffier.

– Monsieur, vos ordres sont exécutés, le prévenu est là, et voici monsieur Martin qui arrive à l'instant du quartier des Invalides.

– Tout est donc pour le mieux, fit le magistrat d'un ton satisfait.

Et se retournant vers l'agent :

– Eh bien ! monsieur Martin, demanda-t-il, qu'avez-vous vu ?

– Monsieur, il y a eu escalade.

– Y a-t-il longtemps ?

– Cinq ou six jours.

– Vous en êtes sûr ?

– Non moins que je le suis de voir en ce moment monsieur Constant tailler une plume.

– Les traces sont visibles ?

– Autant, monsieur, que le nez au milieu du visage, si j'ose m'exprimer ainsi. Le voleur – il s'agit d'un voleur, je suppose, continua M. Martin qui était un beau parleur – a pénétré avant la pluie et s'est retiré après, ainsi que l'avait conjecturé monsieur le juge d'instruction. Cette circonstance est facile à déterminer quand on compare, le long du mur, du côté de la rue, les empreintes de la montée et celles de la descente. Ces empreintes sont des éraillures faites par le bout des pieds. Les unes sont nettes, les autres boueuses. Le gaillard – il est leste, ma foi ! – est entré à la force du poignet, mais, pour sortir, il s'est donné le luxe d'une échelle qu'il aura jetée à terre une fois en haut. On voit très bien où elle a été appliquée : en bas, à cause des trous, creusés par les montants; en haut, parce que la chaux est dégradée.

– Est-ce là tout? demanda le juge.

– Pas encore, monsieur. Ainsi, trois culs de bouteille qui garnissent la crête du mur ont été arrachés. Plusieurs branches des acacias qui s'étendent au-dessus du même mur ont été tortillées ou brisées. Même, aux épines de l'une de ces branches, j'ai recueilli un petit fragment de peau grise que voici, et qui me paraît provenir d'un gant.

Le juge prit ce fragment avec empressement.

C'était bien un petit morceau de gant gris.

– Vous vous êtes arrangé, je l'espère, monsieur Martin, dit M. Daburon, pour ne point éveiller l'attention dans la maison où vous avez fait cette enquête?

– Certes, monsieur. J'ai d'abord examiné l'extérieur à mon aise. Après quoi, déposant mon chapeau chez le marchand de vins du coin, je me suis présenté chez la marquise d'Arlange, en me donnant pour l'intendant d'une duchesse du voisinage, au désespoir d'avoir laissé échapper un perroquet adoré et éloquent, si je puis employer ce terme. On m'a donné de très bonne grâce la permission de fouiller le jardin, et comme j'ai dit le plus grand mal de ma prétendue maîtresse, on m'aura indubitablement pris pour un domestique…

– Vous êtes un homme adroit et expéditif, monsieur Martin, interrompit le juge, je suis très satisfait de vous et je le ferai savoir à qui de droit.

Il sonna pendant que l'agent, fier des éloges reçus, gagnait la porte à reculons et courbé en arc de cercle.

Albert fut introduit.

– Vous êtes-vous décidé, monsieur, demanda sans préambule le juge d'instruction, à donner l'emploi de votre soirée de mardi ?

– Je vous l'ai donné, monsieur.

– Non, monsieur, non, et je regrette d'être obligé de vous dire que vous m'avez menti.

Albert, à cette injure, devint pourpre, et ses yeux étincelèrent.

– Ce que vous avez fait ce soir-là, continua le juge, je le sais, parce que la justice, je vous l'ai déjà dit, n'ignore rien de ce qu'il lui importe de connaître.

Il chercha le regard d'Albert, le rencontra, et lentement dit :

– J'ai vu mademoiselle Claire d'Arlange.

À ce nom, les traits du prévenu, contractés par une ferme volonté de ne pas se laisser abattre, se détendirent.

On eût dit qu'il éprouvait une immense sensation de bien-être, comme un homme qui, par miracle, échappe à un péril imminent qu'il désespérait de conjurer.

Pourtant il ne répondit pas.

– Mademoiselle d'Arlange, reprit le magistrat, m'a dit où vous étiez mardi soir.

Albert hésitait encore.

– Je ne vous tends pas de piège, ajouta M. Daburon, je vous en donne ma parole d'honneur. Elle m'a tout dit, entendez-vous ?

Cette fois, Albert se décida à parler.

Ses explications concordaient de point en point avec celles de Claire, pas un détail de plus. Désormais le doute devenait impossible.

La bonne foi de Mlle d'Arlange ne pouvait avoir été

surprise. Ou Albert était innocent, ou elle était sa complice.

Pouvait-elle être sciemment la complice de ce crime odieux ? Non, elle ne pouvait même être soupçonnée.

Mais alors, où chercher l'assassin ?

Car à la justice, lorsqu'elle découvre un crime, il faut un criminel.

– Vous le voyez, monsieur, dit sévèrement le juge à Albert, vous m'aviez trompé. Vous risquiez votre tête, monsieur, et ce qui est bien autrement grave, vous m'exposiez, vous exposiez la justice à une déplorable erreur. Pourquoi n'avoir pas dit d'abord la vérité ?

– Monsieur, répondit Albert, mademoiselle d'Arlange, en acceptant de moi un rendez-vous, m'avait confié son honneur…

– Et vous seriez mort plutôt que de parler de cette entrevue ? interrompit M. Daburon avec une nuance d'ironie ; cela est beau, monsieur, et digne des anciens jours de la chevalerie…

– Je ne suis pas le héros que vous supposez, monsieur, dit simplement le prévenu. Si je vous disais que je ne comptais pas sur Claire, je mentirais. Je l'attendais. Je savais qu'en apprenant mon arrestation elle braverait tout pour me sauver. Mais on pouvait lui cacher ce malheur, et c'est là ce que je redoutais. En ce cas, autant qu'on peut répondre de soi, je crois que je n'aurais pas prononcé son nom.

Il n'y avait là nulle apparence de bravade. Ce qu'Albert disait, il le pensait et le sentait. M. Daburon regretta son ton ironique.

– Monsieur, reprit-il d'une voix bienveillante, on va vous reconduire en prison. Je ne puis rien vous dire encore, cependant vous ne serez plus au secret. On vous traitera avec tous les égards dus à un prisonnier dont l'innocence peut paraître probable.

Albert s'inclina et remercia. Son gardien revint le prendre.

– Qu'on fasse venir Gévrol, maintenant, dit le juge à son greffier.

Le chef de la sûreté était absent, on venait de le mander à la préfecture, mais son témoin, l'homme aux boucles d'oreilles, attendait dans la galerie.

On lui dit d'entrer chez le juge.

C'était un de ces hommes courts et ramassés sur eux-mêmes, robustes comme les chênes, bâtis à chaux et à sable, qui peuvent porter jusqu'à trois pochées de blé sur leurs épaules bombées.

Ses cheveux et ses favoris blancs faisaient paraître plus dur et plus foncé son teint hâlé, grillé, tanné par les intempéries des saisons, par le vent de la mer et par le soleil des tropiques.

Il avait de larges mains, noires, dures, calleuses, avec de gros doigts noueux qui devaient avoir la puissance de pression d'un étau.

À ses oreilles, de grandes boucles d'oreilles pendaient, soutenant un découpage en forme d'ancre.

Il portait le costume des pêcheurs aisés de la Normandie, lorsqu'ils s'habillent pour aller à la ville ou au marché.

L'huissier fut obligé de le pousser dans le cabinet.

Ce loup de la côte était intimidé et interdit.

Il s'avança en se balançant d'une jambe sur l'autre avec cette démarche déhanchée des matelots qui, rompus au roulis et au tangage, sont surpris de trouver sous leurs pieds l'immobile plancher des vaches.

Pour se donner une contenance, il tracassait son chapeau de feutre souple, décoré de petites médailles de plomb, ni plus ni moins que l'auguste casquette du roi Louis XI, de dévote mémoire, et orné encore d'une de ces ganses de laine rondes, que fabriquent les filles de campagne sur un métier primitif composé de quatre ou cinq épingles fichées dans un bouchon percé.

M. Daburon le détailla et l'évalua d'un coup d'œil.

On ne pouvait s'y tromper, c'était bien l'homme à figure de brique dépeint par le petit témoin de La Jonchère.

Impossible également de méconnaître l'honnête homme. Sa physionomie respirait la franchise et la bonté.

– Votre nom ? demanda le juge d'instruction.

– Marie-Pierre Lerouge.

– Êtes-vous donc parent de Claudine Lerouge ?

– Je suis son mari, monsieur.

Quoi ! le mari de la victime vivait, et la police ignorait son existence !

Voilà ce que pensa M. Daburon.

À quoi donc servent les surprenants progrès de l'industrie humaine ?

Aujourd'hui, lorsque la justice hésite, il lui faut, tout comme il y a vingt ans, une énorme perte de temps et d'argent pour obtenir le moindre renseignement. Il faut la croix et la bannière, en beaucoup de cas, pour se procurer l'état civil d'un témoin ou d'un prévenu.

Le vendredi, dans la journée, on avait écrit pour demander le dossier de Claudine, on était au lundi, et la réponse n'était pas arrivée.

Cependant la photographie existe, on a le télégraphe électrique, on dispose de mille moyens jadis inconnus et on ne les utilise pas.

– Tout le monde, reprit le juge, la croyait veuve ; elle-même prétendait l'être.

– C'est que, de cette manière, elle excusait un peu sa conduite. C'était d'ailleurs comme convenu entre nous. Je lui avais dit que je n'existais plus pour elle.

– Ah !… Vous savez qu'elle est morte victime d'un crime odieux ?

– Le monsieur de la police qui est venu me chercher me l'a dit, monsieur, répondit le marin dont le front se plissa. C'était une malheureuse ! ajouta-t-il d'une voix sourde.

– Comment ! c'est vous, un mari, qui l'accusez ?

– Je n'en ai que trop le droit, monsieur. Ah ! défunt mon père, qui s'y connaissait au temps, m'avait averti. Je riais, quand il me disait : « Prends garde, elle nous déshonorera tous. » Il avait raison. J'ai été, moi, à cause d'elle, poursuivi par la police, ni plus ni moins qu'un voleur qui se cache et qu'on cherche. Partout où on me demandait avec une citation, les gens devaient se dire : tiens ! il a donc fait un mauvais coup ! Et me voici devant la justice. Ah ! monsieur, quelle peine ! C'est que les Lerouge sont honnêtes de père en fils depuis que le monde est monde. Informez-vous dans le pays, on vous dira : « Parole de Lerouge vaut écrit d'un autre. » Oui, c'était une malheureuse, et je lui avais bien dit qu'elle ferait une mauvaise fin.

– Vous lui aviez dit cela ?

– Plus de cent fois, oui, monsieur.

– Et pourquoi ? Voyons, mon ami, rassurez-vous, votre honneur n'est point en jeu ici, personne n'en doute. Quand l'aviez-vous avertie si sagement ?

– Ah ! il y a longtemps, monsieur, répondit le mari, plus de trente ans, pour la première fois. Elle était ambitieuse jusque dans le sang, elle a voulu se mêler des affaires des grands, c'est ce qui l'a perdue. Elle disait qu'on gagne de l'or à garder des secrets ; moi, je disais qu'on gagne de la honte, et voilà tout. Prêter la main aux grands pour cacher leurs vilenies en comptant que ça portera bonheur, c'est rembourrer son matelas d'épines avec l'espoir de bien dormir. Mais elle n'en faisait qu'à sa tête.

– Vous étiez son mari, pourtant, objecta Daburon, vous aviez le droit de commander.

Le mari hocha la tête et poussa un gros soupir.

– Hélas ! monsieur, c'était moi qui obéissais.

Procéder par brefs interrogatoires avec un témoin lorsqu'on n'a même pas idée des renseignements qu'il apporte, c'est perdre du temps en cherchant à en gagner. On croit l'approcher du fait important, on l'en écarte. Mieux vaut lui lâcher la bride et se résigner à l'écouter, quitte à le remettre sur la voie lorsqu'il s'en éloigne trop. C'est encore le plus sûr et le plus court. C'est à ce parti que s'arrêta M. Daburon, tout en maudissant l'absence de Gévrol, qui, d'un mot, aurait abrégé de moitié cet interrogatoire, dont le juge ne soupçonnait pas encore l'importance.

– De quelles affaires s'était donc mêlée votre femme ? demanda le magistrat. Allons, mon ami, contez-moi cela bien exactement. Ici, vous le savez, on doit dire non seulement la vérité, mais encore toute la vérité.

Lerouge avait posé son chapeau sur une chaise. Alternativement il se détirait les doigts, les faisait craquer à les briser, ou se grattait la tête de toutes ses forces. C'était sa manière d'aller à la rencontre des idées.

– C'est pour vous dire, commença-t-il, qu'il y aura

de cela trente-cinq ans à la Saint-Jean. Je devins amoureux de Claudine. Dame ! c'était une jolie fille, propre, avenante, avec une voix plus douce que le miel. C'était la plus belle du pays, droite comme un mât, souple comme l'osier, fine et forte comme un canot de course. Ses yeux pétillaient comme du vieux cidre ; elle avait des cheveux noirs, les dents blanches, et son haleine était plus fraîche que la brise du large. Le malheur est qu'elle n'avait rien, tandis que nous étions à l'aise. Sa mère, une veuve de trente-six maris, était, sauf votre respect, une pas grand-chose et mon père était l'honnêteté vivante. Quand je parlai au bonhomme d'épouser la Claudine, il jura son grand juron, et huit jours après il m'embarquait pour Porto sur la goélette d'un voisin à nous, histoire de changer d'air. Je revins au bout de six mois, plus maigre qu'un tolet, mais plus amoureux qu'avant. Le souvenir de Claudine me desséchait à petit feu. C'est que j'en étais fou à perdre le boire et le manger, et sans vous commander m'est avis qu'elle m'aimait un brin, vu que j'étais un solide gars et que plus d'une fille me reluquait. Pour lors le père, voyant que rien n'y faisait, que je dépérissais sans dire ouf et que je m'en allais tout doucettement rejoindre ma défunte mère au cimetière, se décida à me laisser passer ma folie. Un soir, comme nous revenions de la pêche et que je ne touchais pas au souper, il me dit : « Épouse-la donc, ta carogne, et que ça finisse ! » Je me rappelle bien cela, parce que, en entendant le vieux traiter mon amoureuse de ce nom, j'eus comme un éblouissement. J'aurais voulu le tuer. Ça ne porte pas bonheur de se marier malgré ses parents.

Le brave marin s'égarait au milieu de ses souvenirs. Il ne causait plus, il dissertait.

Le juge d'instruction essaya de le faire rentrer dans le bon chemin.

– Arrivons à l'affaire, dit-il.

– J'y suis, monsieur le juge, mais il fallait bien commencer par le commencement. Je me mariai donc. Le soir, après la noce, les parents et les invités partis, j'allais rejoindre ma femme quand j'aperçus mon père tout seul dans un coin qui pleurait. Ça me serra le cœur et j'eus un mauvais pressentiment. Il passa vite. C'est si beau, les six premiers mois qu'on a une femme qu'on aime ! On la voit comme à travers ces brouillards qui changent en palais et en églises les rochers de la côte, si bien que les novices s'y trompent. Pendant deux ans, sauf quelques castilles[1] de rien, tout alla bien. Claudine me manœuvrait comme un youyou. Ah ! elle était futée ! elle m'aurait pris, lié, porté au marché et vendu, que je n'y aurais vu que du feu. Son grand défaut, c'était d'être coquette. Tout ce que je gagnais, et mes affaires marchaient fort, elle se le mettait sur le dos. C'étaient tous les dimanches parure nouvelle, robes, joyaux, bonnets, des affiquets du diable que les marchands inventent pour la perdition des femmes. Les voisins en jasaient, mais moi, je trouvais cela bien. Pour le baptême du fils qu'elle m'avait donné, qui fut nommé Jacques, du nom de mon père, j'avais, pour lui plaire, donné la volée à mes économies de garçon, plus de trois cents pistoles que je destinais à acheter un pré qui m'endiablait parce qu'il était enclavé dans des parcelles nous appartenant.

M. Daburon bouillait d'impatience, mais que faire ?

– Allez, allez donc ! disait-il toutes les fois que Lerouge faisait seulement mine de s'arrêter.

1. Querelles de peu d'importance. *(N.d.E.)*

– Donc, poursuivit le marin, j'étais content assez, lorsqu'un matin je vis tourner autour de chez nous un domestique de chez monsieur le comte de Commarin, dont le château est à un quart de lieue de chez nous, de l'autre côté du bourg. C'était un particulier qui ne me revenait pas du tout, un nommé Germain. On prétendait comme cela qu'il s'était mêlé de la faute de la Thomassine, une belle fille de chez nous qui avait plu au jeune comte et qui avait disparu. Je demandai à ma femme ce que lui voulait ce propre à rien ; elle me répondit qu'il était venu lui proposer de prendre un nourrisson. D'abord je ne voulais pas entendre de cette oreille. Notre bien permettait à Claudine de garder tout son lait pour notre fils. Mais la voilà qui se met à dire les meilleures raisons. Elle se repentait, soi-disant, de sa coquetterie et de ses dépenses. Elle voulait gagner de l'argent, ayant honte de ne rien faire tandis que je me tuais le corps. Elle demandait à amasser, à économiser, pour que le petit ne fût pas obligé plus tard d'aller à la mer. On lui offrait un très bon prix que nous pouvions mettre de côté pour rattraper en peu de temps les trois cents pistoles. Le chien de pré dont elle me parla finit par me décider.

– Elle ne vous dit pas, demanda le juge, de quelle commission on voulait la charger ?

Cette question stupéfia Lerouge. Il pensa que c'est avec raison qu'on affirme que la justice voit tout et sait tout.

– Pas encore, répondit-il. Mais vous allez voir. Huit jours après, le piéton lui apporte une lettre où on lui demandait de venir à Paris chercher l'enfant. C'était un soir. « Bon, dit-elle, je partirai demain par la diligence. » Moi, je ne soufflai mot ; seulement au matin, quand elle fut parée pour le passage de la diligence, je déclarai que je l'accompagnerais. Elle ne parut pas fâchée, au contraire. Elle m'embrassa, et je fus ravi. À Paris, ma femme devait aller prendre le petit chez une madame Gerdy qui demeurait sur le boulevard. Nous convînmes avec Claudine qu'elle se présenterait seule et que je l'attendrais à notre auberge. Mais, elle partie, je me mangeais le foie dans cette chambre. Je sortis au bout d'une heure et j'allai rôder aux environs de la maison de cette dame. Je m'informai à des domestiques, à des gens qui sortaient, et j'appris qu'elle était la maîtresse du comte de Commarin. Cela me déplut si fort que, si j'avais été le maître, ma femme serait revenue sans ce bâtard. Je ne suis qu'un pauvre marin, moi, et je sais bien qu'un homme peut s'oublier. On est monté par la boisson. Quelquefois on est entraîné par les camarades, mais qu'un homme ayant femme et enfants fasse ménage avec une autre et lui donne le bien des siens, je trouve cela mal, très mal. N'est-il pas vrai, monsieur ?

Le juge d'instruction se démenait rageusement sur son fauteuil. Il pensait : cet homme n'en finira donc pas !

– Oui ! vous avez raison mille fois, répondit-il, mais trêve de réflexions, avancez, avancez !…

– Claudine, monsieur, était plus entêtée qu'une mule. Après trois jours de discussions elle m'arracha un *Amen* entre deux baisers. Alors elle m'annonça que nous ne retournerions pas chez nous par la diligence. La dame, qui craignait pour son petit la fatigue du voyage, avait arrangé qu'on nous reconduirait à petites journées dans sa voiture, et avec ses chevaux. C'est qu'elle était entretenue dans le grand genre ! J'eus la bêtise de me réjouir parce que cela me permettrait de voir le pays à mon aise. Nous voilà donc bien installés, avec les enfants, le mien et l'autre, dans un beau carrosse, attelé de bêtes superbes, conduit par un cocher en livrée. Ma femme était folle de joie. Elle m'embrassait comme du pain et faisait sonner des poignées de pièces d'or. Moi, j'étais sot comme un honnête mari, qui trouve dans son ménage de l'argent qu'il n'y a pas apporté. C'est en voyant ma mine que Claudine, espérant me dérider, se risqua à me découvrir la vérité vraie. « Tiens », me dit-elle…

Lerouge s'interrompit, et, changeant de ton :

– Vous comprenez, dit-il, que c'est ma femme qui parle.

– Oui, oui… Poursuivez.

– Elle me dit donc en secouant sa poche : « Tiens, mon homme, nous en aurons comme ça jusqu'à plus soif, et voici pourquoi : monsieur le comte, qui a un fils légitime en même temps que celui-ci, veut que ce soit ce bâtard qui porte son nom. Cela se peut, grâce à moi. En route nous allons trouver dans l'auberge où nous coucherons monsieur Germain et la nourrice à qui on a confié le fils légitime. On nous mettra dans la même chambre, et, pendant la nuit, je dois changer les petits qu'on a exprès habillés l'un comme l'autre. Monsieur le comte donne pour cela huit mille francs comptant et une rente viagère de mille francs. »

– Et vous ! s'écria le juge, vous qui vous dites un honnête homme, vous avez souffert un tel crime lorsqu'il suffisait d'un mot pour l'en empêcher !

– Monsieur, de grâce, supplia Lerouge, monsieur, laissez-moi finir…

– Soit, allez !

– Je n'eus pas, d'abord, la force de rien dire, tant la

colère m'étranglait. Je devais être effrayant. Mais elle, qui pourtant avait peur de moi quand je me montais, partit d'un éclat de rire qui me déconcerta. « Que tu es bête, me dit-elle ; écoute-moi donc avant de t'enlever comme une soupe au lait. C'est le comte, entends-tu, qui enrage d'avoir son bâtard chez lui, c'est le comte qui paye pour le changer. Sa maîtresse, la mère de celui-ci, ne veut pas de ça. Si elle a eu l'air de consentir à la chose, cette femme, c'est qu'elle tenait à ne pas se brouiller avec son amant et qu'elle avait son plan. Elle m'a prise à part, dans la chambre, et après m'avoir fait jurer le secret sur un crucifix, elle m'a dit qu'elle ne pouvait pas s'habituer à l'idée de se séparer pour toujours de son enfant et d'élever l'enfant d'une autre. Elle a ajouté que si je consentais à ne pas changer les nourrissons sans en rien dire au comte, elle me donnerait à l'instant dix mille francs et me garantirait une rente égale à celle du père. Elle m'a encore déclaré qu'elle saurait bien si je tenais ma parole, ayant fait faire à son petit un signe de reconnaissance ineffaçable. Elle ne me l'a pas montré, ce signe, et j'ai eu beau le chercher, je ne l'ai pas trouvé. Comprends-tu maintenant ? Je garde simplement ce petit bourgeois que voici ; j'affirme au comte que j'ai fait l'échange, nous empochons des deux côtés, et voilà Jacques riche. Embrasse ta petite femme qui a plus d'esprit que toi, mon homme ! » Voilà, monsieur, mot pour mot, ce que me dit Claudine.

Le rude matelot tira de sa poche un immense mouchoir à carreaux bleus et se moucha à faire trembler les vitres. C'était sa façon de pleurer.

M. Daburon restait confondu.

Depuis le commencement de cette malheureuse affaire, il marchait d'étonnements en étonnements. À peine avait-il mis ordre à ses idées sur un point que toute son attention était appelée sur un autre.

Il se sentait dérouté. Qu'était-ce que ce nouvel incident si grave ? qu'allait-il apprendre ?

Il brûlait d'interroger vivement, mais Lerouge, on le voyait, contait péniblement, démêlant laborieusement ses souvenirs ; un fil bien ténu le guidait, la moindre interruption pouvait rompre ce fil et embrouiller l'écheveau.

– Ce que me proposait Claudine, continua le marin, était une abomination, et je suis un honnête homme. Mais cette femme me pétrissait à volonté, comme la pâte du pétrin. Elle me chavirait le cœur. Elle me faisait voir blanc comme neige ce qui était noir comme de l'encre. Je l'aimais, quoi ! Elle me prouva que nous ne faisions de tort à personne et que nous assurions la fortune de Jacques, je me tus. Le soir, nous arrivions à un village, et le cocher nous dit, en arrêtant la voiture devant une auberge, que c'est là que nous coucherons. Nous entrons et nous voyons qui ? Cette canaille de Germain avec une femme portant un nourrisson si exactement habillé comme le nôtre que j'eus peur. Ils voyageaient comme nous dans une voiture du comte. Un soupçon me vint. Qui m'assurait que Claudine n'avait pas inventé la seconde histoire pour me calmer ? Elle en était certes capable. J'étais fou. Je consentais à une chose qui était mal, mais non à une certaine autre. Je me promis bien de ne pas perdre de vue notre petit bâtard, me jurant bien qu'on ne me l'escamoterait pas. En effet, je le gardai toute la soirée sur mes genoux, et, pour plus de sûreté, je lui avais noué mon mouchoir autour des reins en guise de remarque. Ah ! le coup avait été bien monté. Après souper, on parla de se coucher, et il se trouve qu'il n'y a dans cette auberge que deux chambres à deux lits. C'était à croire qu'on l'avait fait bâtir exprès. L'aubergiste dit que les deux nourrices coucheront dans une de ces chambres et Germain et moi dans l'autre. Comprenez-vous, monsieur le juge ? Ajoutez que toute la soirée j'avais surpris des signes d'intelligence entre ma femme et ce gredin de domestique. J'étais furieux.

» C'était la conscience qui parlait et que je faisais taire de force. Je sentais que j'agissais très mal et je m'en voulais à la mort. Pourquoi n'y a-t-il que les coquines pour faire virer comme une girouette à tous les vents de leurs coquineries l'esprit d'un honnête homme ?

M. Daburon répondit par un coup de poing à démolir son bureau.

Lerouge poursuivit plus vite :

– Moi, je repoussai cet arrangement, feignant d'être trop jaloux pour lâcher ma femme une minute. Il fallait en passer par où je voulais. La nourrice étrangère monta se coucher la première ; nous y allâmes, Claudine et moi, un moment après. Ma femme défit ses hardes et se coucha dans les draps avec notre fils et le nourrisson ; moi, je ne me déshabillai pas. Sous prétexte qu'en me couchant j'exposerais les nourrissons, je m'installai sur une chaise devant le lit, décidé à ouvrir l'œil et à monter un quart un peu solide. J'avais soufflé la chandelle afin de laisser les femmes dormir ; moi, je n'y songeais guère ; mes idées m'ôtaient le sommeil ; je pensais à mon père et à ce qu'il dirait, s'il apprenait jamais ma conduite. Vers minuit, voilà que j'entends Claudine faire un mouvement. Je retiens mon souffle. Elle se levait. Voulait-elle changer les enfants ? Maintenant je sais que non, alors je crus que oui. Je me dressai hors de moi et, la saisissant par le bras, je commençai à taper, et rudement, tout en lâchant ce que j'avais sur le cœur. Je parlais à pleine voix, comme sur mon bateau, quand le temps est gros, je jurais comme un damné, je menais un tapage affreux. L'autre nourrice poussait des cris à faire croire qu'on l'égorgeait. À ce vacarme Germain accourt avec une chandelle allumée. Sa vue m'acheva. Ne sachant ce que je faisais, je tirai de ma poche un couteau catalan dont je me servais d'habitude, et empoignant le maudit bâtard, je lui traversai le bras avec la lame en disant : « Au moins, comme cela, on ne le changera pas sans que je le sache : il est marqué pour la vie. »

Lerouge n'en pouvait plus.

De grosses gouttes de sueur perlaient sur son front, glissaient le long de ses joues et s'arrêtaient dans les rides profondes de son visage.

Il haletait, mais le regard impérieux du juge le pressait, le harcelait, comme le fouet qui cingle les reins du nègre écrasé de fatigue.

– La blessure du petit était terrible, poursuivit-il ; elle saignait affreusement, il pouvait en mourir. Je ne m'inquiétais que de l'avenir, de ce qui arriverait peut-être plus tard. Je déclarai que j'allais écrire ce qui venait de se passer et que nous signerions tous. Ce fut fait. Nous savions écrire tous quatre. Germain n'osa pas résister, je parlais mon couteau à la main. Il mit son nom le premier, me conjurant seulement de ne rien dire au comte, jurant que pour sa part il ne soufflerait mot, faisant promettre à l'autre nourrice de se taire.

– Et vous avez gardé cette déclaration ? demanda M. Daburon.

– Oui, monsieur, et comme l'homme de la police à qui j'ai tout avoué m'a recommandé de la prendre avec moi, je suis allé la retirer de l'endroit où je l'avais cachée, et je l'ai là.

– Donnez.

Lerouge sortit de la poche de sa veste un vieux portefeuille de parchemin attaché avec une lanière de cuir, et en tira un pli jauni par les années et soigneusement cacheté.

– Voici, dit-il. Le papier n'a pas été ouvert depuis cette nuit maudite.

En effet, lorsque le juge le déplia, il vit tomber la cendre jetée sur les caractères fraîchement tracés pour les empêcher de s'effacer.

C'était bien le récit bref de la scène décrite par le vieux marin. Les quatre signatures y étaient.

– Que sont devenus, murmura le juge, se parlant à lui-même, les témoins qui ont signé cette déclaration ?

Lerouge crut qu'on l'interrogeait.

– Germain est mort, répondit-il, on m'a dit qu'il s'était noyé dans une partie de plaisir. Claudine vient d'être assassinée, mais l'autre nourrice vit encore. Même je sais qu'elle a parlé de la chose à son mari, car il m'en a touché un mot. C'est un nommé Brossette, qui demeure au village de Commarin même.

– Et ensuite ? demanda le juge qui avait pris le nom et l'adresse de cette femme.

– Le lendemain, monsieur, Claudine parvint à me calmer et à m'extorquer le serment de garder le silence. L'enfant fut à peine malade, mais il garda une énorme cicatrice au bras.

– Madame Gerdy a-t-elle été avertie de ce qui s'était passé ?

– Je ne le crois pas, monsieur, cependant j'aime mieux dire que je l'ignore.

– Comment, vous l'ignorez!

– Oui, je vous le jure, monsieur le juge; cela vient de ce qui est arrivé après.

– Qu'est-il donc arrivé?

Le marin hésita.

– C'est que, monsieur, dit-il, c'est des affaires à moi, et…

– Mon ami, interrompit le juge, vous êtes un honnête homme, je le crois, j'en suis sûr. Mais une fois en votre vie, poussé par une mauvaise femme, vous avez failli, vous êtes devenu le complice d'une bien coupable action. Réparez votre faute en parlant sincèrement. Tout ce qui se dit ici, et qui n'a pas trait directement au crime, reste secret; moi-même je l'oublie aussitôt. Ne craignez donc rien, et si vous éprouvez quelque humiliation, dites-vous que c'est la punition du passé.

– Hélas! monsieur le juge, répondit le marin, j'ai été bien puni déjà, et il y a longtemps que ma peine a commencé. Argent mal acquis ne porte pas profit. En arrivant chez nous, j'achetai le malheureux pré plus cher que sa valeur. Le jour où je me suis promené dessus en me disant : il est à moi, j'ai eu mon dernier contentement. Claudine était coquette mais elle avait encore bien d'autres vices. Quand elle nous vit tant d'argent, ils éclatèrent tous comme un incendie qui couve à fond de cale quand on ouvre un panneau. D'un peu gourmande qu'elle était, elle devint portée sur sa bouche, sauf votre respect, à faire horreur. C'était chez nous une ripaille qui n'avait ni fin ni cesse. Dès que j'embarquais, elle s'attablait avec les plus mauvaises gredines du pays, et il n'y avait rien de trop bon ni de trop cher pour elles. Elle se prenait de boisson au point qu'il fallait la coucher. Là-dessus, voilà qu'une nuit qu'elle me croyait à Rouen, je reviens sans être attendu. J'entre, et je la trouve avec un homme. Et quel homme, monsieur ! Un méchant gringalet honni de tout le pays, laid, sale, puant : enfin le clerc de l'huissier du bourg. J'aurais dû le tuer, c'était mon droit, comme une vermine qu'il était ; il me fit pitié. Je l'empoignai par le cou et je le jetai par la fenêtre sans l'ouvrir. Il n'en est pas mort. Alors, je tombai sur ma femme, et quand je cessai de frapper elle ne bougeait plus.

Lerouge parlait d'une voix rauque, et de temps à autre enfonçait sur ses yeux ses poings crispés.

– Je pardonnai, continua-t-il, mais l'homme qui a battu sa femme et qui lui a fait grâce est perdu. Désormais, elle prit mieux ses précautions, elle devint plus hypocrite, et voilà tout. Dans l'intervalle, madame Gerdy retira son petit. Claudine ne fut plus retenue par rien. Protégée et conseillée par sa mère, qu'elle avait prise avec nous et qui était censée soigner notre Jacques, elle put me tromper pendant plus d'un an. Je la croyais revenue à de meilleurs sentiments, et pas du tout, elle menait une vie effroyable. Ma maison était devenue le mauvais lieu du pays, et c'est chez moi que les vauriens se rendaient après boire. Ils y buvaient pourtant encore, car ma femme faisait venir des paniers de vin et d'eau-de-vie, et tant que j'étais à la mer, on se soûlait pêle-mêle. Quand l'argent lui manquait, elle écrivait au comte ou à sa maîtresse, et ses orgies continuaient. Quelquefois j'avais des doutes qui me travaillaient ; alors, sans raison, pour un non, pour un oui, je la battais jusqu'à plus soif, puis je pardonnais encore, comme un lâche, comme un imbécile. C'était une existence d'enfer. Je ne sais pas ce qui me procurait le plus de plaisir : de l'embrasser ou de la rouer de coups. Tout le monde, dans le bourg, me méprisait et me tournait le dos ; on me croyait complice ou involontairement dupe. J'ai su plus tard qu'on supposait que je tirais profit de la conduite de ma femme, tandis qu'au contraire elle payait ses amants. En tout cas, on se demandait d'où venait tout l'argent qui se dépensait chez nous. Pour me distinguer d'un de mes cousins nommé Lerouge, on avait joint à mon nom un mot infâme. Quelle honte, monsieur ! Et je ne savais rien de tant de scandales, non, rien ! N'étais-je pas le mari ! Par bonheur, mon père était mort.

M. Daburon eut pitié.

– Reposez-vous, mon ami, dit-il, remettez-vous.

– Non, répondit le marin, j'aime mieux faire vite. Un homme eut la charité de me prévenir : le curé. Si jamais celui-là a besoin de Lerouge !… Sans perdre une minute, j'allai trouver un homme de loi, lui demandant comment doit agir un honnête marin qui a eu le malheur d'épouser une gourgandine. Il me dit qu'il n'y a rien à faire. Plaider, c'est publier à son de trompe son déshonneur, et une séparation n'arrange rien. « Quand une fois on a donné son nom à une femme, me dit-il, on ne peut plus le reprendre, il lui appartient pour le restant de ses jours, elle a le droit d'en disposer. Elle peut le salir, le couvrir de boue, le traîner de musicos en musicos, le mari n'y peut rien. » Cela étant, mon parti fut vite pris. Le jour même, je vendis le fatal pré et j'en fis porter l'argent à Claudine, ne voulant rien garder du pain de la honte. Je fis ensuite dresser un acte qui l'autorisait à administrer notre petit bien mais qui ne lui permettait ni de le vendre, ni d'emprunter dessus. Puis je lui écrivis une lettre où je lui marquais qu'elle n'entendrait plus parler de moi, que je n'étais plus rien pour elle et qu'elle pouvait se regarder comme veuve. Et dans la nuit, je partis avec mon fils.

– Et que devint votre femme, après votre départ ?

– Je ne puis le dire, monsieur. Je sais seulement qu'elle quitta le pays un an après moi.

– Vous ne l'avez jamais revue ?

– Jamais.

– Cependant, vous étiez chez elle trois jours avant le crime ?

– C'est vrai, monsieur, mais c'est qu'il le fallait absolument. J'ai eu bien de la peine à la retrouver, personne ne savait ce qu'elle était devenue. Heureusement mon notaire a pu se procurer l'adresse de madame Gerdy, il lui a écrit, et c'est comme cela que j'ai su que Claudine habitait La Jonchère. J'étais pour lors à Rouen ; le patron Gervais, qui est mon ami, m'offrit de me remonter à Paris sur son bateau, et j'acceptai. Ah ! monsieur ! quel saisissement lorsque je suis entré chez elle ! Ma femme ne me reconnaissait pas. À force de dire à tout le monde que j'étais mort, elle avait sans doute fini par s'en persuader. Quand j'ai dit mon nom, elle est tombée à la renverse. La malheureuse ! elle n'avait pas changé. Elle avait près d'elle un verre et une bouteille d'eau-de-vie…

– Tout cela ne m'apprend pas ce que vous veniez faire chez votre femme.

– C'est pour Jacques, monsieur, que j'y allais. Le petit est devenu homme, et il veut se marier. Pour cela, il fallait le consentement de la mère. J'ai donc porté à Claudine un acte que le notaire avait préparé et qu'elle a signé. Le voici.

M. Daburon prit l'acte et sembla le lire attentivement. Au bout d'un moment :

– Vous êtes-vous demandé, interrogea-t-il, qui pouvait avoir assassiné votre femme ?

Lerouge ne répondit pas.

– Avez-vous eu des soupçons sur quelqu'un ? insista le juge.

– Dame ! monsieur, répondit le marin, que voulez-vous que je vous dise ! J'ai pensé que Claudine avait fini par lasser les gens de qui elle tirait de l'argent comme de l'eau d'un puits, ou bien qu'étant soûle elle avait parlé trop.

Les renseignements étaient aussi complets que possible. Daburon congédia Lerouge en lui recommandant d'attendre Gévrol qui le conduirait à un hôtel où il se tiendrait jusqu'à nouvel ordre à la disposition de la justice.

– Vous serez indemnisé de vos dépenses, ajouta le juge.

Lerouge avait à peine tourné les talons qu'un fait grave, prodigieux, inouï, sans précédent se produisit dans le cabinet du juge d'instruction.

Constant, le sérieux, l'impassible, l'immobile, le sourd-muet Constant se leva et parla.

Il rompit un silence de quinze années, il s'oublia jusqu'à émettre une opinion.

Il dit :

– Voilà, monsieur, une surprenante affaire !

Bien surprenante, en effet, pensait M. Daburon, et bien faite pour dérouter toutes les prévisions, pour renverser toutes les opinions préconçues.

Pourquoi, lui juge, avait-il agi avec cette déplorable précipitation ? Pourquoi, avant de rien risquer, n'avait-il pas attendu de bien posséder tous les éléments de cette grave affaire, de tenir tous les fils de cette trame compliquée ?

On accuse la justice de lenteur, mais c'est cette lenteur même qui fait sa force et sa sûreté, qui constitue sa presque infaillibilité.

On ne sait pas assez tout le temps que les témoignages mettent à se produire.

On ignore ce que peuvent révéler de faits des investigations inutiles en apparence.

Les drames de la cour d'assises n'observent pas les trois unités, il s'en manque de beaucoup.

Quand l'enchevêtrement des passions et des mobiles semble inextricable, un personnage inconnu, venu on ne sait d'où, se présente, et c'est lui qui apporte le dénouement.

M. Daburon, le plus prudent des hommes, avait cru simple la plus complexe des affaires. Il avait agi comme pour un cas de flagrant délit dans un crime mystérieux qui réclamait les plus grandes précautions. Pourquoi ? C'est que ses souvenirs ne lui avaient pas laissé la liberté de délibération, de jugement et de décision. Il avait craint également de paraître faible et de se montrer violent. Se croyant sûr de son fait, l'animosité l'avait emporté. Et cependant bien des fois il s'était dit : où est le devoir ? Mais, quand on en est réduit à ne plus distinguer clairement le devoir, c'est qu'on fait fausse route.

Le singulier dans tout cela, c'est que les fautes du juge d'instruction provenaient de son honnêteté même. Il avait été égaré par une trop grande délicatesse de conscience, les scrupules qui le tracassaient lui avaient rempli l'esprit de fantômes et l'avaient poussé à l'animosité passionnée par lui déployée à un certain moment.

Devenu plus calme, il examinait sainement les

choses. En somme, grâce à Dieu ! rien n'était irréparable. Il ne s'en adressait pas moins les plus dures admonestations. Le hasard seul l'avait arrêté. En ce moment même, il se jurait bien que cette instruction serait pour lui la dernière. Sa profession lui inspirait désormais une invincible horreur. Puis, son entretien avec Claire avait rouvert toutes les blessures de son cœur, et elles saignaient plus douloureuses que jamais. Il reconnaissait avec accablement que sa vie était brisée, finie. Un homme peut se dire cela quand toutes les femmes ne lui sont rien, hormis une seule qu'il ne peut espérer posséder.

Trop religieux pour songer au suicide, il se demandait avec angoisse ce qu'il deviendrait plus tard, quand il aurait jeté aux orties sa robe de juge.

Puis il revenait à l'affaire présente. Dans tous les cas, innocent ou coupable, Albert était bien le vicomte de Commarin, le fils légitime du comte. Mais était-il coupable ? Évidemment non.

– J'y songe ! s'écria tout à coup le juge, il faut que je parle au comte de Commarin. Constant, faites passer à son hôtel, qu'il vienne à l'instant ; s'il n'est pas chez lui, qu'on le cherche.

M. Daburon allait avoir un moment difficile. Il allait être forcé de dire à ce vieillard : « Monsieur, votre fils légitime n'est pas celui que je vous ai dit, c'est l'autre. » Quelle situation ! non seulement pénible, mais voisine du ridicule. Le correctif, c'est que cet autre, Albert, était innocent.

À Noël aussi il faudrait apprendre la vérité, le précipiter à terre après l'avoir élevé jusqu'aux nues. Quelle désillusion ! Mais sans doute le comte trouverait pour lui quelque compensation, il la lui devait bien.

– Maintenant, murmurait le juge, quel serait le coupable ?

Une idée traversa son cerveau, qui d'abord lui parut invraisemblable. Il la rejeta, puis la reprit. Il la tourna, la retourna, l'examina sous toutes ses faces. Il s'y était presque arrêté lorsque M. de Commarin entra.

Le messager de M. Daburon lui était arrivé comme il allait descendre de voiture, revenant avec Claire de chez Mme Gerdy.

18

Le père Tabaret parlait, mais il agissait aussi.

Abandonné par le juge d'instruction à ses seules forces, il se remit à l'œuvre sans perdre une minute et ne prit plus un moment de repos.

L'histoire du cabriolet attelé d'un cheval rapide était exacte.

Prodiguant l'argent, le bonhomme avait recruté une douzaine d'employés de la police en congé ou de malfaiteurs sans ouvrage, et, à la tête de ces honorables auxiliaires, secondé par son séide Lecoq, il s'était transporté à Bougival.

Il avait littéralement fouillé le pays, maison par maison, avec l'obstination et la patience d'un maniaque qui voudrait retrouver une aiguille dans une charretée de foin.

Ses peines ne furent pas absolument perdues.

Après trois jours d'investigations, voici ce dont il était à peu près certain :

L'assassin n'avait pas quitté le chemin de fer à Rueil comme le font tous les gens de Bougival, de La Jonchère et de Marly. Il avait poussé jusqu'à Chatou.

Tabaret pensait le reconnaître dans un homme encore jeune, brun et avec d'épais favoris noirs, chargé d'un pardessus et d'un parapluie, que lui avaient dépeint les employés de la station.

Ce voyageur, arrivé par le train qui part de Paris à Saint-Germain à huit heures trente-cinq du soir, avait paru fort pressé.

En quittant la gare, il s'était élancé au pas de course sur la route qui conduit à Bougival. Sur la chaussée, deux hommes de Marly et une femme de La Malmaison l'avaient remarqué à cause de ses allures rapides. Il fumait tout en courant.

Au passage du pont qui, à Bougival, joint les deux rives de la Seine, il avait été mieux observé encore.

On paye pour traverser ce pont, et l'assassin présumé avait sans doute oublié cette circonstance.

Il avait passé franc, toujours au pas de gymnastique, les coudes au corps, ménageant son haleine, et le gardien du pont avait été obligé de s'élancer à sa poursuite en le hélant, pour se faire payer.

Il avait paru très contrarié de cette circonstance, avait jeté une pièce de dix sous et avait continué sa route sans attendre les quarante-cinq centimes qui lui revenaient.

Ce n'est pas tout.

Le contrôleur de Rueil se souvenait que deux minutes avant le train de dix heures et quart, un voyageur s'était présenté, très ému et si essoufflé qu'à peine il pouvait se faire comprendre en demandant son billet, un billet de seconde, pour Paris.

Le signalement de cet homme répondait exactement au portrait décrit par les employés de Chatou et par le gardien du pont.

Enfin, le bonhomme se croyait sur la trace d'un individu qui avait dû monter dans le même compartiment que ce voyageur essoufflé.

On lui avait indiqué un boulanger d'Asnières auquel il avait écrit en lui demandant un rendez-vous.

Tel était le bilan du père Tabaret, quand le lundi matin il se présenta au Palais de Justice afin de voir si on n'aurait pas reçu le dossier de la veuve Lerouge.

Il ne trouva pas ce dossier, mais dans la galerie il rencontra Gévrol et son homme.

Le chef de la sûreté triomphait, et triomphait sans pudeur. Dès qu'il aperçut Tabaret, il l'appela.

– Eh bien ! illustre dénicheur, quoi de neuf? Avons-nous fait couper le cou à quelque scélérat depuis l'autre jour ? Ah ! vieux malin, je vois bien que c'est à ma place que vous en voulez !

Hélas ! le bonhomme était cruellement changé.

La conscience de son erreur le rendait humble et doux. Ces plaisanteries qui jadis l'exaspéraient ne le touchaient pas. Bien loin de se rebiffer, il baissa le nez d'un air si contrit que Gévrol en fut étonné.

– Raillez-moi, mon bon monsieur Gévrol, répondit-il, moquez-vous de moi impitoyablement, vous aurez raison, je l'ai bien mérité.

– Ah çà ! reprit l'agent, nous avons donc fait quelque nouveau chef-d'œuvre, vieux passionné ?

Le père Tabaret branla tristement la tête.

– J'ai livré un innocent, dit-il, et la justice ne veut plus me le rendre.

Gévrol était ravi, il se frottait les mains à s'enlever l'épiderme.

– C'est très fort, cela, chantonnait-il, c'est très adroit. Faire condamner des coupables, fi donc ! c'est mesquin. Mais faire raccourcir des innocents, bigre ! c'est le dernier mot de l'art. Papa Tirauclair, vous êtes pyramidal, et je m'incline.

Et en même temps il ôta ironiquement son chapeau.

– Ne m'accablez pas, reprit le bonhomme. Que

voulez-vous, malgré mes cheveux gris, je suis jeune dans le métier. Parce que le hasard m'a servi trois ou quatre fois, j'en suis devenu bêtement orgueilleux. Je reconnais trop tard que je ne suis pas ce que je croyais ; je suis un apprenti à qui le succès a fait tourner la cervelle, tandis que vous, monsieur Gévrol, vous êtes notre maître à tous. Au lieu de me railler, de grâce, secourez-moi, aidez-moi de vos conseils et de votre expérience. Seul, je n'en sortirai pas, au lieu qu'avec vous !…

Gévrol est superlativement vaniteux.

La soumission de Tabaret, qu'au fond il estimait très fort, chatouilla délicieusement ses prétentions policières.

Il s'humanisa.

– J'imagine, dit-il d'un ton protecteur, qu'il s'agit de l'affaire de La Jonchère ?

– Hélas ! oui, cher monsieur Gévrol, j'ai voulu marcher sans vous, et il m'en cuit.

Le vieux finaud de Tabaret gardait la mine contrite d'un sacristain surpris à faire gras le vendredi, mais, au fond, il riait, il jubilait.

Niais vaniteux, pensait-il, je te casserai tant d'encensoirs sur le nez que tu finiras bien par faire tout ce que je voudrai.

M. Gévrol se grattait le nez, tout en avançant la lèvre inférieure et en faisant : « Euh ! euh ! »

Il feignait d'hésiter, heureux de prolonger la délicate jouissance que lui procurait la confusion du bonhomme.

– Voyons, dit-il enfin, déridez-vous, papa Tirauclair ; je suis bon garçon, moi, je vous donnerai un coup d'épaule. C'est gentil, hein ? Mais aujourd'hui je suis trop pressé, on me demande là-bas. Venez me voir demain matin, nous causerons. Cependant, avant de nous quitter, je vais vous allumer une lanterne pour chercher votre chemin. Savez-vous qui est le témoin que j'amène ?

– Dites, mon bon monsieur Gévrol.

– Eh bien ! ce gaillard sur ce banc qui attend monsieur le juge d'instruction est le mari de la victime de La Jonchère.

– Pas possible ! fit le père Tabaret stupéfié.

Et réfléchissant :

– Vous vous moquez de moi, ajouta-t-il.

– Non, sur ma parole. Allez lui demander son nom, il vous dira qu'il s'appelle Pierre Lerouge.

– Elle n'était donc pas veuve ?

– Il paraîtrait, répondit Gévrol goguenardant, puisque voilà son heureux époux.

– Oh !... murmura le bonhomme. Et sait-il quelque chose ?

En vingt phrases le chef de la sûreté analysa à son collègue volontaire le récit que Lerouge allait faire au juge d'instruction.

– Que dites-vous de cela ? demanda-t-il en finissant.

– Ce que je dis, balbutia le père Tabaret, dont la physionomie dénotait une surprise voisine de l'hébétement, ce que je dis ?... je ne dis rien. Je pense... mais non, je ne pense rien.

– Une tuile, quoi ! fit Gévrol radieux.

– Dites un coup de massue, plutôt, répliqua Tabaret.

Mais subitement il se redressa, se donnant sur le front un furieux coup de poing.

– Et mon boulanger ! s'écria-t-il. À demain, monsieur Gévrol.

Il est fêlé ! pensa le chef de la sûreté.

Le bonhomme était fort sain d'esprit, seulement il s'était tout à coup souvenu du boulanger d'Asnières, qu'il avait prié de passer chez lui. L'y trouverait-il encore ?

Dans l'escalier, il rencontra M. Daburon ; c'est à peine s'il daigna lui répondre.

Bientôt il fut dehors et s'élança le long du quai, trottant comme un chat maigre.

Là, causons, se disait-il ; voilà mon Noël redevenu Gros-Jean comme devant. Il ne va pas rire, lui qui était si heureux d'avoir un nom. Bast ! s'il le veut, je l'adopterai. Tabaret ne sonne pas comme Commarin, mais enfin, c'est un nom. N'importe, l'histoire de Gévrol ne modifie en rien la situation d'Albert ni mes convictions. Il est le fils légitime, tant mieux pour lui ! Cela ne m'affirmerait en rien son innocence, si j'en doutais. Évidemment, non plus que son père, il ne connaissait rien de ces circonstances si surprenantes. Il devait, aussi bien que le comte, croire à une substitution. Ces faits, madame Gerdy les ignorait aussi, on aura inventé quelque histoire pour expliquer la cicatrice. Oui, mais madame Gerdy savait à n'en pas douter que Noël était bien son fils à elle. En le reprenant, elle a dû vérifier les signes. Quand Noël a trouvé les lettres du comte, elle se sera empressée de lui expliquer…

Le père Tabaret s'arrêta aussi court que si son chemin eût été barré par le plus effroyable reptile.

Il était épouvanté de sa conclusion, qui disait : « Noël aurait donc assassiné la femme Lerouge pour l'empêcher de confesser que la substitution n'avait pas eu lieu, et il aurait brûlé les lettres et les papiers qui le prouvaient ! »

Mais il repoussa avec horreur cette probabilité,

comme un honnête homme chasse une détestable pensée qui, par hasard, sillonne son esprit.

– Vieux crétin que je suis ! exclamait-il en reprenant sa course, voilà pourtant la conséquence de l'affreux métier que je me faisais gloire d'exercer ! Soupçonner Noël, mon enfant, mon légataire universel, la vertu et l'honneur incarnés ici-bas ! Noël, que dix ans de relations constantes, de vie presque commune, m'ont appris à estimer, à admirer au point que je répondrais de lui comme de moi-même ! Il faut de terribles passions pour pousser, à verser le sang, les hommes d'une certaine condition, et je n'ai jamais connu à Noël que deux passions : sa mère et le travail. Et j'ose effleurer d'un soupçon ce caractère si noble ! Je devrais me battre ! Vieille bête ! tu ne trouves sans doute pas assez terrible la leçon que tu viens de recevoir ! Que faut-il donc pour te rendre plus circonspect ?

Il raisonnait ainsi, s'efforçant de refouler ses inquiétudes, contraignant ses habitudes d'investigation, mais au fond de lui-même une voix taquinante murmurait : « Si c'était Noël ? »

Le père Tabaret était arrivé rue Saint-Lazare.

Devant sa porte stationnait le plus élégant coupé bleu attelé d'un cheval magnifique. Machinalement il s'arrêta.

– Bel animal ! dit-il ; mes locataires reçoivent des gens bien…

Ils recevaient des gens mal aussi, car il formulait à peine cette réflexion qu'il vit sortir M. Clergeot, l'honnête M. Clergeot, dont la présence dans une maison y trahit une ruine aussi sûrement que la présence des employés des pompes funèbres y annonce une mort.

Le vieux policier, qui connaît toute la terre, connaissait admirablement l'honnête banquier. Même il avait eu des relations avec lui, autrefois, lorsqu'il collectionnait des livres. Il l'arrêta.

– Vous voilà ! vieux crocodile, lui dit-il, vous avez donc des pratiques dans ma maison ?

– Il paraît, répondit sèchement Clergeot, qui n'aime pas à être traité familièrement.

– Tiens ! tiens ! fit le père Tabaret.

Et, poussé par une curiosité bien naturelle chez un propriétaire qui doit avant tout redouter de loger des gens gênés, il ajouta :

– Qui diable êtes-vous en train de me ruiner ?

– Je ne ruine personne, riposta M. Clergeot d'un air de dignité offensée. Avez-vous eu à vous plaindre de nos relations ? Je ne le pense pas. Parlez de moi, s'il vous plaît, au jeune avocat qui fait des affaires avec moi, il vous dira s'il a lieu de regretter de me connaître.

Tabaret fut péniblement impressionné.

Quoi ! Noël, le sage Noël était le client de Clergeot ! Que voulait dire cela ? Peut-être n'y avait-il aucun mal. Cependant les quinze mille francs de jeudi lui revenaient à la mémoire.

– Oui, dit-il, désireux de se renseigner, je sais que monsieur Gerdy mène l'argent assez rondement.

Clergeot a la délicatesse de ne jamais laisser attaquer ses pratiques sans les défendre.

– Ce n'est pas lui personnellement, objecta-t-il, qui fait danser les écus, c'est sa petite femme chérie. Elle est grosse comme le pouce, mais elle mangerait le diable, ongles, cornes et tout.

Quoi ! Noël entretenait une femme, une créature que Clergeot lui-même, l'ami des petites dames, trouvait dépensière ! Cette révélation, en ce moment, atteignait le bonhomme en plein cœur. Pourtant il dissimula. Un geste, un regard pouvaient éveiller la défiance de l'usurier et lui fermer la bouche.

– On sait cela, reprit-il du ton le plus dégagé qu'il put. Bast ! il faut que jeunesse se passe. Que croyez-vous donc qu'elle lui coûte par an, cette coquine ?

– Ma foi, je ne sais pas. Il a eu le tort de ne pas lui assigner un fixe. À mon calcul, elle doit bien, depuis quatre ans qu'il l'a, lui avoir avalé dans les environs de cinq cent mille francs.

Quatre ans ! cinq cent mille francs !

Ces mots, ces chiffres éclatèrent comme des obus dans la cervelle du père Tabaret.

Un demi-million !

En ce cas Noël était ruiné de fond en comble. Mais alors…

– C'est beaucoup, dit-il, réussissant, grâce à d'héroïques efforts, à cacher sa souffrance, c'est énorme même ! Il faut remarquer cependant que monsieur Gerdy a des ressources…

– Lui ! interrompit l'usurier en haussant les épaules. Tenez, pas ça ! ajouta-t-il en faisant claquer sous ses dents l'ongle de son pouce. Il est nettoyé à fond. Cependant, s'il vous doit de l'argent, soyez sans crainte. C'est un malin. Il va se marier. Tel que vous me voyez, je viens de lui renouveler des billets pour vingt-six mille francs. Au revoir, monsieur Tabaret.

L'usurier s'éloigna d'un pas leste, laissant le pauvre bonhomme planté comme une borne au milieu du trottoir.

Il ressentait quelque chose de pareil à la douleur immense qui doit briser le cœur d'un père lorsqu'on lui laisse entrevoir que son fils bien-aimé est peut-être le dernier des scélérats.

Et, pourtant, telle était sa croyance en Noël qu'il violentait sa raison pour repousser encore les soupçons qui le poignaient. Pourquoi cet usurier n'aurait-il pas calomnié l'avocat?

Ces gens qui prêtent à plus de dix pour cent sont capables de tout. Évidemment il avait exagéré le chiffre des folies de son client.

Et quand même! Combien d'hommes n'ont pas fait pour des femmes les plus grandes insanités sans cesser d'être honnêtes!

Il voulut entrer.

Un tourbillon de soie, de dentelles et de velours, lui barra le passage.

C'était une jolie jeune femme brune qui sortait.

Elle s'élança, légère comme l'oiseau, dans le coupé bleu.

Le père Tabaret était gaillard, la jeune femme était ravissante, pourtant il n'eut pas un regard pour elle.

Il entra, et sous la voûte il trouva son portier debout, sa casquette à la main, considérant d'un œil attendri une pièce de vingt francs.

– Ah! monsieur, lui dit cet homme, la jolie dame, et combien elle est comme il faut! Que n'êtes-vous arrivé cinq minutes plus tôt?

– Quelle dame?… pourquoi?

– Cette dame si distinguée qui sort, elle venait, monsieur, chercher des renseignements sur monsieur Gerdy. Elle m'a donné vingt francs pour répondre à ses questions. Il paraîtrait que monsieur Gerdy se marie. Elle avait l'air tout à fait vexée. Superbe créature! J'ai dans l'idée que ce doit être sa maîtresse. Je comprends maintenant pourquoi il sortait toutes les nuits.

– Monsieur Gerdy?

– Mais oui, monsieur, je n'en ai jamais parlé à monsieur, vu qu'il avait l'air de se cacher. Il ne me demandait pas le cordon, non, pas si bête ! Il filait par la petite porte de la remise. Moi je me disais : c'est peut-être pour ne pas me déranger, ce qu'il en fait, cet homme, c'est très délicat de sa part, et puisque ça lui plaît...

Le portier parlait, l'œil toujours attaché sur sa pièce.

Lorsqu'il leva la tête pour interroger la physionomie de son seigneur et maître, le père Tabaret avait disparu.

En voilà bien une autre ! se dit le portier. Cent sous que le patron court après la superbe créature ! Joue des flûtes, va, vieux roquentin, on t'en donnera un petit morceau, pas beaucoup, mais c'est très cher.

Le portier ne se trompait pas. Le père Tabaret courait après la dame au coupé bleu.

Il avait pensé : celle-là me dira tout ; et d'un bond il fut dans la rue.

Il y arriva juste à temps pour voir le coupé bleu tourner le coin de la rue Saint-Lazare.

– Ciel ! murmura-t-il, je vais la perdre de vue, et cependant la vérité est là.

Il était dans un de ces états de surexcitation nerveuse qui enfantent des prodiges.

Il franchit le bout de la rue Saint-Lazare aussi rapidement qu'un jeune homme de vingt ans.

Ô bonheur ! À cinquante pas, dans la rue du Havre, il vit le coupé bleu arrêté au milieu d'un embarras de voitures.

Je l'aurai ! se dit-il.

Ses regards parcouraient les alentours de la gare de l'Ouest, cette rue où rôdent presque constamment des cochers marrons : pas une voiture !

Volontiers, comme Richard III, il aurait crié : « Ma fortune pour un fiacre ! »

Le coupé bleu s'était dégagé et filait bon train vers la rue Tronchet. Le bonhomme suivait.

Il se maintenait ; le coupé ne gagnait pas trop.

Tout en courant sur le milieu de la chaussée, cherchant de l'œil une voiture où se jeter, il se disait : en chasse ! bonhomme, en chasse ! Quand on n'a pas de tête, il faut des jambes. Et hop ! et hop ! Pourquoi n'as-tu pas songé à demander à Clergeot l'adresse de cette femme ? Plus vite que ça, mon vieux, plus vite ! Quand on veut se mêler d'être mouchard, on se munit des qualités de l'emploi, le mouchard doit avoir les fuseaux du cerf.

Il ne pensait qu'à rejoindre la maîtresse de Noël, et pas à autre chose. Mais il perdait, bien évidemment il perdait.

Il n'était pas au milieu de la rue Tronchet, et il n'en pouvait plus ; il sentait que ses jambes ne le porteraient pas cent mètres plus loin, et le maudit coupé allait atteindre la Madeleine.

Ô Fortune ! Une remise découverte, marchant dans le même sens que lui, le dépassa.

Il fit un signe plus désespéré que celui de l'homme qui se noie. Le signe fut vu. Il rassembla ses dernières forces et d'un bond s'élança dans la voiture sans le secours du marchepied.

– Là-bas, dit-il, ce coupé bleu, vingt francs !

– Compris ! répondit le cocher en clignant de l'œil.

Et il enveloppa sa maigre rosse d'un vigoureux coup de fouet en murmurant :

– Un bourgeois jaloux qui suit sa femme. Connu ! Hue cocotte !

Pour le père Tabaret, il était temps de s'arrêter, ses forces expiraient. Après une bonne minute, il n'avait pas repris haleine. On était sur le boulevard. Il se dressa dans la voiture, s'appuyant au siège du cocher.

– Je n'aperçois plus le coupé, dit-il.

– Oh ! je le vois bien, moi, bourgeois ; c'est qu'il a un fameux cheval.

– Le tien doit être meilleur ! j'ai dit vingt francs, ce sera quarante.

Le cocher tapa comme un sourd, et tout en frappant il grommelait :

– Il n'y a pas à dire, il faut la rejoindre. Pour vingt francs je la manquais : j'aime les femmes, moi, je suis de leur côté. Mais dame ! deux louis... Peut-on être jaloux quand on est aussi laid que ça ?

Le père Tabaret se donnait mille peines pour occuper son esprit de choses indifférentes.

Il ne voulait pas réfléchir avant d'avoir vu cette femme, de lui avoir parlé, de l'avoir habilement questionnée.

Il était sûr que d'un mot elle allait perdre ou sauver son amant.

Quoi ! perdre Noël ! Eh bien ! oui.

Cette idée de Noël assassin le fatiguait, le harcelait, bourdonnait dans son cerveau comme la mouche agaçante qui mille et mille fois vient, revient se heurter à la vitre où brille un rayon.

On venait de dépasser la Chaussée-d'Antin, le coupé bleu n'était guère qu'à une trentaine de pas. Le cocher de remise se retourna :

– Bourgeois, notre coupé s'arrête.

– Arrête aussi et ne le perds pas de l'œil, pour repartir en même temps que lui.

Le père Tabaret se pencha tant qu'il put hors de sa voiture.

La jeune femme descendait du coupé, traversait le trottoir et entrait dans un magasin où on vend des cachemires et des dentelles.

Voilà donc, pensait le père Tabaret, où vont les billets de mille francs ! Un demi-million en quatre ans ! Que font donc ces créatures de l'argent qu'on leur jette à pleines mains ; le mangent-elles ? Au feu de quels caprices fondent-elles les fortunes ? Elles ont des philtres endiablés, bien sûr, qu'elles donnent à boire aux imbéciles qui se ruinent pour elles. Il faut qu'elles possèdent un art particulier de cuisiner et d'épicer le plaisir, puisque une fois qu'elles tiennent un homme il sacrifie tout avant de les abandonner.

La remise se remit en route, mais bientôt s'arrêta.

Le coupé faisait une nouvelle pause devant un magasin de curiosités.

Cette créature veut donc acheter tout Paris ! se disait avec rage le bonhomme. Oui, c'est elle qui a poussé Noël, si Noël a commis le crime. C'est mes quinze mille francs qu'elle fricasse en ce moment. Combien de jours dureront-ils ? Ce serait pour avoir de l'argent que Noël aurait tué la femme Lerouge. Oh ! alors il serait le dernier, le plus infâme des hommes. Quel monstre de dissimulation et d'hypocrisie ! Et penser que si je mourais ici de fureur, il serait mon héritier ! Car c'est écrit en toutes lettres : « Je lègue à mon fils Noël Gerdy… » Si ce garçon était coupable, il n'y aurait pas d'assez grands supplices pour lui… Mais cette femme ne rentrera donc pas !

Cette femme n'était pas pressée, le temps était beau, sa toilette était ravissante, elle se montrait. Elle visita trois ou quatre magasins encore, et en dernier lieu s'arrêta chez un pâtissier, où elle resta plus d'un quart d'heure.

Le bonhomme, dévoré d'angoisses, bondissait et trépignait dans sa voiture.

Être séparé du mot d'une énigme terrible par le caprice d'une drôlesse, quelle torture ! Il mourait d'envie de s'élancer sur ses pas, de la prendre par le bras et de lui crier : « Rentre donc, malheureuse ! rentre donc chez toi ! Que fais-tu là ? Ne sais-tu pas qu'à cette heure ton amant, celui que tu as ruiné, est soupçonné d'un assassinat ! Rentre donc que je te questionne, que je sache de toi s'il est innocent ou coupable ! Car tu me le diras, sans t'en douter. Je t'ai préparé un traquenard où tu te prendras. Rentre donc, l'anxiété me tue ! »

Elle rentra.

Le coupé bleu reprit sa course, remonta la rue du Faubourg-Montmartre, tourna dans la rue de Provence, déposa la jolie promeneuse à sa porte et repartit.

– Elle demeure là, dit le père Tabaret avec un soupir de soulagement.

Il descendit de voiture, donna au cocher les deux louis en lui ordonnant de l'attendre, et s'élança sur les traces de la jeune femme.

Il est patient, le bourgeois, pensa le cocher, mais la petite dame brune est pincée.

Le bonhomme avait ouvert la porte de la loge du concierge.

– Le nom de cette dame qui vient de rentrer ? demanda-t-il.

Le portier ne parut rien moins que disposé à répondre.

– Son nom ? insista le vieux policier.

Le ton était si bref, si impérieux que le portier fut ébranlé.

– Madame Juliette Chaffour, répondit-il.

– À quel étage ?

– Au second, la porte en face.

Une minute après, le bonhomme attendait dans le salon de Mme Juliette. Madame se déshabillait, lui avait répondu la femme de chambre, et allait venir à l'instant.

Le père Tabaret était stupéfié du luxe de ce salon. Il n'avait rien d'insolent pourtant, ni de brutal, ni même de mauvais goût. On ne se serait jamais cru chez une femme entretenue. Mais le bonhomme, qui s'y connaissait en beaucoup de choses, jugea bien que tout dans cette pièce était de grand prix. La seule garniture de cheminée valait, au bas mot, une vingtaine de mille francs.

Clergeot, pensait-il, n'a pas exagéré.

L'entrée de Juliette interrompit ses réflexions. Elle avait retiré sa robe et passé à la hâte un peignoir très ample, noir, avec des garnitures de satin cerise. Ses admirables cheveux un peu dérangés par son chapeau retombaient en cascades sur son cou et bouclaient derrière ses délicates oreilles. Elle éblouit le père Tabaret. Il comprit bien des folies.

– Vous avez demandé à me parler, monsieur ? interrogea-t-elle en s'inclinant gracieusement.

– Madame, répondit le père Tabaret, je suis un ami de Noël, son meilleur ami, je puis le dire, et…

– Prenez donc la peine de vous asseoir, monsieur, interrompit la jeune femme.

Elle-même se posa sur un canapé, lutinant du bout du pied ses mules pareilles à son peignoir, pendant que le bonhomme prenait place dans un fauteuil.

– Je viens, madame, reprit-il, pour une affaire grave. Votre présence chez monsieur Gerdy…

– Quoi ! s'écria Juliette, il sait déjà ma visite ? Mâtin ! il a une police bien faite.

– Ma chère enfant, commença paternellement Tabaret…

– Bien ! je sais, monsieur, ce que vous venez faire. Vous êtes chargé par Noël de me gronder. Il m'avait défendu d'aller chez lui, je n'ai pu y tenir. C'est embêtant, à la fin, d'avoir pour amant un rébus, un homme dont on ne sait rien, un logogriphe[1] en habit noir et en cravate blanche, un être lugubre et mystérieux…

– Vous avez commis une imprudence.

– Pourquoi ? parce qu'il va se marier ? Que ne l'avoue-t-il alors ?

– Si ce n'est pas !

– Ça est. Il l'a dit à ce vieux filou de Clergeot, qui me l'a répété. En tout cas, il doit tramer quelque coup de sa tête ; depuis un mois il est tout chose, il est changé au point que je ne le reconnais plus.

Le père Tabaret désirait avant tout savoir si Noël ne s'était pas ménagé un alibi pour le mardi du crime. Là pour lui était la grande question. Oui ; il était coupable certainement. Non ; il pouvait encore être innocent. Mme Juliette devait, il n'en doutait pas, l'éclairer sur ce point décisif.

En conséquence, il était arrivé avec sa leçon toute préparée, son petit traquenard tendu.

La vivacité de la jeune femme le dérouta un peu ; pourtant il poursuivit, se fiant aux hasards de la conversation :

1. Discours inintelligible. Énigme. *(N.d.E.)*

– Empêcheriez-vous donc le mariage de Noël?

– Son mariage! s'écria Juliette en éclatant de rire; ah! le pauvre garçon! s'il ne rencontre pas d'autre obstacle que moi, son affaire est conclue. Qu'il se marie, ce cher Noël, au plus vite, et que je n'entende plus parler de lui.

– Vous ne l'aimez donc pas? demanda le bonhomme un peu surpris de cette aimable franchise.

– Écoutez, monsieur, je l'ai beaucoup aimé, mais tout s'use. Depuis quatre ans, je mène, moi qui suis folle de plaisirs, une existence intolérable. Si Noël ne me quitte pas, c'est moi qui le lâcherai. Je suis excédée, à la fin, d'avoir un amant qui rougit de moi et qui me méprise.

– S'il vous méprise, belle dame, il n'y paraît guère, répondit le père Tabaret en promenant autour du salon un regard des plus significatifs.

– Vous voulez dire, riposta la dame en se levant, qu'il dépense beaucoup pour moi. C'est vrai. Il prétend qu'il s'est ruiné pour moi, c'est fort possible. Qu'est-ce que cela me fait? Je ne suis pas une femme intéressée, sachez-le. J'aurais préféré moins d'argent et plus d'égards. Mes folies m'ont été inspirées par la colère et le désœuvrement. Monsieur Gerdy me traite en fille, j'agis en fille. Nous sommes quittes.

– Vous savez bien qu'il vous adore…

– Lui! Puisque je vous dis qu'il a honte de moi. Il me cache comme une maladie secrète. Vous êtes le premier de ses amis à qui je parle. Demandez-lui s'il m'a jamais sortie! On dirait que mon contact est déshonorant. Tenez, mardi dernier, pas plus tard, nous sommes allés au théâtre. Il avait loué une loge entière. Vous croyez qu'il est resté près de moi? Erreur, monsieur s'est esquivé et je ne l'ai plus revu de la soirée.

– Comment ! vous avez été forcée de revenir seule ?

– Non. À la fin du spectacle, vers minuit, monsieur a daigné reparaître. Nous devions aller au bal de l'Opéra et de là souper. Ah ! ce fut amusant ! Au bal, monsieur n'a osé ni relever son capuchon, ni retirer son masque. Au souper, j'ai dû, à cause de ses amis, le traiter comme un étranger.

L'alibi préparé en cas de malheur apparaissait.

Moins emportée, Juliette aurait remarqué l'état du père Tabaret et certainement se serait tue.

Il était devenu livide et tremblait comme une feuille.

– Bast ! reprit-il en faisant un effort surhumain pour articuler ses mots, le souper n'en a pas été moins gai.

– Gai ! répéta la jeune femme en haussant les épaules, vous ne connaissez guère votre ami. Si vous l'invitez jamais à dîner, gardez-vous bien de le laisser boire. Il a le vin réjouissant comme un convoi de dernière classe. À la seconde bouteille, il était plus gris qu'un bouchon, si gris qu'il a perdu toutes ses affaires : paletot, parapluie, porte-monnaie, étui à cigares...

Le père Tabaret n'eut pas la force d'en écouter davantage : il se dressa sur ses pieds avec des gestes de fou furieux.

– Misérable ! s'écria-t-il, infâme scélérat... C'est lui, mais je le tiens !

Et il s'enfuit, laissant Juliette si épouvantée qu'elle appela sa bonne.

– Ma fille, lui dit-elle, je viens de faire quelque affreuse boulette, de casser quelque carreau. Pour sûr, j'ai causé un malheur, je le devine, je le sens. Ce vieux drôle n'est pas un ami de Noël, il est venu pour m'entortiller, pour me tirer les vers du nez, et il a réussi. Sans m'en douter j'aurai parlé contre Noël. Qu'ai-je pu dire ?

J'ai beau chercher, je ne le vois pas ; mais c'est égal, il faut le prévenir. Je vais lui écrire un mot ; toi, cours chercher un commissionnaire.

Remonté en voiture, le père Tabaret galopait vers la préfecture de police. Noël assassin ! Sa haine était sans bornes comme autrefois sa confiante amitié.

Avait-il été assez cruellement joué, assez indignement pris pour dupe par le plus vil et le plus criminel des hommes ! Il avait soif de vengeance ; il se demandait quel châtiment ne serait pas trop au-dessous du crime.

Car non seulement il a assassiné Claudine, pensait-il, mais il a tout disposé pour faire accuser un innocent. Et qui dit qu'il n'a pas tué sa pauvre mère !...

Il regrettait alors l'abolition de la torture, les raffinements des bourreaux du moyen âge, l'écartèlement, le bûcher, la roue.

La guillotine va si vite que c'est à peine si le condamné a le temps de sentir le froid de l'acier tranchant les muscles, ce n'est plus qu'une chiquenaude sur le cou.

À force de vouloir adoucir la peine de mort, on en a fait une plaisanterie, elle n'a plus de raison d'être.

Seule la certitude de confondre Noël, de le livrer à la justice, de se venger soutenait le père Tabaret.

– Il est clair, murmura-t-il, que c'est au chemin de fer, dans sa hâte de rejoindre sa maîtresse au théâtre, que ce misérable a oublié ses effets. Les retrouvera-t-on ? S'il a eu la prudence d'être assez imprudent pour aller les retirer sous un faux nom, je n'aperçois plus de preuves. Le témoignage de cette madame Chaffour n'en est pas un pour moi. La drôlesse, voyant son amant menacé, reviendra sur ce qu'elle a dit ; elle affirmera que Noël l'a quittée bien après dix heures. Mais il n'aura pas osé aller au chemin de fer !

Vers le milieu de la rue de Richelieu, le père Tabaret fut pris d'un éblouissement.

Je vais avoir une attaque, pensa-t-il. Si je meurs, Noël échappe et il reste mon héritier… Quand on a fait un testament, on devrait bien le porter toujours sur soi pour le déchirer au besoin.

Vingt pas plus loin, apercevant la plaque d'un médecin, il fit arrêter la voiture et s'élança dans la maison.

Il était si défait, si hors de soi, ses yeux avaient une telle expression d'égarement, que le docteur eut presque peur de ce singulier client qui lui dit d'une voix rauque :

– Saignez-moi !

Le médecin essaya une objection mais déjà le bonhomme avait retiré sa redingote et relevé une des manches de sa chemise.

– Saignez-moi donc ! répéta-t-il ; voulez-vous me tuer ?…

Sur cette instance, le médecin se décida et le père Tabaret descendit, rassuré et soulagé.

Une heure plus tard, muni des pouvoirs nécessaires et suivi d'un officier de paix, il procédait, au bureau des objets perdus au chemin de fer, aux recherches indiquées.

Ses perquisitions eurent le résultat qu'il avait prévu.

Bientôt il sut que le soir du Mardi gras on avait trouvé dans un compartiment de seconde du train 45 un paletot et un parapluie.

On lui représenta ces objets et il les reconnut pour appartenir à Noël.

Dans une des poches du paletot se trouvait une paire de gants gris perle éraillés et déchirés, et un billet de retour de Chatou qui n'avait pas été utilisé.

En s'élançant à la poursuite de la vérité, le père Tabaret ne savait que trop ce qu'elle était.

Sa conviction, involontairement formée lorsque Clergeot lui avait révélé les folies de Noël, s'était depuis fortifiée de mille circonstances ; chez Juliette il avait été sûr, et pourtant, à ce dernier moment, lorsque le doute devenait absolument impossible, en voyant éclater l'évidence, il fut atterré.

– Allons ! s'écria-t-il enfin, il s'agit maintenant de le prendre !

Et sans perdre une minute, il se fit conduire au Palais de Justice où il espérait rencontrer le juge d'instruction.

Malgré l'heure, en effet, M. Daburon n'avait pas encore quitté son cabinet.

Il causait avec le comte de Commarin, qu'il venait de mettre au fait des révélations de Pierre Lerouge, que le comte croyait mort depuis plusieurs années.

Le père Tabaret entra comme un tourbillon, trop éperdu pour faire attention à la présence d'un étranger.

– Monsieur ! s'écria-t-il, bégayant de rage, monsieur, nous tenons l'assassin véritable ! C'est lui, c'est mon fils d'adoption, mon héritier, c'est Noël !

– Noël !... répéta M. Daburon en se levant.

Et plus bas il ajouta :

– Je l'avais deviné.

– Ah ! il faut un mandat bien vite, continua le bonhomme ; si nous perdons une minute, il nous file entre les doigts ! Il se sait découvert, si sa maîtresse l'a prévenu de ma visite. Hâtons-nous, monsieur le juge, hâtons-nous !

M. Daburon ouvrit la bouche pour demander une explication, mais le vieux policier poursuivit :

– Ce n'est pas tout encore : un innocent, Albert, est en prison…

– Il n'y sera plus dans une heure, répondit le magistrat ; un moment avant votre arrivée, j'ai pris toutes mes dispositions pour sa mise en liberté ; occupons-nous de l'autre.

Ni le père Tabaret ni M. Daburon ne remarquèrent la disparition du comte de Commarin.

Au nom de Noël, il avait gagné doucement la porte et s'était élancé dans la galerie.

19

Noël avait promis de faire toutes les démarches du monde, de tenter l'impossible pour obtenir l'élargissement d'Albert.

Il visita en effet quelques membres du parquet et sut se faire repousser partout.

À quatre heures, il se présentait à l'hôtel Commarin pour apprendre au comte le peu de succès de ses efforts.

– Monsieur le comte est sorti, lui dit Denis, mais si monsieur veut prendre la peine de l'attendre…

– J'attendrai, répondit l'avocat.

– Alors, reprit le valet de chambre, je prierai monsieur de vouloir bien me suivre, j'ai ordre de monsieur le comte d'introduire monsieur dans son cabinet.

Cette confiance donnait à Noël la mesure de sa puissance nouvelle. Il était chez lui, désormais, dans cette magnifique demeure ; il y était le maître, l'héritier. Son regard, qui inventoriait la pièce, s'arrêta sur le tableau généalogique suspendu près de la cheminée. Il s'en approcha et lut.

C'était comme une page, et des plus belles, arrachée au livre d'or de la noblesse française. Tous les noms qui dans notre histoire ont un chapitre ou un alinéa s'y retrouvaient. Les Commarin avaient mêlé leur sang à toutes les grandes maisons. Deux d'entre eux avaient épousé des filles de familles régnantes.

Une chaude bouffée d'orgueil gonfla le cœur de l'avocat, ses tempes battirent plus vite, il releva fièrement la tête en murmurant :

– Vicomte de Commarin !

La porte s'ouvrit ; il se retourna, le comte entrait.

Déjà Noël s'inclinait respectueusement : il fut pétrifié par le regard chargé de haine, de colère et de mépris de son père.

Un frisson courut dans ses veines, ses dents claquèrent, il se sentit perdu.

– Misérable ! s'écria le comte.

Et redoutant sa propre violence, le vieux gentilhomme jeta sa canne dans un coin.

Il ne voulait pas frapper son fils, il le jugeait indigne d'être frappé de sa main.

Puis il y eut entre eux une minute de silence mortel qui leur parut à tous deux durer un siècle.

L'un et l'autre, en un instant, furent illuminés de réflexions qu'il faudrait un volume pour traduire.

Noël osa parler le premier.

– Monsieur…, commença-t-il.

– Ah ! taisez-vous, au moins, fit le comte d'une voix sourde, taisez-vous ! Se peut-il, grand Dieu ! que vous soyez mon fils ! Hélas ! je n'en puis douter, maintenant. Malheureux, vous saviez bien que vous étiez le fils de madame Gerdy ! Infâme ! Non seulement vous avez tué, mais vous avez mis tout en œuvre pour faire retomber votre crime sur un innocent ! Parricide ! vous avez tué votre mère !

L'avocat essaya de balbutier une protestation.

– Vous l'avez tuée, poursuivit le comte avec plus

d'énergie, sinon par le poison, du moins par votre crime. Je comprends tout maintenant. Elle n'avait plus le délire, ce matin... Mais vous savez aussi bien que moi ce qu'elle disait. Vous écoutiez, et si vous avez osé entrer lorsqu'un mot de plus allait vous perdre, c'est que vous aviez caché l'effet de votre présence. C'est bien à vous que s'adressait sa dernière parole : « Assassin ! »

Peu à peu Noël s'était reculé jusqu'au fond de la pièce, et il s'y tenait, adossé à la muraille, le haut du corps rejeté en arrière, les cheveux hérissés, l'œil hagard. Un tremblement convulsif le secouait. Son visage trahissait l'effroi le plus horrible à voir, l'effroi du criminel découvert.

– Je sais tout, vous le voyez, poursuivait le comte, et je ne suis pas le seul à tout savoir. À cette heure, un mandat d'arrêt est décerné contre vous.

Un cri de rage, sorte de râle sourd, déchira la poitrine de l'avocat. Ses lèvres, que la terreur faisait affaissées et pendantes, se crispèrent. Foudroyé au milieu du triomphe, il se roidissait contre l'épouvante. Il se redressa avec un regard de défi.

M. de Commarin, sans paraître prendre garde à Noël, s'approcha de son bureau et ouvrit un tiroir.

– Mon devoir, dit-il, serait de vous livrer au bourreau qui vous attend. Je veux bien me souvenir que j'ai le malheur d'être votre père. Asseyez-vous ! écrivez et signez la confession de votre crime. Vous trouverez ensuite des armes dans ce tiroir. Que Dieu vous pardonne !...

Le vieux gentilhomme fit un mouvement pour sortir. Noël l'arrêta d'un geste, et sortant de sa poche un revolver à quatre coups :

– Vos armes sont inutiles, monsieur, fit-il ; mes précautions, vous le voyez, sont prises ; on ne m'aura pas vivant. Seulement…

– Seulement ? interrogea durement le comte.

– Je dois vous déclarer, monsieur, reprit froidement l'avocat, que je ne veux pas me tuer… au moins en ce moment.

– Ah ! s'écria M. de Commarin d'un ton de dégoût, il est lâche !

– Non, monsieur, non. Mais je ne me frapperai que lorsqu'il me sera bien démontré que toute issue m'est fermée, que je ne puis pas me sauver.

– Misérable ! fit le comte menaçant, faudra-t-il donc que moi-même !…

Il s'élança vers le tiroir, mais Noël le referma d'un coup de pied.

– Écoutez-moi, monsieur, dit l'avocat de cette voix rauque et brève que donne aux hommes l'imminence du danger, ne perdons pas en paroles vaines le moment de répit qui m'est laissé. J'ai commis un crime, c'est vrai, et je ne cherche pas à me justifier, mais qui donc l'avait préparé, sinon vous ? Maintenant vous me faites la faveur de m'offrir un pistolet : merci ! je refuse. Cette générosité n'est pas à mon adresse. Avant tout, vous voulez éviter le scandale de mon procès et la honte qui ne manquera pas de rejaillir sur votre nom.

Le comte voulut répliquer.

– Laissez donc ! interrompit Noël d'un ton impérieux. Je ne veux pas me tuer. Je veux sauver ma tête, s'il est possible. Fournissez-moi les moyens de fuir, et je vous promets que je serai mort avant d'être pris. Je dis : fournissez-moi les moyens, parce que je n'ai pas vingt francs à moi. Mon dernier billet de mille étant flambé le jour où… vous m'entendez. Il n'y a pas chez ma mère de quoi la faire enterrer. Donc, de l'argent !

– Jamais !

– Alors je vais me livrer, et vous verrez ce qui en résultera pour ce nom qui vous est si cher.

Le comte, ivre de colère, bondit jusqu'à son bureau pour y prendre une arme. Noël se plaça devant lui.

– Oh ! pas de lutte, dit-il froidement, je suis le plus fort.

M. de Commarin recula.

En parlant de jugement, de scandale, de honte, l'avocat avait frappé juste.

Pendant un moment, pris entre le respect de son nom et le désir brûlant de voir punir ce misérable, le vieux gentilhomme demeura indécis.

Enfin le sentiment de la noblesse l'emporta.

– Finissons, prononça-t-il d'une voix frémissante et empreinte du plus atroce mépris, finissons cette discussion ignoble… Qu'exigez-vous ?

– Je vous l'ai dit, de l'argent, tout ce que vous avez ici, mais décidez-vous vite !

Dans la journée du samedi le comte avait fait prendre chez son banquier des fonds destinés à monter la maison de celui qu'il croyait son fils légitime.

– J'ai quatre-vingt mille francs ici, reprit-il.

– C'est peu, fit l'avocat, cependant donnez. Je vous préviens que j'ai compté sur vous pour cinq cent mille francs. Si je réussis à déjouer les poursuites dont je suis l'objet, vous aurez à tenir à ma disposition quatre cent vingt mille francs. Vous engagez-vous à me les donner à ma première réquisition ? Je trouverai un moyen de vous les faire demander sans risque pour moi. À ce prix, jamais vous n'entendrez parler de moi.

Pour toute réponse le comte ouvrit un petit coffre de fer scellé dans le mur et en tira une liasse de billets de banque qu'il jeta aux pieds de Noël.

Un éclair de fureur brilla dans les yeux de l'avocat; il fit un pas vers son père :

– Oh ! ne me poussez pas, menaça-t-il, les gens qui comme moi n'ont plus rien à perdre sont dangereux. Je puis me livrer…

Il se baissa cependant et ramassa le paquet.

– Me donnez-vous votre parole, continua-t-il, de me faire tenir le reste ?

– Oui.

– Alors, je pars. Soyez sans crainte, je serai fidèle à notre traité ; on ne m'aura pas vivant. Adieu, mon père ! en tout ceci vous êtes le vrai coupable, seul vous ne serez pas puni. Le Ciel n'est pas juste. Je vous maudis !…

Quand, une heure plus tard, les domestiques pénétrèrent dans le cabinet du comte, ils le trouvèrent étendu à terre, la face contre le tapis, donnant à peine signe de vie.

Cependant Noël était sorti de l'hôtel Commarin et remontait la rue de l'Université, chancelant sous le souffle du vertige.

Il lui semblait que les pavés oscillaient sous ses pas et que tout autour de lui tournait.

Il avait la bouche sèche, les yeux lui cuisaient, et de temps à autre une nausée soulevait son estomac.

Mais en même temps, phénomène étrange, il ressentait un soulagement incroyable, presque du bien-être.

La théorie de l'honnête M. Balan avait raison.

C'en était donc fait, tout était fini, perdu. Plus d'angoisses désormais, de transes inutiles, de folles terreurs, plus de dissimulation, de luttes. Rien, il n'y avait plus rien à redouter désormais. Son horrible rôle achevé, il pouvait retirer son masque et respirer à l'aise.

Un irrésistible affaissement succédait à l'exaltation enragée qui devant le comte soutenait, transportait sa cynique arrogance. Tous les ressorts de son organisation, bandés outre mesure depuis une semaine, se détendaient et fléchissaient. La fièvre qui, pendant huit jours, l'avait galvanisé tombait, et il sentait avec la fatigue un impérieux besoin de repos. Il éprouvait un vide immense, une indifférence sans bornes pour tout.

Son insensibilité avait quelque analogie avec celle des gens anéantis par le mal de mer, que rien ne touche plus, que nul sentiment n'est capable d'émouvoir, qui n'ont plus ni la force ni le courage de penser et que l'imminence d'un grand péril, de la mort même, ne saurait tirer de leur morne insouciance.

On serait venu l'arrêter en ce moment, qu'il n'aurait songé ni à résister ni à se débattre ; il n'aurait pas fait une enjambée pour se cacher, pour fuir, pour sauver sa tête.

Bien plus, il eut un moment comme l'idée d'aller se constituer prisonnier, pour avoir la paix, pour être tranquille, pour se délivrer de l'inquiétude du salut.

Mais son énergie se révolta contre cette morne hébétude. La réaction vint, secouant ces défaillances de l'esprit et du corps. La conscience de la situation et du danger lui revint, il entrevit avec horreur l'échafaud comme on aperçoit l'abîme aux lueurs de la foudre.

Il faut défendre sa vie, pensa-t-il. Mais comment ?

Les transes mortelles qui ôtent aux assassins jusqu'au plus simple bon sens le faisaient frissonner.

Il regarda vivement autour de lui et crut remarquer

que trois ou quatre passants l'examinaient curieusement. Son effroi s'en accrut.

Il se mit à courir dans la direction du quartier latin, sans projet, sans but, courant pour courir, pour s'éloigner, comme le Crime, que la peinture représente fuyant sous le fouet des Furies.

Il ne tarda pas à s'arrêter, frappé de cette idée que cette course désordonnée devait éveiller l'attention.

Il lui semblait que tout en lui dénonçait le meurtre; il croyait lire le mépris et l'horreur sur tous les visages, le soupçon dans tous les yeux.

Il allait, se répétant instinctivement : « Il faut prendre un parti. »

Mais dans son horrible agitation, il était incapable de rien voir, de délibérer, de comparer, de résoudre, de décider.

Lorsqu'il hésitait encore à frapper, il s'était dit : je puis être découvert. Et dans cette prévision il avait bâti tout un plan qui devait le mettre sûrement à l'abri des recherches. Il devait faire ceci et cela, il aurait recours à cette ruse, il prendrait telle précaution. Prévoyance inutile! Rien de ce qu'il avait imaginé ne lui semblait exécutable. On le cherchait, et il ne voyait nul endroit du monde entier où il pût se croire en sûreté.

Il était près de l'Odéon, quand une réflexion plus rapide que l'éclair illumina les ténèbres de son cerveau.

Il songea que sans aucun doute on le cherchait déjà, son signalement devait être donné partout; sa cravate blanche et ses favoris si bien soignés le trahissaient comme une affiche.

Avisant la boutique d'un coiffeur, il s'avança jusqu'à la porte, mais au moment de tourner le bouton, il eut peur.

Ne trouverait-on pas singulier qu'il fît couper sa barbe ? Si on allait le questionner !

Il passa outre.

Il vit une autre boutique, les mêmes hésitations l'arrêtèrent.

Peu à peu la nuit était venue, et avec l'obscurité Noël sentait renaître son assurance et son audace.

Après cet immense naufrage au port, l'espérance surnageait. Pourquoi ne se sauverait-il pas ?

On sait d'autres exemples. On passe à l'étranger, on change de nom, on se refait un état civil, on entre dans la peau d'un autre homme. Il avait de l'argent c'était le principal.

Un homme dans sa situation, au milieu de Paris, avec quatre-vingt mille francs en poche, est un imbécile, s'il se laisse prendre.

Et encore, ces quatre-vingt mille francs épuisés, il avait la certitude d'en avoir, au premier signe, cinq ou six fois autant.

Déjà il se demandait quel déguisement prendre et vers quelle frontière se diriger, quand le souvenir de Juliette, pareil à un fer rouge, traversa son cœur.

Allait-il s'éloigner sans elle, partir avec la certitude de ne la revoir jamais !

Quoi ! il fuirait, poursuivi par toutes les polices du monde civilisé, traqué comme une bête fauve, et elle resterait paisiblement à Paris ! Était-ce possible ! Pour qui le crime avait-il été commis ? Pour elle. Qui en eût recueilli les bénéfices ? Elle. N'était-il pas juste qu'elle portât sa part du châtiment !

Elle ne m'aime pas, pensait l'avocat avec amertume, elle ne m'a jamais aimé, elle serait ravie d'être délivrée de moi pour toujours. Elle n'aurait pas un regret pour moi, je ne lui suis plus nécessaire ; un coffre vide est un meuble inutile. Juliette est prudente, elle a su se mettre à l'abri une petite fortune. Riche de mes dépouilles, elle prendra un autre amant, elle m'oubliera, elle vivra heureuse, tandis que moi !… Et je partirais sans elle !…

La voix de la prudence lui criait : « – Malheureux ! traîner une femme après soi, et une jolie femme, c'est attirer à plaisir les regards sur soi, et rendre la fuite impossible, c'est se livrer de gaieté de cœur ! – Qu'importe ! répondait la passion, nous nous sauverons ou nous périrons ensemble. Si elle ne m'aime pas, je l'aime, moi ; il me la faut ! Elle viendra, sinon… »

Mais comment voir Juliette, lui parler, la décider !

Aller chez elle, c'était s'exposer beaucoup. La police y était déjà, peut-être.

Non, pensa Noël, personne ne sait qu'elle est ma maîtresse, on ne le saura pas avant deux ou trois jours de recherches, et d'ailleurs, écrire serait plus dangereux encore.

Il s'approcha d'une voiture de place, non loin du carrefour de l'Observatoire, et tout bas il dit au cocher le numéro de cette maison de la rue de Provence si fatale pour lui.

Étendu sur les coussins du fiacre, bercé par les cahots monotones, Noël ne songeait point à interroger l'avenir ; il ne se demandait même pas ce qu'il allait dire à Juliette. Non. Involontairement il repassait les événements qui avaient amené et précipité la catastrophe, comme un homme qui, près de mourir, revoit le drame ou la comédie de sa vie.

Il y avait de cela un mois, jour pour jour.

Ruiné, à bout d'expédients, sans ressources, il était déterminé à tout pour se procurer de l'argent, pour garder encore Mme Juliette, quand le hasard le rendit maître de la correspondance du comte de Commarin, non seulement des lettres lues au père Tabaret et communiquées à Albert, mais encore de celles qui, écrites par le comte lorsqu'il croyait la substitution accomplie, l'établissaient évidemment.

Cette lecture lui donna une heure de joie folle.

Il se crut le fils légitime. Bientôt sa mère le détrompa, lui apprit la vérité, la lui prouva par vingt lettres de la femme Lerouge, la lui fit attester par Claudine, la lui démontra par le signe qu'il portait.

Mais un homme qui se noie ne choisit pas les branches auxquelles il se raccroche. Noël songea à utiliser ces lettres quand même.

Il essaya d'user de son ascendant sur sa mère, pour la décider à laisser croire au comte que l'échange avait eu lieu, se chargeant d'obtenir une forte compensation. Mme Gerdy repoussa cette proposition avec horreur.

Alors l'avocat fit l'aveu de toutes ses folies, mit à nu sa situation financière, se montra tel qu'il était, perdu de dettes, et conjura sa mère d'avoir recours à M. de Commarin.

Cela aussi, elle le refusa, et prières et menaces échouèrent contre sa résolution. Pendant quinze jours ce fut entre la mère et le fils une lutte horrible dans laquelle l'avocat fut vaincu.

C'est à ce moment qu'il s'arrêta à l'idée de tuer Claudine.

La malheureuse n'avait pas été plus franche avec Mme Gerdy qu'avec les autres, Noël devait la croire et la croyait veuve. Son témoignage supprimé, qui avait-il contre lui ?

Mme Gerdy et peut-être le comte.

Il les redoutait peu.

À Mme Gerdy parlant, il pouvait toujours répondre : « Après avoir donné mon nom à votre fils, vous faites tout au monde pour qu'il le garde. »

Mais comment se défaire de Claudine sans danger ?

Après de longues réflexions, l'avocat s'avisa d'un stratagème diabolique.

Il brûla toutes les lettres du comte établissant la substitution et conserva seulement celles qui la laissaient soupçonner.

Ces dernières, il alla les montrer à Albert en se disant que, si la justice arrivait à pénétrer quelque chose des causes de la mort de Claudine, naturellement elle soupçonnerait celui qui paraîtrait y avoir tant d'intérêt.

Ce n'est pas qu'il songeât à faire retomber le crime sur Albert… C'était une simple précaution qu'il prenait. Il comptait agir de telle sorte que la police perdrait ses peines à la poursuite d'un scélérat imaginaire.

Il ne pensait pas non plus à se substituer au vicomte de Commarin.

Son plan était simple : son crime commis il attendrait ; les choses traîneraient en longueur, il y aurait des pourparlers, enfin il transigerait au prix d'une fortune.

Il se croyait sûr du silence de sa mère, si jamais elle le soupçonnait d'un assassinat.

Ces mesures prises, il s'était résolu à frapper le jour du Mardi gras.

Pour ne rien négliger, il avait ce soir-là même conduit Juliette au théâtre et de là à l'Opéra. Il fondait ainsi, en cas de malheur, un alibi irrécusable.

La perte de son paletot ne l'avait inquiété que sur le premier moment. À la réflexion, il s'était rassuré, se disant : bast ! qui saura jamais ?

Tout avait réussi selon ses calculs ; ce n'était dans son opinion qu'une affaire de patience.

Quand le récit du meurtre tomba sous les yeux de Mme Gerdy, la malheureuse femme devina la main de son fils, et dans le premier transport de sa douleur, elle déclara qu'elle allait le dénoncer.

Il eut peur. Un délire affreux s'était emparé de sa mère, un mot pouvait le perdre. Payant d'audace, il prit les devants et joua le tout pour le tout.

Mettre la police sur la trace d'Albert, c'était se garantir l'impunité, c'était s'assurer, en cas de succès probable, le nom et la fortune du comte de Commarin.

Les circonstances et la frayeur firent sa hardiesse et son habileté.

Le père Tabaret arriva à point nommé.

Noël savait ses relations avec la police ; il comprit que le bonhomme serait un merveilleux confident.

Tant que vécut Mme Gerdy, Noël trembla. La fièvre est indiscrète et ne se raisonne pas. Quand elle eut rendu le dernier soupir, il se crut sauvé ; il avait beau chercher, il ne voyait plus d'obstacles, il triompha.

Et voilà que tout avait été découvert comme il touchait au but. Comment ? Par qui ? Quelle fatalité avait ressuscité un secret qu'il croyait enseveli avec Mme Gerdy ?

Mais à quoi bon, quand on est au fond de l'abîme, savoir quelle pierre a fait trébucher, se demander par quelle pente on y a roulé ?

Le fiacre s'arrêta rue de Provence.

Noël allongea la tête à la portière, explorant les environs, sondant du regard les profondeurs du vestibule de la maison.

Ne découvrant rien, il paya la course sans sortir de la

voiture, par le carreau du devant, et, franchissant d'un bond le trottoir, il s'élança dans l'escalier.

Charlotte, à sa vue, eut une exclamation de joie.

– C'est monsieur ! s'écria-t-elle ; ah ! madame attendait monsieur avec une fameuse impatience, elle était joliment inquiète !

Juliette attendre ? Juliette inquiète ?

L'avocat ne songeait pas à interroger. Il semblait qu'en touchant ce seuil il eût subitement recouvré tout son sang-froid. Il mesurait son imprudence, il sentait la valeur exacte des minutes.

– Si on sonne, dit-il à Charlotte, n'ouvrez pas. Quoi qu'on fasse ou qu'on dise, n'ouvrez pas !

À la voix de Noël, Mme Juliette était accourue. Il la repoussa brusquement dans le salon et l'y suivit en refermant la porte.

Là seulement la jeune femme put voir le visage de son amant.

Il était si changé, sa physionomie était à ce point bouleversée qu'elle ne put retenir un cri :

– Qu'y a-t-il ?

Noël ne répondit pas ; il s'avança vers elle et lui prit la main.

– Juliette, demanda-t-il d'une voix rauque en la fixant avec des yeux enflammés, Juliette, sois sincère, m'aimes-tu ?

Elle devinait, elle sentait qu'il se passait quelque chose d'extraordinaire, elle respirait une atmosphère de malheur ; cependant elle voulut minauder encore.

– Méchant, répondit-elle en allongeant ses lèvres provocantes, vous mériteriez bien…

– Oh ! assez ! interrompit Noël en frappant du pied

avec une violence inouïe. Réponds, poursuivit-il en serrant à les briser les jolies mains de sa maîtresse, un oui ou un non, m'aimes-tu ?

Cent fois elle avait joué avec la colère de son amant, se plaisant à l'exciter jusqu'à la fureur pour savourer le plaisir de l'apaiser d'un mot, mais jamais elle ne l'avait vu ainsi.

Il venait de lui faire mal, bien mal, et elle n'osait se plaindre de cette brutalité, la première.

– Oui, je t'aime ! balbutia-t-elle ; ne le sais-tu pas ? pourquoi le demander ?

– Pourquoi ? répondit l'avocat qui abandonna les mains de sa maîtresse, pourquoi ? C'est que si tu m'aimes, il s'agit de me le prouver. Si tu m'aimes, il faut me suivre à l'instant, tout quitter, venir, fuir avec moi, le temps presse...

La jeune femme avait décidément peur.

– Qu'y a-t-il donc, mon Dieu ?

– Rien ! Je t'ai trop aimée, vois-tu, Juliette. Le jour où je n'ai plus eu d'argent pour toi, pour ton luxe, pour tes caprices, j'ai perdu la tête. Pour me procurer de l'argent, j'ai... j'ai commis un crime, entends-tu ? On me poursuit, je fuis, veux-tu me suivre ?

La stupeur agrandissait les yeux de Juliette, elle doutait.

– Un crime, toi ! commença-t-elle.

– Oui, moi ! Veux-tu savoir ce que j'ai fait ? J'ai tué, j'ai assassiné ! C'était pour toi.

Certes l'avocat était convaincu que Juliette à ces mots allait reculer d'horreur. Il s'attendait à cette épouvante qu'inspire le meurtrier, il y était résigné à l'avance. Il pensait qu'elle le fuirait d'abord. Peut-être essayerait-elle une scène... Elle aurait, qui sait ? une attaque de nerfs, elle crierait, elle appellerait au secours, à la garde, à l'aide… Il se trompait.

D'un bond, Juliette fut sur lui, se liant à lui, entourant son cou de ses deux mains, l'embrassant à l'étouffer comme jamais elle ne l'avait embrassé.

– Oui ! je t'aime, disait-elle, oui ! Tu as fait un mauvais coup pour moi, toi ! c'est que tu m'aimais. Tu as du cœur ; je ne te connaissais pas.

Il en coûtait cher pour inspirer une passion à Mme Juliette, mais Noël ne réfléchit pas à cela.

Il eut une seconde de joie immense, il lui parut que rien n'était désespéré.

Pourtant il eut la force de dénouer les bras de sa maîtresse.

– Partons, reprit-il, le grand malheur est que je ne sais d'où vient le danger. Qu'on ait pu découvrir la vérité, c'est encore un mystère pour moi…

Juliette se rappela l'inquiétante visite de l'après-midi ; elle comprit tout.

– Malheureuse ! s'écria-t-elle, se tordant les mains de désespoir, c'est moi qui t'ai livré ! C'était mardi, n'est-ce pas ?

– Oui, c'était mardi.

– Ah ! j'ai tout dit, sans m'en douter, à ton ami, à ce vieux que je croyais envoyé par toi, monsieur Tabaret.

– Tabaret est venu ici ?

– Oui, tantôt.

– Oh ! viens alors ! s'écria Noël ; vite, bien vite, c'est un miracle qu'il ne soit pas encore arrivé !

Il lui prit le bras pour l'entraîner ; elle se dégagea lestement.

– Laisse, dit-elle, j'ai une somme en or, des bijoux, je veux les prendre…

– C'est inutile, laisse tout, j'ai une fortune, Juliette, fuyons…

Déjà elle avait ouvert sa chiffonnière et pêle-mêle elle jetait dans un petit sac de voyage tout ce qu'elle possédait, tout ce qui avait de la valeur.

– Ah ! tu me perds, répétait Noël, tu me perds !

Il disait cela, mais son cœur était inondé de joie.

Quel dévouement sublime ! Elle m'aimait vraiment, se disait-il ; pour moi elle renonce sans hésiter à sa vie heureuse, elle me sacrifie tout !…

Juliette avait fini ses préparatifs, elle nouait à la hâte son chapeau ; un coup de sonnette retentit.

– Eux ! s'écria Noël, devenant, s'il est possible, plus livide.

La jeune femme et son amant demeurèrent plus immobiles que deux statues, la sueur au front, les yeux dilatés, l'oreille tendue.

Un second coup de sonnette se fit entendre, puis un troisième.

Charlotte parut, s'avançant sur la pointe des pieds.

– Ils sont plusieurs, dit-elle à mi-voix, j'ai entendu qu'on se consultait.

Après avoir sonné, on frappait. Une voix arriva jusqu'au salon ; on distingua le mot « loi ».

– Plus d'espoir ! murmura Noël.

– Qui sait ! s'écria Juliette, l'escalier de service ?

– Sois tranquille, on ne l'a pas oublié.

En effet, Juliette revint l'air morne, consternée.

Elle avait surpris sur le palier des piétinements de pas lourds qu'on cherchait à étouffer.

– Il doit y avoir un moyen ! fit-elle avec fureur.

– Oui, reprit Noël, c'est une seconde de courage. J'ai donné ma parole. On crochète la serrure… fermez toutes les portes et laissez enfoncer, cela me fera gagner du temps.

Juliette et Charlotte s'élancèrent. Alors, Noël, s'adossant à la cheminée du salon, sortit son revolver et l'appuya sur sa poitrine.

Mais Juliette, qui rentrait déjà, aperçut le mouvement ; elle se jeta sur son amant à corps perdu, si vivement qu'elle fit dévier l'arme. Le coup partit et la balle traversa le ventre de Noël. Il poussa un effroyable cri.

Juliette faisait de sa mort un supplice affreux ; elle prolongeait son agonie.

Il chancela, mais il resta debout, toujours appuyé à la tablette, perdant du sang en abondance.

Juliette s'était cramponnée à lui et s'efforçait de lui arracher le revolver.

– Tu ne te tueras pas, disait-elle, je ne veux pas, tu es à moi, je t'aime ! Laisse-les venir. Qu'est-ce que cela te fait ? S'ils te mettent en prison, tu te sauveras. Je t'aiderai, nous donnerons de l'argent aux gardiens. Va, nous vivrons tous deux bien heureux, n'importe où, bien loin, en Amérique, personne ne nous connaîtra…

La porte d'entrée avait cédé ; on crochetait maintenant la porte de l'antichambre.

– Finissons ! râla Noël, il ne faut pas qu'on m'ait vivant.

Et dans un effort suprême, triomphant d'une souffrance horrible, il se dégagea et repoussa Juliette qui alla tomber près du canapé.

Puis, armant son revolver, il l'appuya de nouveau à l'endroit où il sentait les battements de son cœur, lâcha la détente et roula à terre.

Il était temps, la police entrait.

La première pensée des agents fut que Noël, avant de se frapper, avait frappé sa maîtresse.

On sait des gens qui tiennent à quitter ce bas monde en compagnie. N'avait-on pas entendu deux explosions ? Mais déjà Juliette était debout.

– Un médecin, disait-elle, un médecin, il ne peut être mort !

Un agent sortit en courant, tandis que les autres, sous la direction du père Tabaret, transportaient le corps de l'avocat sur le lit de Mme Juliette.

– Puisse-t-il ne pas s'être manqué ! murmurait le bonhomme, dont la colère ne tenait pas devant ce spectacle ; je l'ai aimé comme mon fils, après tout, son nom est encore sur mon testament.

Le père Tabaret s'interrompit. Noël venait de laisser échapper une plainte, il ouvrait les yeux.

– Vous voyez bien qu'il vivra ! s'écria Juliette.

L'avocat fit un faible signe de tête, et pendant un moment, il s'agita péniblement sur son lit, promenant sa main droite alternativement sous sa redingote et sous l'oreiller.

Il réussit même à se tourner à demi du côté du mur, puis à se retourner.

Sur un signe qui fut compris, on glissa sous sa tête un oreiller.

Alors, d'une voix entrecoupée et sifflante, il prononça quelques paroles.

– Je suis l'assassin, dit-il ; écrivez, je signerai, ça fera plaisir à Albert ; je lui dois bien cela.

Pendant qu'on écrivait, il attira la tête de Juliette jusqu'à sa bouche.

– Ma fortune est sous l'oreiller, murmura-t-il, je te la donne.

Un flot de sang monta à sa bouche, et on crut qu'il allait passer.

Pourtant, il eut encore la force de signer sa déclaration et de décocher une raillerie au père Tabaret.

– Eh bien ! vieux papa, dit-il, on se mêle donc de police ! C'est agréable de pincer soi-même ses amis ! Ah ! j'ai eu une belle partie, mais avec trois femmes dans son jeu on perd toujours…

Il entra en agonie et, quand le médecin arriva, il ne put que constater le décès du sieur Noël Gerdy, avocat.

20

Quelques mois plus tard, un soir, chez la vieille Mlle de Goëllo, madame la marquise d'Arlange, rajeunie de dix ans, racontait aux douairières, ses amies, les détails du mariage de sa petite-fille Claire, laquelle venait d'épouser monsieur le vicomte Albert de Commarin.

– Le mariage, disait-elle, s'est fait dans nos terres de Normandie, sans tambour ni trompette. Mon gendre l'a voulu ainsi, en quoi je l'ai désapprouvé fortement. L'éclat de la méprise dont il a été victime appelait l'éclat des fêtes. C'est mon sentiment, je ne l'ai pas caché. Bast ! ce garçon est aussi têtu que monsieur son père, ce qui n'est pas peu dire ; il a tenu bon. Et mon effrontée petite-fille, obéissant à son mari par anticipation, s'est mise contre moi. Du reste, peu importe, je défie aujourd'hui de trouver un individu ayant le courage d'avouer qu'il a douté une seconde de l'innocence d'Albert. J'ai laissé mes jeunes gens dans l'extase de la lune de miel, plus roucoulants qu'une paire de tourtereaux. Il faut avouer qu'ils ont acheté leur bonheur un peu cher. Qu'ils soient donc heureux et qu'ils aient beaucoup d'enfants, ils ne seront embarrassés ni pour les nourrir ni pour les doter. Car, sachez-le, pour la première fois de sa vie et sans doute la dernière, monsieur de

Commarin s'est conduit comme un ange. Il a donné toute sa fortune à son fils, toute absolument. Il veut aller vivre seul dans une de ses terres. Je ne crois pas que le pauvre cher homme fasse de vieux os. Je ne voudrais pas jurer même qu'il a bien toute sa tête depuis certaine attaque… Enfin ! ma petite-fille est établie, et bien. Je sais ce qu'il m'en coûte, et me voici condamnée à une grande économie. Mais je mésestime les parents qui reculent devant un sacrifice pécuniaire quand le bonheur de leurs enfants est en jeu.

Ce que la marquise ne racontait pas, c'est que, huit jours avant « la noce », Albert avait nettoyé sa situation passablement embarrassée et liquidé un respectable arriéré.

Depuis elle ne lui a emprunté que neuf mille francs ; seulement elle compte lui avouer un de ces jours combien elle est tracassée par un tapissier, par sa couturière, par trois marchands de nouveautés et par cinq ou six autres fournisseurs.

Eh bien ! c'est une digne femme : elle ne dit pas de mal de son gendre.

Réfugié en Poitou après l'envoi de sa démission, M. Daburon a trouvé le calme ; l'oubli viendra. On ne désespère pas, là-bas, de le décider à se marier.

Mme Juliette, elle, est tout à fait consolée. Les quatre-vingt mille francs cachés par Noël sous l'oreiller n'ont pas été perdus. Il n'en reste plus grand-chose. Avant longtemps on annoncera la vente d'un riche mobilier.

Seul, le père Tabaret se souvient.

Après avoir cru à l'infaillibilité de la justice, il ne voit plus partout qu'erreurs judiciaires.

L'ancien agent volontaire doute de l'existence du

crime et soutient que le témoignage des sens ne prouve rien. Il fait signer des pétitions pour l'abolition de la peine de mort et organise une société destinée à venir en aide aux accusés pauvres et innocents.

IMPRIMÉ EN FRANCE PAR BRODARD ET TAUPIN
La Flèche (Sarthe)
Imp. : 17657 - Edit. : 32811 - 03/2003
ISBN : 2-7024-9747-0
édition 02